上古神话演义

第三卷

封山观海

钟毓龙 著

中国国际广播出版社

目录

第一回　舜尚见帝，帝馆甥于贰室　舜与尧问答　尧赐舜雕弓、干戈、昭华玉　舜琴尧加　瞽叟使舜完廪、浚井 / 1

第二回　象日以杀舜为事　二女与舜药浴汪　舜为司徒，举八元八恺　荐皋陶为士师　七友逃舜 / 11

第三回　尧以舜为耳目　宾于四门　纳于大麓，烈风雷雨不迷，虎狼蝮蛇不害　命舜摄位，三凶不服 / 20

第四回　鲧湮洪水　鲧遁至羽山　帝尧命祝融殛鲧，副之以吴刀　鲧化黄熊入羽渊　舜举禹治水 / 29

第五回　禹梦乘舟从月中过　月中之状况　禹师大成挚 / 38

第六回　恒山神澄渭渟见禹　禹初过桐柏山，风雷震惊　禹得宛委山藏书　禹梦洗河　禹遇云华夫人 / 47

第七回　云华夫人授禹敕召鬼神之书，并遣天将为助　禹入都就职　伯益、水平佐禹　帝尧郊祭，神响发座上 / 56

第八回　舜受终于文祖，赤凤来仪　在璇玑玉衡以齐七政　务成昭戒舜　禹治水之计画　禹乘四载　禹治碣石，召东海神阿明 / 65

第九回　黄魔、大翳大战罔象、天吴　南极紫玄夫人荐举禺虢　降服罔象、天吴　应龙佐禹治水 / 74

第十回　天地十四将大战　庚辰到非想非非想处天　西城王君收伏七地将并授禹仙箓　王屋山洞之情形 / 83
第十一回　平逢山群蜂为患　玉卮娘降伏骄虫　明视佐禹治水　禹以身解于阳盱之河　风后教禹 / 91
第十二回　九河既道　凿砥柱山以显中国之道德　华山神浩郁狩见禹　云华夫人为云为雨　群仙集华山 / 100
第十三回　巨灵擘太华　龙伯国大人钓六鳌　济水之命名　肥𧕳出见　伯益作“山海经” / 108
第十四回　逆河中鱼妖为患　伯益作井而龙登玄云，神栖昆仑　铁索锁鱼妖　玄龟负泥封印山川 / 116
第十五回　禹凿龙门　禹入龙门穴　八威之神　伏羲氏赐禹玉简 / 124
第十六回　河伯夫妇宴禹于河上　冀州水患平　相柳毒害人民 / 133
第十七回　禹被困于相柳　日中五帝诛灭相柳 / 142
第十八回　黄蛇守护共工台　孔壬被逮　皋陶喑而为大理　皋陶曰杀之三，尧曰宥之三　流共工于幽州 / 151
第十九回　导河积石得延喜玉　女床闻鸾鸟鸣　西王母赐轩辕镜除神魃　少昊帝护穷奇　鸟鼠同穴 / 160
第二十回　青要山遇神武罗　天地将除妖蛇　洛出神龟，锡禹洪范九畴　禹辟伊阙　禹铸铁牛　鲤鱼跳龙门 / 169
第二十一回　济水三伏三见　禹遇后夔、伯夷　泰山神圆常龙华谒禹　天地将斩朱獳 / 178
第二十二回　天地将除妖鸟　嵎夷九族朝禹　禹等遇疫 / 187
第二十三回　聚窟洲返魂香　刬除蜚兽　青州水患平 / 196
第二十四回　九尾白狐向禹提亲　禹再过桐柏山，风雷震惊　霍山、潜山两储君骑龙迎禹　巫支祁之历史 / 205

第二十五回　禹娶于涂山　巫支祁袭禹　囚鸿濛氏　辛壬癸甲，禹出治水 / 214

第二十六回　牛渚燃犀　禹三过桐柏山，风雷震惊　禹召万神共战巫支祁　伯益受伤　奔云伏诛　全州兵书峡 / 223

第二十七回　庚辰锁巫支祁　禹过门不入　淮水治平　禹凿轘辕化为熊　女攸化石，石破而生启 / 232

第二十八回　钹耳、贯胸之民来献珠鳖　产珠之动物　两虬龙夹禹舟　禹牵笮罗山　禹二次过门不入 / 241

第二十九回　水平王震泽为神　禹遇善卷　禹入三苗国　繇余、黄魔奉使三苗 / 250

第　三　十　回　禹破灭三苗　驩兜远窜南海　苗民反侧难驯　禹修彭蠡之防　禹勒石纪功　彭蠡古地理之理想　三苗之民远窜三危 / 259

第三十一回　矗围、计蒙误会冲突　云林宫右英夫人解围 / 268

第三十二回　四川地势之理想　黄魔凿黄牛峡　古今中外葬法之不同　禹凿巴山峡　巫山之猿 / 277

第三十三回　禹治云梦　衡山神丹灵峙泰迎禹　掘昆仑之息土以治洪水　禹三次过门不入　涂山氏望夫　禹伐曹、魏、屈、骜四国 / 285

第三十四回　天将驱除狏狼　禹责梓神　禹二次遇疫 / 293

第三十五回　方相氏驱疫　蔡蒙旅平，和夷底绩　禹导沱江上岷山　云梦泽禹遇神女 / 302

第三十六回　禹作岣嵝碑　禹得玉版金简　刻石大孤山　禹上会稽山作歌　禹植柏于大别山　禹三次遇疫　神农氏传授避疫方 / 310

第三十七回 禹诛疫兽 嶓冢导漾 禹治黑水以铁桩镇海眼 弱水中窫窳为患 / 319

第三十八回 天上革命 邢天氏与帝争神 太真夫人除窫窳 / 327

第三十九回 杀三苗于三危 河精献河图 舜颁五瑞于群后 同律度量衡 五载一巡守 尧与舜至首山观河 / 335

第四十回 舜舐瞽叟目复明 五老游河，告河图将来 龙马献图 凤凰献图 尧作"握河记" 命质作乐 / 345

第一回

舜尚见帝，帝馆甥于贰室　舜与尧问答　尧赐舜雕弓、干戈、昭华玉　舜琴尧加　瞽叟使舜完廪、浚井且说舜将父母弟妹一齐搬到沩汭地方居住之后，房屋也宽敞了，器具也齐备了，饮食也丰腆了，伺候的人也有了，瞽叟夫妇起初也还觉称意。但是一看，舜如此之显荣，有百官事他，有帝的九子奉他，有牛羊，有仓廪，当初几次三番逐他出去，原希望他冻饿以毙的，不料现在倒反富贵了。当初决定不给他订婚，原希望他鳏居终身的，不料他居然成家，而且是天子的女儿，而且有两个，那后母心里又是妒忌，又是恼怒，竟有说不出的难过。至于象的心里，又是不同，转转念念，总是不忘情于二嫂，外面虽是假作亲热，里面恨不得将舜杀了，夺了那二嫂来。因此乘舜不在家的时候，常到舜宫中去与二嫂闲谈，希冀施用吊膀子的手段。娥皇、女英是聪明人，岂有看不出情形之理，但是既不好拒绝他，又不敢得罪他，深恐他在父母面前再用谗间起来，因此只好和他敷衍。哪知象以为二嫂是有心的了，越发觉得只要杀死了舜之后，二嫂就可以到手，于是一心筹划杀舜的方法，苦于想不出。

舜住的房屋，与瞽叟等所住的房屋非常相近，中间只有一墙之隔，但是无门可通，来往须出大门，绕道而行。舜每日率领二女，往朝父母，多者三次，少者一次，其余时间依旧做他的农夫事业，犁云锄雨，早作夜休。时当初夏，二女亦采桑养蚕，实做农家妇的勾当。有时敤首亦来谈谈，和二嫂非常莫逆。有时象在舜宫，舜归来看见了，仍旧非常和他亲热，想用诚意去感格他，或者召集了九子百官等臣庶，讨论政治或做人的道理，希望引他到为善的路上去。然而象的心思，并不在此，哪里要听；并且见了九子百官等，不知如何局促不安，自惭形秽，往往不到片时，就跑去了。如此者过了多月。一日，帝尧饬人来接二女归宁，并希望舜同去。舜忙偕了二女朝见父母，禀知此事。舜的后母本想不答应，又是敤首多方解释，方才允许。于是舜及二女拜辞了父母舅姑，径往太原而来。

那面帝尧早将他宫殿旁边的一间贰室收拾起来，给舜等居住。舜到了之后，就在殿上延见，群臣百僚咸在，仪节非常隆重，这才是两大圣人见面的第一次。行礼既毕，即设飨礼。当时群臣久闻舜的大名，却未见过，此时细细瞻仰，但见舜：太上员首，龙颜，日衡，方庭，大口，面颔无毛，果然一表非凡。所欠缺的，长不过六尺一寸，比到帝尧长十尺的，相形之下，殊觉短小；加以操劳忧危太过，背项伛凹向前，而面貌亦觉黧黑。大家暗想，这个人有这样的大德，负这样的大名，甚为可异！飨礼既终，继以燕礼，大家开谈了。起初不过泛泛之言，后来渐渐谈到天下，帝尧道："朕欲使天下之民都来归附，应该用什么方法？"舜道："以臣所知，有三个方法：第一个是执一无失，第二个是行微无怠，第三个是忠信无倦。能够行这三个方法，天下自然会来了。夫执一如天地，行微如日月，忠诚盛于内，贲于外，形于四海天下，其在一隅耶，夫有何足致也。"帝尧又问道："那么我们何事？"舜道："应该事天。"帝尧道："我们应该何任？"舜道："应该任地。"帝尧道："我们应该何务？"舜道："应该务人。"帝尧又问道："那么人情何如？"舜叹道："人情甚不美，问他做甚呢？一个人妻子具而孝衰于亲，嗜欲得而信衰于友，爵禄盈而忠衰于君，人之情乎！人之情乎！甚不美，问他做甚？"帝尧听他这番对答，简括而切要，且多感慨，非常满意，于是就送舜到贰室中住下。自己回到宫中，二女九男都来觐见，帝尧细细问讯一番，知道舜的内行，确系纯笃，绝无虚饰，非常佩服。次日，又召见到汭汭去的百官来盘问一番，知道舜的外行，亦确系纯美无疵，尤为叹赏。

一日，舜来见帝，谈了多时，帝尧赐舜雕弓一张、干戈各一件，又赐絺衣一袭，舜再拜受赐。过了两日，舜备了飨宴，回请帝尧，帝尧同了大司农、大司徒同去，舜为主人，帝尧等均为宾客。自此之后，帝尧又复飨舜，舜又复飨帝，迭为宾主，请了好几次，不像舅甥，亦不像君臣，那情谊竟和朋友交际一般。天子友匹夫，这是后人所羡慕的。

一日，帝尧与舜又在闲谈，舜问帝尧道："天王之用心何如？"帝尧道："吾不傲无告，不废穷民，苦死者，嘉孺子，而哀妇人，此吾所以用心已。"舜道："美则美矣，而未大也。"帝尧道："然则何如？"舜道："天德出而宁，日月照而四时行，若昼夜之有经，云行而雨施矣。”帝尧道：“然则胶胶扰扰乎！子，天之合也；我，人之合也。”

一日，二人又闲谈，帝尧问舜道：“从前有一年，朕因为宗、脍、胥敖三国不尽臣礼，想起兵去伐他，后来事势有阻碍，未曾去伐，但是每到南面听政的时候，心中总觉不能释然，这是什么缘故？”舜道：“臣的意思，治天下总以德为先，武力次之。宗、脍、胥敖三国之君，譬如蓬艾中间的小鸟，听他飞翔，无所不可，不必因为他不臣，心中就不释然的。昔者十日并出，万物皆照，而况德之进于日者乎！”帝尧听了，又非常佩服。

一日，帝尧到贰室中去访舜，只见舜的行囊中，有琴一张，帝尧问道：“汝向来善于鼓琴吗？”舜道：“但能够弹，不能称善。”帝尧取出来一看，原来是五弦的，就问舜道：“琴的制度，一定是五弦的吗？”舜道：“不必一定，少的一弦三弦，多的七弦九弦均可。臣用五弦琴，是臣师纪后所传授。”帝尧就叫舜弹了一曲。次日，就命乐师质，特制了一张七弦琴赐舜，并且说道：“汝琴五弦，朕加二弦，所以合于君臣之恩。”舜稽首拜谢。

自此之后，舜在甥馆，盘桓了一个多月。一日，与娥皇、女英商定，向帝尧告辞归去。帝尧于是大张筵席，为舜饯行，又赐了无数物件，内中有一块宝玉，名叫昭华之玉，大约取昭显重华的意思。对于舜的父母，亦有赠送。舜一一拜受，起身归去。九男百官依旧随行。

到了沩汭，舜和二女先来见父母，并将帝尧所赠的物件一总呈上。瞽叟是一物无所见的，都由敤首逐件报告。那后母看了，虽是欢喜，然而尚有嫌少之意。独有象和二嫂久不见了，等舜与二女回宫之后，急忙来见。舜殷勤招待，并将帝都风景大略和他谈谈。象看见帝赐的干戈、七弦琴和雕弓等，非常喜爱，玩弄不已。舜因为是天子所赐之物，不便转赠于弟，拟照样制了送象，但是并不言明。哪知象去之后，愈想愈眼热，愈想愈心焦，既想二嫂，又想这许多玩物，不由得不暴躁发怒。他母亲知道他的心思，百般劝慰。象咬牙切齿地说道：“我不弄她到手，我不是人！”母亲道：“物件有几种，我明朝向他去要，或者可以弄到手，人是难的呢。”象道：“我不屑去向他讨，我自有方法可以弄她来。物件要紧，人尤要紧。我只要将这个不孝的畜生杀死，怕她们都不是我的么！”母亲道：“你不要胡说，杀人是要偿命的！”象道：“怕什么！我自有方法，叫他死而无怨，看我的手段，看我的本领。”说罢，恨恨不已。那时敤首适值在后面，听到这番话，知道是为舜而发的。次日，凑个空闲，告诉了二嫂，叫她们劝舜留心。过了几日，却安然无事。

一日天雨，舜到瞽叟处去问安，瞽叟道：“我后面藏米的屋子漏了，米多渗湿，你须想个法子去修理。”舜应道是，当下舜出来就叫几个工人，去将仓廪治好。过了两日，瞽叟又向舜道：“廪上仍旧漏呢！你前日叫来的几个人，真是太马虎了，你去看看。”舜到廪中一看，上面果然有一个大洞，时值雨后，廪中漏得不堪。舜觉得诧异，暗想，我前日叫来修理的几个人，不会如此疏忽的，这是什么缘故呢？瞽叟道：“明日天晴了，你给我自己上去修治，省得那班人不用心。”舜连连答应道：“是。”当下回去，便将此事告诉了二女。娥皇一听，便说道：“不好不好！这个不要就是计呀！”舜道：“想来不至于如此。”女英道：“即使不是计，我想总以防备为是。”舜道：“怎样防备呢？父命又不可违。”娥皇想了一会儿，说道：“有了。”就叫女英道：“妹妹！我想此事之危险，就在上了廪之后，急切不能下来。假使有如盖如笠的物件，手中拿住，抵着了空气，使人慢慢地坠下，或者不至于死伤。”女英道：“我亦这样想，最好如盖一般的物件，可以收，可以放的，明日上去时，收起来，藏在身畔，不使人看见，果真有急难了，那么就撑起来跳下，岂不是好！”娥皇道：“我二人意见既然相同，就做吧。”当下到庭外，斫了两枝大竹，细细劈开，竹梢做干，竹根剖成细片，再打过眼，用线索穿起，上面蒙之以布，下面再用机括撑住，可以伸缩。起初做了一个，能伸而不能缩，甚不适用，两人又细细研究，再加改良，居然可用了。娥皇道：“妹妹，我们再做一个吧，一只袖子里藏一个，岂不是好！”女英道：“好是好的，不过袖子里藏不起，怎样呢？”娥皇道：“管他呢，且做了再看。”于是两姊妹又合力做了一个，叫舜先在袖内藏藏，哪知竟有点累赘，而且看得出。两姊妹又商量了许久，将柄截短些，女英又设法将舜的两袖拆开放大，说道：“这个叫作鹊衣裳，明日的工作，可以叫作鸟工，但愿在空中能如鸟鹊的飞翔任意，才好。”当下舜将两盖分藏两袖之中，居然看不出了。娥皇道：“我看斗笠也不可少。工人升屋，戴斗笠以遮太阳，本来是当然之事，有斗笠戴在头上，跳下来或者格外平稳些。”于是又取过斗笠来，缝补坚固，叹了一口气道：“人事已尽，所不可知者天命了。”时已夜深，三人胡乱地睡了一觉。

次日黎明，舜藏了两盖，携了斗笠，往朝瞽叟，问安已毕，却不见象和后母。瞽叟道：“今日天色已晴，汝可去完廪了。”舜连连答应，即忙来至后院，只见象和后母都站在廪门之边，不知谈什么。舜忙过去给后母请安，又向象道：“三弟今日起身甚早。”象道：“我记念廪中之米，恐怕它受潮而霉，所以和母亲来看看。”舜道：“那么，门窗不可以闭着，打开来透透风，那霉烂就可以减少了。”说着，就要来开廪门。那后母忙拦住道：“不可不可！我我我里里面有要要紧物件，放在那里，不不不要开。”后母正在说时，象早过来，将身挡住了门。舜见此情形，知道今日之事非常危险，但亦不露声色，即说道：“父亲命我完廪，我上去吧，梯子在哪里？”象用手指道：“在对面。”舜看见，便过去掇了来，一级一级地升上去，升到一半，已从窗棂中望见，里面并无米粒，都是堆着些干柴枯草之类，心中益发明白。刚爬到屋上，忽觉脚旁有物移动，回头一看，只见那梯子已被人移去了。舜知道祸事已迫，不敢怠慢，忙先爬到屋脊上，察看四周情形，只见面面临空，有一处房屋虽则相近，然而距离亦有一丈左右，料想跳不过去。那时，下面已有毕剥之声，烟气亦迷漫而出。舜急将两盖取出，携在手中，那时西北风大作，东南两面尽是烟气，舜即爬到西面，往下一望，约有二丈高，然而顾不得了，急将两盖撑起，两手擎住，站将起来，往下跳去，但觉悠悠扬扬，落在地上，竟一无损伤。慌忙丢了两盖，除了斗笠，要想来救火，那时邻舍居民都担了水，持了械，来救火了。当头一个，看见了舜便大嚷道：“都君一个人在这里救火呢！我们在外面，已都看见了，令弟竟还没有知道，抵死地不肯放我们进来，幸亏令妹呼救，令弟才肯让开，再迟一刻，可不得了呀！”舜道：“诸位费心，感谢感谢！赶快替我们救一救。”那时九男百官等亦都率领人夫来了，七手八脚，一齐动手，但是风猛火炽，无从设法，虽有水浇上去，正如添油一般，须臾之间，房屋崩倒，尽成灰烬。那时象跟在后面，看见舜依然尚在，帮同救火，竟像一点损伤都没有，心中着实奇怪，暗想，他莫非有远跳的本领么？火熄之后，救火者纷纷散去，象看见了舜，假作不知道的样子，反问舜道："你上屋之后，我和母亲就到里面去，究竟这火从何而来的呢？"舜道："我亦不知道，大概不知何人遗落在那里的吧。"说着，敤首跑来，就问舜道："二哥无恙么？"舜道："多谢，无恙，父亲受惊么？"敤首道："还好，没有受惊。"舜就来老父处，问慰一会儿，就告辞回去，一路的恸哭，暗想：人家父母，总是很亲爱的，何以我的父母，竟要设法弄死我？我的罪恶究竟在哪里呢？殊不可解。娥皇、女英接着，知道侥幸而免，私相庆慰，又慰劝了舜一番。

过了多日，忽然敤首神色仓皇地跑来和二嫂说道："前日焚廪之事，事前妹一无闻知，幸而天相吉人，二哥竟脱了险，真是恭喜。昨晚妹听见三哥和家母密谈中有'空中可逃，地中看他怎样逃'的话，妹深恐与二哥又有关系，所以特来通知，请速防备，妹去了。"说罢，匆匆而去。娥皇、女英听了，顿时又非常忧虑，然而"地中"两个字如何解呢？指何地而言呢？一时竟猜不出，等舜回来，就告诉了舜。舜想了一想道："哦！一定是浚井。我记得那边屋里，是有一口井的。"娥皇、女英听了，不禁失色，齐声道："果然如此，那么怎样？"又歇了一会儿，说道："我看，先在那井中旁边，穿一个洞，可以藏身，岂不是好。"舜道："这个做不到。第一，井在那边，我如何去穿？第二，即使穿了，他将上面堵塞，我藏在里面，如何能活呢？"三人说到此处，面面相觑，一筹莫展。忽然娥皇道："有了。"舜问道："怎样？"娥皇道："井在何方？"舜指着东北角道："大约在这一面。"娥皇道："离此地大约有多少远？"舜道："大约有三四丈。"娥皇道："那么，我们先在此地的这一口井里，对准方向，穿一隧道过去，接着那口井，万一有事，就从这隧道里钻过来，此法如何？"舜和女英听了，都以为然，但是方向如何对得准呢？女英道："这个容易，我们先用梯子，布到垣上，望一望就是了。"当下决议之后，舜立刻就动手起来。那锄犁畚锔等，本是农家必备的，舜走下井去，慢慢掘土，娥皇，女英轮流地搬运，日里不足，继之以夜，三人精疲力尽，只开得二丈左右远，又恐怕掘错了方向，不时地升梯登看，益觉劳乏。幸喜次早进见瞽叟，竟没有提起什么事。归家再掘，到得下午，约有三丈多远了，居然与那边的井有点相通，但是仅有很狭很小的一点光线透出。舜气急力竭，汗如雨洗，幸喜不曾掘斜，方自欣慰，走出隧道，稍事休息。忽然瞽叟处饬人来叫，说道："有要事叫舜就去。"舜浑身污泥，口中急急答应，立刻舀水，大略盥洗一遍，娥皇、女英早将衣服送来，替舜穿好，又将各处用带系紧。舜问什么缘故，娥皇道："系紧了，好预备钻隧道，省得有牵扯不便，这个叫作龙工之衣。"说罢，女英又将斧凿等纳入舜衣中，外面仍穿上衣裳，匆匆来见瞽叟。瞽叟道："我叫你来，非为别事，后院中那口井，浑浊了，你给我去浚一浚。"舜连声答应，心中却禁不住酸楚万状。到得后院中，只见四面，一畚箕一畚箕的泥沙土石，堆积得不少，后母及象却不见踪迹。舜暗想，若非敤妹通知，此命休矣！虽然，为祸为福，还是难说。一面想，一面走到井边，将外罩的衣裳脱卸，就向井中直跨下去。原来凿井是舜生平的长技，舜每到一处耕田，必定亲自凿一口井，因此跨下井去，极为自然。一路下去，一路四边张望，都是漆黑，并无光亮，不得已，取出斧凿，到处乱击，有一处松而且空，料想是刚才所掘之隧道了，急忙用尽平生之力凿去，顿时与那边隧道打通，但是泥沙梗塞，一时不易钻过，而耳中仿佛听见啼哭之声，又仿佛有斥骂之声，头上泥沙土石已盖顶而来，头顶肩背早被打击了几处。舜知道危险之至，狠命地向隧道中爬钻，那从顶上来的泥沙土石，更如瀑布的倾泻，股上腿上又打着不少。舜全身钻进隧道中，气力全无，不能动弹，忽然觉得眼中火光一耀，又听得似有人语，舜知道是英、皇来探望，精神一振，努力地就钻了出去。

且说象与他母亲本闪在后屋之中，看见舜跨下井去，二人急忙走到院中，将所预备的泥沙土石畚箕提起，要往井中倾去。忽见敤首飞奔地跑来，将母兄两个所提的畚箕夺住，不使他们倾倒，口中苦苦地代舜哀求。她母亲大骂："干你甚事！给我滚开去！"敤首仍旧不放，仍是哀求。象勃然大怒，骂道："你敢来破坏我们的事！"说着，放下畚箕，劈面一掌，又用手一推，敤首踉踉跄跄地退到丈余路之远，颠于地上，痛哭不已。这里象和他母亲才将各畚箕的泥沙土石逐渐倾倒到井中去，有如许时间的腾挪，舜才能够逃出，亦真是舜的救星。过了一会儿，各畚箕的土石泥沙都已倒完，井亦差不多填满了，象不禁拍手大喜，和他母亲说道："怎么样？我的谋略！看他这回逃到哪里去！照母亲前回焚廪的政策，我早知道不对的，因为他在屋上，可以跳，即使不会跳，邻人看见了，还要来救，不是万全的，果然，徒牺牲了一间房子。现在岂不是好么！"他母亲也笑笑说道："我何尝不知道，不过我想杀人是要偿命的，推说失火烧死，就无痕迹，我是这个想头。"象道："我这个方法，何尝有痕迹呢？人家查起来，只推不知道，他们绝不会疑心到井里去的。"那时敤首见井已填满，料想舜决不得活，直哭得昏晕过去。象跑过去踢她一脚，说道："这回事情，你如若敢向人漏泄一个字，管教你也立刻不得好死！"他母亲也说道："那是万万漏泄不得的，万一漏泄了，我们两个人去受罪，你心里忍么？"敤首不敢作声，站了起来，跟了母兄，走进房去。只听见象叫道："父亲！今朝事情已做成功了，这个功劳，都是我的。现在先将他的家产分一分，牛羊我不要，归了父母，仓廪我不要，归了父母，干戈归我，琴归我，弤归我，还有两个嫂子，想来父母更没有用处，叫她们给我叠被铺床，晚上陪我睡觉。父母你看，我分得对不对？"瞽叟夫妇大笑道："好好！随你随你。"象听了，得意之极，叫道："我就去望望二嫂来。"说着，转身便来到舜处，刚进大门，只听见里面叮咚叮咚的琴声，象料想是二嫂在那里弹，不禁心痒起来，便大叫地跑进去道："好嫂子！你们好快活呀！我来陪你们。"哪知话未说完，一看，坐在床上弹琴的并不是二嫂，竟是个舜，二嫂却分立在两旁。象到此，真是出其不意，万分为难了。留又不可，退又不能，恨不得寻一个地缝，立刻钻进去，心中又想：舜已给我埋在井中，何以仍旧会得在此弹琴呢？究竟是怎样一回事呢？一霎时思潮起落，不禁目瞪口呆。倒是舜和英、皇，仍旧客客气气地让坐，问他从哪里来。象只得期期艾艾的，随口胡诌道："啊哟！我我实实在记记记挂二哥呀！"话未说完，良心发现，顿时将一张脸涨得绯红。舜见他如此，也不和他认真，便说道："三弟你来亦好，我这几日忙得很，你有工夫，可以代我管理这些臣庶吧。"象听见舜如此说，心中益发不安，如坐针毡，勉强支吾了几句，就告辞而去。回到家中，他母亲就问他道："你来得这般快，莫非那两个女的不肯从你么？"象道："怪怪怪！不是鬼，定是妖。"他母亲诧异道："怎样怎样？"象道："我们亲眼看见他埋在井里，哪知他却在床上弹他的琴，岂不是妖魔鬼怪么！”他母亲听了，亦惊疑不定，两个人再同到井的四周，看了一回，亦看不出痕迹。他母亲道：“不要这个人有鬼神保佑，暗中救扶么！我看你还是歇了这个念头吧。”象恨恨地说道：“我一定不肯歇，我不弄死他，不是人！”当下只有敤首听见了，知道舜并未死，暗暗欢喜。

第二回

象日以杀舜为事　二女与舜药浴汪　舜为司徒，举八元八恺　荐皋陶为士师　七友逃舜

一日，敤首正在房中作绘画，忽听见象与父母吵闹之声，敤首蹑手蹑足走过去窃听，只听见象说道：“父母因儿子不孝，杀死儿子，照例是无罪的，即使有罪，亦决不至死。父亲！你就承认了，有什么要紧呢？”他母亲说道：“从前原想不牵涉你在内，所以那样做，求个泯然无迹，不想他神通竟有这样广大！现在除出这样做之外，真无别法。事体发觉了，求你承认承认，你都有如此之难！难道你真个眼睁睁看我们母子两个去抵罪么？”隔了一会儿，瞽叟道：“是了是了！我承认，我承认。”敤首方想再听，但觉里面有脚步移动之声，深恐有人出来，慌忙退回原处，暗想：“这次又不知道要施用怎样的毒计？想来总要比前两次的毒。二哥二哥！你真好苦命呀！”继而一想：“我既然知道了，总须设法探听，以便救护才是。”自此之后，敤首遇事留心，随处察看，但亦无迹可见。

一日，忽见象叫人买了两瓮佳酿回来，这是从来所未有的事，敤首觉得有点古怪。次日，舜和二女来时，敤首乘便与兄嫂做了一个眼色，又目视酒瓮，舜等会意，旋即归去。舜想到父母这种待遇，禁不住又号泣起来。二女劝道：“如今哭也无益，总须赶快预备，以尽人事。照刚才小姑的意思，怕的是酒中置毒，那么怎样呢？”大家想了一会儿，女英忽然道：“百草花丸可以解百毒的，有在这里。”舜问：“怎样叫百草花丸？”娥皇道：“当初我父亲有一个臣子，叫赤将子舆，他是几百岁的仙人，专食百草花丸，不食其余烟火食。有一年，我父亲到南方去巡守，与老将羿等中了三苗国的蛊毒，一病几殆，幸亏这百草花丸治好，因此我父亲极相信它，就请赤将先生将这丸制了无数，分赠各人，以备急需，所以我们都有的。”说罢，就进内去，翻箱倒笼，寻了一大包出来，打开一看，香气扑鼻。女英就劝舜先服一点。舜道：“这种药，大概是中毒之后，再用它去解的。此时并无动静，服它何用？”

娥皇道："服了好。横竖这百草花丸，是有益无损的。"舜于是就服了些。凑巧象跑来，对舜千不是万不是地赔罪，并且说："从前种种，都是做兄弟的荒谬，如今觉悟了，特诚备了些酒肴，务请二哥去赏光赏光。"舜听他的话语虽如此说，而眼中时露凶光，笑容之中亦微带点狞恶，料想他决不怀好意，便辞谢道："三弟！你何必如此客气多礼。我今日略为有点不舒服，刚才正在此吞丸药呢，心领谢谢吧。"二女亦帮同推辞。象道："今日之事，不仅是兄弟个人的意思，父亲母亲都同意的，叫我专诚来请呢！父亲母亲，此刻都等着，如果二哥身体不适意，略为坐坐，少吃点亦可。"舜见他说到如此，不能再辞，只得说道："既然如此，三弟，你先行，我就来。"象大喜而去。这里舜连忙再将百草花丸吃了些，别了二女，匆匆就至父母处。只见筵席已摆好，他后母和敤首正在一盘一碟地搬出来，象亦在那里帮忙。舜看了，非常不安，说道："母亲、弟妹太辛苦了，儿自己来搬吧。"他后母笑眯眯地说道："你兄弟气性不好，欢喜恶作剧，几次三番地戏弄你，我和你父亲知道了，非常生气，责备了他一番，他自己亦懊悔了，所以特地备点酒肴，请你吃吃，请你对于以前种种，千万不要介意，原谅他年纪小吧。兄弟如手足，总以和气为主，你说是不是呀？"舜听了这番话，尤其觉得不安，说道："儿决不介意。三弟人是很好的，不过一时的错误罢了。母亲请坐，儿自己来搬。"说着，一径走到厨房里，这是舜平日在家所操的恒业。迎面遇见敤首，捧了一盘鱼出来，舜看她愁眉深锁，眼有泪痕，知道她正在为自己而担忧，心中又是伤心，又是感激。敤首看了舜，故意装作不见，一脚踢在舜足上，嘴里轻轻说了"留心刀"三个字。舜陡然一惊。到得厨下，象亦随后跟来，说道："二哥请坐，何必客气呢！"舜道："没有母亲做了再搬给我吃的道理，我一定要自己搬的。"说着，就亲自搬了一盘肉出去。到得门边，瞥眼一看，只见门背后亮晃晃似的，有两把刀在那里。舜看了，心中倒反稍稍安了一点。原来舜所虑的，就是酒肴中下毒，是无可逃的；如用刀来，那就有可逃的方法了。当下父子兄弟母女五人共席，瞽叟是目不见物，待人喂哺的，不过口中劝饮。象和他母亲，更不住地轮流替舜斟酒，干了一杯，又是一杯。舜屡屡告辞，象和他母亲仍旧不肯歇手。瞽叟亦不时地说道："舜儿！

你会饮，多饮几杯。母亲的美意，你哪里可以不饮呢！”舜只得又饮了几杯，从午间起，直饮到日色平西，舜不知道饮了多少酒了。舜虽则有百觚之量，但是二百觚已不止了，只因知道大祸临头，心中兢兢，所以虽则醉了，尚不至于露出醉意来。后来敤首看见母兄心怀不良，有灌醉舜的意思，乘个不备，走到后面，私下将瓮中之酒倾去了不少。象来看时，酒已干了，但看舜仍旧没有醉意，而且精神奕奕，谈笑风生，与平时一样，不觉又恨又气，蓦地走出去，从门背后取出两把刀，说声：“我总是如此，就和他拼了命吧！”正要闯出去，适值他母亲亦走来，想和他商量。敤首趁此，以手做势，叫舜赶快逃。舜会意，急忙起身，也不向老父告辞，踉踉跄跄地往外便走，只觉得头重脚轻，身不自主，勉强镇定，急行归家而去。这里象与母亲商量了几句话，便手执钢刀而出，不见了舜，便问敤首。敤首道：“他说出去小遗就来。”象赶至小遗处，仍不见舜，即忙赶至大门，问守门的人，说：“舜已归去了。”直把象气得三尸暴跳，七窍生烟，正是赔了许多酒肴，费了许多心思力气，还要赔了多少的小心和不是，焉得不忿呢！

且说舜进了自己家门之后，知大祸已脱，心思一懈，这酒就涌上来，顿觉得天旋地转，身子往左便栽，跌倒在地上。左右的人见了，慌忙来扶，却已双目紧闭，不省人事。慌忙入内，报与二女，一面并将舜扛了进去。那时二女因舜去了半日，寂无消息，心中非常记念，忽见众人将舜扛了进来，以为毒发，性命垂危了，更觉得惶急万分。后来扛到床上，众人退出之后，细细上前一看，只见舜口吐食物，酒气熏人，但是呼之不应，推之不醒。女英道：“不要是中毒么？”娥皇道：“我看不像，如果中毒，必有疼痛，或他种的情形，不会这样安睡的。”于是二人陪了一夜。到得次日，舜仍旧不醒，二人却有点怕了，女英忙去查医书，看见一条说：凡大醉不醒者，用人乳和热黄酒若干灌服，再用冷热汤浸其全身，则酒化为汤而自醒矣。但是人乳急切找不到。娥皇又查医书，用白菜籽二升，捣烂熬汁灌入，亦可醒酒。娥皇道：“我们这里白菜籽很多，何妨试试呢。”女英道：“我看冷热汤是外治之法，料无妨害，两项齐用吧。”二人商量定了，分头去预备。先用白菜籽汁灌入，后将舜扛入一个小池之中，加以热汤，浸其全身，不时地增添热汤，过了半时，果然慢慢地醒了。二女大喜，忙将舜扶起，周身揩抹一回，再更衣起立。舜便问何以至此，二女历述原因。舜道："昨日酒甚佳，又饮得多，真个醉了。"一路说，一路想走，但是身子兀自荡摇不定，气力全无，足足过了三日，方才痊愈。这三日朝见父母，都是二女去的。

一日，帝尧忽有命令，叫舜将二女带了即刻入都，将授以官职。舜本来要想辞谢，陈请终养。继而一想，为国为民，本是向来的志愿，岂可专一地顾家！又想连父母都迎养而去，后来一想，父母兄弟如此屡屡谋害，万一性命不保，岂不是陷父母于不义！还不如趁此离开了吧。譬如从前，在各处做工，每一二年归觐一次，亦试得。想罢之后，就拜受帝命，一面禀知父母，一面预备动身。象因屡次想谋杀舜不成，正在气愤，思想别法，现在忽听得舜要出去做大官，而且二嫂都要带去，从此杀兄夺嫂之志愿永远不能再偿，并且与二嫂见面亲近的机会都没有了，这一气非同小可，然而亦无可如何，只得听他们自去。

过了几日，舜到了太原，觐见帝尧。帝尧向舜说道："大司徒勤劳民事，历有多年，现有疾病，医者劝其静养，所以朕特饬汝前来代他的职位。汝如有嘉谋，尽可设施，不可因系庖代性质，奉行故事。"舜稽首受命。过了两日，舜向尧奏道："臣的意思，为治之道，得人为先，所以臣任教化之事，拟举几个贤人，以供襄助，未知帝意何如？"帝尧道："汝言极是。果有贤才，不妨尽量保举，朕当一一任用。"舜道："臣伏见帝之胞弟，伯奋、仲堪、叔献、季仲、伯虎、仲熊、叔豹、季狸八个，都是逸群之才，可以当敷教化之任，请帝任用。"帝尧道："原来就是他们，朕真疏忽了。自从先皇考宾天之后，庶母羲和氏就带了他们在海外，一晌未曾归来，所以朕尚未曾见过。汝知道他们八个，确有才干，贤能可用么？"舜道："他们从海外归来，大约有好多年了。天下之民，尽知道他们的贤能，齐声称颂，有'八元'之称，臣均见过，确系可用。"帝尧道："那么汝赶快饬人去招他们来，朕立刻任用，就分派在汝部下吧。"舜再拜稽首，受命而出，即刻派人去寻八元。两月之中，陆续都到，先来见帝尧。帝尧道："朕未知汝等已归国，失于招呼，但是汝等既已归国，何以不到朕这里来？"伯奋道："贵贱有殊，臣等如来见帝，其知者以为叙兄弟之情，不知者必以为希富贵之路，臣等耻之，所以不敢前来晋谒，死罪死罪！”帝尧叹道：“汝等亦太耿介了。现在舜举汝等佐理敷布教化之事，汝等其各敬谨将事。兄弟固属至亲，然而国家之事，如有乖戾，朕不能因私恩而废公义，汝等慎之！”八元等受命，稽首而出，就到大司徒府中来就职。

当下舜就开了一个会议，商量敷布教化之事。但是“教化”两个字，太空空洞洞了，究竟教什么呢？化什么呢？教他好，怎样才叫作好？化他善，怎样才叫作善？后来讨论的结果，最要紧的是人与人之间相互的一种关系。因为世界是人类所积成的，人与人无时不接触，无地不接触，既然接触，那么你的待我，我的待你，必有一种至当不易的方法，才可以相安相亲而不争；教化之道，似宜从这一点着手，方才切实有用。后来又将世界上人与人相互之关系，分为五类：一曰君臣，二曰父子，三曰夫妇，四曰长幼，五曰朋友，这五类似乎已可包括人与人相互之关系而无遗了。但是，每类之中，求一种至当不易之方法，其标准很难定。尤其难定的，是君臣一类，因为君臣一类，为君的往往容易擅作威福，为臣的往往容易谄媚逢迎，以避君主之威，以邀君主之福，这种道理不弄明白，君臣一类是永远不会有好结果的。后来大家细细讨论，定下一个标准，叫作“义”字。义字的意思，是种种合于当然的意思；因为君之与臣，尊卑虽殊，但是推到他当然的道理，所以要立这个君，所以要用这个臣，无非都是为百姓求福利而设的；既然都是为百姓求福利而设，那么他们所行之事，有福利于百姓的，才叫作义，无福利于百姓的，就是不义；臣子不义，君主应当加之惩罚，君主不义，臣子亦应当加之以谏阻；假使同是一事，君主的意见有时与臣子不同，而那利害祸福一时又看不到，那么怎样呢？或者君主方面牺牲他的意见，以从臣子，或者臣子方面牺牲他的意见，以从君主，均无不可；假使两边意见不同，而利害祸福显而易见，那么为君主的可以罢免其臣，为臣子的亦可以舍弃其君，所谓“道合则留，不合则去”，有义的标准，就此确定。还有一层，所谓君臣，不必限于朝廷之上的君主，凡是一部分为百姓办事，而有出令之权的，都是君之类；凡是受人之禄，为人办事，而有奉行之责的，都是臣之类，都适用这个标准。第二项是父子。父对于子，应该慈；子对于父，应该孝。孝慈两个字，总离不了一个亲字；父子天性，假使因责善而贼恩，而分离，那个就不亲了；所以父子的标准，就定了一个“亲”字，无论如何，总以不失其亲为原则。母子与父子一样，亦适用这个标准。第三项是夫妇。夫应该和，妻应该柔，一和一柔，家道乃成。世上夫妇仳离的缘故虽有多种，而最大的不外两端：一端是亲热过度，始则纵容狎亵，无所不至，久而久之，反动力一生，两个就不对了；还有一端，男子见了另外的女子，都是可爱，女子见了另外的男子，亦都是可爱，虽不必一定夫有外恋，妻有外遇，而不拘形迹、不避嫌疑之中，实足以引起夫妇的醋意，而生出种种之误会，因此夫妇相敬如宾的敬字，还不足以包括，所以它的标准，是一个“别”字。其他男女交际及各种，亦适用这个标准。第四项是兄弟。兄应该友，弟应该恭，这是人人所知道的，但是如何叫作恭，如何叫作友，不能不定一个标准。大凡兄弟这一伦，与父子夫妇不同。父子的尊卑隔得远，而兄弟则是平等的，不过年龄有大小而已。夫妇的利害，常相公共，而兄弟的利害，往往相冲突。况且父子夫妇，都是个对个，简单而容易对付；兄弟则多者十余人，少者亦二三人，方面既多，对付不易。讨论结果，定了一个标准，是个“序”字。因为兄弟的名称，是由年龄而来，那么种种关系发生的时候，都按了次序做过去，自然不会冲突了。每事兄让其弟，弟让其兄，友爱之情就由此而生。推而广之，要想泯灭社会上一切的争执，亦无非确定长幼之次序，乡党莫如齿，以齿为序，社会自然不乱，所以各种长幼，相遇亦适用这个标准。第五项是朋友。朋友这一伦，有广狭两义：就狭义说起来，同道为朋，同志为友；就广义说起来，除出父母之外，殆无不可以作为朋友。天子友匹夫；匹夫匹妇，如宾如友；兄弟互相友爱；都是个友，那么这个标准从何而定呢？讨论良久，结果定了一个“信”字，因为朋友之道，不外乎交际，而交际之中首重言辞，一切情谊都由此而发生；假使交际之时，言而无信，或任意虚构，或行不践言，那么情谊就不能发生，而朋友之道亦无从确立，所以信字最为重要。其他人类往来交际，亦适用此种标准。五项议完之后，大家又商量制成一篇议案，又分派职司。伯奋、伯虎担任父子一伦，仲堪、仲熊担任夫妇一伦，叔献、叔豹担任兄弟一伦，季仲、季狸担任朋友一伦，尚有君臣一伦，由舜与八人共同担任，并拟定教导的种种方法。次日入朝，奏知帝尧，帝尧看了大喜，遂将这个议案定名叫作“五典”，表示尊崇之意，就叫舜等负责去实行。

过了几月，大司农因为水灾太久，黎民艰食鲜食，拟亲自到各处考察一周，以便筹划补救，他所兼的天官冢宰一职无人代理，帝尧就叫舜去担任。原来那天官冢宰是总辖百官的尊官，向来大司农出去，总是由帝尧自己担任，这次因为要试舜的才能，看他有无统御之才，群臣服与不服，所以叫他担任。那舜代理几个月之后，百官个个服从，各率其职，这亦可见舜的才德了。但是舜代理了冢宰之后，对于百官细细考察，才德贤能之人固然不少，而寻常庸碌的人亦不免掺杂其间，因此又保举了苍舒、隤敳、梼戭、大临、龙降、庭坚、仲容、叔达等八恺，说这八人都可以大用；并且又保举雒陶、灵甫、东不訾、秦不虚、方回、续牙、伯阳等七友，说这几个亦都是忠清正直之士，可以作庶官之才；又保举皋陶，可以当士师之任。帝尧道：“皋陶这人，朕曾召来，想大用他，可惜喑了，此刻痊愈了么？”舜道：“他的喑病，时愈时发，此刻是否痊愈，不得而知。但是，求一个折狱之才，非此人不可，即使他的喑疾常发，亦不要紧，因为折狱并不一定贵乎言语的。”帝尧听了大喜。后来又谈到方回、续牙，帝尧道：“方回这人，从前朕亦想用他，他只肯做个闾士，后来又硬辞去。他是个志在学道之人，恐未必肯来做官呢。至于续牙，是朕之胞弟，朕屡次召他，他逃来逃去，总不肯来相见，恐怕亦未必愿来。”舜道：“愿意服官与否，是各人之志；保荐贤才，是臣之职；各行其是而已。”帝尧以为然，遂又说道：“苍舒等八人号称‘八恺’，朕亦久有所闻，不知其人果何如？”舜道：“都是杰出之才，不可多得的。”帝尧道：“那么朕都任用，汝即速去召他们来。”舜受命，分头遣人去叫。哪知数月之内，八恺和皋陶都来，独有那七友不知所往。据去叫的人说，秦不虚等在舜这次入都之后，就动身他往，连家眷一齐搬去了。究往何处而去，他们的邻里都不知道，无从打听。舜听了，知道他们都是高尚其志，不肯出山，连平日最要好的朋友都情愿终身不见面，这亦是无可如何之事。皋陶是帝尧赏识最早之人，且有专长，所以一到京之后，就授以士师之职，其余都留在朝中，共参大政。从此八元八恺，同在一庭，亦可谓英才济济了。

第三回

尧以舜为耳目　宾于四门　纳于大麓，烈风雷雨不迷，虎狼蝮蛇不害　命舜摄位，三凶不服

且说舜受尧命总理百官之事，舜举贤任能，因材器使，数月之内，无一废事，帝尧因此愈信舜的才德。然而一班左右之人，看见舜少年新进，今朝荐八个人，明朝又荐七个人，隔了两日又荐八个人，帝尧无不依他，如此威权，不免起一种嫉忌之心，便来帝尧面前献谗言道："臣等听见说，一个为人君的，应该自己用一副耳目，方才可以防免臣下的盗权结党和欺蔽。现在帝专门相信一个虞舜，举几个，用几个，恐怕是不可的事吧！"帝尧听了，已知道他们的来意，便笑笑说道："朕的举舜，已经用尽朕的耳目了。假使对于舜所举的人，再要用朕的耳目，将来又再用朕的耳目，那么这副耳目，岂不是辗转相用，终无了期么！"左右的人听了帝尧的话，不觉作声不得。

过了几月，大司农回来了，舜仍旧交卸。这年适值是诸侯朝觐之年，远近诸侯来朝觐者络绎不绝。帝尧要试舜对于诸侯的信仰如何，所以又叫舜作上傧之官，招待四方宾客。东方九夷之国，在东门之外；南方八蛮之国，在南门之外；西方六戎之国，在西门之外；北方五狄之国，在北门之外；一批来一批去，舜都招待得非常周到。各方诸侯见了舜的威仪，听了舜的谈吐，都生敬仰之心。于是帝尧知道舜这个人可以将天下让给他，不用踌躇了，正在计算让天下的日期与如何让法，忽报冀州东都水患大甚，鲧所筑的堤，坍去了大半，洪水汩汩而来，人民死伤无数。帝尧听了，大为痛惜，就和舜说道："朕本拟亲自前往一巡，无奈年老，不禁危险，现在命汝随同大司农，到那边考察一番，究竟是鲧办理得不善，还是天灾地变所致，务须调查明白，汝其速往。"舜稽首受命，当下就和大司农带了许多从人，一同起身，向东而行。原来鲧所筑的堤，在冀州东部，兖州北部，共有两条：一条从大伾山起（现在河南浚县东二里），经过现在河北省濮阳县而东；一条从现在河北省大陆泽之南，经过广宗、清河、故城三县，曲折而东，每条长亘千里。鲧的计划，一堤坍了，还有一堤，亦可谓想得周到了。但是当时地体未宁，海水冲荡，八九年的工程，竟毁坏于一日，这亦是鲧的大大不幸了。

且说舜和大司农到大陆泽西岸一看，只见洪水漫天，比较从前的大陆泽，不止大了一半，小民荡析离居，连船舶都不知道漂流何处，所以要想渡到南岸，殊属无法。舜和大司农商量，就沿着山势，水所浸没不到的地方，走过去，绕过大陆泽西岸，只见有一座山，伸向大陆泽中，仿佛一个半岛相似，舜和大司农等就向此山而来。哪知此山全是森林，蔽天翳日，绝无道路，更无居民，好像多年没有人来往似的。从人道："此种山林之中，恐有毒蛇猛兽，请留心。"舜等答应。行不数步，果听得林中有狼嗥之声，愈迫愈近，从人吓得不敢上前，都退转来，便是大司农亦止步了。舜道："怕什么！不要紧，跟我来。"于是分开众人，径自上前。蓦地大批狼群从森林中窜出，大司农在后面看见，忙叫仲华留意。舜答应道："知道。"然而依旧前进。大批狼群窜到舜面前，用鼻嗅嗅舜之身，用舌舐舐舜之足，摇头摆尾，此去彼来，阻住舜的进路，舜安然站立不动。过了片时，大批狼群忽然都转身窜向林中而去，不知所往。大众看得稀奇，都来问舜，用什么方法遣退狼群。舜道："并无方法。"大众益发诧异。又行了多时，转过一个山峰，森林渐稀，陡然遇见两只斑斓猛虎，一只卧在石上，一只伏在洞口哺小虎之乳。看见众人走来，两虎一齐站起，那雄虎威性陡发，竖起一根似铁的尾巴，前足揿住地上，将身子摇摆数次，抖擞它的皮毛，忽而大吼一声，响如霹雳。众人至此，个个自以为必死了，但听见舜忽向猛虎说话道："我们奉天子之命，到此地考察洪水，想拯救万民，不料遇到了你。如果我们应该给你吃的，你就来吃了；如其不然，你赶快走入洞内，勿得在此阻碍大路，恐吓行人，你知道么？"说完之后，那雄虎若有知觉，垂尾帖耳，走到雌虎面前，呜呜地呜了两声，就先后地衔了小虎，钻进洞去了。大司农等正在惊魂不定的时候，看见舜用话语制伏了猛虎，大以为奇，深恐两虎再钻出洞来，不敢多说，立刻都疾趋而过。离得远了，大司农方才问舜道："仲华！你这个厌虎之术是从哪里学来的？"舜笑道："某何尝有厌虎之术，不过刚才狭路相逢，料想逃不脱，与它相搏，当然敌它不过，横竖总是个死；然而它是兽，我们是人，人总应该有人的气概，决不肯于临死之时，在兽类面前露出一种觳觫战栗之态，所以我奋着勇气，随便说了两句，不想居然有效，这个亦是天子之恩威，远远庇护着吧，哪里算得一种本领呢！”众人听了，无不佩服舜的识见，又无不佩服舜的镇定。

当下又行了一程，时当炎夏，天气燥热，山行既非常吃力，穿林出林，又非常艰难，忽然之间，觉天色渐渐阴晦起来，在森林之中，尤其昏黑，几乎伸手不见五指，但听见雷声隆隆，隐隐见电光闪闪，大家都说："不好了！雷阵雨要到了！怎么办呢？"舜道："我们既然到此，只有前进，决无退缩与中止之理。诸位如怕，请跟我来，但是在此黑暗之中，后人之手，须牵着前人之裾，方才不会失散。"众人听了，都以为然。哪知无情的烈风已漫天盖地而来，吹得万株乔木之枝叶互相敲击，比涛声不知道要响几十倍！那时众人如入九幽地狱，如临万仞龙宫，不要说人看不见，即使对面说话亦听不清了。幸喜舜早料到，叫大家相牵而行，才不至于彼此相失。渐渐前进，森林渐少，从那电光一瞥之中，隐约见前面似有房屋。众人有了希望，鼓勇直前，雷声益发大了，震得路旁悬岩几乎摇摇欲动，有崩倒之势，大雨倾盆，随之而来。众人冒雨狂走，须臾渐到目的地，细看似乎一座社庙，年久无人，欹斜颓败，门户一切都不完全。众人至此，聊胜于无，都到里面暂驻，或坐或立，虽则仍免不了上雨旁风的穿漏，然而比在大雨之中狂奔好得多了。又过了一会儿，方才雨止云收，一轮红日，从西方山巅吐出，照得那荒社之中，四壁通明。舜坐在一块大石之上，刚要起立，忽觉股旁有物蠕蠕而动，俯首看时，原来是一条蛇，细颈大头，色如绶纹，纹的中间有鬐鬣，鼻上有针，长约七尺余，正不认识它是什么蛇。有一个从人见了，大嚷道："不好不好！这是蝮蛇，毒极毒极的。"正说时，那蝮蛇已蜿蜒曲折，径向后面去了。大司农忙问舜道："仲华！没有受伤么？"舜道："没有。"大司农道："蝮蛇这项东西，牙中最毒，遇到百物就咬，并非求食，无非为发泄它的毒气。每到秋月，其毒尤甚，无可发泄，则螫啮草木以泄其气，草木被它所螫啮，无不枯死。现在经过仲华身畔，且傍着肌肤，竟不被噬，真是吉人天相了。"舜道："这亦是偶然之事而已。"当下众人乘天色未晚，急急趱行，哪知越过一岭，又是一片森林。舜道："时已不早，森林难行，我们就在此过夜吧。"于是大家支起行帐，过了一夜。

次日，穿过森林，已到大陆泽畔，却好有三五只船泊在那边。众人大喜，忙恳其揽载，渡到对岸。那舟子等答应了。上船以后，大司农问那舟子："此地何名？"那舟子道："此地山上山下，尽是森林，就叫它作大麓。"（现在河北省巨鹿县。巨者大也，鹿者麓之省也。）大司农听了，记在心里。这时舟向南行，但见前面隐隐一条长堤，却有无数缺口，那波浪就从缺口之中滚滚不绝，众人知道这就是鲧所筑之堤了。那舟子一路摇，一路说道："从前崇伯初来筑堤的时候，水患竟渐渐地止了。后来堤外的海水渐高，堤身亦自会逐渐而升高，大家都说崇伯是有神力的，歌颂他到不得了。不想前月，堤身崩缺了几处，那海水一涌而入，大陆泽中顿深二十多丈，沿泽人民、房屋尽行冲没，听说死的总有两三万人，这真是浩劫呢！"大司农道："堤坏的原因，你们知道么？"那舟子道："有人说，堤筑得太高了；有人说，地下有大鳌鱼，翻身起来，地都动了，所以前年雷泽北面的地方陷落了许多，这次崇伯筑的堤又塌了。"大司农听了，知道他所说的是神话，亦不再问。当下就往堤的缺口旁边，各处视察了一回，仍旧渡到大陆泽的西北岸，重犒舟子，再由陆路归到太原。

大司农和舜入朝复命，将考察的情形说了一遍。帝尧道："照这情形看来，这次事变，虽则不尽是鲧之过，但是鲧亦不能逃其责，朕当降旨严责之。"舜道："崇伯鲧专喜筑堤障水，太原北部，吕梁山一带，直至孟门山，听说已筑到九仞高了，将来溃决起来，其祸之烈，一定不下于这次大陆泽的惨酷，请帝即速饬其设法防范，免得涂炭生灵，而且危及帝都。"帝尧听了，极以为然，当下即饬人前去，诰诫申饬。

次日，帝尧又召见大司农、大司徒二人，告诉他们，说要禅位于舜。二人都极赞成。大司农并将这次在大麓，虎狼不搏，蝮蛇不螫，及烈风雷雨不迷的情形，说了一遍。帝尧道："那么更可见了，不是天神呵护，就是诚感万物，镇定坚固的精神更不必说了。"大司徒道："那年伊献献图，说舜草可以止洪水，虽则像个神经病人的说话，但是果有神经病亦不应荒诞至此！或者上天特遣明示，就指虞舜而言，亦未可知。”帝尧一想，颇以为然。过了两日，朝会之时，帝尧向舜说道：“舜！汝走过来，朕和汝说。汝从结婚以来，已有三年，朕从前问汝之事、考汝之言，到现在一一都有效验，朕看起来，天的历数在尔身上，尔可以担任这个帝位。但是，据朕的见解，还有两句话吩咐汝：世界上最难做到的，是一个‘中’字；而最要紧的，亦是一个‘中’字。不偏不倚，无过无不及，才叫作‘中’，‘中’，字是极活动的。一个地方，有一个地方之中；一个时候，有一个时候之中；一项事件，有一项事件之中；差之以毫厘，谬之于千里，所以汝总要紧紧地执住这个‘中’字。假使一有谬误，四海必至困穷，天禄亦因此而永终了，这是朕七十载以来的经验，所兢兢自守的，汝务须注意。”舜听了，惶恐之至，再拜稽首辞道：“帝的训言，非常不错，但是臣才德薄弱，万万不能胜此大任，还望帝另行选择有德之士而禅之，实为幸甚。”帝尧道：“朕自即位以来，就抱定一个求贤者而传授的心思。但是，七十载以来，想让给他的，他不肯受，而在朝的贤人，无过于汝。虽则担任天下大政，是极苦的事情，但是汝年富力强，应该为天下百姓牺牲，汝其勿再辞。”舜听了，仍旧是谦让，不肯答应。后来大司农等进议道：“臣等细察虞舜固让之心，当然是个谦德，但是或许因帝在位不肯颠倒君臣名义，所以不肯受。依臣等愚见，可否勿言禅位之事，且暂作为摄政，那么帝仍在大位，于君臣名义既不至颠倒混淆，于帝的颐养休息亦不相妨碍，岂不是两便么！”帝尧想了一想，说道：“这倒亦是一个办法，就如此吧。”舜还要再辞，帝尧君臣一定不许，舜只得答应。本来帝尧之意，禅代于舜，是要筑坛设座，举行一种授受大典的，现在既是摄政，那么典礼不甚繁重，不过为舜特定一个官号，叫作太尉。尉字的意思，是自上安下的意思，希望他能够安定万民。摄政日期，定于次年正月实行。

过了几日，驩兜来朝，听见说帝尧要叫舜摄政，大不以为然。适值崇伯鲧因东方堤决，受帝申饬，心中惭愧，想到帝都，自来声辩。忽闻竖亥来报，知道这次的申饬，是舜考察之后弹劾的结果，不禁大怒，说道：“舜是什么人！他知道什么，敢来说我！”一路动身，到了太原，听见说帝尧要禅位与舜，先叫他摄政，心中更是愤怒至极，无处可以发泄，打听得驩兜亦适在此，遂来访驩兜。哪知一进门，便遇着了共工孔壬。且说孔壬为什么亦在此呢，原来他自从革去了共工官职之后，心中非常怨恨，就跑到他的封国里，和他那蛇身九头的臣子相柳谋为不轨，又不时和驩兜通信，相约各占一方，孔壬占据西北方，驩兜占据南方，如有机会，一齐起来北伐，打倒帝尧，平分天下。这时探听得帝尧年老倦勤，洪水之害又甚大，因此假朝觐为名，相约前来，察看动静。驩兜先到，孔壬后至，正在商量，不料鲧又跑来。三个凶人，不聚首已有数十年了，见面之后，自然先有一番套话，后来渐渐说到政治。鲧先说道："现在帝尧年老而昏，要想拿天下让给一个历山的村农，真是岂有此理！"驩兜道："是呀，我们正在这里说起，这个真是岂有此理之事。他逐去儿子，宠爱女婿，无情无理至于如此，可谓老悖了。"孔壬道："他拿女儿送给村农，不要说两个，就是十个八个，就是连他的正妻散宜女皇一概都送给了舜，我们都不稀奇，这是他的家事，何必去管他呢。天下是大器，天子之位是大位，他不管三七二十一，亦不问天下愿意不愿意，答应不答应，竟擅自想拿来送给人，这真是卖天下、卖万民，罪大恶极！我们稍有人心，应当扶持正义，万万不能置之不理的。"驩兜听了，极表赞成，说道："是呀是呀！"鲧问道："二位将如何去处理他呢？"孔壬道："明朝见了帝尧，我就谏。谏而不听，我就归到国中，对百姓宣布他私相授受的罪状，并且宣布和他断绝关系，这是我的处理法。"驩兜道："我的意思，不是如此。帝尧虽然昏到如此，他手下这班弃、契、四岳等狗官，又只知道唯阿逢迎，死拍帝尧的马屁，以为将来恋位固禄的地步。即使去谏，亦是一定不听的，徒然自讨没趣。我的意思，明朝朝见过了，我就回去，对百姓宣布他的罪状。如果这个村农竟腼颜做起天子来，我就起兵声讨，你看如何？"鲧听了，亦慷慨激昂地说道："我的意思，谏是要谏的。不谏而即起兵声讨，其曲在我；谏之不从，然后我们联合了举起大事来，名正言顺，天下之人才无可批评。"孔壬因为鲧夺他共工的官职，本来心里很不满意，这次听他说要举大事，便刁难他道："我们都有一个封国，可以做根据地。你有了封国，不去经营，一无凭借，怎样能举大事呢？"鲧怒道："有什么不可？譬之于一只猛兽，翘起我的角来，可以为城，举起我的尾来，可以为旌，怕什么？只有你们二位有本领么？”二人见他发怒，亦不再说了。

次日，入朝，三凶齐到。帝尧见了鲧，先责备他，冀州东部何以会酿如此之大灾！以后务须小心防范，如再有疏虞，定行按法严惩不贷。鲧听了，已非常气愤，正要拿话来强辩，只听见孔壬出班奏道：“臣从远方来，听见道路传言，说帝要将天下大位禅与虞舜，不知道果有此事么？”帝尧道：“是，有的。”孔壬道：“帝向来是极圣明的，这次为什么要将天下来传给匹夫？”帝尧道：“天下者，乃天下之公器。只要问他这个人的才德，是否能胜天下之重任；如其果能胜任，即使是个匹夫，有什么妨碍？如其不能胜任，即使是个贵胄，亦万万无以天下传给他的道理。朕的取人，专问才德，不问贵贱。”鲧在旁听了，气得非常之厉害，就说道：“不祥之极了！拿了天下传给匹夫。”帝尧道：“为什么不祥之极？”鲧道：“自古以来，没有这种办法。请问帝拿了天下传给匹夫，取法子何朝何帝？”帝尧道：“不必问前朝有无成例，只要问做天下君主的人，还是应该以才德为重呢，还是应该以贵贱为重呢？”鲧听了，益发怒极，便口不择言地说道：“臣听见古人说：得天之道者为帝，得地之道者为三公。现在臣得地之道，应该令臣作三公，何以不令臣作三公，倒反叫这匹夫作帝？请问帝，虞舜这个匹夫，能够得天之道么？”帝尧见他信口胡说，亦不和他分辩，只说道：“虞舜是否得天之道，没有的确之证据可举。不过朕以天下传他，如果他不能胜任，自有朕负其责任。现在朕意早经决定，汝等可静观后效，此刻不必再行争辩。”鲧及孔壬听了，都愤愤不能平。驩兜在旁，只袖手微笑，不发一言。退朝之后，三凶又相聚一处。驩兜道：“我昨日早知道，强谏是无益的，现在果然给我料着了。”孔壬道：“既然如此，我们各按照昨日所定的计划，分头去实行吧。”驩兜极以为然。孔壬看着鲧，问道：“崇伯如何？”鲧恨恨地说道：“自然我自有我的方法。”当下各自散去。到了次日，陆续出都，驩兜在路上，做了一道檄文，寄给帝尧，痛斥帝尧传舜之不当。孔壬亦归西北而去。只有鲧出都之后，愈想愈愤，既因工程失败，受帝尧的诘责，又因强谏禅位，在大廷之中讨了一场没趣；又因驩兜、孔壬，自己都有地盘，可以凭借，却来笑我没有能力，真正可恶之至！想到此际，怒气冲天，到得中途旷野之间，住了一夜，徜徉不能成寐。

次日，依旧一筹莫展，忽然帝尧遣使来召，说尚有要事须商。鲧听了，又大发愤怒道："不听我的话，又来叫我做什么？我不去。"那使者听了，出其不意，只得回去复命。鲧亦仍旧回到水次，工作去了。

第四回

鲧湮洪水　鲧遁至羽山　帝尧命祝融殛鲧，副之以吴刀
鲧化黄熊入羽渊　舜举禹治水

且说鲧归到水次之后，但觉心神不宁，眠食俱失，正不知是何缘故，哪知祸事到了。一夜之间，大雨陡作，山洪暴发，直向下流冲来。从吕梁山到孟门山，鲧所筑的九仞之城，长几数百里，竟崩溃了七八处，洪水滔滔，势如万马奔腾，声闻百里。那些百姓，从睡梦中惊醒，无处奔逃，尽为大波卷去。有的攀登屋脊，但是洪水一来，连撼几撼，房屋倾圮，仍归鱼腹。有的连房屋冲去，不知所终。一时汾水下流，积尸不可胜计，真是空前的浩劫！鲧听到这个消息，魂飞魄散，慌忙乘了大船，出来观看，见得如此情形，自己知道已经闯下弥天大祸，万难再立足于人世，不禁望洪水放声大哭。后来大叫一声："算了吧！以死殉之，就完了。"说毕，钻出篷窗，就想向水中跳去。后面大章、竖亥两个看见了，知道不妙，急忙一把拖住，说道："主公！这个动不得。"鲧道："你们拖住我做什么？我十年之功，废于一旦，现在被我所害之人，正不知道有多少！我怎样对得他们起？以后还有什么脸去见人？你们还不如让我死了为是。"大章道："这个断乎动不得。办一件大事，偶然失败，亦是情理之常；况且主公平日早起晏眠，栉风沐雨，艰苦备尝，此等忠诚，亦可告白于天下；即使有罪，亦不过是个公罪；假使主公要自尽以谢百姓，那么从前治水的共工孔壬，怎样呢？他受任四十一年，而且荒淫废弛，到得后来，天子亦不过免去他的官职，并没有治他的罪；照这样看起来，虽则失败，一无妨害，主公又何必如此呢？"鲧叹道："不然不然！从前冀州东部失败，还可以说偶然之事；现在此地又失败，岂还可说是偶然之事么？我和孔壬比不来，他这个人，是孜孜于利禄，而全无心肝的人，我却不然。我以为一个人做大事，总要能负责任。我有我的政策，我本了我的政策来办事，事能办成，是我之功，事而失败，是我之罪，不能够拿了亿万百姓的性命财产，来做我一个人政策的试验品，作为儿戏的。现在我的政策失败了，为我的政策不好的缘故而死的人，不知道有多少万！那么我应该服罪自尽，以谢那些为我而死之人，才叫作负责任。假使政策错了，事情弄糟了，只要随时改过，设法变过，一次失败，第二次再来，第二次失败，第三次再来，但求我个人的成功，政权在手，不顾百姓的性命，这种人，正是豺狼其性、蛇蝮其心，我崇伯鲧决不肯做的。请你们还是让我死了为是。”竖亥道：“主公所说，固然极不错，但是主公治水的政策，全是为救百姓的意思，并非有害百姓的意思；即使害了多少百姓，百姓亦总会原谅。”鲧又叹口气道：“一个政策，是真的为民为国，还是假的为民为国，只要看它施行之后，如果成功，能否于百姓国家真有利益，如其失败，对于被害的百姓有什么表示，真伪两个字到此才看得出。现在我已失败，如果不死，可见从前救百姓的意思是假的了，所以你们还是让我死了为是。”大章道：“主公所说，固然不错，但是小人看起来，对于百姓的表示，亦不必一定要死。从前有个刺客，技艺精绝，后来刺一个人，一击不中，从此远扬，不知所终。小人看这种方法亦是一种负责任的表示，主公何妨选一个地方，轻举高蹈，隐姓埋名，过此一生呢！况且现在公子不在此地，主公即使要以死谢百姓，亦何妨稍缓须臾，等和公子会面之后，一切家事，嘱咐好了再死呢？”鲧听了，未及答言，竖亥道：“大章之言极是，主公如果隐遁，某等二人情愿伺候追随，无论海角天涯，虽死不辞。”鲧叹道：“承你们二人如此相爱，非常感激。不过我总应该死的，现在就依你们的话，暂缓须臾吧。我甚懊悔，不听吾儿之言，致有此种失败。吾儿当日，曾经规劝我过。唉！他此刻不知道在何处？罢罢！再说吧。”

当下鲧从舱口回到舱中坐下，叫大章取出笔和简牍，伸手就写道：

字谕文命儿知之：我今日事已失败，非死无以谢百姓。本来我已立刻赴水而死，为大章、竖亥二人所阻，暂缓须臾。我生平不畏死，并且我素负责任，这次事实，自问在理应死，在法当死，死何所吝？现在暂缓须臾，并非尚有恋生之意，亦并非存有侥幸之心，所惜者，未见汝耳！我研究水利数十年，自谓颇有心得，何图纸上空谈，看去似乎都是不错，而行之实事，处处窒碍，终至铸此大错！尤误者，偷窃上帝之息壤，自以为独得之秘，想仗此以竟全功，不意溃败愈大。或者上帝怒我之偷窃，而降以大罚乎？往事已矣，不堪再说。我今朝以垂死之身，尚欲致函于汝者，一则，父子之情，不忍不留一言，免汝将来抱无穷之憾；二则，此次之祸，闯得太大，我身虽死，我罪仍难宽，希冀汝能为国家效力，奠此水患。汝之功能成一分，则我死后之罪亦可宽一分。汝之学识，颇有胜于我处，前日不听汝言，至今悔恨，已属无及。但愿汝他日任事，能虚心从善，切勿蹈我之覆辙也。计此函达到汝处，我或者已早入九原，从此眼睁睁所盼望者，只有汝一人，汝务须努力设法，以盖前人之愆。嗟嗟吾儿，从此永诀矣！某年月日　　父鲧字

写完之后，交给竖亥，说道："你替我去寻到吾儿，将此函交给他。"竖亥领命，又问道："将来公子如有复函，或亲自来省觐时，主公在何处呢？"鲧叹道："我们父子，从此不会有相见之日了。况且我行踪未定，说它做什么？"竖亥道："虽然如此，小人总要知道一个复命之地。"鲧低头想了一想道："总在海边，或海岛中。"竖亥听了，如飞而去。

这里鲧和大章舍船登岸，改变服式，急急地向东南海边而行。船过大陆泽时，人民遭灾的尸体和房屋毁坏的痕迹，还有得留在那边，便是几条大堤，遗迹亦尚在。（从现在河南浚县，东过河南濮阳市境，北至大名县、清河县，山东之平原县、陵县，皆有鲧堤遗迹。）鲧一路看了，深自怨恨，不应该以这种未成熟的政策来害百姓，再加以一路听见那百姓毁骂之声，心中真是说不出的难过。幸喜服式改了，无人认识。过了半个月，到了一座羽山之上（现在山东省蓬莱市东南三十里），暂且住下，不表。

且说帝尧自从那日上朝，拒绝鲧与孔壬的谏诤以后，到得次日，有人来报说，鲧和驩兜、孔壬三个人都出都去了。帝尧见他们不别而行，颇为诧异。既而一想，或者是在近郊游玩，并非归去，亦未可知。适值因治水之事，须与鲧相商，帝尧就饬人去宣召，哪知鲧竟不来，而且口出不逊之言。帝尧闻之，甚为不乐，正与群臣筹商处置之法，忽然外面递到驩兜的表文，

拆开一看，竟是大骂了帝尧一顿，大致总是说帝尧宠爱女婿，私以天下相授受，大逆不道等语。帝尧道："前日在朝，鲧与孔壬都曾发言，所说的虽则不尽合理，或词气悖谬，然而还不失事君之道。驩兜那日亦在朝廷，何以缄口不语？到得此刻，再退有后言，是何道理；这个殊叵测了！"梼戭道："臣闻帝挚时代，驩兜、孔壬、鲧三人，号称三凶，帝挚的失德，都是他们三人教成的。如今圣天子在位，赦其罪而不诛，而且弃瑕录用，待他们亦可谓厚了。现在这三个人，功业毫无，反仍旧朋比结党，同日不别而行，鲧既抗不应召，驩兜又肆意讪谤，臣想起来，这三人难保没有一种结合，有一种密谋，不利于国家。请帝将此三人严行定罪，如再违抗，六师挞伐，帝意以为何如？"帝尧未及开言，忽有庶官飞报道："洪水汩汩，漫天而来，西门外已积水盈尺，人民大有死伤，请帝作速定夺。"帝尧君臣大惊，立刻退朝，齐到西门外察看，果见水势汪洋，人民纷乱，但不知这水从何处来。舜想了一想，说道："恐怕是鲧所筑的九仞之城崩坏了，漫溢过来的。幸喜此地地势尚高，或者不至于十分为害，但是下流之民苦了！"正说时，渐近水边，只见水波之中，尸体也有，器具也有，房户门窗也有，鸡豚牛羊也有，陆续地漂流过来。帝尧看了，不禁叹口气道："误任庸人，朕之过也。"那时大司农、大司徒、四岳等听了，都默默惭愧。帝尧忙叫人四出拯救，并商量赈济之法。到得次日，庶官来报，果然是九仞之城崩溃了。帝尧道："鲧这个人，溺职殃民，既然如此，应该如何惩处？"士师皋陶道："依臣愚见，应该明正典刑。从前帝于孔壬，有罪不诛，臣以为是错了。此次鲧流毒较大，而且有不臣之心，非正法不可。"帝尧问群臣道："士师之言，汝等以为何如？"四岳等面面相觑，不作一声，只有太尉舜力赞其说。帝尧道："那么等他来请罪时，执行如何？"太尉舜道："前次召他尚不来，此次恐未必肯来请罪。请派人去，就地正法吧。"帝尧道："派何人去呢？"太尉舜道："崇伯是个大臣，诛戮大臣，理宜郑重，非有声望素著之大臣前往不可，臣意莫如四岳。"四岳再拜稽首辞道："鲧的治水，是臣等所力举，现在既然败绩，鲧固应死，臣等所举非人，亦应从死，实未敢腆颜前往。"帝尧知道他们确有为难情形，亦不勉强。但是八元、八恺都是新进之人，资望太浅，亦不好差遣，忽而想到了，说道："老臣祝融，四朝元老，现在此地，精神甚健，何妨烦他一行呢！"太尉舜听了，非常赞成，当下就派他的孙子前往宣召。

原来祝融自居祝融城、改名苏吉利，与他的夫人王搏颊一心祠灶、求长生之后，久已与世事不相闻问。后来洪水告灾，祝融城不能住了，于是与其从子和仲、和叔、孙子篯铿等一同迁到太原，帝尧为之筑室居住，十日一朝，礼遇极盛。这日听见帝尧召他，他就跟了篯铿入朝。帝尧将刚才所议论的事和他说了，祝融道："只要情真罪当，老臣不惮远行。"帝尧大喜，又说道："朕宫中藏有宝刀一柄，是先代的遗物，这次祝融前往，可携了去，以壮威严。朕在位七十余载，从未敢诛戮大臣，此次真是万不得已也。"祝融叹息道："从前颛顼帝以庚寅日诛臣兄，亦出于不得已。公义私情，岂能兼顾，老臣就此去吧。"帝尧道："篯铿也同了去，路上一切，可以伺候。"篯铿亦领命。那时，一口宝刀已取来了，祝融氏便拿了宝刀，率了篯铿，辞帝而去。回到家中，将此事与老妻王搏颊说知，王搏颊埋怨他道："你修行祠灶数十年，现在却去干这个杀人的勾当，所杀的人，又是你的亲属，天子固然糊涂，你承认了来，亦太冒昧。"祝融道："有什么要紧。我们所祠的是灶，灶下就是杀气充满的地方，平常一日工夫，无罪的牛羊鸡犬鱼鳖，小而至于虾蟹，不知道要死多少！况且是杀一个有罪之人呢！至于鲧，虽则是我的从孙，但是既已犯法，即不能留情，又临以天子之命令，岂可辞么？"当下收拾行李，与篯铿带了几十个从人，一齐上道，向西北而行，从吕梁山东直到孟门山南，寻不见鲧的踪迹。问那在水次办公的人员，都说："自从那日堤溃之后，崇伯和他最亲信的大章、竖亥两个都不见了。有人说，他已投水自尽；有人说，他已遁逃海外去；有人说，他已入都请罪去了。崇伯向来待我们极严，他的行踪，向来不和我们说知，他没有叫我们走，我们只好在这里静等，计算起来，已有二十多日了。"祝融向篯铿道："入都请罪之说，最不确。我们刚从都中来，并无其事。自尽之说，或者有之。果能自尽，亦不失为负责任的人，但是尸首在哪里呢？他果已自尽，决不会经于沟渎，不使人知道，他所亲信的人，必定看见，必定给他收葬，外人未有不知道的。现在四方探听，一无闻知，一定不是死，一定是畏罪潜逃了。"篯铿道："逃到哪里去？西投孔壬么？南投三苗么？”祝融道：“我看不会。我从前与他们同朝，知道他们情形。鲧与孔壬、驩兜不甚相合，况且小人之交，势利为先，有势有利，方才可合。鲧既失势，即使往投，亦必不受。鲧的性质傲，亦必不肯往投。我看，还是到东海边去寻吧。”当下祖孙二人，计议已定，就往东海滨而来，到处寻访，果然渐渐有点踪迹。原来鲧虽改易服式，那大章的健步是人人所注目的，因此探访着了。这日，祝融等到了羽山，山上有一座土城（现在叫作鲧城），据土人说，前月有两个人来此居住。祝融问这两个人是否仍在城中，土人道：“一个常在城中，从不出外；一个善走的人，时常下山，但晚上仍归来的。”祝融道：“你们可知道他们叫什么名字？”土人道：“不知道。有人揣测，说他就是治水的崇伯。”籛铿道：“既已到此，何妨到土城里去一看呢。”祝融道是，于是祖孙二人带了从人，来到山上，细看那土城，周围不过几丈，高不过一丈，里面有两座茅屋，简陋之至。走到里面一看，却是空空如也，一个人都没有。祝融诧异道：“躲到哪里去了？”各处寻转，仍无影响，再下山来问土人，内中一个人说道：“三日前，黎明时，我仿佛见他们两个人下山，向西南而去了。”祝融道：“既然如此，我们向西南去找吧，不怕他逃到哪里去。”

不言祝融祖孙跟踪追寻，且说鲧到了羽山之后，因为避人耳目，所以筑城居住，但是总觉心神不宁，就叫大章到帝都探听朝廷处置他的方法。大章竭一日之力，到帝都探听后转来报告，说道：“是议决正法。”鲧便埋怨他道：“当初让我死了，岂不是好！如果等他们加我以诛戮，羞耻极了。”大章道：“现在我们再往南行，避到蛮荒之地，使朝廷寻觅不到，那就好了。”鲧无可如何，只得答应。于是二人秘密动身，到了劳山，人迹太多，深恐不能藏身，乃再向西南而行。一日到了一座山上，那山凑巧亦叫作羽山（现在江苏省赣榆区西北），山上有一个大池，名叫羽渊，其水甚深，清澈见底。鲧在山上，住了两日，愈想愈愤，决计自裁。一日，与大章到羽渊旁边闲走，乘大章不备，就向水中一跳。大章慌忙来拖时，已浸在水中央了。大章急得没法，适值有好几个人走上山来，看见了，就和大章一同捞救，哪知捞将起来，搁在渊边，业已肚腹膨胀，气息全无。大章不禁大哭，忽然看见鲧的身上，蠕蠕而动，大章大喜，还当是复活了，忙与众人救治。哪知动了许久，只是胸口动，四肢并不动。又过了片时，竟从他衣襟中爬出一个焦黄的大动物来，仔细一看，乃是一只熊，众人大骇，齐声鼓噪，那黄熊急忙向渊中窜去。众人向渊中一看，只见并无黄熊，只有一个三只脚的能鳖，在那里浮沉上下，游泳自得。大家正在诧异，忽见有五个人跑上山来，内中一个，看见了大章，就问道："大章兄！崇伯现在何处？"大章一看，原来是和仲家里的从人，向来熟识的，就用手指指尸首，说道："崇伯在此，已经死了，你寻他做什么？"那人过去一看，也不和大章说话，一转身就往山下而去。

过了多时，忽然来了许多人，内中有一个老者，一个壮年，都是贵官打扮。那个壮年官员，大章在帝都的时候是见过的，知道他就是篯铿。那个老者，却不认识。只见那和仲家的从人上前向大章说道："祝融有话问你呢，你须实说。"大章知道是朝廷诛戮崇伯的人寻到了，好在崇伯已死，无庸再讳，就将自九仞之城崩溃后，一直到此刻的情形，详述一遍。篯铿听到黄熊之事，大不相信，说道："不要是渊中本来有这个黄熊的么？"祝融道："那么黄熊到哪里去了呢？我想崇伯是非常之人，或者是他的精灵所化，亦未可知。"说完，就和篯铿到渊上来看，只见那黄熊还是在水中游泳自得，忽而昂首凝视，似乎看见祝融等了，随即掉转身躯，直沉渊底，不复再出。大家益发知道它确是鲧的精灵所化了。后来到春秋时候，曾示梦于晋平公，入其寝门，要求祭祀，而后世夏禹王庙中的祭祀，相戒不用熊与鳖两种，就是这个缘故。闲话不提。且说鲧既死了，宝刀亦用不着，祝融就叫人用上等之棺，将鲧尸首盛殓，择地安葬，这里就和篯铿回都复命。那时帝尧已和群臣商量处置孔壬、驩兜之法。太尉舜主张，现在水患未平，民生凋敝，西北一带，交通阻滞，用兵尤非所宜；况且孔壬尚无显著之逆迹，暂且不去问他，只有驩兜，如此跋扈，应加惩处。但是三苗立国多年，施展他的种种政策，根深蒂固，急切亦无可奈何他，只能下一道空令，布告诸侯，将驩兜放逐于崇山（现在湖南永定区东有壶头山，就是"驩兜"二字之音讹），料他从此亦不敢出境了，且待水患平后，再作计较。众人赞成，这事总算告了结束。等到祝融归来，缴上宝刀，并将一切情形奏明，帝尧和群臣听了黄熊之事，亦深为太息，当下竭力慰劳了祝融一番，就将那口宝刀赐与他。后人因祝融名字叫吴回，就叫这口刀作吴刀。祝融稽首受赐，辞了帝尧，仍旧回家去祠他的灶。哪知年岁究竟大了，虽则精神甚好，但是经过这次的长途跋涉，不免劳倦，归来之后，不久就生病，过了半年，一命呜呼。他临死的时候，有几句遗言，嘱咐笺铿道："生为南方火正之官，死了之后，一定要葬在南方，方才瞑目。"帝尧得到这个噩耗，非常震悼，又因为他这次奉公远出而致死，尤其歉然，所以对于他的遗言，一定要依照他做，可是此刻洪水既烈，而南方之地又为驩兜、三苗所盘踞，万万不能前往安葬，只好暂时权厝，以待时机，这是后话不提。

且说祝融归家之后，帝尧又问群臣道："鲧既服罪，但是水患正急，继他之后，不可无人，究竟叫谁去治呢？"太尉舜道："臣观鲧之子文命，于治水政策极有研究。鲧不用他的话，以致失败。假使叫他来治，必有成效，如无成效，臣甘随坐。"帝尧道："杀其父而用其子，他肯来么？"太尉舜道："那是因公义，不是因私怨。文命是个贤者，必定深明公私之辨，不至误会的。况且他能够将水治平，正可以干父之蛊，尤必乐于从事。"帝尧道："那么就叫文命继其职吧。"决定之后，太尉舜就饬人去找文命。

第五回

禹梦乘舟从月中过　月中之状况　禹师大成挚

且说文命，自从与舜分别之后，拟绕道雍州，泛山海，至孟门山考察。一日，乘了一只小舟，至一处山脚下晚泊。这时正值中秋望日，一轮明月，高悬空际，照得那大千世界如水晶宫殿一般，明净之至。晚餐之后，真窥、横革都睡着了，文命独自一人，倚着船唇，举头望月，低头思亲，愁绪万千，重重钩起，长叹了一声，又滴了几滴无情无绪的清泪。朦胧间，正要睡去，忽听得岸上有人叫道："公子请了！"文命一看，原来是个道者，羽衣星冠，面如傅粉，唇若涂朱，举止不俗，从岸上走向船头，向自己拱手。文命慌忙起身还礼，并请问他姓名。那人道："某姓宋，名无忌，适才踏月至此，见公子一人在此赏月，未免寂寞，特来相伴，未知肯容纳否？"文命道："那是极好之事，有何不可，请坐请坐。"那宋无忌就在船首之内坐下。文命便问他家住何处，宋无忌指指月亮，笑说道："某就住在这个里面。"文命诧异道："就住在月亮里面？那么足下是仙人了。"宋无忌道："仙不敢说，不过看到天上，如自己家庭一般，来往很容易而已。"文命道："某等凡人，可请足下带领着去玩玩么？"宋无忌道："这个有何不可。请问公子，愿坐船去，还是愿走去？"文命道："走去便怎样？"宋无忌道："愿走去，某便预备桥；愿坐船去，某便预备船。"文命道："夜色已深，哪一项快？"宋无忌道："当然船快。"文命道："那么坐船吧。"宋无忌听了，就用手向空中一招，说道："船来。"只见天半飞下一只彩船，长约二丈，船底两边，密排白羽，仿佛如僬侥国所进贡的没羽一样，而有云气拥护着。宋无忌就邀文命登上去。文命走出自己的船，走上那彩船，只见里面陈设很是精致，舒服之至。坐下之后，倏觉彩船已渐渐上升，倚舷一望，但见那船底的白羽，一上一下，在那里乱摇，与鱼鬐鼓动相似。这时离地已不知道有几千丈高了，看那山海，渐渐缩小，如轮，如盘，如镜，如豆，倏已不见；仰望明月，则逐渐而大，竟至无可比喻，光芒直射，可察秋毫。又过了片时，觉得彩船已入于明月之中。宋无忌向文命道："月中境界甚大，下船步行，某看太费时，不如仍旧乘船，往各处游览一转吧。"文命称善。

于是彩船径向前行，但见山川人物，宫殿树木，一一都与世间无异，唯气象华丽，万万非世间所能及。正走之间，忽听得斧凿之声，铮铮震耳。文命倚舷寻觅，只见一处，有无数人在那里工作，有的补山，有的修石，忙碌之至。宋无忌道："月是七宝相合而成，其势如丸，但是射着太阳光，受它的灼烁，不免要受销损，所以月亮中岩石突出的地方，常有八万三千户的人，随时随地为之修治，此地就是一处。"文命听了，亦不再问。又走了多时，但觉异香苾郁，原来前面一株大桂树，高约千丈，桂花桂子，累累不绝。文命正在凝视，陡见树下一个人，拿了一柄板斧，向那桂树乱砍。文命不禁失声叫道："这样大的树，砍去它，岂不可惜！"宋无忌笑道："砍不去的。这人姓吴，名刚，学道不专，犯了过失，所以罚他在此地做这个无益之事，哪里砍得去呢！"文命细看，只见那斧头砍了进去，刚拔出来，那砍的缺痕，早已不见了，如此随砍随合，劳而无功，不禁诧异之至，方叹仙家妙用。又走了片时，只见迎面一所宫阙，异常巍峨，宋无忌道："此地乃明月之中心，既然到此，不可不进去一游。"说时，彩船顿时停止，宋无忌招呼文命出船，携手并行。走到那宫阙之前，只见上面横着一块大榜，榜上写着"广寒清虚之府"六个大字。文命正要动问，只见里面走出一个宫妆绝色的仙女来，向文命行礼道："公子光临，难得难得！请到里面玩玩吧。"文命即忙还礼，请教她姓名。宋无忌在旁代答道："这位是结璘仙子，从前亦是下界人。他们有兄妹两个，令兄名叫郁仪。有一年，他们看破红尘，商量寻一个长生不死之地，去安身立命。她令兄说：太阳最有恒，能够托体于太阳之中，那么一定可以长生不死了。这位结璘仙子，却嫌太阳之光太强，恐怕禁不住那种热度，以为不如月亮之明净幽雅。于是他们兄妹，各奔前程，郁仪奔入太阳之中，这位结璘仙子就到此地来，和我们做伴，这就是她的历史了。"文命听了，忽然想起姮娥的故事，就问道："从前下界有一位司衡羿的夫人，名叫姮娥，听说偷窃了羿的灵药，逃到月宫里，不知此刻还在此地么？"宋无忌听了，笑道："是在此地，公子要想见见她么？"文命道："某并非要见她，不过想起这种无情无义的人，居然亦能够跑到月宫里，做个神仙，真是不可解之事，所以要问她一个究竟。"结璘道："她亦就在这里面，我们进去，遇着了，给公子介绍吧。"说着，转身向里便行。宋无忌邀了文命，随后跟着走，但见处处是琼楼玉宇，说不尽的繁华富丽，而且处处笙歌，户户弦管，有几处树荫之下，竟有无数女子在那里歌而且舞。文命向来是不喜音乐的人，听到、看到这种歌舞，又见那树上面的珍禽翠羽，亦飞翔鸣啭，和那女子的歌舞相和答，真是莫名其妙！心中暗想，天上的神仙真是空闲，真会取乐。正在想时，只听见路旁又有一阵妇女喧笑之声，回头一看，原来一所大宫殿内走出无数女子来，最可怪的，衣服分红、黄、青、白、黑五种，各以类从，仿佛五队兵一般。每队当先的一个仙子，大约是主人，其余后面簇拥着的，大约是婢女之类。那为首的五个仙子，姗姗前进，一面走，一面笑，一面说道："今朝宋先生请到高密公子来了，我们迎接来迟，有罪有罪。"又向文命行礼道："公子，长久不见了，一向好么？"文命慌忙还礼，但是不解她们"长久不见"之言，正要动问，宋无忌笑道："某来介绍吧，这五位是月中五帝夫人。"指着穿青衣的仙子道："这位是青帝夫人，名隐娥珠，字芬艳婴。"指着穿红的道："这位是赤帝夫人，名逸寥无，字婉筵灵。"指着穿白的道："这位是白帝夫人，名灵素兰，字郁连华。"又指着穿黑的道："这位是黑帝夫人，名结连翘，字淳厉金。"又指着穿黄的道："这位是黄帝夫人，名清莹襟，字炅定容。"文命听了，一一重复行礼。逸寥无首先问道："公子离此地不久，从前一切情形，此刻还能记得么？"文命听了，莫名其妙，不能作答。隐娥珠又笑问道："公子本是此地人，公子知道么？"文命益发诧异，便说道："某不知道。"大家听了，都笑笑不语。清莹襟道："公子请到里面坐坐吧。"灵素兰道："时候恐怕不早，耽误公子的归程，亦非所宜。"结璘仙子道："让我来问望舒。"说着，向空中叫了一声，陡见一个女子，从半空落下，穿着征衣，卷起双袖，像个正在那里做什么工作似的。结连翘就问她道："现在月轮已到什么地方？"那女子道："快近西山了。"清莹襟道："果然不早了，那么你去吧。"那女子依旧凌空而去。这里清莹襟就说道："我本想请公子里面坐谈，聊叙契阔，如今时候既然不早，我们就陪伴公子从此地过去，游玩一转，再送公子归去，如何？”文命唯唯，连声道好。

于是大众拥着文命，曲曲弯弯，各处游玩。走到一个大池边，结璘仙子向文命道：“刚才公子要见姮娥，现在在这里了，我请介绍。”说着，用手一指。文命一看，哪里是个人，原来是一只三足的大蟾蜍，停在石上，不住地喘息，不禁大为诧异，便问道：“姮娥不是人么？”结璘仙子道：“何尝不是人！不过她做了没脸见人的事，遇见了公子，只好化作这个形状，大约是她的羞恶之心发现呢。”文命听了，再看那蟾蜍，只见她两眼闪烁，似有含羞之意，霍然一来，跳入池中，就不见了。隐娥珠叹道：“一个人不可有亏心之事。不做亏心之事，无论你如何跳得高、跳得远，人家无从责备你；做了亏心之事，自己抚躬自问，这个良心上的责备，是很厉害的。当初姮娥来的时候，她以为我们不知道她的历史，倒也坦坦白白，一无拘束。后来有一年，和一个女仙发生口角，两不相下。那女仙略略揭破了她几句，她顿时惭愧得了不得，忽而变作这个形状。公子你看，这种果报，岂不是凶么！”文命道：“她从此不能复还人形么？”隐娥珠道：“不是。后来我们知道了，责备那女仙不应该讦人之私，又安慰了姮娥一番，她才复为人形。然而，忽然是人，忽然是蟾蜍，亦不定的。大约良心愧悔一萌，则变为蟾蜍，否则仍是人形。如今公子到来，她愧悔之心又生，所以又化蟾蜍了。”文命道：“某闻蟾蜍、蛤蟆之类，都是秉月之精华而生，所以从前黄帝《医经》有蛤蟆图，说道‘月生始二日，蛤蟆始生，人亦不可针灸其处’。这个话是确实的么？”隐娥珠未及答言，逸寥无在旁说道：“确实的，公子如不信，有一个极简便的方法，可以试验。公子回去，拿一只蟾蜍或蛤蟆，用绳索缚住它一只脚，拣一处有风不见日的地方，悬挂起来，过了几日，那蛤蟆或蟾蜍必定死了，就掘地作潭，将它埋下，等到月食的时候，再将它掘出，用铜盆覆住，一面用棍棒敲击，不可使它绝声，直到月食完毕，揭开铜盆一看，那久死的蛤蟆或蟾蜍就会得复活。照这点看起来，蟾蜍、蛤蟆与月亮之关系，可想而知了。不是秉月之精华，何以有如此之感应呢？”文命听了，仍有点不信。灵素兰道：“公子不必再疑，回去试试就是了。好在这个，并不是玩耍的事情，还可以救人的。蛤蟆、蟾蜍复活之后，立刻再将它击死，拿来焙干研末，搓成小丸，假使有缢死的人，将这丸药灌入口中，周时之间，能够起死回生，岂不亦是一件好事么！”文命听了，谨记在心。

后来大家又走到一处，只见院落之前，有一只白兔，两前足捧着一根玉杵，向一个玉臼中不住地乱捣，看见众人走过去，略不瞻顾，可谓至诚至极。文命又觉得稀奇，就问道：“这白兔会得工作么？所捣的想来是仙药。”清莹襟道：“说起这兔，着实可怜、又可敬呢！它本是下界婆泥斯国所生产，住在山中，和一只狐、一只猿做朋友，非常之要好。有一日，上帝化为一个老者，到那国里去游玩，遇着这三种兽，看它们异类相悦，觉得有点古怪，要想试试它们的心，于是上前向它们求食。狐是很聪明的，立刻跑到溪中去，衔了一条鲤鱼来奉献。猿亦是很灵活的，立刻爬到树上去，采了无数果实来奉献。独有这个兔，能力薄弱，跑来跑去，总寻不出一种物件。它自己恨自己卑劣，然而竟没有办法，适值这时，猿与狐商量，鲤鱼不可以生吃，又从别处弄到一个火种，聚起地上的落叶，烧起来，要烹熟这条鲤鱼。这个兔子看了，顿生一计，说着：‘牺牲我自己，请他吃吧！’于是纵身投入火中，霎时间烈焰一炽，已经变成一只焦兔。那时上帝变化的老者，赶忙从火中将这焦兔取出，放在地上，叹了一口气，向猿狐二兽说道：‘你们二位的盛情，已经可感了，但是它的盛情，尤为可感。你们二位，我都赐你们长寿，至少可以活到一千年。它虽死了，然而我有方法，可以使它仍旧复活，并且要使它留迹于天地之间，与天地同寿，这就是我所以报答它的方法了。’说着，用手在这焦兔身上抚摸了一会儿，须臾之间，那焦兔果然复活，而且皮毛亦复生，依然洁白。上帝就将它送到这里来，托我们看管。公子！你看这只兔，岂不是可怜而又可敬么！”文命听到那番故事，真是闻所未闻。

后来又游玩了几处，只见刚才那个穿征衣的女子，又从空际飞来，向结璘仙子说道：“月轮已到西山，特来报告。”说毕，又凌空而去。宋无忌道：“既然如此，下界恐将天晓，公子应该回去了，仍旧由某送公子去吧。”这时，五帝夫人与结璘仙子一齐说道：“一别多年，难得到此，我们匆匆，竟无物可以款待，并且连坐都没有坐，实在抱歉之至。等过了几年，公子大功告成之后，我们再畅聚吧。”

这时，那只彩船忽然已在面前，宋无忌即招呼文命登舟。文命亦不及与众人一一告别，但打总地说了几声“再会”，那彩船早又腾空而起，那些夫人仙子都看不见了。文命暗想，月亮号为太阴，月宫之中，自然以女子为多。那些女子，无不容华绝代，五帝夫人和结璘仙子，更加出群，真是天上神仙，非人间所有了。后来想到那穿征衣的女子，飞来飞去，不知是什么人，便问宋无忌。宋无忌道：“她本来亦是下界人，住在纤阿之山，名叫望舒。她有心学道，看见月亮，尤其羡慕，悉心研究月亮出没的路径和它的速率，久而久之，竟给她研究明白了。有一年，乘月行距纤阿山最近之时，她就乘风御气，一跃而入月轮。五帝夫人因为她知道月行的路径和速率，就派她做一个月轮的御者，从黄昏到天亮，她却是没得空的。结璘仙子因为她喜欢月亮，和自己同志，所以和她最好。”文命道：“这么大的月轮，一个人推得动么？望舒没有到月中的时候，这个月轮又是哪个为御的呢？”哪知这两句话问过之后，宋无忌一语不答。文命非常诧异，忽然之间，彩船中顿觉黑暗起来。文命着忙，再要相问，但见宋无忌将口一张，吐出火焰，须臾浑身是火，变成一个火人，熊熊之势，顷刻延烧彩船，那火焰直向文命扑来。文命情急无法，只得向船窗口一窜，顿觉飘飘荡荡，身子直坠下去，不觉冲口大叫一声，睁眼一看，依旧睡在自己船中，天色将明了，原来是一场大梦！仔细一想，这梦做得真奇！倘使是幻梦呢，不应该如此清清楚楚，有条有理；假使是有应验的呢，那么他们说等我大功告成之后再会，大功要我成，我父亲是不会成功了，这是何等不幸之事呀！想到此际，忧心如焚。后来又说道：“管它！我且将它详细记下，等后日考察吧。”就急急起身，取出简牍，将这梦记下。

文命于是依旧和真窥、横革等启碇前行，到孟门山以北，阳纡大泽之阿，考察了一回。觉得洪水一部的根源，就在此地，然而万非人力所能施，只有求之于鬼神。于是具了牲醴，祷告了一回，急忙回去见鲧，痛说防堤壅水之害。自己上了两个条陈，鲧仍旧不听。文命无可如何，知道父亲的治水一定要失败，又不忍看见他父亲的失败，于是想了一个主意，决定道：“我且去周行天下，考察地势，以作将来补救的预备吧。或者遇到几个有才干的人，可以做个帮手，亦是好的。”当下远远向着鲧的居室，拜了几拜，恸哭而出，带了真窥、横革，一同起身，作汗漫之游。先到泰山之北，考察沇水，在那边一座山上住了几日。（现在山东历城区东南三十里有龙洞山，有东、西二洞，一名禹登山，因禹尝登此山而得名。）又越过泰山，渐到淮水流域。哪知这时江水已和淮水汇成一片，与海水亦打成一起，辨不出哪里是江，哪里是淮，哪里是海，简括地说一句，那地势竟是陆沉了。间或有几处高阜丘陵，人民群集其上，或登木而栖，或悬釜而爨，或钓鱼糊口，或猎兽果腹，艰苦万状。文命看了，真是可怜之至。

一日，行到一处高阜之上，只见有茅屋数百户，参差地造在上面，文命亦不经意。忽听得似乎有弦诵之声，从那茅屋中透出来。文命暗想，人民昏垫到如此，这个人为什么还在这里行乐？不禁好奇心切，就踱过去看看。只见一所茅屋之中，有一个老者，衣冠甚伟，道貌岸然，坐在那里鼓瑟，口中唱着歌曲，细听那歌词，亦甚超妙。文命料他是个有道之士，顿觉肃然起敬，躬身站在门外，不敢造次进去。倒是那老者看见了，停了唱，舍了瑟，问道：“门外孺子，是什么人？”文命听了，慌忙趋入伏谒，自道姓名。那老者随即起身搀扶，说道：“孺子状貌，英俊不凡。老夫僻处在此，难得遇到，请坐谈谈吧。”文命告了坐，真窥、横革侍立于后，文命就请教老者姓名。老者道：“老夫姓大成，名挚，为贪简便，有时亦写作执。孺子似非此地人，洪水艰阻，未知来此何事？”文命就将自己的家世及来历和志愿详细说明。大成执拱手致敬道：“原来是贵公子，如此英年，怀抱大志，失敬失敬！”文命谦逊一番，就请教他治水的方法。大成执叹道：“老夫从前初遇到洪水的时候，亦曾奔走各处，想考察一个救治的方法。后来觉得这个洪水，竟是天地之大变，不要说共工、孔壬那种治水的方法不对，便是令尊大人崇伯公的方法，亦不能对。说一句直话，公子不要生气，恐怕令尊大人不久就要失败呢！”文命忙问道：“何以见得呢？”大成执道：“老夫从前往北方考察，觉得北方的地质，起了一种大变化。当初没有山的地方，后来火山不绝地喷发，隆起了一带大山。当初地势，距海面并不甚高，现在觉得非常之高。有这两种特别的变化，岂是人力所能挽回的吗？况且北方情形如此，西方更不知如何。老夫因年迈路远，不能前往调查，假使西方地质亦与北方相同，那么岂是令尊大人的方法弄些息土来，筑起几道堤，就可以治理吗？所以老夫的意思，果然要治洪水，单从下流沿海考察，终不是根本办法；最好要到西方、北方去考察一回，或者东北一带，也去考察一回。因为近年沿海一带，水势之泛滥，也许与东北地势有关系，亦未可知。迂谬之见，未知贵公子以为何如？”文命听了，暗想这句话仿佛从前曾经听见人说过的，究竟是不是这个缘故，无从断定。但是，果系天地特别的变化，那么虽则考察确实，又有什么方法与天地相争呢？因此一面答应，一面胸中却在那里踌躇。大成执揣到他的心思，又继续说道：“公子以为老夫的话，是自相矛盾么？但是老夫的意思，是尽其在我，听之自天。照事势看起来，万万无成功之理，然而人事要不可不尽。古人所谓‘知其不可而为之’，或者人定能够胜天，或者精诚可以格天，于无可如何之中，竟能得到一种妙法，亦未可知。况且就是说天地大变，亦总有一个停止的期限，决不会永远变过去的。到得变动中止，那么胸中考察明白，早有预备，补救起来，自然更容易了。好在公子此刻别无所事，专以考察为目标，何妨一去走走呢！”文命听了，主意顿然决定，即说道：“承长者教诲，顿开茅塞，小子决计前往考察是了。”当下又与大成执讨论些学术，谈到身心性命之学。哪知大成执是极有研究之人，口若悬河，滔滔不绝，而于做人“勤俭”二字的美处，“矜伐”二字的害处，尤其反复说得透彻。文命听了，不觉倾倒之至，当下就请拜大成执为师。大成执虽则谦逊，但见文命英圣聪睿，也就答应了。于是文命和真窥、横革三人，就住在大成执家中，讨论讲说，往往至夜半方才归寝。

第六回

恒山神澄渭渟见禹　禹初过桐柏山，风雷震惊　禹得宛委山藏书　禹梦洗河　禹遇云华夫人过了多日，文命辞了大成执，动身径往北方而来，先到老父工次省觐。哪知崇伯鲧竟是公而忘私的人，一心专门干他治水的工作，究竟文命这许多月在何处、做何事，他也绝不动问。原来他所筑的这些息土之堤，经那滔滔不绝的洪水浸灌，已有点岌岌可危了。在局外人看去，似乎不觉得有什么，但鲧是内行人，岂有不知之理，连日正在那里设法补救，忙碌不暇，所以更无心情对付儿子。文命看了这种情形，知道老父失败之期已经不远，禁不住心伤泪落，然而亦无可如何。过了两日，便辞了父亲，径向北方而行。

逾过恒山，到得一座山峰，但见北面远远山头，都在那里喷发烟雾，并时发红光，料想是地体剧变之故。正在出神，忽闻着一股异香，接着音乐之声悠扬宛转，不绝于耳。四下寻觅，只见东面有三个道人，都骑着一条龙，半凌空半着地地直冲而来。周围拥护着道装的男女，不知道有几千，填坑塞谷，手中都拿着各种乐器，有的擎伞盖，有的执香炉，种种不一。文命看了，诧异之极，正想回避，那骑龙的三个道者已到面前，一齐下了龙，为首的一个，穿玄流之袍，戴太真冥灵之冠，佩长津悟真之印，先向文命拱手道："公子光临，迎接来迟，恕罪恕罪！"旁边两个道者，亦过来施礼。文命慌忙一一还礼，说道："小子童稚，偶来此山游历，不识诸位是何神祇，敢劳枉驾，惶恐惶恐！"那为首的道者说道："某乃恒山之神澄渭渟。"又旁指道："此二人乃某之佐命——河逢山神与抱犊山神是也。"文命听了，慌忙再行礼致敬。澄渭渟道："某等知公子此来，是考察地势，预备治水。但是水患的根源，虽起于东北西三方，而治水的方法，却应该向南方去求，徒然考察东北西三方的地势，是不济事的。现在水患已到极点了，旋乾转坤，期已不远，而且这个责任，又在公子身上。某等深恐公子考察东北西三面地势，来往数万里，旷日持久，到那时这个重大责任无人担任，误了时期，有违天意，所以不避形迹之嫌，特来奉劝公子，不要再往北行，赶快向南行为是。”文命听了这话，莫名其妙，便问道：“水患的根本，既然在东北西三方，自然应该向那三方去求一个救治的方法，为什么反要南行？南方又有什么治水方法呢？小子愚昧，不解此理，还请明示。”澄渭渟道：“此中都有一个天意在内，请公子不要狐疑，只要依着某的言语，从速南行就是了。至于治水的方法，不外乎学理、器具、人才三种，到了南方，这三种都可以解决，此时也无庸预说。某等此来，专为公子报告此种消息，余无别事，从此告别。他日公子功成后，再见吧。”说毕，就和河逢、抱犊两山神向文命一齐拱手，翻身跨上龙背，腾空向东而去。那些男女仙官纷纷随着，顷刻之间，杳无踪迹，但余那股异香，依旧氤氲山谷，许久不灭。此时文命等三人，仿佛在睡梦中一般，目瞪口呆，望着那些仙人的去路，半晌作声不得。到后来，还是横革先说道：“既然神明白昼下降，阻公子北上，劝公子南行，我看绝非妄语，其中必有原因，将来必有应验，不如遵奉的为是。”文命想了一想，亦以为然。

于是三人下了恒山，急急地向南而行。逾过太行山、嵩山、方城山，刚到桐柏山（现在河南省桐柏县西二十里），忽然大风骤起，吹得人都不能站足。文命等三人，只好借了一个邮亭暂憩。哪知电光闪闪，雷声殷殷，霹雳之声，震动山谷，岩穴之中，被大风灌进去，都是呼呼怒号，十丈大树摇摆得几乎倒地。最奇怪的，风雷虽猛，却无大雨，而天地渐渐昏晦，在那昏晦之中，仿佛有千百个妖怪，幢幢往来于邮亭之外，屡次要想扑进来，但是又终不扑进来。横革看见这种情形，颇为奇异，便问真窥道：“你看见外面有鬼怪么？”真窥道：“怎的不见！我起初还当是眼花，原来你亦看见了。”二人又问文命：“看见了么？”文命道：“看见的。这种妖鬼，大可以不必理它。古人说得好：‘见怪不怪，其怪自败’。若要怕它，或要怪它，那么它就要作怪了。”二人齐声道：“我们并不怕，只觉得它怪。”文命道：“快不要以它为怪了。”二人答应。忽然见一道红光，穿入昏雾之中，霎时间雷也止了，风也息了，天色也明亮了，鬼怪的影子亦倏忽不见了。二人大奇，忙问文命是什么缘故。文命道：“此中想必有个理由，不过无从揣测，只好以不解解之，说若有神助而已。”

当下三人逾过桐柏山，到了汉水流域，只听得道路纷纷传言，说道冀州东部，堤防溃决，又酿成大灾。文命知道父亲已经失败，悄然不乐，适值天又大雨，遂在旅舍之中，闷坐愁思。暗想，这个洪水，究竟如何才可以平治？恒山神叫我到南方来，南方广大至极，究竟在哪一处可以得到治水之方法？忽然外面有一个大汉，进来问道："崇伯公子在此地么？"横革忙问："你从何处来？找崇伯公子做什么？"那大汉道："郁老师有书在此，叫我面交崇伯公子。"文命听见郁老师有信，喜不自胜，忙出外问道："郁老师叫你送来的么？老师此刻在何处？身体健康否？"那人道："郁老师在梁州，授给我这函书，限我今日到此地投递。老师身体甚健康。"说着，将书函取出，另有一小册书随带送上。文命接来，先看那书信，大致说"前者我允以书赠汝，今特饬来使送阅。此人姓之，名交，忠诚可任，希留之以为辅佐。汝大任将降，切宜努力，老夫静听汝之好音"等语。文命看了，细看那大汉，虬须虎眉，威风凛凛，确是一表人才，便问他道："汝叫之交，是郁老师遣来辅佐我的么？"之交道："是，愿供差遣，敬乞录用。"文命大喜。那真窥、横革二人，听说之交亦是郁华子遣来的，真是同门同志，因此非常投契。当下文命留了之交，便进内将郁老师所赠的书拿来一看，原来是黄帝的记载。遂细细看去，中间有几句说："欲知治水之理，自有专书，其书在于九山东南天柱，号曰宛委，赤帝在阙，其岩之巅，承以文玉，覆以盘石，其书金简青玉为字，编以白银，皆篆其文。"文命看到这几句，非常欢喜，知道恒山神澄渭渟之言有验了，又知道郁老师在梁州，遂恭恭敬敬向着西方，再拜稽首，以谢指示之恩。

于是与真窥、横革、之交三人，商量到宛委山的路程，先到云梦大泽，再顺着江水，一路东行。这时文命求书心切，亦无暇赏玩风景，但觉洪水之害虽亦不小，比北方差好而已。过了敷浅原（现在江西省之庐山），渡过彭蠡大湖，再绕过黟山，渐渐已到长江下流，但见一片茫茫，全是大水。又乘舟行了多日，才到宛委山（现在浙江省绍兴市东南三十里，即会稽山之一支，一名玉笥山）。文命与真窥三人徒步上山，只见那山上乱石兀突，有尖如笋，有圆如釜，有峻削如壁，有平衍如台，错落不一。各处遍寻，几于岩缝石隙统统搜到，足足搜了二十多日，终究寻不到。真窥等都诧异道："老师的话，决不会欺诳的，究竟在何处呢？"横革道："我想总在石中埋着，何妨来掘呢！"真窥道："这许多山石，掘不胜掘，从何处掘起？"之交道："或者是山神吝惜，有意隐蔽，不使我们寻到，亦未可知。我们何妨用些牲畜先祭祭他。"文命听了，亦以为然。于是四人重复下山，购到一匹纯白的马，择了一个吉日，再上山来，杀马以祭，并将它的血洒在山上，以表诚敬之意。哪知再寻了多日，依然了无消息，大家益发诧异，然而并不灰心。

一日，文命又到山巅搜寻了一回，不觉仰天而叹，心想：父亲此刻不知祸福如何，老师虽则有意提拔我、指示我，然而多日以来，竟寻不到，想来总是我缘悭命薄，不应该得到这种宝书，不应该建立这个大功，不应该扶助我父亲的失败了。有何心情再活于人世！想到此际，愈想愈郁，愈郁愈闷，心中仿佛一块大石压塞似的，于是砉然长啸一声，以舒其气。不知不觉，疲倦起来，就席地而坐，斜倚在一块圆如覆釜的岩石上略事休息。刚一合眼，忽见一个男子，穿着大红绣花的美丽衣服，迎面走来，对着自己作揖，说道："高密君请了。"文命慌忙起身还礼，就问他是何人。那男子道："某乃玄夷苍水使者，昨听见上帝叫高密君到此地来，所以某来恭候大驾。"文命便将求书之事，告诉了一遍。使者道："高密君！你来的时候不对，手续又不合法，所以寻不到了。"文命便问："怎样不对？怎样不合法？"使者道："时候太早，不是此刻之事。手续上不应该如此之简单，不祭固然不可，仅仅杀一匹白马祭祭，亦未免草率。"一面说，一面亦倚在那岩石上，眼看他方。文命听了，自觉疏慢，慌忙稽首问道："那么，手续究竟应该如何？"那使者回转脸来说道："要想得我山神之书的人，应该先在黄帝岩岳之下，斋戒三月，等到庚子这日，再登山，将此岩石掘开，那么书才可得了。"文命听了大喜，正要再问他住在何处，哪知一转眼使者已经不见，徐徐醒来，乃是一梦。文命定了一定神，知道这梦必定有验，就和真窥等说知，一同下山。从第二日起，就在黄帝岩岳之下斋戒起来，凝神一志，向往黄帝。足足斋戒了三个月又五日，适值遇到庚子日，文命乃又备了丰盛的祭品，带了真窥等再上山来。祭过之后，文命当先，领了三人到山顶上，指着那圆如覆釜的一块岩石说道："你们给我掘。"横革等两锹一锄同时下去，只见那岩石已豁然而开，并不费力，却如天生的石盖一般。揭开一看，只见里面端端正正地放着一个玉柜，约有三尺高，柜的左首，还放着一块赤珪，其色若日，柜的右首，又放着一块碧珪，其色若月。文命看了，先向石函再拜稽首，然后亲自将这个玉柜和赤碧二珪取出，放在岩石之上。禁不住先将玉柜打开一看，哪知里面共有十二册书，都是用黄金铸成，两旁又用白银镶边，书中文字果然都是用青玉篆成的。再看那赤碧二珪，长约一尺二寸，两个大小一样，拿来当镜子一照，光明无比。文命知道必是至宝，回过头来，哪知自己的目光竟大变过，岩石里面深到几千尺之下，都能够洞然明白地看见。文命又惊又喜，遂将二珪藏在身边，又叫三人将石函依旧盖好，然后捧了玉柜，回到下处，细细观看。原来山川脉络，条理分明，凡从前所怀疑而不能解决的，此刻都可以解决了；凡从前所游历察看而觉得模糊的，此刻全然彻底明白了，不禁欣慰之至。然而，因此蹉跎在宛委山下，勾留的日子不少，心里记念父亲，急急思归。在临行的时候，还向那宛委山拜了几拜，以谢玄夷苍水使者。

文命等于是依着旧路而行，哪知刚到黟山，忽然后面有人赶来，高叫"公子慢行"，其快如风，顷刻已到面前。文命一看，乃是竖亥，不禁大惊，知道有点不妙，便问道："汝何故在此？"竖亥道："小人寻公子，寻得苦呢！"文命道："你寻我做什么？我父亲好么？"竖亥听了，连连摇头，急忙从身上取出一函，递与文命。文命接来一看，原来是父亲的绝命书，一路看，一路泪落如縻，看完之后，已悲哽不能成声。便问竖亥道："你动身之时，我父亲还在世么？"竖亥道："还在世。"说着，又将隐遁海滨的话说了一遍。文命道："我看，我父亲一定负责杀身，决不肯草间偷活的，这时恐怕早已去世了。"说罢又恸哭起来。过了一会儿，又问道："这书函还是去岁写的，现在已一年了。"竖亥道："小人不知道公子在何处，到处乱寻，先想公子或回到梁州去，所以到梁州，又到雍州，又到荆州，最后才跑到此。凑巧前途有人说，刚才有个耳有三漏的人从此路过去，小人料想必是公子，随后赶来，果然遇着，否则失之交臂，不知道更要费多少转折了。"文命道："此刻我想到东海滨去寻父亲，但是究在何处，生死存亡，亦不得而知，寻起来也非常为难。我看索性劳你的步，先去访求，我随后就来，总在泰山上会齐。如果寻得到，我父子都感激你的。”竖亥道：“公子言重，小人受崇伯厚恩，虽死不辞，况且又是应尽之义务么，小人就去。”说罢，就如飞而去。这里文命和真窥等亦立即上道，由长江口径趋泰山，不走桐柏山。文命一路忧惶苦楚，记念父亲。渐渐到了沛泽相近，只见两个善走的人迎面而来，一个是竖亥，一个是大章。文命忙问：“我父亲怎样？”二人不及开言，先号啕大哭起来，说道：“主公没了。”文命一面哭，一面问怎样怎样，大章便将一切经过细细说了。文命呼天抢地，恸哭了一番。既而一想，徒哭无益，我总要遵我父亲的遗嘱，平治这水土才是。又想到母亲临终时，曾经虑到这一日，叫我要干蛊，现在这个责任竟降到我身上来了，我将如何呢？虽则有了金简玉篆之书，但是只说明一个理，一个法，至于实行起来，那种困难真不知道有千千万万！万一旷日持久，又将如何呢？万一再不能成功，那么怎样？想到此际，忧闷欲绝。

文命到了旅舍之中，更换素服，又是悲哀，又是愁闷。哪知夜间又做其一梦，梦见在一处茫茫大水的旁边，自己赤着身子，跳到水中去洗浴；先用手掬了些水，痛饮一阵；后来正在游泳揩抹的时候，忽见东方一轮红日，从波心直涌出来，蚩蚩有声，顿觉水光潋滟，如万道金蛇，闪烁人目；一轮红日，已升上去，那波中仿佛还有一轮红日，在那里浮沉，做上升之势；回看自己，赤身露体，无处不照着日光；忽而那轮红日，陡如弹丸一般，向着自己打来，不觉一吓而醒。醒了之后，自己解释道：红日，是天子之象。红日从水中涌起，直照到我身上来，莫非天子将加我以任命，叫我去治水么？上面一轮红日，波心还有一轮红日，或者是现在的臣子、将来的天子在下面举荐我，亦未可知，且看吧。

次日，文命刚与大章等闲谈，只见横革和一个人走进来，仔细一看，原来是国哀。文命忙问他来的原因，国哀道：“小人自从那年在华山拜别之后，过了一年就辞职，想来投奔公子，哪知生病了。病愈之后，跑到冀州，又跑到兖州，到处寻公子，总不知下落。后来听说崇伯在羽山去世，我想公子或者必到羽山，所以总在此处留心。今日遇到横革，知道公子果然在此。现在听说，朝廷正在访求公子，将加以大用呢，公子到帝都去不去？”文命道：“这话真么？”国哀道：“千真万真！朝廷因访求公子不到，听说已饬下各路诸侯，一齐访求呢。小人前月经过莘国（现在山东曹县北），那边是公子的母家，朝廷恐怕公子在母家，早来寻过了，那边无人不知。公子何妨径到帝都去呢！”文命听了，沉吟一会儿。原来文命初意，原想到羽山省墓；因为有黄熊的故事，殊觉尴尬，非常踌躇。现在听见说天子访求他，他就决定主意，以干蛊为先，以省墓为后。当下遂向国哀道：“既然朝廷如此找我，我就到帝都去。”大章听了，非常怀疑，就问道：“崇伯这次虽说自尽，但亦可算是被朝廷逼死的，况且老祝融宝刀已携来了，即使崇伯不自尽，亦必为朝廷所杀。这是杀父的仇人，不共戴天，公子何以还要去做他的臣子，北面事之？”文命听了，且哭且说道：“朝廷所施的是公法，不是私怨。私怨宜报仇，公法不宜计较；况且先父遗命，但叫继续治水，并不说仇不仇；所以我只要赶快将水治好，就对得起先父了。”大章听了有理，亦不再说。当下文命率领大章等六人，急急向北而行。路上诸侯知道了，果然都来招呼，有馈食物的，有送赆仪的，文命一概辞谢不受。

一日，绕过泰山，到了巫山相近（现在山东茌平县境），只见一个黑面虬髯的大汉，装束威猛，迎上前来问道：“君侯是高密公子么？”文命应道：“是。足下何人？有何见教？”那大汉道：“敝主人有请，饬某来奉迓。”文命道：“贵主人何人？召某何事？”那大汉道：“见面后自知，毋庸预言，请即随某来。”说罢，又连声催促。文命满腹狐疑，但察其意不恶，只得跟了他走，横革等亦紧紧相随。转过一个山峰，只觉得气候渐渐换过了，刚才是冬令，黄茅红叶，景象萧条，此刻则桃红柳绿，芳草如茵，居然是暮春天气。大家正是不解，又走了许久，但觉琪花瑶草，纷披满山；异兽珍禽，飞行载路；说不尽的美景奇观。大章和竖亥道：“这青、兖二州之路，我可说没有一处不跑到，原来还有这么一个所在，我竟不知道，真是惭愧。”竖亥道：“是呀！我到过的地方亦不算少，这个所在却从来没有遇到过，真是奇怪！”不提大章等闲谈，且说文命一路走，一路向前看，只见前面山上，仿佛有极高大华美的宫殿，掩映参差，正不知里面住的是什么人，有这样奢侈，他的福气比天子还高万万倍呢！正在思想，忽见前面又来一个大汉，青面紫髯，貌极可怖，装束亦是戎服。见了黑面大汉，便问道："来了么？夫人等久了。"黑汉应道："来了来了。"文命至此，诧异之极，禁不得立住足，再问道："究竟贵主人是何人？召某何事？"那黑汉道："此地已到了，说说不妨。敝主人是西王母娘娘的第二十三位女公子，道号云华夫人，刚才游历东海，路过此间，叫某来奉请。至于何事商量，某却不知。"文命听了，暗想今朝遇仙了，遂又问道："二位贵姓大名？"黑面的道："某叫乌木田。"青面的道："某叫大翳，都是夫人的侍卫。"说罢，再催文命就走。将近殿门，只见四只狮子蹲在那里，见有生人走近，便抖擞起立，摇头摆尾，口中发出怒声，其响如雷。文命虽不害怕，大章等都有些战栗。大翳上前，向狮子叱了一声，四狮顿然俯首、帖耳、戢尾。走入门中，只见有八个大人，浑身金甲，高与檐齐，个个手执武器，对对而立，看见文命到来，一齐向文命行个军礼，随即止住真窥等道："请诸位都在此少待，让高密公子一人进去吧。"国哀性最急，便不舒服道："某等皆有护卫公子之职，公子是某等主人，怎么不许我们随着呢？"大翳忙过来安慰道："敝主人单请公子，未曾说老兄等可以随入，还请老兄等在此坐坐吧。"文命听说，亦吩咐国哀等，且不必跟随。就问乌木田道："这八位伟人，是何等人？"乌木田道："都是灵官，是外面守卫的职员。"说时，已过了大门，但见里面一片大广场，当中一座玉琢的大桥，桥的两面，都是大池，池的四面栏杆，都以文石琢成，镶以黄金碧玉，一条大黑蛇蜿蜒曲折，蟠在栏杆柱上，足有几丈长。文命问道："这蛇是夫人所养的么？"大翳道："这是毒龙，不是蛇，是夫人所养的。"又行了许久，才到正殿，那楹柱梁木窗棂等等，究竟是什么材料，实在辨认不出，但觉华丽无伦，精光夺目而已。殿基高约三丈余，广约十三间，拾级而登，阶上阶下，站立数十百个高大的人，个个赳赳桓桓，手执兵器，戎装耀目，面貌亦人人不同，有黄，有蓝，有紫，有白，而以威猛者为多。文命略看一周，只见一个黄面大汉走来，说道："夫人有命，高密公子到了，暂请殿上小憩，夫人随即就来。"大翳答应，就请文命入正殿。

第七回

云华夫人授禹敕召鬼神之书，并遣天将为助　禹人都就职伯益、水平佐禹　帝尧郊祭，神响发座上且说文命走入正殿，仰面一看，只见那结构的庄严、伟大、崇高，正不可以言喻，忽听得一片音乐之声，旋闻异香扑鼻。大翳就说道：“夫人来矣。”旋即退出。文命亦转身向殿外一望，只见一辆七宝装成的银軿，軿前四马曳着，那马足与车轮都是凌空腾跃旋转，并不着地，却甚迅疾，转瞬已到殿前停下。车旁分立四男四女，男左女右，当前的男女年纪较大，后面三男三女，年纪似乎依次而小。车中端坐一位绝色的美人，年纪似不过二十余岁，紫凤之冠，红霞之帔，青云之裙，旁边站着无数美女，有的执扇，有的捧巾，有的提香盒，有的奏乐器，大约有十多个。最奇怪的，银軿面积并不甚大，而这许多人聚在一起．亦不拥挤。停下之后，车中诸侍女陆续而下，最后夫人才降舆，两阶的侍卫见了，齐行敬礼，夫人亦点首答礼，诸侍女簇拥夫人上阶。到得殿门口，文命慌忙迎了出来，有一个侍女说道：“高密公子请进，夫人相见。”

那时夫人已入殿门，文命回身北面，要想行拜见礼，夫人止住，一定不肯，行了宾主之礼，分东西坐下。夫人开言道：“适从东海归来，知道公子将要入都，就治水之职，所以奉屈到此，商酌治水方法，不知一切计划公子此刻都已预备好了没有？”文命听说是商酌治水之事，心下大喜，就说道：“某于治水方法，略略研究一二；刚才在宛委山，得到黄帝金简玉字之书，于水脉地理，说得非常详细；某拟照此施治，有疑惑不明之处，再用赤珪、碧珪一照，或者可以明白，不知此法对不对？还请夫人赐教。”夫人笑道：“理是对的，法亦合的，但是洪水数十年，民生困苦极矣，九州之大，四海之广，照公子这样施治起来，要几年才可以敉平，公子计算过么？”文命听了，默然半晌，才说道：“恐怕非四五十年不办呢！单是几座大山，凿它开来，工程已不小呢！”夫人道：“是呀！不但万民遭难数十年，急宜予以休息，就是圣天子忧危勤劳到如此，亦应该使他亲见大功之成，看到太平景象，方足以慰其心。再过四五十年，人寿几何，不嫌太迟了么！况且公子所虑的，还只有工程浩大四个字；其实工程之外，艰难险阻，还有不少；四五十年，恐怕还不能成功呢！”文命不解，便问道：“工程之外，还有什么艰难险阻之事？”夫人道：“洪荒开辟到现在，时候还不能说是长久，山精水魅，川妖木怪，到处都有潜藏。加以近几十年来，洪水泛滥，阴气太盛，尤其潜滋暗长，不可究诘，这是人力不能够抵御的。即使想出方法，费去时间已不少，何况有些方法竟无可想呢！”文命道：“那么还求夫人大发慈悲，予以援助。”夫人道：“是呀！唯其如此，所以今朝要奉屈了。数十年前，圣天子为有水患，特遣大司农到昆仑恳求家母。家母那时因天意难回，灾情未甚，只能辞谢；但是曾经答应，一有机会便来援助。如今已到剥极而复、否极而泰的机会了，所以今日奉屈，亦是禀承家母的意旨，予公子以援助的方法。第一是人，妾此处有许多侍卫，可以令其随侍帮忙；第二是术，如有这几个侍卫还不能为力的时候，可以号召天神地祇，随时前来效力，再不然，就是叫妾或家母来相助亦可；这就是援助的方法了。”文命听了这话，欣喜之至，慌忙再拜稽首致谢。

夫人便叫侍女，去宣召童律、大翳、繇余、狂章、黄魔、乌木田、庚辰七人上殿。须臾，俱各上殿，向夫人行礼。夫人吩咐道：“如今下界洪水为灾，民生涂炭，天帝命神禹转生救世，不日就要受任施功，深恐有诸多障碍，从旁为梗，特饬尔等追随相助，总期于八年之中，将天下治平，尔等其各奋勇将事，毋得懈忽。”七人听了，鞠躬受令，又齐向文命鞠躬行礼，说道：“介胄在身，不能跪拜，请原谅。”文命慌忙答礼。七人就走过来，立在文命后面。夫人又敕侍女道：“将我那搁在窗前的几部宝箓拿了来。”侍女答应，转向后殿而去，其行如电，一瞥不见，忽而手捧宝箓，姗姗已到殿前。夫人吩咐，放在公子面前。夫人指着两大部向文命道：“这是《上清宝文》，其中都是真言符箓，一部召天神，一部召地祇；学习娴熟了，可以策召鬼神；有要事时，不妨随意命令之。”又指着一部小的道：“这是理水的三个政策，可以作为参考。”文命又再拜稽首致谢。这时侍女将宝箓放在文命面前，刚要转身，不期一阵风来，将她所拖的长裙飘带吹到文命席上；文命刚刚拜手下去，恰好将飘带揿住，侍女不留心，旋转身要走，却已牵住；一揿一扯，不知不觉，裙带的活结顿然抽散，裙带一松，一条长裙几乎都要卸下来！那侍女羞得满面绯红，急忙捏着长裙，转到殿后，自去结束，文命起初出于不觉，后来知道了，非常之抱歉。只有夫人点头叹道："此乃天缘也！"文命听了，亦莫名其妙，不知道天缘二字作何解，指何事，亦不好问。

过了片时，夫人又问文命道："公子施工时，器具一切亦不可不加以改良。神农之时，以石为兵，非常拙劣。蚩尤、黄帝之时，渐渐用铜，现在铜器已通行于天下，但是铜的性质太脆，拿它来开山凿石，恐怕容易折断，用力多，成功少。依鄙意看起来，矿物之中，还有一种物质可用。这种物质自古未经发明，但是它的坚刚，远在铜之上，而且比铜重得多；若用它锻炼起来，制成器具，锐而且利，胜过铜器万倍。这种物质，姑且替它取一个名字，叫作铁。公子得到赤碧二珪，目光可以下瞩九泉，且随时留意吧。即使治水之初，一时还寻不到，将来总是大大有利于万世百姓的。"说罢，就将铁的颜色、质料、产地、取法、炼法，统统告诉了文命。文命谨记在心。夫人道："今日烦劳公子了，商量之事已毕，改日再谈。"说罢，站了起来。文命亦慌忙起来告辞。夫人送至阶下，自乘天马银軿飙驰而去，其余侍卫侍女亦相随而行，顷刻不知所往，只有乌木田、大翳等七个侍卫，随着自己不去。文命细看七人，都是全身甲胄，威风凛凛，手中各执着武器，内中有一个兼捧着夫人所赠的宝箓。文命一一问他们姓名，方才个个认识。走到殿门，横革等一齐迎上，说道："公子去了许久，我们真等得不耐烦了。"八大灵官向文命道："公子出去，我们亦归去护卫夫人了。"又向童律等说声"再会"，纵身上升，倏无踪迹。文命等一行十四人走出殿门，再数步，回头一看，只见殿门及里面崇宏巍焕的宫宇已不知所在。又走了数步，所有琪花瑶草、珍禽奇兽亦一概不见，但见黄茅红叶，萧条景象而已。文命大为诧异，便问庚辰等是什么缘故。庚辰道："这是仙家的妙用，所谓缩地之法是也。夫人宫殿，本在梁、荆二州交界处之巫山（现在四川巫山县），因为欲与公子相见，所以用缩地法，将公子迎到那边去。现在既经见过，又用缩地法将公子送来，所以一切气候生物，都大不相同了。”文命及真窥等听了，无不咄咄称奇。文命又问庚辰道：“刚才夫人车旁，四男四女，是什么人？”庚辰道：“这是八卦之神，总名八威。两个老男老女，是乾、坤二卦，其余是震、巽、坎、离、艮、兑也。”文命道：“夫人在上界，管理何事，有这样的威赫？”庚辰道：“夫人姊妹甚多，各有职司。夫人是专管昆仑以东，一直到海，其间人民祸福种种之事。”文命听了，不禁顶礼感戴。

这日，回到旅舍，文命就将夫人所赠的治水三策先打开一看，觉得句句实在，条条可行，真是千古不易之定法。看完之后，又将两部宝箓打开细看，只见上面所载，都是些咒语、真言以及各种符箓形状，又将风雨雷电、山川海泽种种神祇之名，无不详载于上。如召某神，则宜用某种符箓或某种真言，无不详详细细，逐处载明。文命本是个聪明绝顶之人，从此日间行路，夜间披阅宝箓，默默地记忆，切切习练，一月之后，居然能够号召百灵，驱遣百物了。所以后世给文命上一个徽号，叫作神禹，就是这个缘故，闲话不提。

且说一日，文命到了太原，知道舜已授职太尉，总掌一切，便先来见舜。舜见了大喜，就问道：“高密！你一向在何处？累得我们好寻。现在天子已有命令，叫你继续尊大人之事业，你须好好将事。”文命道：“某衰绖在身，出来担任国事，于礼不合。”舜道：“礼有经有权，讲到经，你自然应该守丧终制；讲到权，你应该墨绖就职。洪水泛滥，万民昏垫，天子忧危，尊大人且以死殉之。为万民计，为天子计，为尊大人展未竟之志计，都应该从权就职，哪里可以守此居丧之小节呢！”文命听了，涕泣不语。舜便问他别后情形，文命将经过事实，从头至尾述了一遍。舜拱手道：“那么大功之成也必矣。功盖九州，泽遍兆民，名垂万古，可贺可贺！”两人正在谈天，忽报羲仲等四岳来了。舜迎入坐下，又介绍与文命相见。四岳便问文命道：“洪水泛滥数十载，某等初举孔壬，继举尊大人，但是终究无功。现在太尉举足下，嗣尊大人之绩，不知肯担负这重任否？”文命道：“承太尉荐举，小子敢不黾勉，以继续先父之志，惟天子委任而已。”四岳听了，就问舜：“明日出奏否？”舜道：“这个当然出奏。”又谈了一会儿，大家散去。

次日，太尉舜入朝，就将文命已到之语，奏知帝尧。帝尧即命传见。须臾，文命上殿朝见。帝尧看他，身长九尺九寸，相貌堂堂，非常满意，就问道："汝父治水九年，终于败绩。现在太尉、四岳举汝嗣汝父之业，汝自问能胜任么？"文命道："臣不敢说胜任。不过自幼时，臣父已教臣水利之学；臣父临终，亦有遗书，教臣干蛊；臣甚愿奔走效死，以盖前人之愆。"说着，哭了出来。帝尧问道："汝之治水，计将安出？"文命道："臣的主张，治水须顺水的性，水性就下，导之入海，自然无事了。所以大要是两句，叫作'高者凿而通之，卑者疏而宣之'，如此而已。"帝尧道："巍巍高山，茫茫大地，如何凿？如何疏？人力足用么？即使足用，旷日持久，民生何以堪！国家的财力何以堪！汝其再思之。"文命道："臣操此主张，从前与臣父谈过，臣父亦虑到此，想求速效，所以不用臣策。臣亦虑到此，数年来奔走江海，访求方术，幸赖万民洪福，天子盛德，访求到了，所以此法决计可用，不至旷日持久。"说罢，就将一切经历，细细说了一遍。在廷之人听了，无不称奇。帝尧知道是西王母之言验了，大功可成，不禁大喜，就回头向大司农道："不枉汝前番那一次的辛苦。"说着，又向文命道："云华夫人给汝的几个侍卫，汝都同来么？朕愿一见。"文命答应，即忙退下，饬人前去宣召。须臾到了，个个戎装，手执兵器。文命吩咐，一个一个朝见，自己报名，七人答应。第一个，面如重枣，白面长须，手执长枪，到殿上向帝尧一鞠躬，口中说道："陪臣童律谒见。"说罢，再一鞠躬，退立一边。第二个，黑面虬须，手执双锏，到殿上向帝尧一鞠躬，口称："陪臣乌木田谒见。"说罢，亦再一鞠躬，退立一边。第三个，披发垂肩，束以铜箍，扁脸短须，身长不过八尺，手执黑棒，上来行礼，口称："陪臣狂章谒见。"亦退立一边。第四个，身长丈余，道貌古野，短髭大目，胫束铜铛，傍镂青花，手绰双剑，莹精耀目，上殿行礼，口称："陪臣繇余谒见。"亦退立一边。第五个，青脸紫髯，身躯伟大，手执大刀，照前上殿行礼，口称："陪臣大翳谒见。"亦退立一边。第六个，黄面环眼，须髯如猬，手执双锤，口称："陪臣黄魔谒见。"礼毕，亦退立一边。第七个，面如满月，束发金冠，唇红齿白，颇有秀气，身材亦不过一丈，手执大戟，上前行礼，口称："陪臣庚辰谒见。"礼毕，亦退立一旁。帝尧一看，个个威武出色，暗想，真不愧上界天将，于是竭力慰劳一番，命其退出。帝尧又向文命道："朕今即命汝以崇伯之职，前往治水，汝其钦哉！"文命再拜稽首受命。帝尧道："现在已经岁暮，朕将郊祭，汝俟朕郊祭之后，再动身吧。一切设备，可先与太尉及大司农等接洽商酌。在朝之臣，察其可以襄助者，尽数奏调任用，朕当照准。"文命亦稽首称谢。退朝之后，帝尧自向宫中斋戒，预备郊祭，不提。

且说文命回到旅舍，早有大小臣工前来拜访，文命亦各处答拜。太尉舜又向文命称赞八恺之贤，并说可以襄佐治水之事。文命与八恺同是颛顼帝之后，本来是一家，不过辈行小得很，遂先去一一拜见。一日，到皋陶家来答拜，皋陶适值外出，文命即欲转身，哪知他家里的从人上前留住，说道："家主人虽不在家，幼主人却在里面，向来家主人的客，幼主人亦代见的。"文命一想，不好推辞，只得进去。哪知迎出来的幼主人，竟尚在孩提，虽则揖让进退，中度合节，但是稚弱不胜，颇觉可怜。坐定之后，文命便问："世兄几岁了？"那孩提答道："小子四岁。"文命一听，稀奇之至，又问他名字。那孩提道："贱名是损益之益。"文命道："一向在家里读书么？"益道："前两年都是家父于公余之暇，亲自课授。近岁从火正老祝融，学了几个月的火政。"文命道："世兄自己欢喜学习火政，还是尊大人的意思？"益道："小子自己喜学。小子的意思，火政非常重要，不但民生日用所必需，而且于时令上亦很有关系；就是治水，亦恐怕非此不可，所以愿学。"文命听了，觉得他竟是个神童，于是又将种种学问考察他，哪知益都能对答如流，文命不胜钦佩。后来皋陶回来了，三人对谈，直谈到日色平西，方才归去。

一日，文命去访大司农。大司农延见，谈起治水人才，大司农道："某有一个庶子，看到这洪水之害，颇有救济万民之心。他尝说：'自问没有奇异之才，但愿能跟一个圣人，出力奔走，务要将这个水患治平。'因此他自己取了一个名字，就叫作水平。崇伯可否怜其愚诚，带在身边，做些琐事，以成其志？老夫不敢荐举私亲，尚乞裁察。"文命道："有志者事竟成，这是古来的名言。世兄既抱如此之宏愿，必有异能，何妨请来先谈谈呢。"大司农便饬人将水平召来。文命一看，年纪不过成童，但是英气勃勃，活泼果毅，似乎有用之才，便向他问了好些话，那水平对答得非常之有条理。文命大喜，就向大司农道："世兄英俊不凡，某定当借重。俟出都之日，再来敦请同行。"于是又谈了一会儿别去。文命路上暗想：天下从此要治平了。益的聪敏，固然世所稀有；就是水平，亦岂寻常！英才乃在儿童，这是何等可喜之事！闲话不提。

且说这一日，是帝尧郊天之期，所有大小臣工，除文命有丧服，不预吉礼外，其余一概都到祭所，各有职司。丑正初刻，帝尧即起，沐浴盥洗。到祭所时，刚刚寅初，大小百工都已到齐。这郊天祭所系在南门之外，平地筑起丘陵，约有十丈多高，广约十亩，四边作圆形，名叫圜丘。圜丘北面，用石造成阶级，约有数百级，级的北面，相离五丈，正对有一座平坛，名字叫作泰坛，高约三丈，上面满堆着木柴及各种引火之物。圜丘当中，有大殿一所，广十三间；正中一间的居中，设着神座；座的下方，列着鼎俎，旁边分列着无数祭品，如笾豆、铏镣、锜釜、筐筥之属；旁边及殿外，则满布乐器，钟磬、柷敔、竽笣、笙簧之类，不可胜数。这些乐人、乐律、乐歌、乐章，都是大乐正质所教导、经营、掌管、布置的。帝尧初献，太尉亚献，大司农终献，大司徒、羲仲、羲叔、和仲、和叔以及八元、八恺等，或司爵，或司帛，或读祝，或赞礼，各依次就列。四边庭燎高烧，光明如昼。到得寅没卯初，帝尧穿着那冰蚕茧丝所织成的黼黻，步行出殿，由赞礼者引导，先到省牲之处去，迎接那祀天所用之牲。那牲是一只小牛，其角之大，不过如茧如栗，亦可以想见其小了。迎牲入门，安在俎上，一时钟声一振，殿中殿外，乐声大作，接连就是初献爵。帝尧上去，将爵双手一捧，供在神座当中，随即退就原位。爵中所盛，并非旨酒，不过清水而已。初献之后，乐暂止，太尉亚献爵，乐声又作。接着大司农三献，乐声又作。三献既毕，乐声乃止，大司徒在旁，高声朗诵祝文，帝尧再俯伏下去，连连稽首，若有所祈祷。原来帝尧所祈祷的心事，不过禅位于舜和叫文命治水两事而已。正在祈祷之时，忽然当中神座上发出一种声响，继而又像有人高声地向帝尧说道："放勋！现在洪水为害，已达极点，汝赶快可以去救治了。"这时殿中群臣乃至乐工等无不听见，大家不禁震动，都暗想道："神明果然来肸飨了，祭祀真不可以不诚呢！"帝尧祈祷过，乐声又作。帝尧召了大乐正质来，问道："现在祭祀中途，神语见诲，朕拟立刻作一个歌曲，播之管弦，来得及么？”大乐正质道：“来得及，不过祭的时间稍稍延长一点罢了。”帝尧乃随即作了一个歌曲，名字叫作《神人畅》，其词曰：

清庙穆兮承余宗，百僚肃兮于寝堂，醊畴进福求年丰，有响在座敕予为害在玄中，钦哉昊天德不隆，承命任禹写中宫。

歌罢，大乐正质亲自按谱，指挥工人奏了一阕乐，随即送神。那对面泰坛之上，烈焰冲天，木柴都烧起来了。礼毕各退，时已黎明，君臣纷纷归去。

第八回

舜受终于文祖，赤凤来仪　在璇玑玉衡以齐七政　务成昭戒舜　禹治水之计画　禹乘四载禹治碣石，召东海神阿明郊天之事既毕，转瞬年终岁首，这日已是帝尧在位七十载的正月初一。太尉舜因为将实行他摄政的任务，所以于上午时，率领群臣百官到五府中来。那五府亦叫衢室，是帝尧即位初年造在平阳的。后来因水灾迁到太原，因为典制所在，不可缺废，仍旧照样造一个。照五行之德算起来，帝尧是以火德王天下，所以他受命的始祖，是赤帝文祖。因此，舜这次径到文祖之前来祝告，表明摄位之意，亦叫作受终。受终的意思，是表明帝尧政治上的责任至此而终，以后责任由舜承受，以分界限。哪知舜正在行礼的时候，天空忽见一只赤色的凤凰，自南方翱翔而来，栖息在五府外面的梧桐树上，引颈长鸣，直待舜行礼既毕，走出文祖之门，方才展翅向南方而去。这时万民瞻仰，都颂扬太尉舜，说是他的盛德所感召，闲话不提。且说太尉舜受终文祖之后，刚出庙门，忽有从人递上一封书函，说道："刚才有人送来的。"舜诧异之至，以为是个要事，慌忙打开一看，只见上面并无别话，只有六句，叫作：

避天下之逆，从天下之顺，天下不足取也。避天下之顺，从天下之逆，天下不足失也。

六句之下，署名是"务成昭"三个字。舜暗想，这六句话分明是我老师的口气，但是我老师的名字，是跗，不是昭，这个务成昭是哪个呢？既而一想，或者是老师的化名，亦未可知。老师游戏韬晦，往往有这种方法，不然，哪个待我如此关切，来教导我呢！想到此处，也不再深求，藏好书函，即便登车，回到朝中，开始与群臣讨论国家大政。那提议的大纲，共分三部，第一部是天，第二部是地，第三部是人。天的一部，就是日月五星七种的运行有无差忒，这一部向来是归羲和兄弟执掌。太尉舜幼时，从务成子学习数学、测量，又从尹寿肄业天象，又是农夫出身，平时露宿，披星戴月惯了，所以于天文之学非常擅长。摄政之初，为敬天顺时起见，当然以这七种政治为先。但是这七种的运动，齐与不齐，非用仪器实验不可，一时无从空谈，所以约了羲和兄弟，定期到那天文台上去，考察那璇玑玉衡，这天文一部就此议决了。地的一部，最紧要的就是治水。当下文命就将他预先草就的议案和方法一概呈上，请太尉和其他群臣共同商酌。太尉舜接来一看，只见他上面开着，共分三款：

第一款 施治之次第，就其轻重缓急分为六段：第一段，冀州全部，及雍州、豫州、沇州之一部。冀州不但帝都所在，理宜从先，而且受灾最久，受患最深，非尽先施治不可。第二段，沇州及青州全部。因为青州濒海，地势卑下，水患亦甚。第三段，徐州全部及豫州一部。长淮泛滥，患历多年，所以施治亦宜从速。第四段，扬州、荆州、梁州全部。长江千里，外通东海，地亦卑下，其西梁州，就地势上看起来，似乎另为一区，但近来考察地形，已多更变，故宜一并施治。第五段，九州边境。第六段，外国。王者无外，普天之下，一视同仁，故中国治平之后，海外诸国亦宜周历考察，相机施治。

第二款 施治之方法：第一项，是宣传劝导。水患既深，灾区亦广，工程尤大，非多集人夫不可。深恐小民无知，或有误会，或不肯努力，所以在未施治之前，每段宜先派遣贤员前往，会同当地诸侯，剀切向百姓说明，庶施功之际可以顺手。第二项，是征集人夫，以就地征集为原则，必不得已，得募之异地。凡年在二十五岁以上、五十以下之男子，皆可征集。其征集之法，另定之。第三项，是明定抚恤。工程艰巨，祸患不测，设有积劳病故者，或猝遭危险之人，应赡养其终身，或抚养其家属，使之温饱，方足以资鼓励而昭激劝。第四项，是预算经费。耒凿、畚锸、刀斧、绳索以及车舆、器用，皆须经费备办。工程既大，费用必巨，再加夫役众多，人民对于国家，固应有力役之义务，既然用其力，必使之弃其本业，一家赡养，费从何出？且彼既服务公家，彼自己一身之衣食，势必由公家给予，断不能再令自费。以人夫百万计，每月应给几何，此须视察国库之财力如何，再定标准。

第三款 施治之期限：第一段期以三年，因为工程最大。第二、第三两段，平地较多，施治较易，各期以一年。第四段范围广阔，期以二年。第五、第六两段，范围尤广，然工程似不甚费，共期以三年。总计十年之中，使水土悉数平治。

议案方法之后，又附以细图一纸，系详述第一段施工情形。大致大山之须凿通者有三，小山不计；大川之须掘成者有三，小川不计；总干之须开掘者，长逾千里，深广未定。舜看完之后，就递与群臣传观，一面向文命道："擘画得很不错，只有经费一层，须与大司农细商，其余均由汝自定罢了。"文命道："前日天子面允奏调人员，现在某拟请伯奋、仲堪、叔献、季仲、叔豹、季狸六位，先往各处，担任宣传劝导之事；又拟请隤敳及伯虎，仲熊、朱、罴五位，担任驱除猛兽之事；又拟请垂、殳、斨、伯舆几位，担任一切制造器具之事；又拟请苍舒、大临、梼戭，龙降、庭坚、仲容、叔达各位，担任各处监督指挥工人之事；某一人则往来各处，随时商量进行，未知可否？未知诸位肯襄助否？"太尉道："这个没有不可，不过某的意思，大司农亦须偕行。一则经费之事处处可与大司农筹划，省得文书往返，迁延时日；二则一面治水，一面即须建设。洪水数十年，民鲜盖藏久矣，一面治水，水退之后，就教百姓种艺，比较便捷了。"众人皆道："极是极是。"太尉又道："刚才崇伯历举群贤，各当其才，但是我还要荐举一个人，这个人年齿虽稚，却是奇才。"众人忙问何人。太尉道："士师皋陶的世兄伯益。"皋陶听了，忙辞道："乳臭未干，哪里可以做事呢！"太尉道："但看他的才不才，不管他年龄的长与幼，士师何必客气呢！"文命道："伯益这人，某已见过，确系不凡，自当任用。"说罢，又提起大司农之子水平如何英果。太尉道："那么正好一并前去，跟随效力。不过二人年龄既幼，最好就在汝身畔，参赞擘画，不要独当一面就是了。"文命亦应道是。羲仲兄弟齐声道："某等还要荐举一人，就是大司徒的世兄昭明，此人长于算学，崇伯此番治水，测量高卑，计算道里，大概非算学不可，此人可以胜任。”文命道：“那么好极了。”当下又讨论了一会儿，时已过午，第三部人的政治不及再议，即便退朝。

文命回到寓处，午餐过了，又约了八元、八恺、伯益、水平、大司农、昭明、朱、罴、有垂、殳、斨、伯舆及七员天将等三十余人，聚集商酌。文命的意思，第一段冀州、沇州之地，再分三节施治。第一节在沇州，其地尽属平原，掘地之工程最多，先遣叔豹、季狸二人前去宣传劝导，募集人夫，大临、叔达二人担任监工指导，黄魔、大翳二将防御危险，朱、罴二人驱除禽兽。第二节在冀州、豫州之间，其地势，山岳与平原参半，工程较难，遣叔献、季仲二人前往宣传劝导，募集人夫，龙降、庭坚二人担任监工指导，童律、狂章二将防御危险，伯虎、仲熊驱除禽兽，第三节冀州、雍州之间，纯系山岳，平原绝少，工程浩大，遣伯奋、仲戡二人前往宣传劝导，募集人夫，苍舒、梼戭二人担任监工指导，繇余，乌木田二将防御危险，隤敳、仲容二人驱除禽兽。大章、竖亥二人，奔走通信。文命自己，带了横革、真窥、之交、国哀、昭明、水平、伯益、庚辰等，往来巡视教导。大司农则在后方，筹划经费，劝教稼穑。垂与殳、斨、伯舆则在后方，尽力地制造器具。职司分布既毕，仲戡起身说道：“宣传劝导，某等极应努力，但是征集人夫，每节需用若干，须有一个标准。”文命道：“大概全部需用六十万人，每节二十万，标准如此。至于或多或少，且再就各地情形，斟酌定夺。”说毕，回头向垂道：“人数标准，既然如此，那么各人所用的器具，亦以此为标准，请老先生派人赶快制备吧。”垂应道是。文命又道：“陆行乘车，水行乘舟，车舟二种，随处可以征集借用。至于山行，不可不特造一种器具，以便上下。水退之后，一片涂泥，行走颇难，亦不可不特制一种，以便应用。某今拟有两种式样在此，请为制备。”说着，将图样取出，交付与垂。垂接来一看，只见上面绘着两种物件：一种是屦形，底下前后有齿，齿长约半寸，旁边有字注云：“上山去前齿，下山去后齿，其名曰梮。”一种是箕形，其底坦平，前有数孔，贯之以索，旁边亦有字注云：“使牛马牵挽而前，利用滑力，以资进行，其名曰橇。”文命指着图问垂道：“这两件都是某一人之理想，不知道可以制造么？”垂道：“理想为事实之母。既然有这个理想，必可以成事实，有什么不可造呢！”于是大家再讨论分路出发的日期，大司农道：“民生倒悬久矣，愈早愈妙。宣传劝导的几位，应最先出发，到得人夫征集齐全，有些器具大约亦可以制备齐了。”众人都道：“极是极是。”散会之后，次日，伯奋、仲堪、叔献、季仲、叔豹、季狸六人先分头向各人指定的地段而去。过了两日，诸人陆续起身。

文命带了横革、真窥、之交、国哀、大章、竖亥、伯益、水平、昭明、庚辰等，径往沇州而来。到得青、沇二州交界之地，只见一片汪洋，尽是泽国，远连东海。那时，叔豹、季狸早已有数千人夫召集了。文命便命驾舟，齐向东海滨一带察看。只见从北到南，山峰连接不断，界住内湖与外海，仿佛生了一条门槛似的，而山峰之中，一块大石兀立于前，原来就是碣石山了。（查古书旧说，碣石山在现在河北昌黎县西北二十里；又说在古临榆县南海中；又说此山绵跨抚宁、昌黎、卢龙、滦县四县之界。清代阳信刘世伟驳之曰：“禹之治水，行所无事。齐地污下濒海，以禹之智，不导河从此入海，而反转绕千里之外，乃自昌黎入海耶？况昌黎地形高，尤与事理不合。”这两句话，可谓驳得透彻。但是刘君又说：“山东海丰县北六十里，有马谷山，一名大山，高三里，周六七里，疑即古之碣石，大河入海处。”这却不然，因为《禹贡》九河，都在兖州；九河之下，还要同为逆河，方才入海。马谷山离九河太近，逆河一条，无处可以位置。阎百诗《潜邱札记》驳他的话亦不错。据在下的理想，现在的渤海，就是从前的逆河；从前的渤海，并没有这样大，不过如大湖一样便了；包在外面的，就是现在的庙岛群岛。古时候的渤海，就是现在的黄海，有好许多证据。琅琊台在现在山东诸城市东南，古书以为临着渤海。《汉书·朝鲜列传》：“遣楼船将军杨仆，从齐浮渤海，至王险。”此即辽东之渤海也。禹时，大河出口应该在这个地方。至于碣石山的所在，依在下推想，大约就是庙岛群岛。有一个极好的证据，便是辽宁省之辽东半岛等处地方，从前都是属于青州，与登莱半岛一样。古时交通不发达，航海之术尤幼稚，辽东、登莱两个半岛，竟将它联合起来，并为一州，可见当时庙岛群岛以西并没有成为海，其间地势相连，陆路可以相通了。不然，《禹贡》九州，大概都是以水为界，此处茫茫大海，路隔几百里，倒反联合起来，有这个情理么？汉武帝时，司空掾王衡曰：“往者天尝连雨，东北风，海水溢，西南出侵数百里，碣石遂沦于海水。”照这几句看起来，从前的逆河，变成现在的渤海，必定在这个时候。但是究竟在何朝何代何年何月，都不曾说出，这是很可惜的。)

当下文命到了碣石山边，相度形势，但见碣石山外，惊涛骇浪，极目无际。于是拿出规矩准绳来，和昭明两人细细测量一回，就派了一千个人夫，将碣石山左面的山峰凿开，想将里面的水泄到海中去。众人领命，斤斧齐施，大临、叔达二人正在指挥之际，忽然海中一阵狂风，海水顿然壁立，顷刻之间，向碣石山顶冒进来。工人不曾留心，立脚不稳，登时冲翻了几百个，一直滚到山下，幸而后面另有预备人员，赶快救起，然已个个受伤了。文命诧异之极，想道，今日天气尚正，何以忽来狂风？就亲自到山巅来望，哪知狂风更大，几乎连人都站不牢，那波涛更是汹涌不断地打来。文命周身尽湿，站脚不住，由真窥等扶着下山。只见二千人夫，及大临、叔达等，个个都如水浸过一般，齐向舟中躲避。船小人杂，加以争先乱挤，顷刻之间，小舟翻了几只，溺死多人，余皆救起。文命叹道：“今日第一次动手，就如此失败，殊觉扫兴。但是仓促征集的人夫，没有加以训练，以致一遇意外，就乱到如此，亦是某之过也。”当下大众都上了船，风势渐平，波涛亦息，文命就和大临、叔达二人商量，对于工人，每日做工之先，先用军法部勒，加以半时之训话，庶几可以有用。大临、叔达均以为然，自去设法编制、训练。

过了几日，觉得天气很好，一轮红日，万里波平，文命亲自操了斤斧，带了工人，到山上来施工。不料丁丁几声之后，天色陡变，狂风又作，黑云四合，波涛又汹涌而来。大众工人，吓得丢了器械，没命地向山下跑，失足倒地，前后践踏，死伤者又有十数人。大临、叔达、黄魔、大翳等竭力弹压，哪里阻止得住！文命无法，亦只得退下，心中忧闷不已。庚辰上前启道：“某看这种情形，恐怕不是偶然之天变，必是有妖魔在里面，阻梗为祟，主公何不请天神来问问呢？”文命听了，如梦方醒，急忙照着云华夫人所授宝箓中的真言，念了一遍，仰天喝道：“风神何在？”响声未绝，只见半空中一朵白云，如激箭似的直飘下来，云上站着一个红颜绿鬓的中年妇人，向文命敛衽道："风神巽二谒见，不知崇伯见召，有何吩咐？"文命道："某受命治水，两登此山，无端迭起大风，涌起海水，伤害工人，工不能施。风是尊神的职掌，所以要请问：两日大风，究竟是有定的呢，还是偶然的呢？"巽二道："这几日并无大风呀！"说着，用手向空中一招，只见空中又是两朵白云，如飞而来。一朵云上站着一个鬓发如银的老婆婆，一朵云上站着一个神禽，身如鹿，头如雀，有角而蛇尾的怪物。那老婆婆向文命敛衽道："飓母谒见。"怪物亦随着向文命点两点头，喊道："风伯飞廉谒见。"巽二在旁，就问他们道："这几日我们在海边，并无特异之风，但是据崇伯说，连日大风，伤害工人，汝等知道么？"飓母道："海上之风，是我的专职，除特别原因外，年年有定时。现在尚不到这个时候，哪里会有风！不要是被妖魔假弄的吧！"文命道："三位尊神既然说没有，当然是妖魔假弄的了，但不知是何等妖魔？三位有方法能侦探出来么？"巽二道："某等均在上界，不知下界之事，崇伯如要侦探，最好叫了本地山泽之神来问，他是一定知道的。"文命大喜，忙谢道："有劳三位，请转身吧。"那巽二、飓母、飞廉三神亦再向文命行礼，直上云霄而去。

这里文命又取出一块素帛，帛上画了一道符，用火焚去，随即喊一声道："碣石山神何在？"蓦地见山石之中，走出一个彘身、八足、蛇尾的怪物来，向文命点头，并喊道："小神谒见。崇伯见召，有何吩咐？"文命和众人都大吃一惊，文命忙问道："汝是碣石山神么？"那怪物应道是。文命道："此处有什么妖魔，来妨害治水工程，汝可知道么？"碣石山神道："是，有的，那妖魔住在东海朝旸之谷，四十年前，到此地沿海来，兴波作浪，为患百姓；十年之前，又来了一个极可恐怖的妖物，两个狼狈为奸，残害地方，将平地陷成大海，以致人烟断绝，小神亦无从得到祭祀，困苦极了。"文命道："那两个妖物，叫什么名字？"碣石山神道："听说一个叫水伯，一个叫沐肿，但不知确不确。崇伯如要探听，最好请海神来问，他必知其详。"文命点首称是，便说道："既然如此，汝请退吧。"碣石山神点头行礼而退，仍旧入于山石之中。文命又取出素帛，画符焚烧，喝道："东海神何在？"忽见碣石山外，一个王者装束的神人，冕旒执笏，跨着青龙而来，见了文命，下龙稽首道："东海神阿明谒见，崇伯以何事见召？”文命答礼后，说道：“近有妖物潜藏水宫，虐害生灵，妨碍治水工作，汝知道么？”阿明道：“小神知道。”文命道：“那么，何不设法驱除呢？”阿明道：“一则天数所定；二则小神之力，实在不及；三则大海本以包涵容纳为贵，尽可听其自便。如今既然崇伯拟加驱除，想来他们的气数已到，倘有差遣，小神理应效力。”黄魔、大翳二天将早已不耐烦了，也不等文命指挥，就向阿明说：“既然如此，那两个妖物究竟在何处，你指出地方来，我们就好去擒捉。”阿明道：“要知道他们住的地方，可跟我来，但是他们非常武勇刁滑，二位须要小心。”黄魔听他这一激，不禁大怒，叱阿明道：“你敢小觑我们么！”文命忙喝黄魔道：“不要如此！古人临事而惧，骄兵必败，总以谨慎小心为是。”阿明道：“岂但要临事而惧，还须要好谋而成。二位去捉两妖，两妖未必肯束手就缚，势必出于战；战起来胜负如何，是另一个问题，但是战的时候，两妖必定兴风作浪，以助威势，那沿岸一带的生灵，不知道要伤害多少！即使大众在此，有无危险，尚不得而知，可是应该先防备到的。”大翳道：“那么，依你说不要去擒捉他们，水亦不要治了？”阿明笑道：“不要生气，慢慢地讲。诸位果要擒妖，让我先回去，带了我的部下来，将沿海各处，都防备好了，使波涛不能侵入岸内，那就是我效力的事务了。”文命听了，忙说道：“甚是甚是，就请尊神布置，今日已晚，准明日动手吧。”阿明听说，稽首告辞，跨上青龙，越过碣石山，入海而去。

第九回

黄魔、大翳大战罔象、天吴
南极紫玄夫人荐举禹號 降服罔象、天吴 应龙佐禹治水

次日黎明，东海神阿明已来谒见文命，说道："沿海千里，已布置好了。"文命看他已换了戎装，金甲耀眼，手执双鞭，威风凛凛，便问道："尊神亦参加战事么？"阿明道："某自问力不敌两妖，只能在后方，遥为声势而已。"那时黄魔、大翳两个上来禀见文命，说道就去擒妖，文命答应，叫他们小心。两人各执军械，欣然腾空而去。阿明亦腾空而起，以手遥指道："那边有一点如螺的小山边，就是他们的窟穴。"黄魔一看果然，便向大翳说道："我们去吧。"两人乘风，如飞而去。这里阿明仍旧落下平地，指挥他的部下拦阻海水。文命问庚辰道："我们可向山顶观战么？"庚辰道："海水既有海神拦阻，不来侵袭，可以去看。"于是文命带了众人，齐上山来，庚辰在后，持戟相随。到得山上一看，只见狂风大起，海水翻腾，声如万马，但是万丈洪波一到山边，即陡然而落，这全是海神帮助的缘故。大众注目向海中四望，正不知道在何处战争。

庚辰向文命启道："容某去看看来。"文命许可，庚辰即腾身而起，远远望见东南方有杀气，料想必在那里厮杀，正要想上前救助，忽见一个血红的物件，从波中直窜到山上来。庚辰心细，料想不是善类，急忙落下。哪知在一刹那之间，大众已是惊乱至极，原来窜上山来的是一个怪物，青面，红身，赤发，远望如炽炭一大段，窜上山后，凑巧一个工人站在前面，那怪物两手将工人捉住，送往嘴边，张开他如盆的大口，便动他如锯的利牙，喳喳就咬就吃。众人惊得呆了，要逃也不能逃。横革、真窥叫声不好，叫国哀等保护文命，自己就拿兵器来御怪物。怪物正吃得高兴，看见横革等跑来，毫不在意，吱的一声怪叫，又尖又厉，横革等不觉失措，止住了脚。凑巧庚辰从空中落下，持戟向怪物刺去，怪物出于不意，丢去了吃的尸体，就地一滚，窜向山下而逃。庚辰赶去，已遁入海中。忽见黄魔、大翳两人倒拖了兵器，气吁吁跑来。庚辰忙问道："怎样？"大翳道："好厉害！失败了。"庚辰道："是什么妖魔？"黄魔道："怪不可言，有八个头、八只脚、十条长尾、老虎的身子、人的面孔，这是什么东西呢？"庚辰道："不过是个兽类，怕他做甚？"大翳道："起先还有一个青面红身赤发的东西，不知是鬼是妖，被我们两个一阵打，窜向水中去了。后来的这一个，真是厉害！他的四只前脚、十条长尾，支持我们的军器，真是绰有余裕。"庚辰听到此，大骇道："原来他们是分兵诱敌之计，幸亏我刚才眼快，还未离开，否则糟了。"说罢，便将那红身赤发的妖物上来吃人之事，述了一遍。黄魔道："我们七个弟兄不应该分开的。现在崇伯将我们分在三起，岂不少了帮手么！我和崇伯去说，叫了他们四人来，共除妖物，何如？"大翳、庚辰均以为善，就同来见文命，说明妖魔难制，要叫繇余等来帮忙。文命答应，黄魔、大翳就分头凌空而去，文命等亦下山休息。

忽然之间，狂风大作，黑云布天，庚辰大叫："不好！妖魔来了！"也不及顾文命，便腾空而起。果见那八头八脚的妖物当先，后面跟着赤发红身的妖物，连接而来，正在抓捉那些散在山上的工人，张口便嚼。庚辰一想，这次糟了，我一人如何制伏得两个怪物呢！说时迟，那时快，那八头八脚的妖物看见庚辰腾起空中，亦抛掉所吃的人，腾空来扑。庚辰忙用大戟抵挡，舍死忘生，在空中苦斗。那下面赤发红身的妖物，却得其所哉，逢人便咬、便吃。大众正在无路可钻，幸喜得东海神阿明赶来，用双鞭打去，那妖物亦用铁棍相迎，两个又战在一处。过了片时，只听见空中大叫："庚辰努力，我们来了。"原来繇余等到了。那妖物见有了救兵，掉转身躯，径回东海而去，那下面赤发红身的妖物亦舍了阿明，窜向海中。七员天将暂不追赶，来看文命，幸喜大众无恙，只有工役死伤数十人。文命闷闷不乐，庚辰劝道："崇伯勿忧，某等来朝，定擒此两妖。"到得次日，七员天将只留着童律、乌木田保护文命等，其余都向朝旸谷进发，迎面见两妖物亦腾空而来。黄魔性急，就是一锤打去，那虎身怪物将长尾一迎，连接第二条长尾就打过来，红身怪物亦来助战。众人哪敢怠慢，庚辰的戟，繇余的剑，狂章的锏，大翳的刀，四面齐包围拢来，红身妖物不耐战，三合之后，就被击落水中。那虎身怪物，却全无惧色，任五员天将四面围攻，他有八张脸、十六只眼睛，面面看得见；四只前爪、十条长尾，处处顾得到；而且刀斩不进，锏打不受，足足相持一个时辰。庚辰大怒，由空中再腾身而起，直上云霄，再提起大戟，从怪物顶心直刺下来，怪物出其不意，八张大口齐吼一声，倏向海中遁去。五员天将，遍觅不得，只能转身。哪知童律正迎上来，说道："红身妖物又乘虚来袭，幸而给我们打退，钻入水中去了。"众人才知道他们又是分兵之法。到了次日，五员天将再到朝旸谷宣战，哪知妖物潜藏不出，一连三日都是如此。大家商议，无法可施。

忽闻香气扑鼻，空中似有音乐之声，大家抬头一看，只见一座香车，从东方冉冉而来，旁边无数侍女，各执翠葆、乐器、香炉，簇拥着，徐徐下降。庚辰等认得是王母第四女，名林，字容真，道号南极紫玄夫人，慌忙告诉文命，又上前迎接。那时夫人香车已停，文命上前躬身行礼，夫人亦下车答礼。文命细看那夫人，年纪不过十六七岁的模样，形貌端正，便说道："有劳夫人下降，想是为那妖物之事。"夫人道："是呀，舍妹瑶姬前来东海，曾以此事托我。现在知道这两个妖物难制，所以特来奉访。"文命大喜，就请夫人到船中小坐。夫人道："不必，我就要去的，我不是来捉妖怪，我不过介绍一个人罢了。"文命忙问是哪一位。夫人道："当初黄帝轩辕氏的儿子很多，有一个儿子，名叫禺虢，是嫫母所生。嫫母之丑，闻于天下，崇伯想亦知道。禺虢的儿子，名叫禺强，他们父子两个，死后都做海神。禺强是北海之神，专管北海的事务。从前渤海东面，不知道有几千万里，有一个大壑，名叫无底之谷，因为它的下面是无底的，一名叫作归墟，凡是地面上八纮九野的水，以及天上天汉的水，统统流注到那壑中去，但是从来不觉得它有增减过。那壑中有五座大山，一座叫岱舆，一座叫员峤，一座叫方壶，一座叫瀛洲，一座叫蓬莱。这五座山，高下周围各三万里；山顶上坦平的地方，各九千里；五座山的中间，相去各七万里；五座山接着，仿佛和邻居一般。五山上的台观，都是金玉造成的。山上的禽兽尽是白色，又都有一种琅玕之树，丛丛而生，它的花和实都有滋养之功，吃了之后能够不老不死。住在山上都是仙人圣人之类，一日一夕，飞来飞去者，不可以计数。但是这五座山是浮着的，没有根的，时常随了潮波，上下往还，不能暂时停止。住在山上的仙圣，很感到一种不便，就去和上帝商量。上帝恐怕这五座山流到西极去，就叫禺强去想法。那禺强本有灵龟、巨鳌之类供他役使，他就叫了十五个巨鳌，分为三番，五个一番，举起头来，一个戴住一座山，使它不能移动，每隔六万年，交代一番。这就是禺强的一种事务，他的本领亦可谓大了。他的父亲禺虢，虽则没有赫赫之功，但是本领亦不小，况且又是东海之神，专管东海之事，假使请了他来，两个妖物就不足平了。”文命听了大喜，深深致谢。夫人道：“我今日来，就是为此，再会再会，我去了。”说罢，与文命行礼，即便升车，护从之人簇拥着，冉冉上升，向东而去。

文命问庚辰道：“夫人仙山在何处？”庚辰道：“就在这里渤海之中，长离山上。前日我主云华夫人遇着崇伯的时候，就是从那里来。”文命道：“离此地有多少路？”庚辰道：“有仙术的，片刻可到；没仙术的，终身走不到，不能计路程。”文命听了，亦不再问，便想请禺虢的方法。但是，禺虢虽则是个海神，那云华夫人所授的宝箓上却没有请他的符咒，那么怎样办呢？后来一想，有了，先召了东海神阿明来，问道：“汝是东海之神，何以又有禺虢，亦是东海之神？”阿明道：“东海之大，不可限量。小神所管理者，不过近中国的一部；禺虢所管理的，是东海之全部；地位不同，等级不同。譬如世间，一个是天子，一个是诸侯，不能比拟的。”文命道：“那么，我要请禺虢来，托汝去介绍，可以么？”阿明道：“小神就去。”瞬息间，骑龙而逝。过了多时，阿明来了，说禺虢就到。文命率领了七员天将及一班臣佐，躬身屏息而待，不知道禺虢是怎样一个威严武勇的神人，哪知半空之中忽然翔下一个怪物，人面鸟身，耳上贯着两条黄蛇，脚上又踏着两条黄蛇。大众正是诧异，只见阿明上前介绍道：“这位就是海神禺虢。”文命不觉出于意外，然而也不敢怠慢，忙向之行礼。那禺虢把头点两点，就说道：“文命！你叫我来，想系为天吴、罔象作怪之故，我早知道了。如今天意已回，治平有望，我应当为你效力，收伏此两怪。”文命道：“这两怪究竟是什么东西？”禺虢道：“那虎身的，名叫天吴，自称水伯，红身的名叫罔象，一名沐肿，都是天地乖戾凶恶之气孕育而成，无始以来，早已有了。和这两种怪物相似，散处在山海川泽的，不知道有多少！天下有道，他们为和气仁风笼罩，伏着不敢出头；到得国运一衰，民生应该遭劫，他们就争先恐后地出来，搅乱世界，这亦不足为稀奇。现在这两怪，在我管辖之下，我替你平了吧。”说完之后，向空中大喝道：“应龙何在？”只见空中一条长龙，约有数十丈，张着四爪，飞舞而来，原来是有两翼的。那应龙飞到禺虢面前，点头行礼。禺虢就吩咐道；“天吴、罔象在朝旸谷躲着，你给我去诱他们来。”应龙领命，掉转身躯，径向海中飞去。禺虢向文命道：“我们且到山上去等着。”说罢，两足腾起，早上山头。众人细看，原来他的两脚并不曾动，动的是脚下的两条黄蛇，仿佛和他的车骑一般。于是众人随了文命，亦向山上而行。

到得山顶，只见海中波涛汹涌，起落数十丈，几于全海都摇动了。忽然见应龙从海中直窜而出，随后天吴、罔象亦窜出来。禺虢看见，大喝一声，说道：“两个孽畜，还敢倔强么！”天吴、罔象一见禺虢，知道不妙，转身想逃，陡见两道黄光，从禺虢耳上发出，变成两条黄龙，向天吴、罔象直扑过去。那罔象早被黄龙擒住，活捉过来，天吴还想抵抗，禁不起黄龙的大爪，一爪捉住他四脚，一爪抓住他十尾，早又活捉过来。众人细看那两怪，煞是可怕。禺虢向两怪道：“汝等还敢倔强么？”罔象不能人言，但以尖利的声音吱吱地叫，想是讨饶的意思。天吴却能人言，不过说起来，八口齐张，声音嘈乱之至，大概亦说饶命乞怜的意思。禺虢道：“上帝有好生之德，汝等既知悔过，能服从我的命令，就饶恕你们吧。”禺虢说完，那两条黄龙四爪一松，身体顿然缩小，霎时间已变了两条极小的小蛇，钻入禺虢两耳的缝中去了。大众看见，稀奇之至。文命向禺虢稽首道谢，并说道：“这两个怪物，造孽多端，尊神不从严惩处，恐怕他们狼子野心，将来仍旧为万民之害，那么如何？”禺虢道：“这个不消汝虑得，我自有处分，将来如再为患，我任其责便了。倒是你治水，虽有才能卓绝的贤人，虽有飞行神武的天将，但是还不可没有一个变化不测的神物为之辅佐，我现在要介绍一个与汝，汝要么？”文命忙致谢道：“若得如此，真乃万幸，但不知是何神物？”禺虢向空一看道：“就是此公。”众人一看，却是应龙。原来那应龙自从诱了两怪出水之后，未得禺虢发放，不敢擅离，只在空中夭矫盘舞。禺虢喝声“下来”，应龙顿时缩小，长不盈二尺，落在地上。禺虢向文命道："当初皇考轩辕帝破灭蚩尤，应龙曾经效力。皇考上宾之后，应龙不及追随，几百年来，总是跟了我在海中潜修。它深知水脉地脉，如有治水掘地之事，它可以效劳，汝收用了它吧。"说着，又向应龙道："你跟着崇伯治水，将来还有一件大事，须你出力，功成之后，我再助你升天，你可敬慎地做，勿得任性，不听号令。"应龙听了，将头连点两点。于是禺虢向文命道："我们再会吧。"说时，脚下的两蛇已载着禺虢腾空而起，天吴、罔象两怪，亦跟着腾空而起，须臾之间，已没入于烟涛浩渺之中，就不见了。这里文命拜送过之后，慰遣了阿明，又发放了应龙，听它自在。回到山下，大家见所未见，不免纷纷议论。

到了次日，文命再率领工人上山开凿，那时一无窒碍，工程非常顺手。凿了一个月，已凿通了两处，里面的积水，统统由两个缺口中放出海去，但是里面的积水虽则放出，而外面的海潮又不免从缺口中涌进，一日两次，于平地上的工作颇有妨碍。于是文命又作法，叫了阿明来，和他商量。在里面平地上工作未告成之时，托他将潮汐暂时地约住，不使它直冲内地。阿明答应了，自去照办。文命带了一班将佐，到内地来，那时积水初退，地下沮洳泥淖，甚为难行，就用那制好之橇来做交通之具，颇为便利。但是地方广漠得很，北至大陆泽以北，南至沇水（就是济水，现在山东省之黄河），延袤几百里，从何处施行呢？文命往来数次，相度形势，决定先开两条，一条在北，一条在南，都是从大伾山起，一直通到东面。后来仔细想想，觉得还不够，想在那南北两条之中，再多开几条，有几条定下了，有几条定不下，很费踌躇。伯益看了不懂，便问道："此地水患，自从碣石山开通以后，水都向海中泄去，虽则有海潮进来，亦只要在海边防御就是了，在此地多开水道，是什么意思？"文命道："某所虑的，不是下面海中之水，是上面山中之水。某拟将雍、冀二州之水，统统都泄到此地来，放它到海中去。二州蓄水既多，来路又远，高低相差又大，一旦冲到这种平原，其势湍悍，难免不泛滥溃溢，所以我想多开几条水道，以分其势，势分则力薄，不足为患了。"伯益道："那日禺虢说，应龙颇知水脉地脉，崇伯既然踌躇不决，何不叫应龙来问问呢？"文命一听不错，便向空喝道；"应龙何在？"那应龙果然应声而至，在空中向文命点头行礼。文命道："我现在要掘十条水道，最南北两条，我已定好了，还有八条未定。从南到北，三百里之间，你看何处最宜，先给我去相度起来，我再来定夺。"应龙点首，在空中回翔一周，陡然用尾往下一击。众人跑过去看时，只见那龙尾所击之处，已成一个深潭。转眼间，应龙身躯渐长至数百丈，在地上爬着，蜿蜒向东而行。众人一直跟过去，只见它尾巴所过之处，已成一条小沟，屈曲不绝。文命细看，正是自己所定而不能遽定之线，不禁大喜。过了多日，应龙将八条大川的路线都画定了。文命慰劳一番，随即叫众人动工。那时人夫二十万，业已召齐。动工的第一日，文命亲执畚锸，以为众人之先，便是横革、真窥、伯益、水平等，亦一齐动手。大众见了，自然格外踊跃。文命又将十条大川深广的度数，处处定下了。过了两日，叫大临、叔达仔细监工，自己带了七员天将及横革等，向豫州地方而来。

那豫州地方，在太行山南麓，一面是山，一面是平地，亦是沮洳难行。一日，忽然竖亥急急跑来，报称析城山（现在河南济源市北、山西阳城县南）一带禽兽为害，其中有妖人指挥，伯虎、仲熊二人不能制伏，伤丧人夫不少，现在众人已向发鸠山退却，请崇伯作速派人前去剿除。文命听了，未及开言，童律、狂章二人以为是他们分派的地方，就上前向文命说，要立刻前去。文命道："不必，此地离发鸠山甚近，我们一同去吧。"当下就叫竖亥回去通报，一面大众径向太行山而来。一日，将近发鸠山，忽见前面刺斜里一人如飞地过去，其行之疾，几乎比燕子还要快，虽相隔不过丈余，而面貌衣服都看不清楚，可想见他的快了。当下大众见了，无不诧异。昭明道："莫非就是妖人么？"文命一想不错，就吩咐童律、狂章道："汝等且去看来，是否妖人。"二将得令，各绰兵器，腾空追踪而去。过了多时，才转来报道："某等依着方向追去，各处寻找，并无影响，想来竟是妖人。"文命道："妖人既在此处出没，我等不可不加戒备。"于是之交、国哀、真窥、横革及天将等各执兵器，随时留心，以备不测。

过了一日，已到发鸠山，伯虎、仲熊、龙降、庭坚带着无数工人，都在那里扎起营帐居住，一见文命，个个喜不自胜。文命先慰劳一番，便问伯虎一切情形。伯虎道："某兄弟二人，自跟着隤敱奔走天下，所遇着的鸷禽猛兽不少，虽则不敢说有伏虎制犀的本领，但是大半亦能降伏得住。不料此次到了析城、王屋二山，这班禽兽连狐貛等都不听我的号令，不要说虎豹了。不但不能降伏它们，反而几乎给它们吃去。有一次大受其伤，幸而人多，才得拼死逃出。后来细细考察，才知后面有妖人指挥，某等不能除妖，所以只好退到此地了。"文命道："怎样知道有妖人指挥？"仲熊道："有一个百姓，从那山里逃出来，他说，有一夜，他伏在林中，明月之下，看见一个妖人坐在石上，豺虎熊罴纷纷然环绕在他的旁边。那妖人大加演说，教它们如何如何地吃人，并且说有法术，可以保护它们，叫它们不要害怕，只要选了肥而且白的人送给他吃就是了。那些野兽仿佛知道他的意思，一齐鸣嗥答应。后来又来了一个妖人，这一个叫他章商兄，那一个叫他鸿濛兄。两人所说的话，无非是如何择人而噬的方法。这个百姓吓得屏息不敢少动，直待妖人兽类都散尽了，才敢轻轻逃出来。那时因为月色冥蒙，距离又远，所以两妖人的面目辨不清楚。某等所知道妖人的消息，便是如此。"文命道："那妖人走路，是否甚快么？"伯虎道："这个却不知道。"真窥在旁说道："昨天我们已遇着过了，真个其行如风，迅速之至。"仲熊道："此地离析城山甚远，难道他竟还会跑来么？"大家正在猜疑，庭坚忽然笑道："足下等昨日所遇到的，不要就是那夸父么？"文命问道："怎样叫夸父？"庭坚道："他是帝子丹朱的臣子。丹朱封国，就在此山东面，那夸父常常打这里经过的，不知道干什么。起初某等亦以为是妖人，后来才打听明白。"文命道："丹朱手下，原来有这等异人！"庭坚说："不打紧，某等到此多日，细细访问他的情形，无非是终日漫游，并不留心于政治学问，而且匪僻的朋友亦多。夸父这人，虽有异能，但是于人民毫无利益，终日逢迎丹朱之恶，将来亦恐难免于不得其死呢。"文命听了，不禁慨然。

第十回

天地十四将大战　庚辰到非想非非想处天　西城王君收伏七地将并授禹仙箓　王屋山洞之情形

次日，文命率领大众，向析城山而来。将近山边，腥风骤起，虎豹狼豺纷纷而前。国哀见了，绰起大刀，迈步上前，当头就砍伤了一只苍狼。之交、横革、真窥等亦各执兵器，一齐杀去，虽然亦砍翻几只貙豺之类，但是禽兽是无规则的，左右前后，东窜西突，防不胜防，早又被它们衔去了许多工人。七员天将大怒，刀剑锏戟，七器并施，霎时间杀得那些猛兽尸横遍野，其余的没命地逃去。忽然一阵沙飞石走，从山林里跳出一个人来，大叫道："何物狂奴，敢来伤我士卒？"众人一看，只见那人状貌古怪，手执长矛，飞也似的赶来。童律见了，就迎上去，问道："你是人是妖，快说出来。"那人道："我乃鸿濛氏是也，一向住在此山，你敢来犯我境界，还说我是妖，岂有此理！"说着，就是一刀，向童律砍去。童律急用长枪迎战，战了多合，不分胜负。狂章看了，忍不住擎起黑棒，上前助战。鸿濛氏看见有生力军来，料敌不过，虚晃一矛，回身便走。童律、狂章两个紧紧赶着，转过山林，只见又有一个相貌古怪之人，手提双鞭，飞奔而来。但听鸿濛氏大叫道："章商氏快来。"说着，重复回身，抵住童律，那章商氏亦来抵住狂章。四人交战了许久，又不分胜负，后面黄魔、大翳二将赶到，加入战斗。鸿濛、章商二氏敌不过，往后再逃，四员天将在后紧迫，看看赶上。忽见鸿濛、章商二氏将身一扭，倏然不见。四将大骇，深恐中伏，亦不再寻，归来与庚辰、繇余筹划。

文命知道了，即忙焚起符箓，喝声道："析城山神何在？"转眼间，一个马身人面的怪物，立于面前，向文命行礼道："析城山神谒见。"文命道："现在某奉命治水，为山上妖人所阻，这种妖物究竟是什么东西，汝可知道么？"析城山神道："不是妖物，确是人类。他们一向在各处采药，修炼多年，已成地仙，颇有神通，共有七个，一个叫鸿濛氏，一个叫章商氏，一个叫兜氏，一个叫卢氏，一个叫乌涂氏，一个叫犁娄氏，一个叫陶臣氏，占住此山和西面的王屋山，而尤以王屋山为他们的大巢穴。他们从地下暗去潜来，不知干什么事。近来异想天开，更教导禽兽出来害人。他们说：‘近来人心不古，浇漓诈伪，但知纵人欲，而不知循天理，本来与禽兽无异，给禽兽吃吃，不过和禽兽吃禽兽一般，有何不可！’这是他们所持的理由。”文命道：“现在他们在此山中，共有几个？”山神道：“只有两个，一个鸿濛，一个章商，其余都在王屋山。”文命道：“那么，多谢费心，请转去吧。”析城山神行礼而隐。文命就和七员天将商议，黄魔道：“他们有七个，我们亦有七个，且和他们大战一场，见个输赢，何如？”文命道：“切须小心，恐怕他们施行阴谋诡计呢！”

次日天晓，七员天将一齐再上山来，只见山上禽兽尽数逃匿，静悄悄的，一无声息。童律道：“这妖人何处去了？”乌木田道：“想必到王屋山去求救兵了。”一言未了，只听得一阵兵器之声，猛见七个异人各执兵器，从山石中大步而出。七员天将齐声道：“来了来了！”也不及答话，立刻上前交战，一对一对杀起来。隔了好一会儿，狂章敌不住鸿濛氏，渐渐有点退却，那边兜氏敌不住童律，卢氏敌不住庚辰，也败阵而逃。庚辰、童律也不追赶，刺斜里截住鸿濛氏。鸿濛氏看看不对，大叫一声：“我们去吧！”陶臣氏、乌涂氏等一齐答应，撇了交战的对手，齐向山头乱跑，倏忽都已不见。童律等还想找寻，庚辰道：“不可，他们有地行之术，我们路途不熟，恐遭暗算，不如归去，再商量吧。并且我们是捉贼，他们是做贼，做贼容易防贼难，万一他们窜到我们后面去，那么怎样？”大众听了，都以为然，急忙腾空回营。哪知鸿濛氏等果然正在那里大肆骚扰，真窥、国哀都已受伤，之交、横革保护了文命，到处逃匿，其余官吏人夫死伤者不计其数。黄魔、乌木田当先，大喝一声，直冲过去，却好遇着乌涂氏、陶臣氏，就厮杀起来，这里庚辰、繇余等亦一齐杀进。那鸿濛氏等情知不敌，打一个呼哨，霍地里向地一钻，都不见了。庚辰大怒，向狂章等道：“你们且在此守护，让我去看来。”说着，即纵身来到王屋山头，等了片时，果见卢氏、乌涂氏两个从地下探头出来。庚辰大叫一声：“看我的戟！”就是一戟刺去，那二氏出于不意，急忙擎出武器招架，三人就战在一起。忽然鸿濛氏等一齐从地下钻出，上前助战，将庚辰围住。庚辰一支大戟力敌七人，但是却不能取胜，无心恋战，虚晃一戟，纵身跳出圈子，径自归来。繇余忙问：“怎样了？”庚辰道：“他们人多，一人难以取胜，我们多去两个吧。”童律道：“他们再私下来袭，那么怎样？”庚辰道：“黄魔、大翳二人暂留在此，其余都去，想亦够了。”于是禀知文命，再向王屋山而来，哪知静悄悄一无消息，找了半日，不见人影，只得转来。大家商议，昭明道：“想来他们畏惧潜逃了，我们就过去吧。”伯益道：“恐怕没有这样容易，还是慢慢地仔细为是。”水平道：“崇伯何不叫了王屋山神来问问呢？”文命一想有理，即忙作起法来，喝声“王屋山神何在？”哪知等了半日，毫无影响。又作起法来，再喝一声，仍是如此。文命大骇，为什么法术竟不灵了？

忽见那析城山神匆匆走来，行礼道：“崇伯！刚才召王屋山神，王屋山神是不能来的。”文命道：“为什么？”析城山神道：“某等地祇，与天神不同。天神居于大气之中，是流动的，流动则易于感应，所以无论多远，可以一召即到。地祇居于大地之中，是固定的，固定则难于感应，除出几个名山、大川、大海、阶级崇高、常与天神接近的地祇外，其余的地祇，必须到了他所管领的境界以内去召他，他方能感动，应召而来。现在此地，非王屋山辖境，他决不能越境而来。小神深恐崇伯未知此项原因，徒劳号召，所以冒昧进见奉告，恕罪恕罪。”文命道：“原来如此，承蒙告我，感激之至。不过现在鸿濛氏等究在何处，汝知道么？”析城山神道：“他们离开此山，已有两日，一定都到王屋山去了。”文命道：“刚才天将等去找过，找不到。”析城山神道：“王屋山下有一大洞，是仙家三十六洞天之一，叫作小有清虚之天，周围殆及万里，他们躲在里面，从何处找呢！”文命道：“是了，尊神请转，费心费心。”山神行礼而退。

文命与天将等商议道：“似此如之奈何？”庚辰道：“某听见说仙家三十六洞天，每洞都有一位真人居住，何以肯容这些妖人在内，必有缘故，还得过去问问王屋山神才是。”于是大众离开析城山，径向王屋山而来。行到中途，忽然一阵飞沙走石，从中有无数人影，直扑文命。文命觉得不妙，刚要躲避，那些人影已到身旁，伸手来攫。忽然文命身上发出两道光芒，一赤一白，直射过去，那些人影似乎吃惊，转身疾走。横革等上前拦住去路，那些人影已不知去向了。这时七员天将在前开路，万不料变生肘腋，祸起仓促，等到得知赶来，已无法可施。然而因此知道赤碧二珪非常有用，于是不住地向地下乱照，以防鸿濛氏等再来。不料一路照去，鸿濛氏等未曾照见，却照出一种物件，原来云华夫人所说的铁矿，此地很多。文命仔细研究，觉得一点不错，于是谨记在心。

一日，到了王屋山，文命先作法叫王屋山神来。哪知来谒见的亦是个马身人面的神祇，文命误会，以为析城山神又来，便问道："此地已是王屋山了，何以王屋山神不来，又劳尊神前来？"那神祇道："小神就是王屋山神。"文命道："汝是王屋山神么？何以状貌与析城山神无异？"王屋山神道："自太行山以来万余里，所有小神等形状大略都是如此。"文命道："那么某误会了。请问尊神，现在鸿濛氏等七怪，在此山洞中么？"王屋山神道："是。"文命道："这七怪来历如何？何时占有此山？"王屋山神道："他们的来历，小神不知道。前数十年，有一位真仙，名叫尹寿，住在此处，他们曾来转过一转，因为怕惧尹仙人，就跑了去。后来尹仙人去了，他们才敢来此，不过十多年呢。"文命道："小有清虚洞天，必有仙道管理，何以让他们盘据？"山神道："这个洞天，是西城王君管理的。十数年前，西城王君应大帝之召，不知到何处去了，至今未返，因此给他们占据。"文命道："原来如此，费神，请转吧。"王屋山神去了。庚辰向文命道："既然都在洞中，我们就攻进去吧。"文命答应，于是童律，乌木田留守大营，其余五将径向山洞而来。但见洞门深闭，洞外流水斜崖，幽花古木，景致不俗。黄魔走过去，将双锤向洞门一击，大叫："妖人！快滚出来受死！"打了半日，寂无声息。于是大翳、狂章等一齐过来，刀剑锏戟，共同攻打，始终打不进。原来这洞门是仙家之物，非常坚固，天将等无法可施，心中都觉焦灼。庚辰道："我看这事，只有请夫人做主了，你等在此守住，我去就来。"繇余等答应。

庚辰即纵身上天，御风而行，瞬息已到巫山。那灵官等看见，就问道："夫人叫你保护大禹治水，你此刻来做什么？"庚辰道："前途遇着困难了，所以来求救。”灵官道：“夫人在瑶台上呢。”庚辰听了，径到瑶台，躬身参见。夫人道：“汝为王屋山七氏不能收伏，所以来么？”庚辰道：“是。”夫人道：“那么汝到无色界天中的非想非非想处天，去请西城王君来，就可以收伏了。”说着，叫侍女将一块白玉做成的符信递与庚辰，说道：“汝拿了这块符信，可以直上天门。”庚辰答应，收了符信，谢了夫人，即纵身上天而来。进到天门，早有守护天门的大神拦住，验过了符信，许放入内。庚辰拜问他到无色界天去的路，守护天门的大神指示了。庚辰一路而前，但觉那种富丽华贵的气象，比从前随着云华夫人到王母处还要高好多倍，竟是口舌所不能形容的。庚辰因为有使命在身，不敢留恋，过了多时，已到了无色界天，依旧有神人到处来往不绝，但是种种富丽华贵的景象到此地一概都没有了，只见一片茫茫，无边无际，除出神人之外，竟无所见。庚辰不觉迷于所往，适值有一个神人走来，庚辰便拜问他非想非非想处天的处所。那神人道：“此处是空处天，过去是识处天，再过去是无所有处天，再过去才是非想非非想处天。汝既来此，不必前进，你念头既动，你所要见的人早已知道，跟着你的念头自会来找你，不必去寻了。”正说时，果然有一个星冠羽衣的老道者，走来向庚辰拱手道：“足下是云华夫人遣来的使者么？”庚辰应道：“是。”那道者道：“我就是西城王君，你的来意我已知道了，我们就去吧。”说着，同了庚辰径出天门。庚辰要到云华夫人处去缴还符信，西城王君道：“不必，我与你代缴吧。”说着，将符信取来，向空一掷，只见那白玉的符信化为一只白鸟，向巫山方面飞翔而去。庚辰看了，深叹仙家妙用。于是跟了西城王君，径向王屋山而来。

那时各天将等久了，看见西城王君，知道是请来的救兵，个个上前行礼。凑巧文命因各天将去攻王屋洞，长久不归，心中惦念，亦拔队而来。庚辰忙上前报告一切，并介绍西城王君。文命过来，行礼相见，极道感谢之意。西城王君道：“这洞本是贫道栖止之所，前数年贫道奉上帝之召，听讲圣经，离去此间，所以被他们占据，但是莫非数中注定，不是偶然之事。”繇余道：“现在他们将洞门紧闭，攻打不开，如之奈何？”西城王君道：“这很容易。”说着，走过去，将洞门一拍，那洞门顿时豁然而开。黄魔、狂章就想趁势冲进去，西城王君止住道：“且慢，里面大得很呢！彼等七人躲在何处，一时何从去寻！他们有地行之术，即使寻到，入地遁去，汝等又将如何！况且他们七人，本领也还不弱，拼命死斗，必有一伤，亦非善策。诸君且过来，贫道与诸位一些助力吧。”说着，叫各天将张开手心，在每人手心中各画一道符，并且说道：“一个引一个，有缘者同来。”七员天将亦不知道他是什么意思。画完符之后，就各持兵器，闯进洞去，只见里面，别有一重天地，仙花异草，玉阙丹房，到处皆是。寻了许久，到了一座玉琢成的桥边，陡见犁娄氏手执大犁，在桥的那一面立着。狂章就大喝一声，冲将过去，交起锋来。忽而鸿濛氏、章商氏、兜氏、卢氏、陶臣氏、乌涂氏六个一齐出来，这边黄魔、大翳等不敢怠慢，亦一齐冲过去，两两相持，杀作七对。繇余敌住陶臣氏，一个用剑，一个用槊；黄魔敌住章商氏，一个用锤，一个用鞭；童律敌住兜氏，一个用枪，一个用叉；大翳敌住卢氏，一个用刀，一个用斧；乌木田敌住乌涂氏，一个用锏，一个用钺；庚辰敌住鸿濛氏，一个用戟，一个用矛。斗不多时，那七氏都有点招架不住，败阵而逃，要想钻入地中，不知如何，竟钻不进去。七员天将从后面紧赶，黄魔捉住了章商氏，庚辰捉住了鸿濛氏，狂章捉住了犁娄氏，童律捉住了兜氏，繇余捉住了陶臣氏，大翳捉住了卢氏，乌木田捉住了乌涂氏，一齐出洞而来。文命大喜，西城王君就请文命到洞中去小坐，文命答应。黄魔道：“这七个妖人，乘乱窃发，指挥禽兽，伤害无辜，复敢抗阻天师，实属罪大恶极，先处死了他们吧。”文命刚要答应，西城王君忙摇手道：“不可不可，听贫道一言。这七个人虽则有罪，但是他们修炼多年，工夫可惜，况且天运劫数，应得有这一番扰乱，亦并非全出于他们之故。崇伯治水，必须周行天下，远到外邦，人才不嫌其多，缓急庶有所用。请体上天好生之德，看贫道之面，赦他们一死，叫他们立功赎罪吧。”文命道：“真君见教，敢不从命，不过他们野心习惯，是否肯真实改过，殊不可知！万一将来反噬起来，变生肘腋，那么如何？”西城王君道：“那个却不必虑，如果将来他们再敢变叛，自有制之之法，管教他们不得善终。”说着，便问七氏：“汝等愿伏诛，还是愿改过，立功自赎？”七氏齐声道：“如蒙恩赦，某等情愿立功赎罪，决不敢稍有怠惰；至于反侧谋变，更无此事。”

文命大喜，便赦了他们。

西城王君便邀文命等共至洞中游历。文命刚进洞门，只见上面横着一块匾额，题着“小有清虚之天”六个大字，向里面一望，别有天地，种种仙家景物，悦目娱心，不必细说。初到一处，上面镌着“清虚之宫”四个字，想来是洞中的正殿了。宫中西边，另有一座高台，西城王君指向文命道：“这座台，名叫阳台，世上初初得道的人，必须到此台上来受训诲。”后来曲曲弯弯，又走到一处，只见上面镌着“南浮洞室”四个字，西城王君便邀文命入内，从一个天生石匣之中取出一部书来，递与文命，说道：“从前敝老师西王母，在此室中用此书教授贫道，贫道今日亦以此书转赠崇伯，倘能将此书中所说，勤加修炼，超凡入圣，并非难事。”文命接了，稽首拜谢。西城王君又道：“此刻崇伯治水紧急，料想无心研究此书，将来功成之后，不妨看看。如果去世上仙，还请将此书仍旧来安放原处，不胜幸甚。”文命听了，又连声唯唯。游历转了，回到正殿休息，文命便向西城王君道：“此洞不过岩石中之一穴，何以里面竟有如此之广大，且别有天地，是什么缘故？”西城王君道：“大地之内，有三十六个洞天，而以这个洞天为第一，周围有万里，适才所游的，不过万分之一二而已。”文命大诧异道：“有如此大么？”西城王君笑道：“这是仙家妙用。一个葫芦之中，尚且可以辟一个世界，何况山洞呢！将来崇伯功成行满，自会知之，此刻亦不须讨论。”说罢，取出些交梨、火枣之类，分赠与文命等，文命等称谢辞出。回到营中，叫过新收伏的七员地将来，严切地训诫和劝导一番，然后将天将和他们一正一副地分配：庚辰正将，鸿濛氏副之；黄魔正将，章商氏副之；狂章正将，犁娄氏副之；童律正将，兜氏副之；大翳正将，卢氏副之；繇余正将，陶臣氏副之；乌木田正将，乌涂氏副之。后来他们七对，非常投契友好，西城王君所谓有缘者是也。

第十一回

平逢山群蜂为患　玉卮娘降伏骄虫　明视佐禹治水　禹以身解于阳盱之河　风后教禹

且说文命自收伏七员地将之后，随即写了一封信给垂，将开铁矿的事情统统都托了他。一面叫龙降、庭坚监督人夫，开掘川道。从王屋山下沿山开凿，直到大伾山为止，文命早有图样绘好，深广丈尺亦注明在图上。当下就拿出来，指着说道："王屋山下，就是玄扈之水，过去是敖山，必须开凿，再过去就是沇水，再过去就是荥泽，再过去是大陆泽（这是大陆泽之极西南面，在现在河南修武县。《左传》：'晋魏献子田于大陆，焚焉。'就是在此。《水经注》云：'自宁迄于钜鹿，出于东北，皆为大陆'，所以知道是大陆泽之极西南面。当时大陆泽的面积，亦可谓大了），连着黄泽，都是容易开掘的，不过沿山开掘，沇水要中断就是了。但是亦没什么关系，掘断也不妨，汝等去照行吧。"二人唯唯而出，按照图样，督率人夫，分头去做。

这里文命带领将佐，沿山而西，再去考察。到得一处，是崤山与王屋山联络之处（现在河南渑池县北，山西垣曲县南），文命相度形势，此山亦应凿去，以通水流，但是山势不高，中间又有缺处，用力并不甚多，便绘了一个图，再往西去。到了一处，山势更多，必须大大开凿了，原来是雍、冀、豫三州交界处之山，其势仿佛一个大圈，中间又围成几个小圈。终南山自雍、梁二州之间分支，一派东出，就是华山，东北与冀州的中条山相连，再东过去，就接着王屋山、析城山、太行山了。由华山再分一支，向东走，就是崤山。由崤山向北面，再分出两支，都与中条山相连。它的中间，就形成两个小圈，小圈之中，所有的积水就潴成湖泊。黄帝升仙时，那个炼丹鼎的所在，名叫鼎湖，就在这个里面。（地在今河南灵宝市，但是已没有湖了）从终南山分一派向东南走，叫作熊耳山。再分两支，都是向东北走，一支循伊水之西，一支循伊水之东，两支后来合而为一，又形成一个小圈。那循伊水而东的一支，就是中岳嵩山。北面再分一支，与王屋山的余支相连，又是一个大圈。这是当时的形势如此。

且说文命到了崤山北支与中条山连合之处，但见群峰际天，连绵不断，竟寻不出一个缺口，可以减省些工作的地方。东面一望，又是沙石茫茫，滴水全无，寸草不生，想来因为围在群山之中，水蒸气都蒸发尽了。文命询问土人，才知道这座山叫作平逢之山（现在河南洛阳市西北的北邙山）。谁知这座山上蜂类甚多，夫役人等偶然扑死几个，忽然飞来无数蜂蜜（蜜亦是蜂的名字，就是蜜蜂），盈千累万，直扑人身，碰着就螫。一时从文命起，下至夫役，没有一个不给它螫得脸目肿痛，叫苦连天。虽则扑杀的蜂亦不计其数，但是来的蜂实在太多了，浑身攒集，扑不胜扑，逃不及逃。七员天将和七员地将亦不能免，这时候刀剑锤戟俱无所施，天将只得跳上空中，地将只得钻入地下，暂时躲避。然而听见大家呼号之声，看见大家宛转之象，心中不忍，又只好再跑来替大家驱逐扑打。但是一打之后，群蜂又四面包围拢来，只得又腾空而上，缩身而下，如是者好几次，足有一个时辰，那些蜂蜜方才四散飞去，绝无踪影。大家互相观看，面目都已不可认识了，被螫之处又疼痛非凡，个个叫苦。正在无法可施，只见山坡中忽然有一个双头的人走过，伸手向地下指画一番，那些被扑杀的蜂蜜纷纷复活，齐向空中飞去。大众看得诧异，犁娄氏生性最急，忍不住举起大犁，赶过去，大叫道："咄的那妖魔！不要走，自己报名来。"那双头人回转一个头来，向犁娄氏一看，亦不答言，从容地向前走去。犁娄氏大怒，就是一犁，向他身上筑去。那双头人忽然不见，顷刻之间，群蜂又蔽天地飞来，将犁娄氏周身裹住，远望过去，竟是一个蜂球！犁娄氏被螫得苦不可言，要想向地下钻，哪知刚钻下去，两脚忽似被螫似的，其痛尤烈，只得再钻出来，丢了大犁，双手乱扑，又用手保护他的眼睛，然而两手上亦被螫得发木了。鸿濛氏、章商氏及各天将亦都前来救护，嗡嗡一声，那群蜂又都飞去。众人细看犁娄氏，头面两手都已高肿，面貌眼鼻已不可辨认，嘴里哼哼地叫胀痛，众人扶着他走。文命道："此地不可居，退转去吧。"于是大众齐走到山下，文命作起法来，喝道："平逢山神何在？"转眼间，一个老者，峨冠博带，立于面前，向文命行礼道："平逢山神谒见。"文命见他形状并不奇异，与从前所见各山神不同，心中不免纳罕，然而亦无暇根究，便问道："这山蜂蜜，如此猖獗，是何原因？那个双头人，又是什么妖怪？"山神道："这个双头人，是居住本山之神，名叫骄虫，专管世间蜂蜜之类，是个螫虫之长。他所住的地方，亦叫蜂蜜之庐。但是，人不去侵犯他，他亦不会螫人。"文命道："可以叫他来谈谈么？"山神道："恐怕他不肯，他性太骄。"文命听了，沉吟一回，谢遣了山神。

次日，大众均已全愈，文命吩咐，以后遇到蜂蜜，不可任意伤害。天地十四将听了，都心里不平，就向文命说道："昨日犁娄氏因为打了妖怪，为群蜂所螫，倒也不要去管他，说是他罪有应得，然而处罚也不该这样重！至于我们呢，第一次并没有去侵犯它，何以要来螫我们？毒虫飞到面前，人怕它螫，当然要赶；偶不小心，弄死一个，亦是常事，何至于不择人而乱螫！他这个妖怪，果有神灵，应该使蜂蜜不来螫害人。现在螫我们到如此田地，我们再让它，一个人怕一个小小的昆虫，太可耻了！"文命道："君子大度，和昆虫有什么计较呢！"黄魔道："我们可以恕它，但是这些昆虫，知道什么利害！它们以为我们都让它了，将来毒害人民，何所不至！我们为除害起见，不能不和它计较，使它可以小惩而大戒。"文命道："和昆虫怎样计较呢？"乌木田道："它们既有一个妖神做首领，我们就和它们的首领算账就是了。"文命道："他首领不肯出来见我们，怎样呢？"庚辰道："不打紧，我们有方法，请崇伯率领大众退后，以免波及，让我们十四人来剿灭它。"文命依言，果然率众人退到后面。

这里天地十四将商议，用火攻烟熏之法，先用皮革包裹了两手，又用皮革包了脸面，单留出眼睛，又往别处采集无数引火之物，于是再到平逢山，见蜂就扑，见蜜就杀，那蜂蜜果然又盈千累万地来了。众人将火烧起，顿时烟焰涨天，那蜂蜜为烟火所熏灼，纷纷下坠，铺在地上，厚约一寸，然而前仆后继，死的多，来的更多。众人身上、手上、脸上虽不曾受伤，然而烟火渐渐将尽，正要想兴尽而返，忽听得空中一阵飞扬之声，陡然来了无数大蜂，个个长约一丈，直扑众人后脑，掉转尾尖就螫。这时众人手中均是火具，并无兵器，又在脑后，猝不及防，皮革包裹又不甚厚，竟给它螫进了，其痛万分难当。那许多大蜂螫过之后，即便展翼向西北而去。七员地将是不能飞行的，痛得钻入地中，又钻出来。七员天将个个愤怒至极，忍着痛苦，绰了兵器，腾空向那些大蜂追去。追了许多路，可是禁不住疼痛，一齐降在地上，咬牙身颤，动弹不得。

正在危急，忽闻空中音乐环珮之声，异香扑鼻，转瞬间一乘香车降下，车中坐着一位美人，两旁侍卫仙女不计其数。天将等一看，认得是王母第三女玉卮娘，慌忙挣扎呼救。玉卮娘早已停车，叫侍女取出葫芦内仙丹，各与一丸吞之，霎时间痛止肿消。七人大喜，齐来叩谢。玉卮娘道："汝等从云华夫人多年，何以争怒之心还不能除尽？所以今朝要吃这个大亏了。若不是遇着我，很危险呢。"繇余道："从来没有见过这样的大蜂，想来又是那双头人作的怪。"玉卮娘道："汝等在此地，已不知走过几千百次，难道还不知'昆仑之山，大蜂一丈，其毒杀象'这三句么？幸而汝等修炼多年，都是仙骨，若是凡人，一螫之后，早已死了。"童律道："这里已是昆仑山么？啊哟！我们痛昏了，亦气昏了。"庚辰道："双头人不分皂白，纵使毒蜂螫人，太无道理，总须请夫人与我们做主。"玉卮娘道："我既然遇见汝等，亦是有缘，就替汝等调停此事吧，汝等且跟我来。"说着，那香车已是腾空而起，迅疾地向东而行。七员天将紧紧随行，片刻已到平逢山下，只见那七员地将兀是在地上乱滚、乱叫、呼痛。玉卮娘又取七粒丹药，叫他们吞下，霎时全愈。那时天将等早已去通告文命，文命慌忙率领僚佐前来迎接。玉卮娘下车，与文命为礼，一面用手向山上一招，叫道："骄虫走来！"转眼间，果见那双头人匆匆前来，向玉卮娘行了一个礼。众人看他两个头是并排生的，真是怪不可言。只听见玉卮娘责备他道："上帝命汝总司天下螫虫，汝应该好好管理，为什么纵使它们任意螫人？"双头人两口并动地说道："他们要扑杀我的蜂蜜，我自然应该保护。他们要打我，我自然应该报仇。"玉卮娘喝道："胡说！蜂蜜不先去螫人，人会无端扑杀它么？即使扑杀几个，但是蜂贵呢，还是人贵呢？蜂蜜可以和人并论么？况且这次扑打蜂蜜的，不过几个人，岂能迁怒害及群众！连崇伯和他的僚佐都受你的荼毒，这个是什么话！汝这种奇形怪状，谁叫汝白昼现形？即使给人打，亦是应该。此次之事，完全是汝之不是，汝知罪么？"双头人见玉卮娘动怒，不敢再辩，诺诺连声。玉卮娘道："现在我与汝调停，汝须向崇伯及诸位被害之人赔礼道歉，以后约束蜂蜜，勿再任意螫人，汝自身亦须善自隐藏，勿再轻易露面。我当定一个规则，凡有人到这座山上来，先用一只活的鸡祭汝，就请崇伯替汝去宣布，汝愿意么？”那骄虫听说要他赔罪道歉，似乎有点不愿意，迟迟不应。玉卮娘大声道：“我如此判断，汝还不服么？”骄虫无奈，只得向文命行了一个礼，又向大众总行了一个礼，总算赔罪道歉之意。玉卮娘道：“那么汝去吧。”骄虫向玉卮娘行礼，称谢而隐。这时天地十四将在旁，恨不得将骄虫打个稀烂，见玉卮娘如此发落，心中都不服气。玉卮娘知道他们的心思，就说道：“你们嫌我太宽么，只好如此办呢。他是上帝所派遣的，并无大过，万不能加之以诛戮。他既肯认错，汝等何必再计较。”众人听说，亦只得罢休。玉卮娘辞别文命，自登车升空而去。

这里文命依旧带了众人，过平逢山，考察地势。过了多日，才定下一张图，将中条山和崤山相连的山统统凿去。此处工程较大，就派狂章、犁娄氏及大翳、卢氏四人监督。正要动工，忽然大临、叔达叫大章来禀文命，说道：“开掘九川，发生困难了。有一处，屡开屡塞，很觉棘手，所以来请示方略。”文命听了，只得将西部之事暂行撇开，再往东来。一日，行至一处，只见道旁有一个浑身衣白、缺唇而长耳的老人，行礼求见。文命问他姓名，那人说名叫明视，中山人，生平最喜欢研究地质之学，所以于掘地之技甚为擅长。现在听见崇伯在东方掘川，不揣冒昧，前来自荐，愿赐收录，以供驱策。文命见他如此说，也就收录了他。到了工次，只见所掘的川工已成就不少，只有最北的一条，屡次开掘，那土屡次涨起，始终不见功效，掘的人个个疑骇，不知是何缘故。文命一听，知道是父亲息土之遗，不禁心伤泪落，便说道：“此处既然如此困难，改迂曲一点，如何？”明视道：“我能辨别土性。上面的土性与下面的土性是否相同，此处的土性与他处的土性是否相同，我看一看就是了。”说着，也不用器械，就用两手将泥乱扒，顷刻间已成了一个深窟。明视就钻将下去，嗅了几嗅，便出来说道：“下面不过三尺深，土性已变过，不会再生长了，但是要掘得快。”众人依言，万手齐举，果然泥的涨度比从前渐减。过了两日，这困难的一段已经成功。文命各处视察一周，深恐还有同样之处，就留了明视在此协助，自己再往西来。那时狂章、犁娄氏等四人监督开山，工程已进行了不少，因为困难之处都是四人亲自动手的。文命看了一转，又吩咐道："且慢，我要变更计划了。我从前预定，将许多山统统凿去，如今且给我留住几处。"于是指挥四人，将某峰某峰留住不凿，某处某处尽行凿去。四人领命，自去督率施功。文命又向西行，走到雷首山与华山相连之处，但见一派蛮山，实在无可以施功之处。走来走去，上上下下，看了几回，觉得从前的理想实施起来，殊有为难，非八九年之功办不到；即使叫一班天地将动手，亦非三数年不能蒇事，岂不太迂缓么！想到此际，忧心如焚。再往西走，要想寻一个施功较易之处，一直走到华山西北麓，一条阳盱河的地方，仍是找不出，不由得更焦急起来。没有办法，只得祷告神祇，请求佑助。当下备办了许多祭品，向空设奠；供好之后，倒身下拜，默默地向天祝告；祝毕起身，吩咐从人再预备一只大俎，放在当中，文命将自己上下衣裳浑身脱去，赤条条地伏在俎上，作为牺牲祭品，以飨上帝，表示为百姓牺牲的意思。当时与祭的人及侍从的人，看到这种情形，都非常感动，深深佩服。过了一会儿，文命起来，穿了衣裳，再稽首祝告。祭毕之后，率众东归，再向山南，察看形势。

一日，见山麓尽处有一个大坟，文命就找了土人来问，这是何人之坟。土人道："这是黄帝上相风后之墓。"（现在山西永济市南风陵渡，有风陵堆，在黄河边，自来相传，以为是女娲氏之墓，因为女娲氏是姓风。《旧唐书》：天宝十一载六月，阌乡县黄河中，女娲墓，因大雨晦冥，忽失所在。至乾元二年六月，濒河人民，闻有风雷之声，比晓，见其墓涌出，上有巨石，石上有双柳，遂谓之风陵堆。依此看来，风陵堆的确是女娲氏的墓了。但是《元和郡县志》又说：女娲墓在任城县东南三十九里。任城县就是现在山东的济宁市。还有山西的赵城镇里，亦有女娲氏的墓。照此说来，已经有两个墓了。风后的坟，其他却没得看见。依曹学佺所做的那部《名胜志》上说，这个风陵堆，是风后的坟，想来曹先生必定有所根据，绝不是乱造的，所以现在说它是风后之坟。）文命听了，忙叫人备了祭品，亲自到风后坟上，祭奠一回，又叫人加些泥土，补种几株树，方才转身。行不多路，忽听得后面有人呼声。文命回头一看，只见一个老者，衣冠古制，道貌不凡，从路旁转出，向文命拱手道："崇伯请了！隆情盛意，感激之至。"文命听了，不懂他的话，就还礼问道："长者何人？素昧平生，对于某有何感激？"那老者笑道："老夫家乡，本在此山东北，后来蜕化了，托体却在此地。今承过访，赐以酒馔，又加封植，岂不应该感激么！"文命听了，不禁愕然，暗想，今朝白昼见鬼了。然心中虽如此想，脸上却沉静异常，绝不流露，仍旧恭恭敬敬地问道："那么长者就是风老先生了？"风后笑道："岂敢，某就是墓中人了。"文命道："老先生已死，何得复在人间？"风后道："某乃修炼之士，当初与黄帝共学仙道，所谓死者，不过尸解而已，非真死也。"文命听了，方才恍然，重新稽首致敬。风后道："崇伯为治水之事，太辛苦了。近日为凿山之事，不惜牺牲己身，为民请命，未免太忧劳。某此次无端现形，固然是谢祭奠之厚意，但是亦有区区意见，前来贡献，未知崇伯肯赐采纳么？"文命慌忙稽首道："老先生如肯赐教，这是小子求之不得的。"风后道："崇伯现在想把山海的水放出去，使它归入大海，这种伟大计划是极不错的。但是，现在叫天将、地将去凿的山，太偏东了。依老夫的愚见，还要过西才是。"文命道："现在凿的山已费工程，再过西去，连着华山，山势愈高，工程愈大，恐旷日持久，似乎未便。"风后道："这种空前绝后的大计，为万世图久安，照理不应该爱惜区区的工程；况且工程是很容易，不过费一人一手一足之力而已。至于日期，你怕它太迟，我怕它太速。必须将下游种种工作一齐弄妥当了，方才可以来开辟此山，那么万无一失。否则下流没有治好，山势一辟，山海之水滔滔地泻下去，岂不是下流人民又要遭水灾么！"文命听了这话，竟如落在五里雾中，不知道他说的是人话，还是鬼话。暗想这巍巍高大之山，起码总在八九千尺以上，再加以盘亘几百里，说道只要一人一手一足之力，可以开辟，而且日子很短很短，无论如何总没有这个道理。心中不解，正要动问，风后似乎已经知道，便接着说："崇伯疑心么？现在且不必问，我说了也是无益，你只要等到下流统统治好之后，到华山一游，自有人前来帮助。"文命听了，终是狐疑不定，便问道："依老先生之言，须向偏西开凿，那么某所拟定开掘的水道亦应该变更了。"风后道："也不必大变更，只要以我的坟墓为标准，距我的坟墓偏西数十里，正是那山势分劈之处，曲折而东，从我墓前经过，以下就照你原有所定的路线，包管你万年平安。”文命道：“水道变迁，古今不定。太逼近老先生的坟墓，将来难保不受水的浸蚀，那么怎样？”风后笑道：“这有什么要紧！区区遗蜕，本不足爱惜，假使老夫要爱惜，就是将坟墓浸在水中，老夫亦自有方法会得维持，请崇伯采纳老夫的意见就是了。”文命听他说到如此，只好答应，但是心中终是将信将疑。当下又和风后谈了些闲天，又问风后道：“刚才听老先生说，家乡就在此山之北，但是某从前听说，黄帝遇到老先生是在海边，想来那时，老先生适在海边游玩，因而与黄帝相遇，是么？”风后道：“不是东海的海边，就是山海的海边。老夫住处，本在山海之边呀。”（现在山西解州镇西南。）文命又问道：“从前黄帝有负胜之图，详论六甲阴阳之道，是一种极神奇的宝物，不知此刻在何处？可以见见么？”风后道：“这件宝物，是九天玄女所授。黄帝自用此图之法破灭蚩尤之后，天下升平，亦无所用之，但是总带在身边。后来从南方黟山得道成功，不久要上升了，乃将这图藏在苗山（即现在会稽山）之下，其穴深至千丈，阔约千尺，又用极大的盘石镇压在上面，并且刻两句话语在盘石上叫作‘求之者亡，视之者盲’。这个恐怕难得见呢。”文命听了，不禁失望。风后便与文命拱手作别，说道：“谈久了，后会有期，再见再见。”言讫，一阵清风，倏然不见，文命与随从之人，莫不惊讶不已。

第十二回

九河既道　凿砥柱山以显中国之道德　华山神浩郁狩见禹　云华夫人为云为雨　群仙集华山

且说文命自从遇见风后之后，便依着他的话，不往北走，先向东行，一路视察工程，随时指点。过了多月，那十条大川已次第掘好了，却是明视之功居多。文命巡视一周，甚为满意，于是每条大川都给它取一个名字。最北的一条，在现在河北省献县东南，因开凿的时候屡掘不成，徒夫震骇，故就取名为徒骇河。第二条，在现在河北省南皮县西北，因工程较大，人夫用得较多，所以取名叫太史，就是“大使”二字的意思。第三条，在现在山东省陵县之南，因它的形势，上高下突，状如马颊，所以取名叫马颊河。第四条，亦在现在山东陵县之南，经过河北省庆云县（今山东德州市庆云县）海丰镇入海。这条水中多洲渚，往往有可居之地，状如覆釜之形，故就取名叫覆釜。第五条，在现在河北省沧县，其水下流，所以取名叫胡苏。胡者下也，苏者流也。第六条，在现在山东恩县，因此水开通，水流甚易，所以取名叫简。第七条，在现在河北省南皮县，因此水多山石，治之甚苦，所以取名叫作絜，絜者苦也。第八条，在现在山东乐陵市东南，此水曲折如钩，盘桓不前，所以取名叫作钩盘。第九条最南，在现在山东平原县，此水多厄狭，可隔以为津而横渡，所以取名叫鬲津。还有最南一条，取名叫湿，取它地势低湿的意思，或者省写写作漯字，后来湿字改为干湿之湿，那个漯字又变成了漯字，那个意义就无人知道了，闲话不提。且说这十条大川，流分派别，相去本不甚远，到得下流，复汇合拢来，成为一条极广极大之河。这条河东连碣石，直通大海，潮汐灌输，常常打到里面来，因此也给它取个名字，叫作逆河。名称定好之后，那时水势尽退，恢复几十年前之旧状，于是寻出两个古迹来，一个是人类始祖盘古氏之墓（在现在河北省青县南七里），一个是古帝赫胥氏之墓（在现在河北省南乐县东四十里）。文命便叫人一一修好，种些树木，又建造享堂祭殿，躬亲祭拜，又各派定二百户人民，叫他们守护。于是，兖州下流治水之事，总算告一段落。然后再向西行，察看中流的工程。从大伾山以西，一直到鼎湖，千余里之地，要凿去好几座山，真是众擎易举，不到几个月，工程已经过半。文命看了，颇觉心慰。

一日，过了王屋山西南麓，行至中条山与崤山东支衔接之处，但听得斤斧之声，铮铮动天，十万人夫正在那里开凿。细看那连绵不断的山，已经凿去不少，但有六个山峰，孤撑特立在当中。最北面两个，如同柱子一般，相对距岸而立。它的南面，又是一个孤峰突起，顶上平而且阔，仿佛一个平台。它的西南，又有凿剩的大石一块，其高数丈，四面有意凿得浑圆，想见工役人等的好整以暇。它的南面，又有三个峰头，分排而立。那时大司农在旁，就问道："这几个山峰一齐凿去，水流冲下，岂不是更顺利么？"文命道："我要留它们在那里，有三个原因。第一，是节省工程。这许多峰头，一齐凿去，工程较大，只要水流通得过就是了。第二，是遏阻水势。我测量过，雍、冀二州间的地势，比此地高五六千尺，而距离则不过三四百里。那股水势，奔腾而下，两岸是山，虽则可以约束，还不要紧，但是一到下流，尽是平地，恐怕禁不住。所以我在下流开了九条大川，以分杀它的势力；又在此地留几个峰头，使冲下来的水受一个阻挡，盘旋曲折而过，那么它的冲荡之力就可以稍缓了。三则，我要借这几个峰头，立一个做人的榜样。大概世界上的人，有独立不惧的性质者少，胸有主宰、不为外界所摇动、引诱的人尤少。看见他人怎样，不问是非，就跟了乱跑；问他何以如此，他就说：'现在人家都是如此，我又何必不如此？'或者明明知道这件事情是不好的，他又推诿道：'大家都是如此，靠我一个不如此，有什么用处呢？'人人存了这种念头，所以遇到一种不良的风俗，不崇朝而可以遍于全国。这种思想，起于滨海的外人。他们习见潮流的汹涌，以为无法可以抵御，无法可以挽回，所以他们的口号，总叫作'顺应潮流'。你试想想看，做人如只要如此，真太容易了！我的意思，一个人总应该有一种独立不挠的气概，一个人总应该有一副能辨真理的本领。果然这项事情是不应该如此的，那么虽则天下之人都是如此，我一个人亦决计不如此；任便人家笑我、骂我、排斥我，我亦断断乎不改我的态度，宁可冻死、饿死、穷死、困死，我断断乎不改我的操守，这就叫‘至死不变强哉矫’，这就叫‘志士不忘在沟壑’。这几个山峰，我要叫它兀峙中流，经千年万年水流之冲击而挺然不动，显出一种不肯随流俱去的精神，做世人的模范，尊意以为何如？”大司农笑道：“尊论甚是。顺应潮流，最是一种取巧的方法，实在不过投机而已。天下都是如此，只有我一个人不如此，虽则于世毫无好处，但是既然有一个我不如此，就那方面而言，究竟少了一个；就这方面而言，究竟还留下一个；假使人人都是这么想，天下岂不是就有希望么！不过顺应潮流容易做，更容易得到利益；独立不挠，不容易做，而且必定受到困苦。我看你虽则立着那个榜样，恐怕天下后世的人，未必会看了动心，还会依旧去干他那个顺应潮流的勾当呢！”文命道：“真理果然尚在，人心果然不死，虽则在那举世滔滔之中，终究有几个人能够看我这个榜样的。如其不然，亦是天数，只好听之而已。”

当下文命等就在此处住了几日，看看已完工了，于是依着风后之言，径向华山而来。刚到山麓，只听见山上一片音乐之声，渐渐异香扑鼻，远远的又看见许多人，从山上下来。文命等大疑，暗想，这是何人？遂一面迎上去。不一时，渐渐相近，当头一个，服白素之袍，戴太初九流之冠，佩开天通真之印，骑着一条白龙，凌空而来。旁边两个，稍靠后些，装束一切，大致相同。后面男男女女，羽衣星冠，仙幢宝盖之属，不知道有多少！当头的这个道者，看见了文命等，即便跳下白龙，抢前几步，与文命施礼，又和童律等几个天将施礼，说道：“久违了。”文命还礼之后，便问道：“上仙何人？”那道者道：“某姓浩，名郁狩，华山神也。”又指左边的一个道：“这是地肺山神。”又指右边的一个道：“这是女几山神，都是小神的佐命，听见崇伯治水到此，特来迎接。”文命道：“盛意谦光，极可感谢。不过某的意思，要想将雍州山海之水泄到东海中去，但是崇山峻岭，巍巍当前，施工不易。请问尊神，有何良策可以赐教？”浩郁狩道：“是啊，昨日巫山云华夫人为了此事，已饬人前来通告小神，说道：将要来到此地，会合群仙，与崇伯帮忙。想来就为此事了，请崇伯宽心。”文命听了，慌忙向着西方，稽首拜谢。浩郁狩道：“夫人降临，恐怕尚有多时，请崇伯和大司农先到山上坐坐吧。”文命等答应。

这时，那些男女道流充满山谷，文命便问："这许多都是何人？"浩郁狩道："这是小神的从者，共有仙官玉女四千一百个。"文命诧异道："有这许多从者么？"浩郁狩道："五岳之中，小神所有的是最少呢！恒山之神，共领仙人玉女七千个，崇伯前几年遇到过的。至于泰山之神，共领群神五千几百个；嵩山之神，领仙官玉女三万人；衡山之神，领七万七百人。那才叫多呢？"文命道："是否以此定五岳之尊卑？"浩郁狩道："亦不是如此，五岳平等，并无尊卑之分。人的多少大概随缘而已。"正说之时，那些仙官玉女已分作两行而立，男东女西，对对相峙。仙官领班的，是地肺山神；玉女领班的，是女几山神；中间辟开一条大路，让文命等行走。浩郁狩将他所骑的白龙，请文命和大司农乘骑，自己却骑在龙的后面。文命、大司农上得龙身，细看那白龙，不过二丈长，鳞甲如银，粗不过盈拱，暗想，这条真是小龙了！好在只骑着三个人，尚是宽敞。浩郁狩又吩咐地肺、女几二山神，叫他们招呼伯益等从人在此等候，不必上来。又与诸人拱拱手，说声"失陪"，一语未完，那白龙已腾空而起。

文命与大司农是初次乘龙，但觉龙身一动，四围的树木渐渐都低降下去，升到半空，放眼一望，空阔无边，天风浪浪，吹得有点头眩心晃起来。幸而两个都是大圣人，镇定之功极深，还不至于坐不稳。那时跨下之龙，已经粗到十几围，顿然长到几十丈，才知道这是仙物的变化，并不是真正小龙。那时庚辰等七员天将，深恐文命等或有倾侧，都御空而起，紧紧地在旁边侍着随行。转瞬之间，已到太华山顶，白龙停住，依旧缩得很小。浩郁狩首先走下，文命和大司农亦都走下了。大司农便问浩郁狩道："这山共有多少高？"浩郁狩道："总在一万二千尺以上。"当下，就在山顶上徘徊了一时，北望山海，不过如大镜一面，西望有个峰头，与太华山差不多高。浩郁狩道："这就是少华山了。太华山在西方，于时为秋，于五行属金，禀太阴之气，所以是归玉山西王母直接统治的。那座少华山，禀少阴之气，是云华夫人所直接管理的。"文命道："那么夫人常来此地么？"浩郁狩道："亦不常来。昨日夫人既然说要来此地会合群仙，那么恐怕就要来了。"正说间，只见一阵五彩祥云，从西南而来，冉冉地就降在少华山顶。浩郁狩指着说道："夫人果然来了。”庚辰等亦说道：“是的，夫人来了。”文命听了，就要过去拜谒。浩郁狩道：“那么，仍旧骑了龙去。”文命道：“某等不是神仙，骑了龙未免不恭，还以步行而去为是。”乌木田道：“步行而去，需要两日才到，夫人是否仍在那边，殊不可知。某看还是骑龙去吧。”文命听了有理，遂吩咐各天将，到山下去招呼从人，叫他们稍待。自己与大司农、浩郁狩骑了白龙，径向少华山顶而来。

顷刻已到，但见云华夫人正在那里指挥侍卫仙女等，不知道做什么事情。文命等降下白龙之后，急忙趋前，要想叩见，哪知云华夫人忽然不知所在，但见一块巨石，兀突地竖在前面。文命与大司农张皇四顾，诧异至极，便问浩郁狩道：“夫人哪里去了？”浩郁狩笑笑说：“正不知夫人到哪里去了。或者这块石头，就是夫人的化身呢！”文命半信半疑，说道：“刚才明明夫人站在这里，并无石头，忽然夫人不见，而石头出现，那么这块石头或者竟是夫人的化身！但是明明是人，何以要化石头；而且我来谒见夫人，夫人即使不要见我，亦何必化石头；这真是可疑的了。”大司农道：“华岳尊神既如此说，或者竟是夫人的化身，我们当它真的，朝拜就是了。”说着，拉了文命，一齐向石头拜下去。哪知这块石头忽然飞腾起来，升到空中，化为一朵轻云，流来流去。忽然之间，那云又油然而止，聚成雨点，霏霏地降下来。文命与大司农拜罢起身，看得呆了，正不知道是什么缘故。忽而之间，雨又止了，但见一只飞鸿，引颈长鸣，在空际飞来飞去。忽而之间，又不是鸿了，是一只鹤，玄裳缟衣，翱翔于天半，时而戛然一声，其音清亮。后来仔细一看，又不是鹤，竟是一只丹凤，毛羽鲜丽，径来到高冈上停下。文命再上前向着她鞠躬，祝告道：“某自从夫人授以宝箓，又派天将扶助，心中感激万分。今日闻得夫人在此，特来叩见、拜谢，奈夫人屡屡变化，不肯赐见，是否某有过恶，不屑教诲，尚乞明示，以便悛改。”哪知文命祝告未完，那丹凤已化为一条神龙，长约万丈，夭矫蜿蜒，向空腾起，顷刻不知所在。那些侍卫仙女亦都不见了。文命至此，不禁大失所望，望着天空，木立不语。浩郁狩道：“想来夫人今日有事，不愿延见，我们且转去吧。”当下就拉了文命和大司农，跨上白龙，径回太华山下。那时七员天将齐迎上来，问道：“夫人见过么？”文命摇摇头说道：“夫人不肯赐见。”就将刚才情形述了一遍。庚辰道：“夫人绝无不肯见崇伯之理，想来因为会合神仙，有多少尚须布置，一时无暇相见耳。”文命听了，仍是怀疑，又问童律道：“我于夫人，极端佩服，但看到刚才的情形，千态万状，不可谛视，如此狡狯怪诞，恐怕不是个真正仙人！汝等跟夫人长久了，必定知道详细，究竟夫人是真仙么？”童律听了，慌忙为夫人剖辨，说出一番理由道：

天地之本者道也，运道之用者圣也。圣之品，次真人仙人矣。其有禀气成真不修而得道者，木公金母是也。夫人，金母之女也。昔师三元道君，受上清宝经，受书于紫清阙下，为云华上官夫人，主领教童真之士，理在王映之台。隐现变化，盖其常也。亦由凝气成真，与道合体，非寓胎禀化之形，是西华少阴之气也。且气之弥纶天地，经营动植，大包造化，细入毫发，在人为人，在物为物，岂止于云雨龙鹤飞鸿腾凤哉！

文命听了这话，颇以为然，疑心尽释，就不再问。后来过了一千几百年，战国时候，有一个楚国的臣子，名叫宋玉，文才颇好，作了一篇《神女赋》，就是指云华夫人而言。因为夫人有这一回化云化雨的故事，他就作了两句，叫作：“朝为行云，暮为行雨；朝朝暮暮，阳台之下。”这不过形容云华夫人的变化，倒亦不去管它。不料楚襄王无端做了一个心记梦，梦见神女来荐枕席，因此后人竟拿了“云雨”两个字来做男女性交的代名词，这真是冤枉之极！闲话不提。

且说文命等降入平地之后，那时地肺、女几二山神正在那里招待伯益等，看见文命来，大家一齐起来迎接。刚要发言，只见天空一个女子疾如飞隼地降下来，天将等认得是云华夫人的侍女陵容华，就问她道：“汝来做什么？”陵容华也不答言，走至文命面前，说道：“夫人叫妾来传语，刚才崇伯光降，因有事未了，不能相见，只得变化隐形，抱歉之至，请崇伯千万不要介意。现在夫人因为要帮助崇伯开辟一座山，所以近日甚忙，今日已来不及了，请崇伯将所有随从人等都叫他们驻扎在对面山上，不要住在平地，并且即速饬人通知此山前面三十里之内的居民，都叫他们搬到对面山上，以便三日之后可以动工。动工的时候，再遣人来奉请。这是夫人的意思。”文命听了这番话，又是感激，又是惭愧，深悔刚才不应有疑心夫人的话语，连连答应，并说“岂敢岂敢”，又托她转谢。陵容华去了，浩郁狩便向文命拱手道：“既然夫人如此说，请崇伯就去布置，小神暂且告辞，三日之后再见吧。”文命亦忙拱手致谢。浩郁狩跨上白龙，与地肺、女几二山神及一班仙官玉女，纷纷向山上而去，顷刻已杳。这里文命与大司农带了从人等，先分向各处劝导百姓搬到对面山上去。百姓不知何故，不免惊疑，然而素来信仰政府，亦不致骚扰。三日之中，三十里以内的百姓果然尽数都搬了。

到得第四日早晨，忽见浩郁狩独自一人跨着白龙而来，说道：“奉云华夫人之命，请崇伯与大司农山上相见。”二人听了，即与浩郁狩共乘白龙，向少华山而来，庚辰等天将在后相随。远望那山上，人多如蚁，正不知道是从哪里来的。少顷到了，跳下白龙，只见四围满挤着星冠道服、珠巾玉佩之人，男男女女，文文武武，老老少少，不计其数。但见云华夫人跟了一个慈祥和蔼、丰姿美秀的中年妇人迎上来。文命与大司农刚要行礼，云华夫人就向文命介绍道：“这位是家母。”文命知道是西王母了，与大司农慌忙行礼，又与云华夫人行了礼。西王母见了大司农，就说道：“大唐使者，那年光降敝山，一别到今，不觉几十年，难得今朝相遇，你好么？”大司农唯唯答应。西王母又向文命道：“崇伯治水辛苦了。这次小女瑶姬前来帮忙，邀我们来看一出戏。这出戏，在上界原不算一回事，不过在人间却不常有，可以传为千古佳话了。现在演戏的艺员还没有来，请稍等等吧。”文命听了，莫解所谓，也只好唯唯。细看那无数神仙之中，认识不了几个，只有西城王君和玉卮娘、紫玄夫人是认识的。倒是大司农，前在昆仑山见过的多，大半都觉面善，但是相隔既久，亦记忆不真，只有长头的寿星最熟。大家行过礼之后，随便闲谈，始终并不知道这许多是甚人。后来探问庚辰等，才知道今日所请来的神仙真是不少，大概普通的都请到，亦可算是群仙大会了，但不知道究竟看的是什么戏。

第十三回

巨灵擘太华　龙伯国大人钓六鳌　济水之命名　肥𧍬出见　伯益作『山海经』

过了片时，只见天空一朵祥云，驶如急箭，倏忽已到山巅，云中落下一个道者。西王母及众神仙一齐拍手欢迎，说道："今日要辛苦了。"那道者一面到处拱手还礼，一面笑着说道："不成一回事，累得大家齐来观看。如果这出戏做得不好，不要见笑。"西王母和云华夫人都说道："哪有此事，一定好看的。"文命在旁，细看那道者，长约八尺余，面白无须，柳眉星眼，胆鼻大口，举止闲雅，不知道他究竟有什么大本领，大家请他来做什么。想到此际，只见寿星在旁，便问寿星。寿星道："这人姓秦，名供海，生于开辟之前，得玄神之道，与元气一时生混沌。他的法力，真是无边！"正说之间，只听西王母说道："秦先生既来，可以预备动手了，免得大家久等。"众神齐声赞成。秦供海道："现在戏剧要我做，但是非得大家帮忙不可。第一，从此一路下去，直到海滨，所有昆虫等生物，须得驱除净尽，免致残害。"云华夫人道："我们早经传谕各山各地之神，叫他们驱除了。"秦供海道："第二，开山的时候，水势的缓急，岩罅的阔狭，须有人随时报告。否则我在上面看不清楚，一时粗率起来，人民必受其害，大功或因此反而受阻挠，这是我不负责任的。"云华夫人道："到那时我在下面，自会来通知，总请你用极细心、极轻微的手脚，慢慢地开就是了。"秦供海道："既然如此，那么我先去看一看。"说着，腾起祥云，向太华山东北面而去。云华夫人亦纵起祥云，跟踪而去。西王母笑向众神仙和文命及大司农道："我们亦跟了去吧，想来就要动手了。"于是，众神仙上辇的上辇，驾云的驾云，跨凤的跨凤，御风的御风，纷纷向前山而行。浩郁狩与文命、大司农三人，亦乘着白龙前往。

到得太华山与中条山之间，但见云华夫人驾了祥云，站在半空之中，秦供海却不知所在。向下面一望，只见平地之上，仿佛站着一个身躯极伟之人，在那里东看西望。文命与大司农都觉诧异。浩郁狩在后面说道："这人就是秦供海呢！”转瞬之间，那秦供海已长到几千丈，身躯亦大得不可名状。文命等在空中，却好紧对着他的头部。朝他一看，哪里还认识他是个人！只见他的头，俨然是一座小山突起于半天，每只眼睛足有十几丈阔，眼睛距离他的嘴，足有几十丈之遥；鼻柱之高，仿佛一个土阜；两耳之大，几如两个丘陵；从左肩看到右肩，相隔何止一二里！真是从来所未见过的伟大人物。然而他的身躯还是不住地在那里增长增大，转瞬之间，文命等已只能紧对他的胸部了。只见他忽然转动身躯，举起他一只几千丈长的左臂，伸起他几千丈长的右腿，俯下身躯，一面想向太华山上推，一面想向中条山上踏。哪知距离似乎还不够些，于是他又立正身躯，增加他的长度，不知道又增加了多少！这时文命等已仅仅紧对他的腹部了，仰首望他的头，已耸出在云霄之外，看不明白；平面看过去，正看到两只大手，其掌之大，大约竟可以遮天，真是不可思议！俯首去看他的脚，正是两只艨艟大舰，假使有一个小小的都邑，恐怕不能禁他的一踹。文命正在想时，只见他身躯又转动了，左足站在太华山下，右足却踏到中条山麓去，再俯倒身躯，将左掌托在太华山的一个大峰上，右足似乎轻轻用力，向中条山踢去，一手推，一足踢，只听见下面轧轧有声。文命急忙俯首下视，原来山势开裂了，中条山已稍稍移而向东，太华山亦稍稍移而向西，两山之间，已露出一条罅隙，山海之水，就从这一条罅隙之中奔腾澎湃，滔滔向东南而去。过了片时，只见云华夫人纵起祥云，直到秦供海头部耳际，仿佛有所接洽的模样。那秦供海顿然左手收转，身躯立正，身躯也渐渐缩小。文命等忽而已正对他的胸部，忽而又正对他的头部，忽而又只见一个极伟大之人站在平原之上，忽而见他恢复原状，驾起祥云，升到空中，与西王母、云华夫人及诸位神仙拱手道：“献丑献丑，勿笑勿笑。”这时候众神仙一片欢呼拍掌之声，震动天空。秦供海说声“失陪”，霎时间云去如电，转瞬就不见了。这里众神仙亦纷纷告辞，云华夫人一一相送。最后西王母也去了。

云华夫人向文命道：“时候尚早，我们且再到山上谈谈吧。”文命大喜，遂和浩郁狩、大司农骑龙再向少华山头而来。一时降落，文命先向云华夫人谢神功帮助之德。云华夫人道：“这个并不是我之力。从前家母和大司农早说过了，所谓纯系天意。天意没有挽回，虽有神仙，无从措手。天意已经悔祸，自有神力前来帮助。这个岂是我的功劳呢。”文命道：“这位秦供海先生的道力，实在不小，将他的身躯化得这么样大！”云华夫人笑道：“这个哪里算得大呢，从前海外龙伯之国的人，那才叫大！大起来，竟无可比喻。海中本来有岱舆、员峤、方壶、蓬莱、瀛洲五座大神山，每山周围高下三万里，每山的距离中间相去七万里，那么并计起来，极少总有五十万里了。哪知这个龙伯国的大人，到得那山上，举起脚来，不到几步，而五座大山的地方已经给他走完，你看这个岂不是大极了么！”文命听了，不禁咋舌道：“原来世上竟有这样大的大人！真是可骇了。但是此刻这个龙伯国在哪里呢？”云华夫人道：“此刻这个国没有了。因为这五座神山，是浮在海中的，时常浮来浮去，上帝恐怕它流到别处，所以责成北海神禺强设法管理。那禺强叫了十五只巨鳌，举首戴住，不使它动。哪知有一年，龙伯国的大人忽发雅兴，拿了一根长竹，做成一个钓竿，垂到海中去，转瞬之间，将负戴岱舆、员峤两山的六个巨鳌一齐钓起，背了回去，烧煮了大吃，又将鳌的骨头钻起来，做成算学的筹码。那岱舆、员峤二座神山，既然没有巨鳌的负戴，于是就流到北极，沉于大海之中。那时候，两座山上的群仙列圣，遭劫的，播迁的，不计其数。上帝大怒，于是侵灭龙伯国的地方，使它狭小；又侵小龙伯国的人民，使他短缩，所以此刻这种大人没有了。”文命道：“秦供海先生如果尽量长起来，能够和龙伯国大人一样么？”云华夫人道：“两个是不同的。龙伯国大人的长，是天所生成；秦供海的长，是由他变化。天所生成的长，无可改变；变化而成的长，无可限制，就是要叫他长得比龙伯国大人加几倍，亦未始不可。所以我们给秦供海上一个徽号，叫作巨灵大人，就是说他的巨大，无非一般灵气之变化而已。”文命和大司农听了，都非常叹异。云华夫人道：“现在太乙既分，诸事急待整理，崇伯和大司农可请转身，我们改日再见吧。”文命等唯唯。云华夫人自率侍卫仙女等，乘云冉冉而去。文命和大司农仍与浩郁狩骑龙来到对山，浩郁狩亦告辞去了。

伯益、水平一班人迎着文命，都说道：“奇事奇事！我们早晨正在这里远望，只见少华山上氤氲瑞气，料想是神仙在那里聚集，我们无缘，不能瞻仰，倒也罢了。忽而之间，那股瑞气由山顶移到空中，而太华山与中条山之间，现出一根圆柱，其高矗天，其粗无比，圆柱下面，又分出两根圆柱，比较细一点，一根直通到此地来。但听得天崩地裂之声，我们个个震得耳聋，人亦站立不住，前仰后合，倾跌的不少，只觉天旋地转，头脑眩晕，过了好一会儿，方才停止。细细一看，山也分了，圆柱也不见了，究竟是怎样一回事？”文命便将巨灵大人秦供海之事，大略说了一遍，众人听了，无不骇然。当下文命率领众人，下山一看，只见那山海之水，正从山势分裂之处奔腾而出，恰恰流过风后陵前，转向东去。文命要察看它一路经行，有无妨害人民田地之处，于是顺着它径向东走，但见两岸山势束缚，水流尚安。到了那六根石柱之间，水势直冲过去，撞着石柱，不是倒冲转来，就是分向两旁，形成激湍，浪花飞溅，白沫跳珠，前者既去，后者又来，但是任你日夜冲击，那六根石柱始终不动。文命观看良久，将这六根石柱取了一个名字，叫作砥柱山。砥字的意思有两个：一个是其山之石，可以为磨刀的砥石，所以叫作砥柱；一个是其山上面平坦，有似乎砥，所以叫作砥柱。从此，“砥柱中流”四个字遂成为中国道德上一个美名词了。

且说文命从砥柱再向东行，到了荥泽的北面，只见那条沇水已经掘断，一半在北，一半在南，中间就是新开的大河，变成一个十字形。但是沇水发源于高山，流势很急，虽则中间截断，但是水流滔滔，仍向南岸直冲过去，不给中流的水所搅乱。文命于是给取一个名字，叫作济水，济字是渡水的意思，水能渡水，真是千古所创闻，独一而无二的。文命再往下行，但见一片莽平，尽是原野，从前的黄泽、大陆泽等湖水，都已倾流到新开的川中去。渚泽之底，已渐渐涸露，变成陆地。洪水之患，大约在此地已可无患。

于是转身再往西行，到了巨灵所擘分的华山边来观看那水势，但觉山海的面积已缩小了十分之六七。文命向大司农道：“照这情形看来，再过几时，这个山海所涸出的陆地可以种植，增长农田不少呢。”大司农道：“且慢，还要察看它的地质土味如何。某知道潴蓄不流的水，内中所含的碱质必多。山海之地，四面不通，经过几千年之久，恐怕斥卤不能耕；或者先用什么方法使斥卤涤尽，再慢慢用肥料变更它的土性，那么才可以成为上上之田。”（现在陕西省合阳县、韩城市等处都有盐池，而以山西省解县、安邑县中间的盐池为最著，可见是当时山海中最深之地了）正说到此，忽见空中一条似龙非龙的动物，向西飞腾而去。狂章一见，大叫：“不好，这是肥蠸呀！怎样会给它逃出来？”文命忙问：“什么叫作肥蠸？”狂章道：“这是条蛇，出在此山，六足而四翼，如若出现，天下必定大旱。从前西王母因为它能致旱，所以设法禁锢着，不使它出来，不料今朝竟走出了。”乌木田道：“我们捉住打死它，免得害人。”繇余道：“它去得远了，哪里还捉得着呢！”黄魔道：“不打紧，它总在这山里，不会远去的，我们寻一寻看。如寻得到，最好；假使寻不到，亦是无害，我们的人事总已经尽了。”庚辰等都说道是，于是七员天将禀准了文命，各绰兵器，腾起空中，向那肥蠸去的方向追去。

哪知肥蠸果然踪迹全无，七员天将分头细找了多时，杳无端绪，只得回来。鸿濛氏道：“那肥蠸是一种蛇类，虽则能飞，毕竟总须藏身山石之间，让我们去寻吧。”文命点首称是，于是七员地将亦各绰兵器，遁身入地，到处去寻。文命等在外，等候了半日，只见兜氏从地下钻出来，报告道：“肥蠸已给我们寻着了，它藏在西山之麓，一株大树之下，五尺深的里面。现在鸿濛氏等监视着它，暂不动手，恐怕一经动手，捉它不住，飞出地外，又须往他处逃。所以由某来通报，请七员天将到彼处守候，等它出来，上下交攻，庶几一鼓可擒。”说着，指示了方向，仍复入地而去。这里童律等亦急忙纵身向西而来。哪知过了太华山峰，只见鸿濛氏等六人正在那里四处寻找，那肥蠸已不知去向。原来这肥蠸修炼多年，它一出来，能够使天下大旱，它的本领自然不小，它的脑筋自然亦非常灵敏。现在看见许多人远远监视，料想不怀好意，三十六着，走为上着，于是霍地窜身出外，又向南逃。鸿濛氏等赶快追出，已来不及。等到兜氏回转去时，不但肥蠸不见，连鸿濛氏等六人亦不见，料想必是追赶肥蠸去了，于是亦钻出地来，恰恰与众人撞着。气得章商氏大顿其足道：“可恶之极！这孽畜竟有如此之狡狯，我誓必擒之。”于是与七员天将商议，请他们在空中分头瞭望，七员地将到处搜寻，果然在南方一个山石之下，被章商氏寻着了。章商氏不敢怠慢，上前擒捉。哪知肥蠸非常刁狡，一见章商氏，转身往后就逃，再一转身，又出地外，向天空飞去。

恰值黄魔、乌木田两个天将看见，就来擒捉，肥蟗见了，料不是事，忙又向地中钻去，又值陶臣氏、乌涂氏两员地将赶来，它只得又往外逃。忽然天空一阵飞拍之声，一条神龙，伸着五爪，上前径将肥蟗抓住，直到山顶落下。众天将一看，却是那条应龙，不禁大喜，遂一齐降下来。黄魔生性最急，举起大锤，正要来打死它，忽听得空中有人高声大叫道："诸位请停贵手，万万勿伤它的性命。"大众一望，原来是一位神将，银盔银甲，皎如霜雪，乘云直驶到山头，与众天将拱手行礼。众天将认得他是华山将军邹尚，便问他道："邹将军！你来做什么？"邹尚道："适才经过此地，看见黄天将要将这肥蟗打死，某知此物命不该绝，特来求赦，请将这肥蟗交付了某，由某去严加管束就是了。"黄魔道："此物出来，能致旱灾，有害无益，留它何用？"邹尚道："这次绝不会发生旱灾，诸位请放心。"乌涂氏道："为什么呢？"邹尚道："这次它出来，不是它自己要出来，因为山脉分开，地壳变动，它的窟穴栖息不住，王母禁锢它的符咒又破坏失效，因此逃出来。所以揆之情理，和它私自出来为害百姓不同，尚有可原，请诸位赦了它吧。"众人听说，都答应了。应龙的大爪一松，那条肥蟗登时恢复了它的自由。邹尚谢了众人，便要带了肥蟗而去。狂章道："且慢，我们今朝离了崇伯，到处搜逐肥蟗，现在捉到了，就是因邹将军之令，要赦它的性命，亦应该禀告崇伯才是，岂有一双空手回去复命之理！崇伯还在那里等我们呢。"众人听了，都说有理，于是请邹尚带了肥蟗，径往前山而来，那应龙却自由自在地飞去了。天地将等见了文命，便将搜获肥蟗的始末报告了一遍，又介绍邹尚。文命就向邹尚道："既如此，就请贵将军带去，严加管束吧。"那邹尚向文命行礼，称谢，带了肥蟗，乘云而去。后来这肥蟗长久不出，直到夏朝之末，又出现于阳山，以致有七年之旱灾，赖成汤祷雨桑林而降雨，可见肥蟗的为害是甚大了，这是后话不提。

且说邹尚既去之后，文命忽然想到一事，便和伯益说道："我们这次治水，须周行天下，旁及万国，所过名山大川，奇异的神祇、人民和一切动植物当然甚多，你可以记载下来，将来编成一部书，昭示万世，裨益不少。最好连它们的形状都画出来，我将来还有用处呢。"伯益道："极是极是，从前看见的几种，某都已将它们记载及图画了。”文命大喜。次日，就率领众人向孟门山而行，因为宣泄山海的工程既然告竣，以后最困难的就是孟门山了。那时山海之水初泄，沮洳泥淖，非常难行，过了多日，才到孟门山相近。但听得砰訇之声，震动天地，恍如雷鸣，愈行愈近，其声愈大，远远一望，但见孟门山上，如银河一匹倒挂而下，水量之大，极可惊异。此时文命等所坐的船，为冲来的水势所阻，不能前进，乃向东方高处而行。忽见竖亥飞奔而来，文命问他何事，竖亥道：“小人前日奉命，到帝都去呈递奏报，已经递到。现在太尉公文一件，说是极紧要的，叫小人从速带转，因此急急地跑来。”说着，将公文取出呈上。文命接来一看，原来是冀州东部诸侯的奏报，上面写着“现在碣石山西北部又发生水患，泛滥得不得了，从前一切工程几乎破坏无余，请速饬崇伯前来施治，以救百姓”等语，后面又有太尉舜亲笔批语，系“着交崇伯察看，酌夺施行”十个字。文命看了，不禁大骇，暗想，冀州东部早已完工了，何以忽然又会得发生水患？如果治好之后还要发水，那么这个水患真是无治平之日了。一面想，一面将这奏章递与大众传观。众人看了，亦都面面相觑，莫名其妙。苍舒道：“既然如此，还是先治此地呢，还是先治那边呢？”文命道：“此地总是如此情形了，先到那边去吧。”这一夜，文命翻来覆去，竟睡不稳。一至天明，就起来督率众人动身，路近帝都，亦不绕道入觐，一径向东而去。

第十四回

逆河中鱼妖为患　伯益作井而龙登玄云，神栖昆仑　铁索锁鱼妖　玄龟负泥封印山川

且说文命到了冀州东部之后，细看那九河的工程，只有最北的那条徒骇河颇有破坏，其余尚好。再向东行，察看逆河北岸，那水势却泛滥得厉害了。文命暗想，莫非海潮太猛的缘故么？然而从前施工的时候，亦曾计虑到此，所以防御工程做得很坚固，何至于破坏到如此呢！后来再一想，莫非又是息土作怪，陡然起了变化么？但是明视这个人，自从九河成功之后，他就告退，隐居中山（现在河北省正定县等处），此刻谅无从寻找，只得罢休。想到后来，决计亲自渡过去，考察一周，再定方针，便叫从人先去预备船只。哪知当地土人都说道去不得，去则必死。文命听了诧异，便问道："为什么去则必死呢？"土人道："自从前两月起，逆河之中，狂风时起，起风之后，惊涛拍天，总要翻几只船；船上之人，个个溺死，连尸首都无处寻找；如去寻找，连寻找之人都溺死，尸首亦不知去向；历试历验，所以我们只好将行船的事业搁起，不敢再冒险了。"文命听了，越加诧异道："有这等事！"土人道："近来更不得了，坚固的堤防，统统都被它打毁，堤防以内的村落人家，都被波浪卷去，死人无算，但亦从没有找到尸首。大家都猜疑逆河之中出了妖怪，或者是碣石山开通之后，从海中来的那些妖魔，不知是不是。"

文命听了，忽有所悟，也不再问，便即作起法来，口中喝道："逆河之神何在？"哪知连喝数声，绝无影响。文命益发诧异，暗想道：莫非逆河是新取的地名，还没有神祇管理么？还是此法忽然不灵呢？正在没法，忽然想起应龙，遂仰天大叫道："应龙何在？"只见应龙从空中夭矫飞来，到得文命面前，顿然缩小，向文命点头为礼。文命吩咐它道："尔是神龙，水中当然可以去得。现在逆河之中是否藏有水怪，为民生之害，尔可下去探听，归来报告。"应龙听了，掉转身躯，直窜水中而去。文命等均立在岸边等候，过了多时，只见逆河中流波浪汹涌，忽起忽落，仿佛如在那里争战一般。七员天将于水性不熟，七员地将却是来得的，看了之后，禁不住向文命道："我们去助战吧。"文命答应，七员地将即各绰兵器，一齐入水而去。须臾之间，但见波浪汹涌得更加厉害了，忽而一个大浪，直向东方而去，后面无数大浪，跟着而去，霎时间波平浪静，声息全无。过了许久许久，只见应龙从东方拏攫而来，左爪之中抓着一件圆如车轮、亮如明月的东西，到了文命之前放下。大家细看，上面还有些血迹。接着七员地将亦陆续从水中钻出来。文命便问他们怎样，章商氏道："原来是个鱼妖，已被应龙杀败了，这个就是它的鳞甲。我们赶到之后，八面围攻，它便向碣石山外逃去。我们追了一阵，忽然不知所在，寻找无踪，深恐崇伯在此盼望，所以先归来报告，明天我们一定去擒捉它来。"文命问道："这个是什么鱼怪？"鸿濛氏道："怪得很，头像蛇，有六只脚，两眼又和马耳相似，不知道它究竟是鱼妖不是。"犁娄氏道："我看这鱼妖凶残得很，河底里堆满了人的骸骨，一定是它所吃的，倘不除去，为害不小。现在不知躲到海外去，还是仍在逆河之中。假使仍在逆河之中，一定可以捉住。"

文命听了，刚要发言，忽见水中又钻出一个人来，衣冠敝败，面目黧黑，形容枯槁，上前向文命稽首道："逆河水神叩见。"文命大骇，便问道："原来尔就是逆河水神么？我刚才召尔，尔为什么不来，到此时才来？"水神又稽首道："不瞒崇伯说，小神自前数月蒙上帝简放来此，受逆河水神之职，不料过了一月，就有这妖精来与小神争夺，说道这个逆河水神应该归它做的，说小神不配做，硬要将小神驱逐。小神官职虽微，系出自帝简，岂肯相让，但是斗它不过，结果被它捉住，囚禁在水道之下，到现在已有好多月了。若是生人，早已饿死，然而小神亦狼狈不堪。适才崇伯敕召，小神亦知道，只因身遭囚禁，不能前来，尚乞原恕。"文命道："那么此刻怎么能够来呢？"水神道："刚才有小神旧日的侍从，被妖精胁去的，跑来解放小神，说道妖精已为神龙杀败，遁逃去了，因此小神得脱，特来叩见请示。"文命道："原来如此，你可知道这妖精究竟是个什么东西？它的巢穴在什么地方？"水神道："小神初到此地受任，即被妖物囚禁，一切都没有调查清楚，所以不甚了了，但知道它是个鱼精罢了。"文命听了，沉吟一会儿，向水神道："那么汝且请转去，好好地受任治事，待我再设法除此妖怪。”水神稽首，入水而去。这里文命就问七员地将道：“汝等确见那妖物向碣石山东而去么？”众将道是。文命乃再吩咐预备大船，要渡到碣石山去。这时百姓看见文命呵叱鬼神，又知道妖精已杀败遁逃，知道行船绝无危险，于是个个都将大船撑来听用，共有三十余艘之多。文命率领大众上船，七员地将和应龙都在水中护送，以备不虞。

不两日，到了碣石山旁，文命站在船首，作起法来，喝道：“碣石山神何在？”转瞬间，那个彘身蛇尾八足的碣石山神已到面前，向文命稽首。文命便问道：“此地有妖精为患，汝可知道它的来历和行踪么？”山神道：“小神知道，它是个蒲夷鱼之精，又名叫冉遗鱼，形状甚怪，鱼身，蛇首，六足，其目如马耳，就出在此山的渑水里面。前数年，天吴、罔象为患的时候，它亦曾投在他们部下，共同为害。后来天吴、罔象收伏，不知它如何竟得漏网，可是旧性不改，依然到此地来虐害百姓，这是它的历史了。”文命道：“它此刻躲在什么地方，汝知道么？”山神道：“山神之职，专司山林，水中之事不甚了了，不知它在何处。”文命道：“那么多谢费心，请转吧。”山神行礼而隐。

文命又作起法来，向东大喝道：“东海神阿明何在？”隔了好一会儿，不见影响。又喝了一声，只见海中涌出一乘青色华丽的车子，车上坐着一个美丽的妇人，年约三十岁，一径来到文命面前，下了车，深深向文命行礼。文命诧异之至，便问道：“尊神何人？”那妇人道：“贱妾乃东海君冯修青之妻，朱隐娥是也。东海神阿明与妾夫，刚于前数日以公事往昆仑山去，据说需要后日方可归来。顷间奉崇伯敕召，不能前来，又不能置之不理，一霎时水府中惶恐之至，不得已只好由贱妾前来代见，并且说明缘由，实属冒昧之至。不识崇伯敕召东海神阿明，有何要事？”文命听说，连连道歉道：“原来如此，反劳夫人玉趾了。某所要问的，就是蒲夷鱼妖为患，伤害百姓，现在已被杀败，但不知躲藏何处，某想诛灭它，以绝后患，不稔夫人亦知道此事么？如不知道，不妨请转，待东海神归时某再商量。”朱隐娥道：“此事贱妾亦有点知道，这妖鱼的大巢穴，就在此碣石山下，更有一个大洞，向西北直去，连通几百里，处处有穴，可以出入。前日东海神阿明与妾夫见它为患，便派兵来驱除，但是部下都是海军，利于深水，一到内河，便觉不宜。那鱼妖躲到深巢长窟之中，那更奈何它不得了。这次到昆仑山去，听说就是为这鱼妖之事，崇伯且静待他们归来，必有除妖之法也。”文命听了大喜道：“既然如此，夫人请转，劳驾了。”夫人向文命行礼，登车自去。伯益问文命道：“既有东海神，又有东海君，是什么道理？究竟神位大呢，君位大呢？”文命道：“是呀，我亦正在这里疑惑，且等将来再问吧。”

过了两日，东海神阿明前来谒见。文命问他鱼妖之事，阿明道：“小神为此，特诚到昆仑山，请求西王母设法。据西王母说，不久崇伯就要来此擒捉它，但此怪虽恶，姑念它修炼苦功，暂贷其一死。它的巢穴在此碣石山下，它的别府在离此西北五百余里之地，请崇伯到彼处掘一深井，穿通它的别府，那时小神等自有擒制它的方法，请就去布置吧。”文命道：“它的别府究在何处，某不知道，怎样办呢？”阿明道：“崇伯身边自有至宝，何以不用呢？”文命听了，恍然大悟。阿明即告辞而去。这里文命就率领天地十四将及各僚佐，向阿明所指示的地方，水陆前进，一面时时用赤碧二珪向地中探照。果然离地面数十丈之下，有长沟一条，自东方而斜向西北，于是大众遂沿着这长沟而行。七员地将看了，商议道：“我们起初，以为这妖鱼逃到海中去了，无处可寻，所以只好随它。如今既然知道就在这条长沟的两头，那么我们尽可以去捉来献功，何必等那东海神，更何必请求西王母，如此小题大做呢！难道我们七个人，连一条妖鱼都捉不住么？”七员地将商议定了，也不禀告文命，就要入地而去。倒是七员天将知道了，阻止他们道：“西王母不叫你们去捉，一定要如此大举，必有一个缘故在内，我看你们还不如省事些吧。”七员地将哪里肯听，都说道：“我们试试何如？好在即使捉不着，亦不碍事。”说罢，相率入地而去。章商氏、乌涂氏在前，陶臣氏、卢氏、兜氏居中，鸿濛氏、犁娄氏断后，到得长沟边，只听见沟中水声汩汩，仔细一看，原来是向东南流去的。七人商议道：“现在我们先攻它的总穴呢，还是先攻它的别府？”卢氏道：“我们分作两队，一队攻总穴，一队攻别府，如何？”乌涂氏道：“不可，我们七个人，岂可分离！还是在一起为是。”正说间，只见沟中之水忽然汹涌起来，改变了方向，刚才向东南流的，忽而向西北流了。众人正是不解，哪知后面一条妖鱼，舒着它的六足，扬鬐鼓鬣而来。众人看见，哪敢怠慢，各绰兵器，迎头痛击。那妖鱼出于不意，要想避开，却因沟中狭小，不能旋转，只能伸着六爪，拼命地向前抵抗。兜氏的叉和犁娄氏的犁早给它抓住，向后一拖，两人立足不住，丢了兵器，往后便倒。鸿濛氏、章商氏等见了，急忙奋身跃进，鞭矛齐下，妖鱼身上亦中了几创。那妖鱼见不是事，忙将大口一张，忽而又一翕，那沟中之水一进一退，迅速异常，摇摆不定，各地将置身不稳，前仰后合，纷纷倒地，急忙遁入土中。那时兜氏、犁娄氏亦早遁入土中。七人会集之后，再到沟中来寻那妖鱼，早已不知所往了。兜氏、犁娄氏找着了他们的兵器，又是愤怒，又是诧异，然而知道妖鱼厉害，不敢再想擒捉它，只得仍旧回来，跟了文命，一路沿着长沟前进。

一日，忽见长沟尽处有一个极大的深潭，知道已经到了妖鱼的别府了。于是认定方向，就在它的上面动工凿井。凿井之事，本来只有太尉舜最为擅长，但是伯益于此道亦很有研究，文命就将这个工程委托了他。伯益指挥工人，教授方法，一层一层地掘下去，可是这个工程比寻常的凿井为难。因为寻常的井，至多不过十几丈深，这口井要深到五六十丈，愈深则愈困难。幸喜得七员地将，在地中行走如在空间，绝无障碍，因此一切都是他们的功绩。过了两日，已经与妖鱼的别府凿通，成了一口深井。忽听得地底隆隆之声，震动不绝，接着，一股阴寒之气从井中直冲出来，众人触着，都打了一个寒噤，正是不解。文命用赤碧二珪一照，但见井底深潭之中，水波起落，荡漾高低，震动得不得了，亦看不出其中有什么缘故，遂向七员地将道："你们下去探听情形，前来报告。"七员地将领命，径入地中，到了深潭和长沟相接之处，只见一个黑面小人，后面跟着一条小蛇，正由长沟向深潭而来。那小人看见七员地将，就向他们说道："我已将妖鱼擒住，就要向井口出来，烦诸位先去通报崇伯一声吧。"七员地将听了，四面一看，并无妖物，然而亦不好问，只能出来报告。文命就率领众人，在井口等候。须臾之间，只听得地中隆隆之声愈厉，陡然一道黑光，从井口涌出。大家定睛细看，原来是一位黑面黑须、黑盔黑甲的神将，跨了一条黑龙，手中牵着一条黑索，那黑索一端还在井内。那黑神出井之后，下了黑龙，过来与文命行礼道："崇伯请了！妖鱼已经擒获，现在禁锢在水底，用此黑索锁着。请崇伯在此井外，立一根石柱，就将此黑索系在柱上，那妖鱼可以永永无患。但是不可以将黑索向上抽掣，恐妖鱼牵动，水将上涌，切记切记！"文命不绝地称谢，便问他姓名爵秩，那黑神道："某乃昆仑神将之一也，奉西王母命特来收此妖孽，今将仍栖于昆仑矣。"说罢，将黑索递与文命，纵身西跃，倏尔不见。那条黑龙亦奋身而起，一道黑云，氤氲包裹，渐升渐高，黑云亦愈浓，久而久之，方才不见。《淮南子》上有两句，叫"伯益作井而龙登玄云，神栖昆仑"，就是指此事而言，闲话不提。

且说文命自从听了黑神之言，就叫人在这口井的旁边，立起一根石柱，造得非常坚固，便把黑索系在柱上，一桩擒捉鱼妖之事总算完了。现在河北省卢龙县城内，此井此柱均尚在，黑索亦仍系着。如有人将黑索一掣，水即上涌，真是几千年流传之古迹了。石柱立好之后，文命就叫大临、叔达二人留下，修理这次破坏的一切工程。自己带了众人，正要动身，忽见东方有两条青龙，龙上各坐着一人，直驶而来，到文命面前降下，齐向文命行礼。文命一看，两个都是冕旒执笏，仿佛王者气象，一个认识，就是东海神阿明，一个却不认识，由阿明介绍道："这就是东海君冯修青。"文命听了，慌忙致谢道："原来就是东海君，失敬失敬！前日烦劳尊夫人，谢谢谢谢！如今妖鱼已被禁锢，全仗二位大力，感激之至。"阿明道："此非某等之力，乃西王母所教也。西王母还有一物，嘱某等奉上，请崇伯收用，以为治水之助。"说着，在龙背上取出一个玉盒，约有五寸见方，放在地上，又将盒盖揭开，说道："河精使者！可请出来了。"只见盒内所藏，乃是一个小小玄龟，龟背上满堆着青色的泥质。那玄龟听见阿明一叫，顿然蠕蠕而动，昂首，舒足，曳尾，立刻爬出盒外，顷刻之间，身躯渐大，已有一丈周围。文命知是神物，但不知于治水有何用处，正在悬揣，冯修青道："这是上天的钤记。崇伯治水，凿山浚川之后，必须加上一个钤记，一切妖魔自然望而生畏，不敢肆行骚扰，才可以长治久安。这次碣石山一带已经凿好，还有这妖鱼来为患，西王母说，就是没有加盖钤记之故，所以叫某等将此物带来，赠与崇伯。以后一山一水凿好浚好，叫这玄龟用青泥印起来，那就好了。”文命道：“它的印文在腹下么？”阿明道：“不是，在它颔下。”说着，那玄龟已昂起它的头，身躯亦暴长到二丈以外。文命细看它的颔下，果然有印文，皆古篆形，作九州山川之字，便又问道：“怎样印呢？印在何处呢？还是要指点它印呢，还是它自己会得印呢？”冯修青道：“它自己会印。印在何处，它亦能知道。它的名字叫河精使者，以后如须用印，崇伯但吩咐它一声就是了。”文命听了，就向那玄龟说道：“如今碣石山已凿好，九大川已掘好，河精使者！你替我用印吧。”这时文命等正站在逆河与徒骇河相会之际，玄龟听说，就蹒跚而行，先到徒骇河岸旁，将身一摇，那背上的青泥簌簌落下，积成一大堆，但是背上的青泥看去并不觉得减少，最是可怪。那玄龟堆好了青泥之后，倒退下来，昂起它的大头，将头颈向泥上一按，随即退转，将身躯缩小。

众人过去看时，只见青泥之堆，约有八尺高，一个印文，玲玲珑珑地印在上面。大家都叹道：“这个真是神物！”这时玄龟又蹒跚东行，到得逆河旁边，又将身躯张大，摇落些青泥，又用颔印好，然后身躯再缩小，蹒跚地跑到那玉盒之边，爬进盒中，伏着不动。阿明道：“想来这两处都已印好，要换地方了。照此看来，河精使者的用印情形大略不过如此。那边碣石山，以及其他新开凿的山川，统由崇伯带去用印吧，某等失陪了。”说罢，与冯修青一同行礼，便要起身。文命忽然想起一事，忙止住他们道：“且慢且慢，还要请教，从前捉天吴、罔象的禺虢，是管理东海全部的，尊神是管理东海一部的，这位东海君又是管理何部的呢？二位官职，究竟孰尊孰卑，还望明示。”阿明道：“某与东海君，无所谓尊卑。以职守而言，某稍稍吃重，大约如世间之所谓一正一副而已。”文命听了，方才明白。阿明等去了，文命带了玄龟，先到碣石山，又到九大川，以及此外新开凿的山川地方，一一叫玄龟用青泥封印讫，然后再往孟门山而来。古书所记“夏禹行水，玄龟负青泥于后”，就是指的这桩事情；而后人的印泥篆刻，亦是肇端于此；聚土为界，亦此遗象也。

第十五回

禹凿龙门　禹入龙门穴　八威之神　伏羲氏赐禹玉简

且说文命到了孟门山，相度形势，指挥工人，先在山下，向南开凿一条大川，使孟门山上喷下之水直向巨灵大人所擘开的山谷中泻下去，以为开凿后之预备。一面叫苍舒、梼戭等督着人夫，动工开凿孟门山。预定那口子阔约一里。一时斤斫斧凿，铮铮之声，日夜不绝。这个工程，比碍石山及其余诸山，困难百倍。文命因见苍舒、梼戭二人太辛苦，又添派龙降、仲容等帮忙，其余工人亦分班轮流替换，厚加赏赐，以为奖励。

一日，正在施工之际，忽然一块大石陡从山下崩去，这亦是寻常之事。但是这块大石崩去之后，大石之下发现一穴，其深似不可测。大众看了，非常奇怪。文命知道了，亲自来看，又用赤碧二珪照了一回，仍然窅不见底，觉得这个穴有点古怪，决定亲自进去探视。众人听了，齐来劝阻道："不可轻临险地，不妨叫地将等去看看便了。"文命道："不要紧，我这次愿意自己进去。你们如不放心，叫鸿濛氏、乌涂氏二人跟我就是了。"二人得令，各绰兵器，跟了文命向穴中走去。起初尚有光亮，后来渐渐幽暗。文命秉着赤碧二珪之光，鸿濛氏、乌涂氏二人是善于地行的，不以为意，依旧向前猛进。可是那条路却艰危异常，忽而极高，有如陡壁；忽而极低，有如陷阱；忽而极窄，两人不能并肩；忽而穴中有穴，且极低小，必蛇行匍匐而过；忽而又极广大，约数亩地之宏，而其中又有湖泊，寒气逼人。文命至此，毫无畏惧退缩之意。走了约数十里之遥，愈行愈暗，困难愈甚，后来连赤碧二珪都失其光耀了。鸿濛氏、乌涂氏本来在地中走惯的，至此，两目亦辨不出东西，不觉大诧。鸿濛氏就向文命道："崇伯！这事可怪，我们不能再走，如何是好！可惜不曾带得火来。"乌涂氏道："岂但不能再进，就是退转去亦难，因为我腹中饥饿之至，气力不加了。"这句话提醒了文命，原来文命自从进穴之后，并没有进过饮食，穴中昏暗，不辨昼夜，其实已经过了一日一夜有余。

文命秉质强健，长途跋涉，不畏劳苦，又赋性坚忍，不肯退缩，故入穴以后，拼命前进，虽觉饥饿，亦忍住不顾，务期达到目的而后已。如今目的不能达到，而腹中又实在饥饿难当，给乌涂氏一说，不觉站住了，亦有点踌躇起来。鸿濛氏道："请崇伯在此小憩，乌涂氏伴着，由某急行到外边，先寻些饮食来果腹，如何？"文命道："甚好，我们就等候在此，汝快去吧。"鸿濛氏正要起身，只见乌涂氏用手指道："那边不是有火光么？"文命与鸿濛氏一看，果然数十丈之外，有两三点火光，摇曳不定，似乎渐渐行向前来。鸿濛氏道："不要是什么妖魅！你保护着崇伯，我去看来。"说着，绰起长矛，径向前去。那火光亦渐行渐近，仔细一看，火光之中，乃是章商氏、犁娄氏两个，执火之人乃陶臣氏、兜氏、卢氏是也。鸿濛氏大喜，不及细问，急忙同来见文命。文命见了亦大喜，便问他们道："汝等如何进来？"章商氏道："自从崇伯进穴以后，大众在穴外等候至半日之久，天已暮了，不见崇伯出穴，大众已非常忧虑，又过了多时，仍不出来，益发惶惑。那时某等就要进穴来寻找，之交、国哀、真窥、横革这几个素来护卫崇伯的人，亦定要跟进来。某等说，我们是善于地行的人，走得很快，你们进去，不免吃力，徒多累赘。后来苍舒、伯益、隤敳、伯奋几个人做主，硬孜孜止住了他们，单叫我们五个进来。大临虑到没有饮食，立刻预备了无数干粮。伯虎虑到没有灯火，也立刻预备了一大批油烛。我们以为崇伯有赤碧二珪，自能发光，地中行走是我们的长技，可以用不着灯火。叔献说道：'古人有句话，叫有备无患，何妨带了去呢；如用不着，不妨抛了；假使要用而偏不带去，懊悔来不及！'某等给他这几句话一说，颇觉不错，所以连灯火都带进来。哪知初进来时，尚属平常，以后不知怎样，渐进渐黑，竟一丝看不出，只好点起灯火来。想来此地，已是九幽深处了。某等看起来，请崇伯先进些食物，果一果腹，赶快转去吧。再走过去，恐怕凶多吉少！而且一无所见，崇伯万金之躯，关系甚大，何必亲自冒此危险呢！"说着，即将所带来的干粮取出，分给文命及鸿濛氏、乌涂氏等。

文命接了过来，一面吃，一面说道："汝等之言甚是。不过我想，洪水之患，亘古所无，半由天意，半亦有妖精怪魅在那里作祟。这座孟门之山，是北部水患的一个要害之处，无端发现这个深穴，假使确有妖精怪魅窃据其中，若不犁庭扫穴，根本肃清，则将来外面的工程虽则告成，难保不再生灾疠。所以我深入穷探，务必要得到一个究竟，方才回去。死生有命，听之在天，这是我所不计的。”七员地将见文命如此坚决，不好再说。隔了一会儿，犁娄氏道：“既然如此，某等都在此随侍前行，饬兜氏转去，将此情报告大众，以安慰他们的心，因为他们焦急得不得了呢。”文命道：“极是极是。”后来又问道：“汝等此次带来粮食有多少？灯火有多少？”章商氏道：“起初但为三个人分配，共有六日之粮。若某等在此随行，以七个人分配，不过两日之粮。至于油烛，所带尤少，因为当时原不过聊备缓急，并非想正当用的。”文命道：“你们来时，离我进穴时约有多少时辰？”卢氏道：“约有一日半夜光景。崇伯进穴是在午前，某等进穴时在寅正。某等地行虽速，然在此昏暗之中，执炬而行，亦颇觉不便，计算起来，走到此地，亦须五个时辰之久。大约崇伯自进穴到此刻，总在一日一夜以上了。”文命诧异道：“已经有这许多时候么！那么我且在此稍稍一睡，鸿濛、乌涂二氏已倦了，仍旧跟我在此少憩。汝等五人作速归去，安慰众人，说我无恙，绝无恐怖，一面从速搬运粮食灯火，前来接济，因为前路茫茫，究需几日始穷其底，此时殊不能料也。好在进穴以来，只有这一条路，汝等再来时，即使我不在此，只须追踪而进罢了。”五人领命，将所有粮食灯烛留下，匆匆归去。

这里文命和鸿濛、乌涂二氏略略睡了一会儿，依旧起身，负火前进。走不多远，火忽昏暗，不甚能辨物。又走了一段，火竟灭了，无论如何再点不着。正在进退维谷之际，遥见前面忽然非常光亮。文命诧异道：“莫不是我们走错了路，倒走转去，再遇见章商氏等么！”鸿濛氏道：“不是不是，那个光亮，细看与寻常灯火不同。寻常灯火是摇动的，它这个光亮，多时不见摇动，恐有古怪，容某上前，先去一看。”文命道：“我们三人，不可失队，一同前去吧，怕什么！”于是鸿濛氏持矛在前，文命居中，乌涂氏执钺在后，走了多时，渐渐相近，细看那光亮，仍旧不动。这时文命等愈加小心，行步愈缓，懔懔戒备，以防不测。渐渐行到光亮之地，那光亮仿佛如同皓月一般，仔细一看，原来是一条黑蛇，长约十丈，头上生一支长角，角上缀着一颗圆如龙眼的大珠，那光亮就从这珠上发出来，想来是夜明之珠了。文命等看见，正在诧异，猜不出它是妖非妖，为害不为害。哪知这条黑蛇，一见文命等到来，就蜿蜿蜒蜒向前面游去。鸿濛氏道："我们跟过去吧，看它究竟是什么东西。"文命亦以为然，于是三人就跟着蛇而行。仔细看那山洞，四壁嵚岈岩崿，狭仄得很，曲曲折折约行了二三十里，也不知是昼是夜，觉得那山洞渐渐宽广了。忽然之间，珠光消灭，三个人重复处于黑暗之中，不觉又惶窘起来。这时三个人已走得精疲力尽，坐在地上，要想点火，无论如何又点不着，只得暂时休憩，再作计较。哪知疲乏极了的人，不知不觉都已沉沉睡去。

也不知睡了多少时候，忽然耳中听得有犬吠之声，乌涂氏首先惊醒，但见洞内光明已如白昼，不觉大诧，急忙唤醒了文命和鸿濛氏，仔细一看，才知道前面站着一只怪兽，其状似豕，那光亮系从兽的口中放出来的。鸿濛氏急忙绰起长矛，大喝一声，向那怪兽道："你是妖不是妖？害人不害人？如要害人，请尝我的矛；如不害人，就借你的光，请你照着我们进去。"这时那兽忽然昂起头，向文命等一看，连连点首，向前行去。文命等乘它昂首之际，向它口中一看，原来衔着一颗比胡桃还要大的大珠，这珠有如此光亮，想来也是夜明之珠了。那时怪兽前行，文命等三人随后，觉得那犬吠之声亦渐渐相近，其声愈洪。过了多路，果然见一只大犬，浑身青毛，走过来和那怪兽交头接耳，呜呜地鸣了两声，仿佛接洽什么事情似的。忽而又趋向文命身前，两前足扑地，将首一顿，倏尔掉转，向前方疾驰而去，忽而又跑转来，忽而又跑了去，仿佛是表示欢迎、愿为前导的意思。文命等觉其意不恶，都用话去慰藉它。于是那怪兽照着亮，青犬在前，且行且吠，文命等跟着，无暇停留，但觉得在一个极长的石窟之中，低头猛进而已。既不知道是昼是夜，亦不知道是朝是暮，约略走了十里光景，觉得那夜明珠的光亮渐渐减暗。抬头一看，原来前面渐渐通明，像是个洞口了，不禁大喜。

过了一会儿，竟走出了洞，但觉天清日白，别是一个天地，在黑暗中走了多日的人，到此刻反觉得眩耀难禁。回头一看，那怪兽和青犬都已变成人形了，身上都穿着玄色之衣，站在两旁，一言不发。文命诧异之至，便问他们道："汝等究竟是人是妖？是否有意引导我到此地来？此处是什么地方？”那两人道：“某等奉主人之命，来此迎接崇伯。”文命忙问：“汝主人是谁？”那两人不应，但用手向前方指指。文命一看，原来远远地方，来了一男一女。便再问道：“那两个人是汝主人么？”那两人摇摇头，仍是不应。文命也不再问，便与鸿濛氏等向前迎上去。那两个男女看见了文命，便躬身行礼道：“崇伯来了。”又用手向后面指指道：“请到那边去吧。”文命慌忙答礼，问道：“二位尊姓大名？招某何事？”那男子道：“某姓威，名照光玉。”又指那女子道：“她亦姓威，名叫一世。并非某二人相请，请崇伯的人还在那面，崇伯请随着某等去吧。”说着，前行，文命等只得跟了他们走。走了半里，前面又见一男一女，迎上来，向文命施礼。文命问他们姓名，那男子道：“某姓威，名大曾子。”女子道：“某亦姓威，名叫文昌，特来恭迎崇伯，请随某等去吧。”说着，与照光玉、一世依旧前行，文命颇觉疑讶。又过了半里，只见前面又有一男一女，在道旁迎候，见了文命，便过来施礼。文命问他们姓名，那男子道：“某姓威，名小曾子。”那女子道：“某亦姓威，名大夏侯，奉主人之命，前来恭迎。”文命道：“贵主人是谁？”小曾子道：“敝主人姓风，号庖牺氏，又号伏羲氏。”文命大骇道：“就是那三皇之一、五帝之首的伏羲氏么？”大夏侯答应道是。文命益觉惊愕，细看那男女六人，服式态度，大都相似，一对一对地排列，向前进行，少者在后，长者在前。照光玉和一世，不过弱冠年龄；大曾子和文昌，却像有四十岁上下了；小曾子与大夏侯，更有六十岁左右了。这三对男女，到底是夫妻呢，还是兄妹呢，还是父子祖孙呢？说他们是夫妻，不应该都姓威，说他们是兄妹，不应该一对一对地走，像个夫妻模样，说他们是父子祖孙，更是不像了。想到这里，禁不住问照光玉道：“诸位都是一家人么？是夫妇，还是兄妹，还是父子？”照光玉笑道：“这个不必问。你说我们是父子，就是父子；你说我们是兄妹，就是兄妹；你说我们是夫妻，就是夫妻。我们的关系，不以我们自己的本位为关系，全看我们的人而定。他看我们是什么关系，就算什么关系就是了。”文命听了这话，真是非常不解。一世在旁，笑笑说道：“崇伯是大圣人，不知道宇宙之大，只有阴阳奇偶两种么？阴中有阳，阳中有阴；奇中有偶，偶中有奇；阴能生阳，阳能生阴；奇能生偶，偶能生奇；都可以算父子，都可以算兄妹，都可以算夫妻，何必去细算它呢！”文命听了，还是不解，正要再问，只听见前面有人问道：“来了么？”后面六人齐答应道：“来了。”文命抬头一看，只见一个石洞，洞口又站着一男一女，年纪约有八九十岁，看见文命，便拱手道：“久候了！久候了！请里面坐，请里面坐。”文命问他们姓名，那老翁道：“贱姓威，名仲尼，号伏羲。”那老媪道：“贱姓亦是威，名杨翟王，号叫女娲。”文命听了伏羲、女娲四字，慌忙俯伏稽首道：“原来就是羲皇、娲皇，承蒙见召，荣幸之至，文命谨敬拜见。”那老翁老媪慌忙还礼，口中说道：“不是不是，羲皇、娲皇姓风，是某等的主人。某等姓威，爱敬主人的功德，所以拿他们的徽号来作为号，并非真是羲皇、娲皇呀。现在我主人羲皇，在内相待，请进去吧。不过我主人吩咐，只见崇伯一个，其余两员地将，请在此暂待。”

文命听了，只得叫鸿濛、乌涂二氏站在此地，自己跟随八人进了石洞，曲曲弯弯前行。细看那八人，甚是奇怪，忽然醒悟道：这就是八卦之神呀！从前在云华夫人处，有八卦之神侍辇随行，名叫八威。这八个人都姓威，而伏羲氏又是手画八卦之人，一定是了，所以有阴阳奇偶之说。但是云华夫人车旁的八威，是否就是这八个人呢？正在揣度，忽见石洞豁然开朗，乃是一座大石室。石室中央，盘着一条极粗极大的大蛇，足有一丈高，上面却生着一个庄严奇古的人面。蛇身之前，横着一块金板，金板之上，列着一个八卦之图。那时八个姓威的男女，已按照方位，四面环绕，站在蛇的前后左右。文命幼读史书，知道伏羲氏的形状是蛇身人面的。看见了这个模样，知道一定是了，不会再错了，便倒身下拜，行礼谒见。只听得伏羲氏开口问道：“汝来此地，知道我是什么人？什么出身？”文命一想，不好直呼他的大号，只得说道：“某闻古时有帝女华胥氏，受着大星如虹，下流华渚之祥，就生了一位圣子，是否即是尊神？”那羲皇点点头道：“我母华胥，乃九河神女，是生我的。你既然知道我的出身，你可知道我此刻叫你的意思么？”文命道：“某不知道。”羲皇道：“你此刻治水，已到孟门。孟门地势，离下流有多少高，离海面又有多少高，你可知道详细么？”文命道：“某据部下昭明的测算，但知大略，不能精细。”羲皇道：“那么还不对。治水之法，必须将地势测量精密，方可动工，要将地势测量精密，必先要器具精善。现在我送给你一项器具。”说着，就叫照光玉走过来。照光玉走到面前，伏羲氏将口一张，吐出一件东西，照光玉接了过来，递与文命。文命再拜稽首，接来一看，原来是一根玉简，上面都有度数刻着。羲皇道：“这简长一尺二寸，适合十二时之数，用起来时，要它长就长，要它短就短，上而天文，下而地理，无不可以量度，你拿去吧。你到此地，时候已过久，外边此刻都惊惶得不得了。你再不归去，他们要惊动天神了，何苦呢！”说罢，便叫照光玉：“汝送崇伯归去。”文命稽首，辞谢羲皇，怀了玉简，跟着照光玉出得洞来，会合了鸿濛、乌涂二氏一同前行。但觉归时之路与来时之路大不相同，颇为奇异，但亦不问。

文命一路走，一路与照光玉闲谈，忽然想起一事，便问道：“刚才某来时，是足下最先来迎接；后来授玉简，又是足下；这次又派足下相送，这中间有缘故么？”照光玉道：“某等八人，合成八卦，阴阳奇偶相生，照理说起来，自应以乾坤二卦为首。乾为天，为父；坤为地，为母；是也。但是敝主人所定的次序，叫作连山，叫某当先，所以一切事情都叫某做，大概取某是个少阳，有朝气的意思。”文命听了，颇以为然。后来文命做了天子，所用的卦，就是连山，以艮为首，想来因此之故，闲话不提。且说文命与照光玉且走且谈，忽见前面石崖壁立，无路可通，不禁四面瞻望。陡闻照光玉大喝一声，石崖骤然开裂，中间现出一扇门来，照光玉向文命拱手道：“请从此出去，某不能奉陪了，再见再见。”文命及鸿濛、乌涂二氏出得石门，刚要回身向照光玉致谢，哪知石门已砰然而合，连门缝都没有，但见岩石嵯峨，摩云插天，自顾此身，已在危崖之下，耳中但听斤斧之声与人语嘈杂之声，嚣扰不绝，仔细一看，原来已在孟门山上了。

文命等正要想觅路下山，那边崖上早有人看见，哄然地齐声大叫道：“崇伯在此了！”七员天将凌空而起，早到面前，搀扶了文命，慢慢下山。其余的人亦蜂拥而至，前呼后拥，欣喜万状，恍如得到了至宝一般，直拥到帐中，方才少歇，争前来问别后的情形。文命便将经过一切大略说了，便问众人：“何以着急到如此？我曾经叫章商氏等五人前来通报的，何以还不放心？”仲堪说：“他们何尝不来，不过通报之后，他们便将粮食灯火等搬运入穴，过了半日，又出来说道，路径断了，寻不着崇伯，如何是好！我们问他怎样会断，他们说，走到与崇伯上次约会的地方，再进去不多路，灯火灭了，无论如何再点不着，昏暗崎岖，万难前进，所以说断了，现在他们五人还在穴中寻呢！”文命道：“啊哟！那么怎样好！”便向鸿濛、乌涂二氏道：“你们两个再辛苦一趟，快去寻他们转来吧。”二氏答应，立刻入地而去。这里文命又问众人道：“我在穴中，共有几日？”季狸道：“自进去的那一日算起，到今朝足足十日了。”文命大诧异道：“我那日叫章商氏等来通报，据说不过一日一夜。后来我再进去，到此刻至多不过半日，我腹中尚不觉饿，哪里有八九日呢！”横革道：“的确十日了。第二日的晚间，章商氏等来通报，我们立刻预备了粮食灯火，叫他们再进去。到得第五日，他们再出来，说道路不通了，我们已经急得要死。七员天将自恨只能升天，而不能入地，个个都发跳。后来章商氏等再携了粮食灯火，重复入穴，说这次一定要寻着才回来，可是到今朝已十日了，仍无消息。我们都似热锅上蚂蚁，日日对着穴口，望眼欲穿。七员天将说，今朝再没消息，只有去求云华夫人了。”文命听了道：“极感诸位盛意，但是我觉得日子并不多呢！竟有十日么？真是仙凡之判了。”又问众人：“现在一切工程是否依旧进行？”伯益道：“一切仍旧进行。”文命点首。到得次日，七员地将一齐回来，文命慰劳了他们一番，依旧到工次来指挥一切。哪知前日进去的那个大穴口已不知所在，众人看了，不胜叹异。文命叫了昭明过来，将羲皇所赐的玉简交给他，叫他拿来量度，果然精细异常，而且能长能短，高下随意，比寻常测量仪器何止便利万倍！真正是个宝物。过了多日之后，那最著名的孟门山就豁然凿通。

第十六回

河伯夫妇宴禹于河上　冀州水患平

相柳毒害人民

且说孟门山开通之后，那山以内的洪水就滔滔地直泻向南方而去，同时向东西横溢的水就渐渐停止了。但是，孟门山还是个外口，里面还有一重壶口山挡住，如不凿通，那水势仍旧宣泄不畅。所以文命开通了孟门山之后，又指挥众人来开壶口山。那壶口山工程的艰难，和孟门山差不多，好在众人已有经验，而文命又得到羲皇的玉简，随时叫昭明测量高低，因此进行尚易。那壶口山的北面，就是从极之渊，阳纡大泽，一望无际。文命从前来此考察，认为雍、冀二州水患根源就是在此，以为必有神灵凭借，曾经向它祷祀过的。

一日，文命指挥工人之暇，登到一处山上，北望大泽，觉得那水量似乎比以前浅了些；正在估虑孟门、壶口两山凿通之后，雍冀二州水患能否尽平，自己的理想是否不谬，忽见那大泽之中，极远之处，水面上仿佛有两点黑物，摇摇而动，不觉凝神注视。但觉黑物迅如激矢，直向自己所立的地方驶来，愈近愈大，细看乃是两乘车子，每乘上各坐一人，车下各有两龙驾着，到得文命面前，骤然停止，一齐下车、登岸，向文命行礼道："崇伯辱临，光宠之至。"文命慌忙答礼，细看两人，乃是一男一女，装束相同，那男子左目已眇，只有一只右目。文命料他是什么神祇之类，便问道："尊神贵姓大名？"那男子道："某姓吕，名公子，此乃某妻冯夷是也。数年前曾蒙崇伯赏以酒食，自惭形秽，不敢相见。今幸崇伯驾又辱临，特来迎接，兼备一点酒肴，聊答厚意，尚祈赏光。"文命谦谢道："某初次相见，岂便相扰。敢问二位，究竟是何种神祇，尚乞示知。"吕公子道："某乃河伯，某之妻乃河侯也。寒舍就在这渊中，请崇伯登车光降，以辉蓬荜。"文命再三谦谢，吕公子再三固邀。仲容、庭坚等在旁，深恐文命刚从石穴中出来，再到水府中去，又要使大家担心事，遂大声说道："崇伯是生人，岂能入水！汝等果然诚心请客，何妨搬到岸上来呢。"河伯夫妇听了，连声道歉，说："是是，是是，某等失于计算，实在荒唐。现在请崇伯及诸位在此稍待，某等就去搬来。”说罢，拱手登车，四条龙将尾一掉，水势回旋，顷刻之间，不知所往。

大家看见这种兀突情形，多很诧异。章商氏、兜氏两人向文命道：“这两个究竟是不是河神，殊属难说，容某等去探一探。”文命道：“亦使得，只是无论如何，不许多事寻衅。”二人领命，即入水而去。过了片时，就回来报道：“他们果然是河神，住的房屋非常华美；大门口一块大匾，上书‘河宗氏’三个大字，里面就是正殿，宏大之至；旁边还有鱼鳞之屋、龙甲之堂、紫贝之阙、明珠之宫，富丽堂皇，不可名状；一定是真正河神了。”正说间，只见无数鱼精、虾怪、鼋妖、鼍魅之属，各执几案、茵席、杯盘、碗箸、刀匕，纷纷从水中钻出，安置在河滩之上，一带连绵，共有十席。列好之后，各纷纷入水而去。那河伯夫妇又乘车而来，就请崇伯等入席。每席四人，文命与伯益一席，河伯夫妇作陪，其余苍舒、隤敳、伯奋、仲堪一席，梼戭、大临、叔献、季仲一席，龙降、仲容、伯虎、仲熊一席，叔达、叔豹、季狸、水平一席，黄魔、乌涂氏、狂章、犁娄氏一席，庚辰、鸿濛氏、童律、兜氏一席，繇余、陶臣氏、大翳、卢氏一席，乌木田、章商氏、竖亥、大章一席，真窥、横革、之交、国哀一席，大司农、昭明、庭坚均在他处，恰恰只有十席。

坐定之后，那些鱼精、虾怪、鼋妖、鼍魅之类，又纷纷从水中将酒肴献上。大家一尝，酒既甘旨，肴尤精美，正不知是何名目！河伯夫妇，殷勤轮流向各席劝酒。数巡之后，河伯夫妇忽然起立，执爵而言曰：“洪水之患，已历多年，生灵涂炭。幸得崇伯及各位殚心竭力，出来治理。如今孟门、壶口两山，最大的工程不久就要竣事，不但雍、冀、兖、豫各州的百姓从此可以高枕无忧，就以愚夫妇而论，从前局促在一隅地方，而今而后，上之可以到西海望昆仑，下之可以到东洋与海若谈天，这亦是受崇伯及诸位之赐呀！总而言之，孟门、壶口两山凿通，功在千秋，名垂万古，所以愚夫妇今朝洁治菲筵，以酬谢大功，兼可说是庆祝大会，愿崇伯及诸位再多尽一觞，愚夫妇不胜荣幸之至。”说罢，归座。文命亦执了爵，站起来说道：“今日承蒙河伯、河侯招饮，赐以盛馔，并优加奖饰，某等实且感且愧。不过某看，孟门、壶口两山凿通之后，水患虽则可以暂时告平，但是不过暂时而已，至多亦不过千年。千年之后，雍、冀两州有大山夹束，尚可无妨，那兖州、豫州恐怕仍旧不免水患。因为某考察各州地质，尽是黄土，质松而黏，易于崩裂；又新近蒙羲皇赐以玉简，拿来一量，觉得壶口、孟门两山以上的地势，比下流高得太多，水势奔腾而下，冲刷得太厉害；豫州以下，又是平原低洼，冲刷的泥土搬到下流，水势骤缓，堆积起来，年深月久，必定要溢出两岸，或者改道决向他处，都是不可避免的。某此刻虽则顾虑到此，将下流分为九条，但久而久之，终有淤塞的一日。到那时，某等早已死去，骨头都已朽腐了，虽要补救亦无能为力。只有尊神伉俪，专管这条水道，是万年常在的，到那时还请鼎力救援，不但某等可以减少过失，就是亿兆百姓亦受赐不尽。”说罢，亦归座。河伯夫妇听了，又站起来说道：“崇伯所说，极有道理，但是太客气了。山川陵谷，时有变迁，哪有永永不坏之理。依愚夫妇看起来，崇伯这种功绩，绝不止荫庇千年，即使止有千年，那亦是山川改变所致，或者别有原因，绝非崇伯此时计虑不周的缘故。到那时，愚夫妇如果仰承天眷，仍得尸位在此，力之所及，敢不黾勉。”说罢，亦归座。

自此之后，宾主觥筹交错，渐渐闲谈起来。文命看见河伯左目已眇，便问他眇的原因。河伯把脸一红，说声惭愧，就将从前如何为羿所射的情形说了一遍，并且说：“某自从经此大创之后，深自悔悟，改行为善，丝毫不敢再蹈前非。那司衡羿真是个正直君子，教训某的几句话真是不错，某此刻还佩带在身上，时时观看，以作警戒。”说着，就探怀取出司衡羿的那道檄文来，递与文命。文命看了一遍，仍交还河伯，又拱手致敬道：“人谁无过？过而能改，善莫大焉！尊神能够如此勇于改过，真乃盛德君子，不胜佩服之至。”河伯听了，非常谦谢。宴罢之后，冯夷叫过两个鱼精、虾怪来，低首向他们不知说了几句什么话，那精怪答应了，翻身入水而去。过了些时，只见无数精怪，从水中捧出许多物件，但觉光采耀目，不可逼视，一一地陈列在岸上。

大家仔细一看，原来都是些奇珍异宝，一颗叫作亥既之珠，其大如碗；还有珊瑚树五十株，其高盈丈；又有鲛人所织的绡一百两，其薄如蝉翼；又有透山光玳瑁、五灰、陈兆大龟、延螭、翥凤等类；又有从前伏羲氏所得的河图；又有宜土四时宝花；此外尚有光怪陆离、人间所无、不知其名的宝贝，不计其数。河伯夫妇又起来说道："辱承崇伯及诸位降临，愚夫妇无以为敬，区区之物，谨具奉献，万乞赏收，勿却是幸。"文命大惊道："某等既叨盛馔，复承厚赐，万万不敢当，请收转吧。"河伯夫妇哪里肯依，硬要请收。推让再三，文命却不过情面，只能收了河图一个、大龟一个、珊瑚树两株，其余诸人亦各收了些，河伯夫妇方才告辞，登车入水而去。

过了一日，壶口山工程完竣，从此河水滔滔，循了正轨，直向大海，永无横流之患，真所谓美哉禹功，明德远矣！文命初意，本想沿流直溯其源，再治支流。后来一想，帝都所在，治理宜急，所以改变方针，治好壶口之后，便到吕梁山来察看。可是伤心极了，从吕梁山、狐岐山直到太原，这些地方，都是他父亲鲧从前辛苦经营的地方，堤防沟洫，一切工程，历历在目。就现在看起来，水已顺轨，这些工程都是有益的，都是可用的。"我父当年如此辛勤艰苦，到后来只落得身败名裂，受到这种惨报，而我今朝倒反坐享其成"，文命想到这里，不禁心痛如割，泪落如縻。后来又想："我父当年不能成功，我今朝能够将他的旧绩整理起来，使天下后世之人知道我父亲治水九年，并非一无功绩，不过不能得天神之助，时运不济，不能蒇事而已，那么我父亲在天之灵，或者可稍安慰些。"想到这里，心中又略略宽舒。一日，行到一处，看到一座山上有斧凿之痕，历历如新，已有半座山开去，正是不解。大章走过来指示道："这亦是老主人从前所凿的。老主人因为觉得专门筑堤障水，有点不对，想起小主人之言，就相度形势，将这座山来开凿。哪知凿了之后，人工费去许多，而水势依然不减，而且山内完善之地倒反因此而化成泽国，所以后来就不凿了，依旧去筑堤防。这里的工程，是未曾完的。"文命听了，登到山顶一望，又将羲皇所赠的玉简一量，不觉失声叹道："可惜错了！此水的开凿，于地形是不对的。"（现在陕西省韩城市龙门山之北，后人因此就将此地叫作错开河。）文命又在山顶一望，只见东北面和西面都有好几处火山，烟焰不绝，暗想，这真是天地之大变了。回身下山，又到各处巡行，所看见的奇禽怪兽很多，那种不害人的，大概都由隤敳、朱、虎、熊、罴等驱除之而已。

一日，到了一座钩吾之山，山上出一种兽，其状如羊而人面，虎齿人爪，其声如婴儿，但是脸上却像没有眼睛，好不奇怪。但是它又极喜吃人，工役人夫接连被它吃去了好几个。隤敳等用尽方法，不能捉获。天地十四将知道了，大怒，七个上天，七个入地，两路夹攻。这异兽如何躲避得过，早被章商氏寻出，一鞭打死，将尸身拖来献与文命。大家看了，都不认识。伯益将它的形状照样画了，但是有两点困难：一点是不知其名，无从标题，一点是它没有眼睛，不知道它吃人的时候，用什么作视线，无从说明，因此颇为踌躇。后来文命一想道："有了！"即忙作起法来，喝道："钩吾山神何在？"忽见乱草丛中，蠕蠕而动，渐渐游出一条人面的大蛇，到文命面前，把头一点，说道："钩吾山神谒见。崇伯见召，有何吩咐？"文命见山神是这等形状，殊出意外，但也不去问他，便指着那异兽道："这兽叫什么名字？它没有眼睛的么？"钩吾山神道："它的名字叫狍鸮，有两目生在腋下。"原来兽死则眼闭，两眼既然生在腋下，又为毛所蔽，血所渍，所以大家都寻不到，以为是没有眼睛的了。当下经山神一说，大家从它腋下拨起血毛一看，果然有两只眼睛，大家都叹上天生物之奇。那山神又续说道："这兽性极贪婪，与饕餮相似。"文命听到"饕餮"二字，面色骤变，心中默默如有所思。过了片时，才向山神道："多谢费心，请转吧。"山神去了，文命就向伯益道："你将此图多画一份，我将来还有用处呢。"

于是文命又往各处考察，沿着汾水，遂到太原，觐见帝尧，将这次治水大略及冀州已告成功的情形，面奏一遍，又出来和太尉舜计议西方之事。原来雍州以西，自从共工之臣相柳霸占以后，将那百姓残害得不得了，诸侯被他侵灭的亦甚多，告诉无门。共工失败了，亦跑到那边去，凭恃险阻，违抗中央。帝尧及太尉舜以水患未平，道路艰阻，鞭长莫及，亦只得佯为不闻，付之不问。如今壶口、孟门两山既已开凿，所有各处潴水大半宣泄，渐渐要到那边去治理。万一到那时，他依旧负阻称雄，不服指挥，那么将如何处置他呢？况且他又曾经做过朝廷大臣，又是藩国，与寻常不同，是否可以就用武力解决，这都是文命要来商议的事。太尉舜道："孔壬不服，当然用武力解决。我向天子陈请，赐你弓矢，许你得专征伐就是了。本来孔壬不臣之心已经显露，朝廷早拟讨伐，因为种种窒碍，无暇举行。现在你去，彻底解决，亦是极好之事。”到了次日，太尉舜果然奏知帝尧，准文命在不得已时用兵讨伐。

文命受命出都，一路沿汾水而到岳阳，就是霍太山，所有汾水支流，如浍水、涑水之类，统统治理成功。于是再到孟门、壶口两山，观察形势。一路沿河而上，但见东岸火山之光，熊熊不绝，有一处尤其厉害，逼近了河岸，河流至此，亦为之避道，亦可以想见它的力量了。（现在山西河曲县。河至此一曲。）文命看见这个地方山势陡然狭窄，下面已成为大洞，而上面还是连着，仿佛天生的桥一般，因将玉简来量了一量，觉得水洞还嫌太窄，恐怕洪流宣泄不畅，又要横决，就立刻叫叔豹、伯奋等监督工人，将上面又凿开了些。（现在山西河曲县西南二十五里天桥峡，有禹凿之迹，即此。）过了此地，再向北行，只见一片茫茫，尽是沮洳沙泥，小湖点点，不计其数。原来阳纡大泽之水已倾泻无余，现在所有，不过残留者而已。向北面东面一望，远远的尽是大山横亘，只有西面极目无际。乃用橇车无数，载着众人，沿山边泥淖之地向西而行。走了数日，迎面一座大山阻住去路，文命与众人细细考察，知道是阳纡大泽的西岸了。但是这座山上一无草木，更无行路，又无流水的谷壑，考察它的石质，好像是新生成的，正是不解。要想寻一个土人来问问是何山名，可是千里荒凉，人烟俱绝，无从寻起。文命忽然想得一法，说道：“我且试试看。”于是作起法来，喝道：“这座新山的山神何在？”过了一会儿，果然山石中走出一个羊身人面的怪物来，向文命行礼道：“新山山神叩见。”文命道：“此山叫什么名字？”那山神道：“此山是新长出来的，到现在不过六十多年，尚没有名字。小神受任以来，正苦于无可表见。崇伯治水，周行天下，主名山川，何妨替它取个名字呢。”文命一想，不错，四面一看，但见山下纯是沙质，想系从前大泽的留遗，就说道：“那么就取名叫长沙山吧。”山神点首，面有喜色。文命又问道：“此山未曾长出以前，地形如何，汝知道么？”山神道：“小神听说，这座山外，名叫泑泽，从前与阳纡大泽相通，本为一泽。自从此山长出，两边就隔绝了。”文命道：“从此山过去是什么山？”山神道：“是不周山，再过去是崟山、钟山。”文命向东指道：“这座叫什么山？”山神道：“这座叫白於山（现在陕西省定边县南），东南面是桥山，一直南面是岍山。”文命听了点点头道：“有劳尊神，请转吧。”山神行礼而退。

文命带了众人，一路往西南而来，发现一桩奇异的事情，但见各处山林之中颇多房屋，不过都是阒无居人，有几处但有白骨，纵横地上。文命看了，诧异之至。后来又到一座山边，只见山洞中躺着几个人，似乎尚有气息，但都是憔悴枯瘠、疲惫不堪。文命亲自问他们，他们都摇摇手，指指胸，说不出话来。文命叫从人拿些汤水灌救，渐渐恢复气力，才慢慢说道：“我们半个月来，每日吃些草根树皮，所以如此，抵配死了，如今感谢诸位救命之恩。”文命便问：“你们为什么饿到如此？”那人道：“我们本住在那边山上，耕种为业。去年，从西方来了一群凶人，硬要派我们到那边去工作，说道：‘去的有赏，不去的有罚，不论男女，只要精壮肥胖的都好。’当时我们贪他的赏，怕他的罚，推选了十几个去，但是一去之后，杳无音信。隔了一月，那些凶人又来了，说道：‘还要选派十几个去。’我们有点怀疑，问他以前派去的那十几个人怎样了，何以不见回来，且杳无音信呢。那班凶人道：‘他们正在共工氏府里享福呢！你们去看一看，就知道了。’我们问他：‘你们到底是什么人叫来派我们的呢？’那班凶人道：‘是奉共工氏之命，他是西方大国之君，从前在朝廷，曾做过四五十年的大官，你们还不知道么？’我们听他如此说，于是又推选了十几个人去，另外再派两个人伴送，约定一到之后，就归来报告情形。哪知一去之后，仍无消息，连那送去的两个人都不回来。后来几个月后，那班凶人又来硬派人了。我们抵死不肯，而且詈辱了他们一阵。那些凶人恨恨而去，去的时候，说道：‘你们如此可恶，管教你们都死，不要懊悔。’过了几日，我们都在外面工作，只闻得一阵腥气，臭不可当。大家正在猜拟寻觅，忽听得有人大叫道：‘不好了！妖怪来了！’那时我正在田间，抬头一看，只见有好几个极大的大头，聚在一起，每个头中，都张着极大的大口，伸出极长的长舌，舌头一卷，许多人已都到他嘴里去了。当时我们几个人都已魂飞魄散，幸亏离得远，就没命地往这里逃来。过了一日，悄悄地回去一看，只见所有房屋大都倾倒，树木亦都摧残，就是有几间不倒的房屋，里面已无一人，所有亲邻都不知何往，地下唯余白骨，想见都被妖怪吃掉了。我们防恐妖怪再来，所以逃在此地。可怜，家破人亡，前无生计，今朝虽蒙诸位相救，恐怕仍旧不免一死呢！”说罢，一齐痛哭起来。文命听到这一番长而且惨的报告，禁不住愤怒起来，说道：“什么妖怪，敢于如此！什么丧心病狂的人，忍为妖怪做走狗，残害自己同胞！”庚辰在旁说道：“不对不对，这个一定是共工氏的臣子相柳了。某听见云华夫人说，共工氏的臣子相柳，是个蛇身九头的怪物，甚是厉害。如今据这百姓所说，一定是他了。他既然能到此地来残食百姓，那么此地已经是他的势力范围，难保不就走过来。某看此地甚非乐土，赶快退转，再作计较吧。”文命愤然道：“某受命讨贼，正要擒获他，如今临阵而退，何以威敌，岂不可耻！死生有命，我怕什么？”庚辰道：“这个不然。他是个人，可以和他拼死；他是个妖物，岂可以和他拼死！这个死是白白死的。崇伯固然决不会死，便是某等七人与鸿濛氏七人，亦尚不要紧，其余诸位以及工役人等，恐怕禁不得相柳的长尾一绞呢！何苦来牺牲他们！还是计出万全，谋定后动吧。”文命想了一想，亦以为善，随即传令后退，并吩咐把这几个垂毙的百姓亦扛了去。

第十七回

禹被困于相柳　日中

五帝诛灭相柳

且说相柳，自从共工孔壬叫他做留守之后，依了孔壬所教授的方法，自己隐藏起来，豢养一班凶人，替他在外面选择百姓中肥胖的人，供他的吞噬。一面又假仁假义，对于那瘦瘠的百姓施之以慈惠，或者助之以糇粮，或者就从肥胖的人民身上敲诈些出来，一半拿来饱自己的肚腹，一半分给他们，自以为能够扶助弱者了。其实他何尝真个有怜悯瘦弱人的心思，不过想将他们养肥来，供自己的吞噬就是了；而且借此假仁假义，可以博得一般瘦瘠人的称誉，以掩饰他择肥而噬的残酷。所以几十年来，远方之人，还不甚知道相柳之底细，以为不过是共工孔壬的臣子而已，他的计算，亦可谓巧了。但看到他几十年来，身躯既长且粗，膏油满腹，就可以知道吃人的多。后来孔壬革职，跑了回来，与相柳同处。孔壬虽则是个国君，相柳虽则是个臣子，然而相柳何曾将孔壬放在眼睛里！孔壬无可如何，亦只好低首下心，用他巧言令色的长技，以阿谀而取容，倒亦相安于无事。

那时相柳的势力愈扩愈大，一直达到白於山相近，正是此刻文命等所在之地。那相柳原是个有来历、有修炼的灵祇，他于千里之内的事情都能看见，都能知道。孟门、壶口两山开通时，他已向孔壬说道："不对！文命这小儿，居然有本领，把孟门、壶口两山开通了，难保他不溯流而上，来和我们作对。"孔壬听说，忙道："如此怎样好？"相柳道："不打紧，某有九张嘴、一条大尾，足以对付。包管他来一个，死一个，来两个，死一双。主公！你且看吧。"孔壬听了，自然放心。一日，相柳又向孔壬道："文命那小儿竟来了，现在已侵入我国的境内，他带的人很多，足够我几顿饱餐呢。"孔壬问："我们怎样对付他？"相柳道："且等他们再走近些，到了中心，适当的地方，我只要把我的身躯四面围合起来，一绞，统统就绞死了，怕他什么！"一面说，一面将身躯骤然耸起，离地足有七八十丈长，但是他的大半截尾巴还是盘在地下。这种形状，孔壬是看惯了，绝不为奇。那相柳耸起空中之后，睁圆了十八只大眼，向东一望，忽而之间，又降下来，盘作一堆，向孔壬说道："怪怪！他们都退出我的境界了，不知何故。我看他手下必有能人。"孔壬听说，不禁担起忧来。相柳道："怕他什么！料想他们只有退去，绝不敢再进来，怕什么！"

正说之间，只见东方空中有黑影飞翔而来。相柳笑道："他们来送死了，主公！你且看吧。"孔壬将头一抬，果见空中来了四个人，一个手持双锤，一个手执大刀，一个手执双锏，一个手绰大戟，正是黄魔、大翳、乌木田、庚辰四员天将。他们劝文命退到白於山之后，就分作两队，一队是童律、狂章、繇余、兜氏、犁娄氏、陶臣氏六个，保护着众人，以防不测。一队是黄魔等四将，以及乌涂氏、卢氏、章商氏、鸿濛氏四个，半从空中而来，半从地下而来，以探消息。不期给相柳看见了，不等黄魔等到面前，凌空一跃，就向四员天将窜来。庚辰、乌木田看他来势凶猛，叫声不好，急忙向上一飞，未曾被他冲着。黄魔性急，大翳大意，想乘此时打他一下，一个擎起大刀，一个举起双锤，望着相柳就斩就打。不料相柳力大嘴多，一张嘴衔了大翳的大刀，两张嘴衔了黄魔的双锤，另有六张嘴，将长舌一伸，想来钩吞，相离不过咫尺，危险万分！二将忙弃了兵器，飞身逃命。相柳不能升空，也不追赶。那时乌涂氏等四员地将，却从地下钻出，看见这种情形，忙用兵器向他尾巴上乱刺乱砍。哪知相柳毫不在意，一无损伤，忽而之间，将身躯压下，俨如泰山压顶。幸喜四员地将有地行之术，向地下一钻，未曾压着。相柳忽又掉起他的大尾，尽力向地上连击三击，顿然地陷数丈。这时四员地将在地中猝不及防，头部都被打伤，只得负痛逃回。那时庚辰等四员天将也回来了，告知文命，说道："这相柳真是厉害，某等都战败了。"文命大惊道："那么怎样？"黄魔、大翳道："某等兵器已失，没有战斗力了，只好去求夫人，请崇伯暂在此间稍待，某等去去就来。"文命答应，二将就御风而去。这里文命与众人正在筹商一切，忽闻见腥风阵阵，扑地而来。童律大叫："不好，相柳来了，请崇伯与大众作速退避。"众人听了，正拟后退，庚辰忙道："相柳那妖来得甚快，退避是万万来不及的。崇伯身边赤碧二珪，是个至宝，快拿来交给某，或者还可以抵挡一下。”文命急忙将二珪取出，递给庚辰。说时迟，那时快，相柳早已直扑中军，径向文命而来，那身躯所过，被他压倒的不计其数，非死即伤，九个大头，已早到面前。庚辰接了二珪，忙向相柳一耀，只见两道光芒，如霞如火，如雪如银，直向相柳射去。那相柳十八只大眼，顿然眩瞀，看不明白，不觉扭转身躯，向后一退，重复昂首再进。庚辰急将二珪再连耀几耀，相柳知道不能取胜，只得退了转去。文命等检点众人，大临、国哀、仲堪、季仲、横革、龙降等都受重伤，其余死伤的、失踪的，约有七八百人。庚辰向文命道：“照此情形，在此地还不是善地，难保相柳这妖不乘隙再来，请崇伯率大众作速退后，且等夫人来，别做计较，某等在此断后吧。”文命依言，与众人逐渐后退，直退到壶口山相近才止。

且说黄魔、大翳到了巫山，来见云华夫人。哪知守山的八大灵官说道：“夫人出去了，不在此地。”黄魔忙问：“到何处去？”那灵官道：“我们不知道。夫人临去时，曾说，如有人来，叫他在此等候。”黄魔等二人听了，只得在山静候。直至次日，云华夫人才回山。黄魔等上前迎谒，云华夫人道：“你们为相柳的事情来么？我早知道了。昨日我出去，就是为此。你们可回去，禀知崇伯，说我就来。”二人领命，径转白於山。只见人声寂静，但有庚辰等五员天将在山，忙问崇伯到哪里去了。庚辰将相柳来攻的情形说了一遍，黄魔等亦将云华夫人就来的话告诉庚辰等。庚辰道：“既然如此，我们同到崇伯那边去吧。”于是七员天将一齐来见文命。文命听说云华夫人亲来，心中大慰。过了多时，只见空中一道彩云，降下一个仙女，向文命行礼。文命觉得这仙女面貌颇熟，似乎在哪里见过的，却想不出。还礼之后，正要动问，只听那仙女说道：“敝主人云华夫人已在前面白於山了，请崇伯率领大众就过去。”文命听了，唯唯称谢。那仙女驾云自去。这里文命一面督饬众人动身，一面问狂章道：“刚才这位来的仙女是什么人？”狂章道：“这是夫人的侍女，名叫玉女，上次夫人叫拿宝箓给崇伯的，就是她。”文命听了，方才恍然，但是想到当日匆忙扯落裙带之事，不觉犹有余惭，闲话不提。

且说文命等到了白於山下，只见山上瑞气缤纷，羽葆、仙幢不计其数，文命料想又是群仙来会了，留住大众在山下，单领了天地十四将上山而来。

只见山上显出一块大平阳之地，与前此巉岩险阻大不相同。地上分布无数采菌绣席，云华夫人坐在下面主席，上首坐着五位仙人，衣服冕旒，俨如帝者，而他们的衣服颜色却分作青、黄、赤、黑、白五种，个个不同。旁边又站着凡十个威猛绝伦、奇形怪状的神将，文命都不认识，但与天将等上前去参见云华夫人。夫人笑道："崇伯来了，这几位都是我与你邀来擒灭妖物的天神，我替你介绍吧。"说着，指指一位中座穿黄色的帝者道："这位是日中黄帝，名寿逸阜，号叫飙晖像。"又指一位穿青色的帝者道："这位是日中青帝，名圆常无，号叫昭龙韬。"又指穿赤衣的帝者道："这位是日中赤帝，名丹灵峙，号叫绿虹映。"又指着穿白衣的帝者道："这位是日中白帝，名浩郁将，号叫回金霞。"又指着穿黑衣的帝者道："这位是日中黑帝，名澄增停，号叫玄绿炎。"又指着站在旁边的许多神将介绍道："这是二十八宿之神：这位是角星，姓某某，名某某；这位是亢星，姓某某，名某某；……"直把二十八个姓名都报完。文命天资虽高，记忆力虽强，但是亦记不得这许多，但记得昴星姓鞞耶尼，觜星姓毗梨佉耶，尼参星和柳星均姓天婆斯失缔，井星姓参，鬼星姓炮波罗毗，星星姓宾伽耶尼，张星姓瞿昙，翼星和虚星都姓憍陈如，轸星姓迦遮延，角星姓货多罗、亢星姓迦旃延，氐星姓多罗尼，房星姓阿蓝婆，心星姓迦罗延，尾星姓遮耶尼，箕星姓持父迦，斗星姓莫迦还，牛星姓梵岚摩，女星姓帝利迦遮耶尼，危星姓单罗尼，室星姓阎浮都迦，壁星姓陁疑阇，奎星姓阿瑟吒，娄星姓阿含婆，胃星姓驮迦毗，所有名字及毕星的姓名都忘记了。

且说日中五帝见文命走来，个个都起身让座。坐下之后，云华夫人先向文命说道："相柳这妖修炼多年，煞是厉害！他的皮肉，刀刺不入，很难治死他。他是个西方纯阴之气所结成，非得有纯阳之气不能胜他，所以我请了日中五帝前来，用纯阳之火治死他，易于反掌矣。"说完之后，就向五帝道："如今崇伯已来，就请诸位动手吧。"五帝一齐应道："是是。"都站起来。寿逸阜站在当中，做个总指挥，先向二十八宿道："汝等二十八将，离此地向北，在千里之内，各按着自己的方位，打一个长围。角、亢、氐、房、心、尾、箕七位，请圆常无君统率，拦住东方一面；斗、牛、女、虚、危、室、壁七位，请澄增停君统率，拦住北方一面；奎、娄、胃、昴、毕、觜、参七位，请浩郁将君统率，拦住西方一面；井、鬼、柳、星、张、翼、轸七位，请丹灵峙君统率，拦住南方一面。妖物如果逃来，务请协力阻住，勿使逸出。云华夫人帐下七将，请随某前往挑战可也。”众帝众星依了号令，各去分布。只有黄魔、大翳二人禀道：“某等兵器已失，未能临阵。”寿逸阜道：“这又何难。”随即举手向日中一招，说道：“拿两柄锤、一把刀来。”转瞬之间，只见一只三足乌自日中飞翔而来，其色纯赤，大如鹏雕，口中衔着一刀、双锤。寿逸阜就叫二将接了，拿去用。二人一看，比较从前自己所用的，要好到百倍，不禁大喜，慌忙拜谢。三足乌自飞回日中而去。寿逸阜领了七员天将，来到空中，拿出七面小圆镜来，其色面面不同。寿逸阜将一面红色镜递与童律，一面橙色镜递与乌木田，一面黄色镜递与庚辰，一面绿色镜递与大翳，一面青色镜递与狂章，一面蓝色镜递与黄魔，一面紫色镜递与繇余，嘱咐道：“你们各将这镜挂在胸前，只有你们看见他，他不能看见你们了。我先赶他到山谷空旷之地去，你们再动手，免得他重大的身躯扰乱起来，涂炭生灵。”说罢，从怀中又取出一块通明的圆物，往西北方一照，只见一道光芒直射下去，好不厉害，原来这就是日中取火的阳燧了。

且说那相柳，自从在白於山退回之后，心想：文命有这项异宝，乱我目光，使我跑了一个空，实在可恶。我且待夜间再去，乘其不备，好歹总要拿他几百个人来吃吃。到得夜间，耸起身躯一望，知道文命等已退到壶口山去，他不敢轻离巢穴，也就不来追赶，仍旧和孔壬商量怎样东侵扩充势力的方法。一日，忽然连叫“不好”，向孔壬道：“文命这小儿，真有本领，请到帮手来了，我恐怕敌不住，不如趁早逃吧。”孔壬听了，大惊失色，忙问道：“怎样怎样？”相柳道：“此时不必说了，各自逃生吧。我自己保不住，哪能管你呢！我念昔日君臣之情，不来吃你就是，请你走吧。”说着，昂起九个大头，把身躯旋转来，打一个长围，将附近豢养的人民和那平日为虎作伥的一班凶人一齐绞死，大约有几百个，把他们的血肉吸食饱了，然后耸起身躯，直向西北方窜去，其行如风，顷刻之间，已不知所在，经过的地方，草木房屋尽皆推倒。孔壬此时，几乎被他带翻，急急地跑到家中，凝神一想，从前所恃的就是这个相柳，如今相柳逃了，文命之兵想必不日就来，此处何能立足，不如趁早走吧。但是走到哪里去呢？仔细一想，不如往北方为是。南方的驩兜三苗，虽则与他平日有交情，但是不知道他们到底靠不靠得住。况且是我熟游之地，难保不为人识破。北方荒凉，人迹罕到，而且我另有一个窟穴做在那边，到那边去躲躲，或者可以苟全性命。想到此际，主意决定，便收拾了些较贵重的行李，其余物件不能多带，一则恐怕耽搁时候，二则深恐路上不便，为人注目。可怜平日搜刮百姓，好不辛苦，一旦抛却，前功尽弃，心中如何不悲伤。但是孔壬是极有心机的人，到此以性命为重，故毅然舍去，携带了妻妾子女和两个心腹仆人，径往北方而奔。哪知这时，孔壬的一个长子忽然不愿意起来，他说往北方走不如往南方走的好。父子两个，争闹了许久。这孔壬的长子，本来是个极坏的坏人，前在共工任上，作奸骫法，无所不为，对于孔壬亦非常忤逆。这次他心中逆料孔壬罪大，政府之兵一到，性命必不能免，深怕将来办起罪来，他与孔壬同在一起，抄查家产，他所掊克而来的都为政府抄去，大受孔壬之累，所以决计不愿和孔壬同行。孔壬无法，只得由他自己拿了他的货财向南而去。

不言孔壬父子分道各自逃生，且说相柳自从向西北方直窜之后，窜了五六百里，暂且休息，以为可以逃出他们的范围了。再耸起身躯，往后一看，连叫“不好不好”，掉转身躯，向西再窜。窜到一地，只见七员神将拦住去路，当中站着一位帝君。原来是浩郁将统率奎、娄、胃、昴、毕、觜、参七宿在此，大叫：“相柳逆妖，快快受死，看我们的军器！”那个军器与庚辰等所用的军器大不相同了。相柳料想不能抵敌，掉转身躯，径窜北方。只见迎头一位帝君带了七员神将拦住去路，大叫：“相柳逆妖，休走，看我们的兵器！”原来澄增停统率了斗、牛、女、虚、危、室、壁七宿在此。相柳料不能敌，再窜东方，哪知圆常无帝君亦已统率了角、亢、氐、房、心、尾、箕七宿在此等候多时，一见相柳窜到，即忙用军器迎头痛击。相柳不敢抵抗，忙向南窜。那南方的丹灵峙帝君，统率了井、鬼、柳、星、张、翼、轸七宿，早已等着，大叫道：“相柳逆妖，今日死期到了，还不速死！”说罢，兵刃齐加。相柳没法，只得再向西窜，迎面遇着奎、娄两宿，一刀一枪，头部早已受伤。忽然空中一道阳光，其热如火，直射到相柳身上。相柳痛如刀割，不禁再向北方窜去，适遇斗、牛两宿拦住。相柳想逃出重围，拼死冲突，哪知一不小心，一个大头已被斗宿砍落，夹缝里又来了室星，手起一刀，又将大头砍下一个。相柳痛不可忍，加以阳光一道，紧紧跟着，逼得他将长大的身躯盘拢又伸开，伸开又盘拢，扭来扭去，宛转呼号，苦于无地缝可钻。有时竖起他的大尾，向地上敲击，左右几百里之内，被他击得都成深潭，但是他的冲突力量亦似渐渐消失。忽而一道红光，向相柳头边闪过，相柳大叫一声，身子颠狂得愈厉害，原来九个大头之中，又少一个了。忽而又是一道紫光闪过，九个大头又少了一个。接着黄光、青光、蓝光、橙光、绿光纷纷闪过，九个大头一齐砍落，原来就是七员天将动手了。然而那相柳真是厉害，还不就死。他的身躯狂颠乱绞，滚来滚去，禁不得太阳真火炙灼于上，七员天将和二十八宿的军器乱斩乱戳，渐渐地动弹不得，又过了些时，才完全死去。寿逸阜在空中将大袖一扬，说道："大事已毕，收队吧。"说着，先将阳燧收起，回到白於山。那浩郁将、丹灵峙、圆常无、澄增停四位帝君和二十八宿、七员天将，亦陆续转来。七员天将向寿逸阜缴了七色光镜。云华夫人领了文命，向五位帝君及二十八宿道谢。大家都谦逊道："区区微劳，何足挂齿。"寿逸阜向文命道："逆妖虽除，但是那块地方已糟蹋得不堪，崇伯收拾善后，恐怕要多费时日及心力呢。"说罢，与丹灵峙等起身告辞，二十八宿亦随侍起身，纷纷而去。云华夫人与文命略谈一会儿，也去了。

文命率领众人，径向斩妖的地方前进。走不多里，但闻腥气阵阵，中间更夹杂血腥气、臭腐气，实在难受，个个呕吐，连文命也吐了。众人到此，颇有迟延不肯前进之意。文命道："这个不可。相柳新死，秽气尚少，趁此前往收拾，尚不甚难。假使日子久了，全体腐烂起来，难保不腥闻于国，腥闻于天，到那时避到什么地方去！况且这种气息熏蒸传染，容易酿成疫疠，很可怕的，尤其应该赶快收拾。我们做人，应该有牺牲救人的精神，遇到这点困难就要退避，还要做什么事呢！"横革道："我们不是怕死，这种气息闻着了，实在比死都难过。人人呕吐，饭都吃不下，还能做事么？请崇伯再想善策为是。"文命听了，知道他们亦确有为难，正在踌躇，庚辰上前道："某有一策。相柳的尸身臭腐得这样快，因为他满腹脂膏，被太阳真火逼得太烈的缘故。崇伯刚才所说的几层，的确可怕，现在为免除灾沴起见，为便于我们进行工作起见，只有请崇伯召请霜神、雪神等前来商量，只要一阵大霜大雪大冰冻，尸首暂时凝固不腐，一切困难都可以解决了。”文命听了，极以为然，于是立刻作法，向空喝道：“霜神、雪神何在！”倏忽之间，只见空中降下一个少年女子、一个介胄武夫，齐向文命行礼道：“霜神青女、雪神滕六谒见，未识崇伯见召，有何命令？”文命就将要使相柳之尸暂时冰冻的意思说了。滕六道：“小神职司降雪，但与云师有连带关系，必先有云，才能降雪，请崇伯召了云师来，共同商量。”文命道是，又作法喝道：“云师何在？”霎时间空中一道祥云，降下了一个道者，羽衣星帽，向文命稽首道：“云师屏翳谒见。”文命就将要想下雪冰冻之事和他商量。屏翳道：“可以可以，小神与滕六，会合了风神巽二、雨师冯修，一齐进行吧。好在小神在风雨雷霆各部中，都有兼差，一切都由小神去接洽罢了。”说着，与滕六告辞而去，霜神青女见无所事，也告辞去了。这日下午，众人停止不进，预备寒衣，静待风雪。然而众人之中，因感受秽气，呕吐委顿者很多，实际上亦的确不能前进了。到得薄暮，只听得呼呼风响，天气骤寒，那腥秽之气反更加厉害，原来是西北大风，正从那面将秽气送了过来，过了些时，方才渐渐减少。但觉得天气更寒，重棉不温，仰望天空，彤云如墨，堆布满天，雪花飘飘，如飞絮乱舞，但是堆积不多，腥秽之气顿然绝灭。众人大喜。次日，文命率了众人，踏雪冲寒而行，愈前进，雪愈大，亦积得愈厚，寒气亦愈甚。到了相柳尸身相近，雪高一丈有余，尸身刚刚掩盖住，可见那身躯之大了。但是附近土地，被相柳所蹂躏，忽而高起，忽而低下，高者数丈，低者亦数丈，崎岖之至，加以大雪堆积，行路更难。文命叫大众拣高地暂且住下，等雪融后，再商处置之法。少顷，风定，雪止，云开，一轮红日照来，那积雪顿时渐渐融化了。

第十八回

黄蛇守护共工台　孔王被逮　皋陶喑而为大理　皋陶曰杀之三，尧曰宥之三　流共工于幽州且说大雪融解之后，相柳尸身已全体显露，秽气不作，而腥气仍烈，一半是本来的腥气，一半是血腥。文命带了众人，细细一看，真是怪物；其身之长，足有千丈；九个头纵横散布在各处，面目狰狞可怖；竖将起来，它的高度亦总在一丈以上。周围约百里以内，处处都成源泽。泽中积储的，都是他的血水，现在虽已与雪水融合，但是腥气仍在。文命看到此处，真无办法，后来决定，只能埋掉他就是了。吩咐众人，先将他的尸身解作数百段，再掘地二丈四尺深，将尸身一排一排地横列起来，又将九个头亦扛来，一齐埋下去，又防恐他后来尸身腐烂起来，膏脂流溢，地质要松，秽气仍旧要出来，于是又叫工人到各处挑了泥，重重地在它上面堆起，足足堆了三重，方才放心。这相柳的事情，至此才算结束。后来这块地方左近，终是含有血腥的臭气，不能生五谷，却生了许多大竹。就是它周围地方，亦多源泽，多水，水中亦含有血腥气，人不能饮，因此人民亦不敢来住，几百里之地，除出竹树以外，竟绝无人烟。那埋相柳尸身的地方，非常隆高，后人就在这上面筑了几个台，一个是帝喾之台，一个是丹朱之台，一个是帝舜之台，供奉他三人的牌位，作为镇压之用，这是后话，不提。

且说文命自从掩埋了相柳尸身之后，就下令缉捕孔壬，悬有重赏，务期获到。一面仍率领众人，向西南探访河道的水源。一日，行到一处，忽有人来报说："孔壬已寻到了，他在北方。"文命道："为什么不拿了来？"那人道："他有蛇妖保护，所以不敢拿。"文命诧异道："相柳已死，还有什么蛇妖？"那人道："的确有蛇妖，小人当日奉命之后，四出打听，知道孔壬在北方还有一个巢穴，料他或者逃到那边去躲藏，所以假扮商人，前往侦察。但见那面一座庄园，园中有一个台，四方而甚高，与寻常百姓家不同。仔细探问，才知道就叫共工之台，的确是孔壬的又一巢穴了。小人又多方打听，知道孔壬造此台，已有十余年之久。从前有一年，不知何故，孔壬忽然跑到此地来住，听说是和相柳闹翻的缘故。后来相柳也跑来，像要和孔壬相斗。大家以为相柳这种怪物，又是这样大的身躯，孔壬哪里敌得住呢。不料相柳刚来之时，共工台下忽然窜出一条黄蛇，并不甚长，满身斑斓如虎纹，直上相柳之背，咬住了相柳之头。相柳那时一动也不敢动，大呼饶命。然后孔壬才出来与相柳立定条约，要他宣誓，从此以后不得再有凌犯之事。相柳一一答应，那黄蛇才不咬了，饶了相柳之命。从此以后，相柳仍旧和孔壬要好，但是再不敢到共工台来了。这就是相柳和孔壬的一段故事。”文命听到此，便和伯益说道：“怪不得相柳这个逆妖，肯受孔壬的命令，原来有这么一段故事呢。”伯益道：“这条黄蛇，小能制大，难道比相柳还要厉害么？”文命又转头问那人道：“现在怎样呢？”那人道：“小人自知道这番情形之后，再细细打听，才知道孔壬果然躲藏在里面。小人便想走进去擒捉，哪知一到园门口，只见那台下果然有一条大黄蛇，昂着头，向着南方，像要冲过来的模样。小人吓得慌忙退出，因此连夜赶来禀报，伏乞定夺。”文命听了，慰劳了那人几句，叫他出外休息，随即与大众商议。隤敳道：“某看，且将治水之事暂且搁起，先去剿灭孔壬为是。他起先养了一个相柳，已经涂炭生灵到如此，假使再养起一条黄蛇来，后患何堪设想！古人说：‘为虺勿摧，为蛇将奈何？’现在已为蛇了，为蛇勿摧，为蟒将奈何？”大众听了，都赞成这话。但是想起相柳那样厉害一个妖物，尚且为这条黄蛇所制，那么这条黄蛇一定是不容易擒治的，因此大家又不免踌躇起来。黄魔道：“怕什么？我们只管去，果有困难，夫人必定来救助。”众人一听，都以为然，于是立刻拔队起身，径向北方而行，由前次来报告的那人做向导。看看就要相近了，七员天将和七员地将一齐来见文命道：“孔壬的这条黄蛇，不知道究竟是怎么样一件东西，请崇伯和大众暂且在此驻扎，勿就身入重地，容某等十四人先去试探后再定行止，以免危险。”文命点首允许，并嘱咐小心。

十四人半由空中、半由地中，径往共工之台而来。鸿濛氏向章商氏等道：“上次诛戮相柳，我们七人一点功业未建，这次务须拼命，立些功劳才是。”章商氏等都道极是。到了台边，向上面一望，只见七员天将早已在空中了，各执兵器，迟迟不敢下去。那条黄蛇，色如赤金，盘在台下，昂着头，向空中喷发毒气。陶臣氏道：“我们趁这条蛇不备，戳它几下吧。”众人赞成，于是各执兵器，向上面乱刺乱戳。那黄蛇正在抵御上面的天将，不防备下面有人暗算，顿时腹部受了伤痛，急忙低头向下面一看，又喷毒气。七员地将急急躲入地中深处，那黄蛇犹是低了头，一面喷毒气，一面找寻。上面的天将看它如此，知道下面地将已在那里动手，猛然地从空中如电一般地下来，七般兵器齐举，黄魔的大锤却好打在蛇头上，打得一个稀烂，登时死了。七员地将也从地下出来，看见了，大家都哈哈大笑，说道：“原来是一个脓包，不经打的。我们从前还道它有怎样厉害，小心谨慎，真是见鬼了！”说着，又各执兵器，将蛇乱砍了一会儿，便到台上来寻孔壬。

那孔壬正在台上和妻妾闲话，猛见天上有七个神人和他豢养的黄蛇相持，已知道有点不妙。后来蛇打死了，地下又钻出七个人，孔壬更觉凶多吉少，料无生理，就想往台下一跳，图个自尽，被他妻妾拉住，劝阻道：“横竖是一个死，与其今日死，还不如将来死，乐得多活几日呢。”孔壬一想不错，就不想寻死了。七员天将和七员地将上得台来，孔壬强作镇定，佯为不知，满脸笑容，恭恭敬敬地上前迎问道：“诸位何人？光降寒舍，有何见教？”原来十四个天地将，都是不认识孔壬的。繇余先问道：“你就是孔壬么？”孔壬一听，知道他们都不认识自己，遂从容说道：“诸位所寻的孔壬，就是从前做过共工之官的孔壬么？”众人道：“是的。”孔壬道：“他刚才到北山访友去了，诸位有什么贵事，可和某说知，待他归来，转达就是了。”卢氏问道：“汝是何人？”孔壬道：“某乃孔壬之弟孔癸是也，诸位究竟有何贵事？尚希见教。”黄魔道：“令兄身犯大罪，某等奉崇伯之命，来此捕拿，现在他确在北山么？你不可扯谎。”孔壬道：“确在北山，怎敢扯谎。”乌木田道：“既然如此，我们到北山去寻拿吧，料他插翅也逃不去。”孔壬道：“是呀，他身为大臣，犯了大罪，既被捉拿，应该束身自己报到，才不失大臣之体，岂可逃遁以重其罪呢！即使家兄果然要逃，某亦只有劝他自己报到的，诸位放心吧。”说罢，又说：“北山友人，住在山中第三弯，第五家，朝南房屋，其人姓赵，门外有两棵极大的枣树，诸君去一寻，就可以寻到了。”众人听他说得如此确实，并且义正词严，不觉个个满意，当下和他行礼而别，自向北山而去。这里孔壬看见众人下台去了，便向他妻妾说道："我顾不得你们了，好在帝尧宽仁，罪人不及妻孥，你们是绝无妨碍的，让我一个人去逃生吧。逃得脱，是我之幸，逃不脱，是我之命，你们不要记念我。天下无不散之筵席，我们从此分手了。"说着，从他妻妾身边取了些饰物，以作路费，又换了一二件旧衣，装作村农模样，匆匆就走。他妻妾哭得悲惨之至，问他到哪里去，孔壬摇摇头道："我自己现在亦一无主意呢。"说罢，一径下台，直向南方而去。

且说天地十四将下了共工台，齐向北山而行，章商氏提议道："我们来捉黄蛇，时候过久了，崇伯想来在那里盼望，我们应该回去报告。如今捉一个孔壬，何须我们一齐出马。"大家一想不错，于是决定，单由庚辰、鸿濛氏两个前去捉拿孔壬，其余一概回去报告，各人分头而行。黄魔等到了大营，见文命，报告一切。大家听见黄蛇如此无用，不禁大诧。文命道："物性相制，是不可以常情揣度的。从前南方有两国交战，一国用兽类中最大的象来代战马，冲将过来，势不可当。后来那一国想出一个方法，捉了无数兽中最小之鼠，到临战阵的时候，那边冲过象来，这边将所有之鼠统统放出，四面窜逸，有些都爬到象的身上，钻入象的耳中。那些象登时一齐战战兢兢，伏地哀鸣，动都不敢动，那一国就败了。以这样大的象，怕最小之鼠，可见物性相制，不能以大小论的。相柳的怕黄蛇，或者就是这个缘故。"众人听了，方才明白。后来说到孔壬在北山，文命道："既然如此，我们迎上去吧。"于是传令，拔队起身。走了多时，只见一个老村农，以面向内，坐在一株大树之下休憩，这亦是寻常之事，不以为意。事有凑巧，适值章商氏绕过他的面前，那老村农将头一低，仿佛怕人看见的意思。章商氏不觉动疑，俯身仔细一看，原来就是刚才见过的孔壬之弟孔癸，尤其疑心，便盘问他道："令兄见过了么？"孔壬不觉把脸涨红了，期期地说道："没有见过。"这时狂章、乌木田亦走来问道："那么，你现在到何处去呢？"孔壬道："我有一点事，须往南方去。"章商氏道："我看你这个人不对，跟我去见崇伯吧。"说着，不由分说，便将孔壬拖到文命面前。原来孔壬自从下得共工台之后，心想何处可逃呢，只有南方，或是一条生路。一则与驩兜有旧交，即使受他些冷眼，只要逃得性命，也顾不得其他了。二则儿子亦逃往南方，或者天假之缘，父子相遇，仍得同在一起。因此一想，决意向南而行，明猜到文命大队一定在南方，但自以为自己的面貌无人认识。而且又改易服装，更不至被人识破，所以他竟敢冒险大胆向南而行。中途遇到大队，他装出休憩模样，自以为可以避过了，哪知天网恢恢，不容脱漏，被章商氏识破，拥到文命面前，说明情由。文命刚问得一句："汝是孔壬之弟孔癸么？"忽见庚辰从天而降，鸿濛氏从地而出，来到文命面前。文命便问二将道："汝等捉拿孔壬，怎样了？"庚辰道："上当上当！我们被那个贼子所欺，此山之中，何尝有姓赵的人家！明明是那个贼子随嘴乱造，累得我们好寻，真正可恶之极！"文命一听，便回头拍案，骂那孔壬道："那么你就是孔壬了。身为大臣，犯了大罪，还想狡诈逃脱，真真不爱脸，现在可从实说来。"孔壬至此，料想无可再赖，然而还要狡辩，便说道："崇伯在上，听某孔壬一言。某刚才并非要狡诈图逃脱，其间有个苦衷。某从前在帝挚时代，曾任显职，与令尊大人同事，后来又任共工之职四十余年。现在虽则免职，仍是西方诸侯。朝廷待大臣，应该有个体制，虽则有罪，不应加之以缧绁。适才几位天使上台之时，声势汹汹，似欲将某囚絷，某恐受辱，不得不诡辞避免。某不足惜，某受辱，就是辱朝廷。某这样做，是为尊重朝廷体制起见，某的苦衷，请求谅察。"文命道："既然如此，为什么此刻易服而逃？"孔壬道："某并不逃，某刚才和几位天使说过，大臣有罪，应该束身自投，现在某就是这个意思。朝廷天子，既然以某为有罪，某所以立刻起身，想亲诣阙下去请罪。不然，某果要逃，应该往西往北，岂有反向此地迎上来的道理！即此一端，已可证明某的不是逃了。至于易服一层，某既犯罪，自然不配再着冠冕，应该易服，尤其是正当的。"众人听了这番话，虽明知他是狡辩，然而亦不能不佩服他的利口。好在人既被逮，一切自有国法，也不必和他多说了。文命便吩咐从人，再到共工台去，将孔壬的妻子一并捕来。一面做了一篇奏章，叫苍舒、龙降、伯奋、庭坚四个，带了五百个军士，押解孔壬等前往帝都，听候朝廷发落，自己率了大众，仍去治水不提。

且说苍舒等四人，押解孔壬等来到帝都。那时帝都仍在平阳了，因为山海之水既泄，孟门之山复开，平阳一带已无水患，帝尧和太尉舜等商议，仍旧迁回平阳。一切从前的建筑设备，虽则都已残破，但是帝尧夙以崇俭为主，茅茨土阶，修理整葺，不到几时已勉强恢复旧观了。那时在廷诸臣，因洪水渐平，正在竭力筹备善后之事。大司农于水退的地方，亲自相度土宜，招集从前在稷山教成的那班人员，再往各处指导，又须筹备崇伯治水人员的粮饷屝屦。垂则制造一切器械，督率人员，日夜不遑。大司徒则筹备如何敷教之事。皋陶则筹备刑法之事。太尉舜则总揽其成，大家都忙得不得了。

这日，忽报崇伯有奏章，将孔壬拿到了。太尉舜奏知帝尧，发交士师审判。那时皋陶任职已历多年，真个是平允公正，丝毫无枉无偏，百姓非常爱戴。可是给他上了一个喑士师的徽号，原来皋陶的喑病，时愈时发，发的时候，往往几个月不能言语，但是于他的审判狱讼，毫不为累。因为他平允公正的名誉久著了，百姓一见他的颜色，自然不忍欺他，犯案的自己自首，理屈的情愿服罪，不必待他审问。即使有几个刁狡不服的，只要牵出那只獬廌神羊来，举角一触，邪正立判，所以他做士师，虽则病喑，亦不要紧。那日，奉帝命审判孔壬，因为孔壬是大臣，开了一个特别法庭，太尉舜、大司农、大司徒及羲和四兄弟，个个请到。皋陶坐在当中，其余在旁边观审。将孔壬引到面前，皋陶问他道："你是个朝廷大臣，既是知道体统的，应该将自己所犯的罪，一一从实供出来，免得受刑，你知道么？"孔壬至此，知道罪无可逭，便招供从前在帝挚时代，如何揽权纳贿；后来帝挚病了，知何勾结相柳，为退步之计；到得帝尧即位以后，因为司衡羿羞辱了他，又如何与逢蒙定计，谋杀司衡羿；后来做了共工以后，又如何地渎职骩法，于中取利；那年帝尧要禅位于舜，又如何与驩兜合谋反抗；种种事实，都是有的。皋陶又问他："相柳吮吸人民脂膏，共有多少？你分到多少？"孔壬道："相柳残害的人民，不计其数。但是我是个人，并无分润。至于相柳的残酷，我亦甚不以为然，不过其势已成，我的力量不能制他，所以亦只好听他。但是有一句话，相柳是个逆妖，即使我不去借助他，他亦要残害人民的。我的罪名，就是不应该想借他的力，觅一个地盘罢了。"皋陶又问道："那黄蛇在你台下，当然是你养的了？"孔壬道："黄蛇实在不是我养的。当初如何会得来助我，制服相柳，那个理由，我到现在还没有明白。自从它助了我之后，我才养它起来，这是实在情形。”皋陶听了，也不再驳诘，因为他大端都已承认，小节自可以不问了。于是吩咐，将孔壬带下去。皋陶向太尉舜道：“照这个供状看来，孔壬身犯七个死罪。在帝挚时代揽权纳贿，死罪一。勾结妖类，死罪二。为人臣而私觅地盘，死罪三。设谋杀害司衡羿，死罪四。在共工任上骫法贪利，死罪五。与驩兜等合谋反抗朝廷，死罪六。纵使蛇妖相柳，荼毒生灵，至不可胜计，虽则说他亦不能制服，然而追原祸首，总起于他，死罪七。既犯到七个死罪，应该请太尉将孔壬立正典刑，以伸国法，而快人心。”

太尉舜听了，极以为然，转问大司农等，意见如何。大司农等是从前保举孔壬过的，到此刻颇觉怀惭，然而罪状确凿，实在该死，又无可转圜，只好连声唯唯。皋陶道：“既然大家都无异议，就请太尉下令处决吧。”太尉道：“孔壬照法应死，但究系朝廷大臣，某未敢自专，还得奏请天子降旨，以昭慎重。”众人知道舜的事尧，如子之事父，谦恭恪慎，极尽臣道，名虽摄政，实则事事仍旧在那里禀承，不敢自专的，所以听了这话，亦无异议。于是大家一齐到宫中，来见帝尧，由皋陶将孔壬有七项死罪的原由，一一奏明，请帝降诏正法。帝尧听了，叹口气道：“依朕看，赦了他吧，何必杀他呢！”众臣一听，都觉骇然。皋陶尤其诧异，当下站起来争道：“孔壬如此大罪极恶，如果赦免，何以伸国法呢？”帝尧道：“孔壬固然不好，然亦是朕失德之所致。假使朕不失德，他何至敢于如此！可见其罪不全在孔壬了，赦了他吧。”皋陶听到这话，尤其气急，又抗声争道：“照帝这样说起来，臣民有罪，都是天子之过？帝的宽德，固然是至矣尽矣，蔑以加矣，但是不怕臣民因此而更加作恶么？法律这项事情，所以惩既往而警将来，往者不惩，则来者何以警？臣职任司法，对于此事，不敢奉诏，还请帝从速降旨，将孔壬正法为是。”帝尧又叹道：“汝的执法不阿，朕极所钦佩。但是朕的赦孔壬，并不是私情，亦不是小仁。因为朕自即位以来，劳心一志的，专在求贤、治水两事，其他实未暇过问。孔壬所犯的罪，与所种的罪因，大半皆在未为共工之前。朕既然用他为共工，则以前所犯的罪当然不再追究了。在共工任内的不道，朕既免其职，就算已经办过，不必再办。至于连合驩兜与朕违抗，在孔壬并无实迹。即有实迹，亦不过反对朕个人，并非有害于国、有害于民，朕何须与之计较呢！所以不如赦了他吧。”皋陶听了这话，一时竟想不出话来再争，然而愤不可遏，正要想立起来辞职，太尉舜在旁看见这情形，恐怕要弄僵，遂先立起来说道：“孔壬之罪，死有余辜，照士师所定之案，是万万不错的。现在帝既然如此之宽仁，赦他一个不死吧。但是一点罪不办，无以伸国法，无以正人心，恐怕流弊甚多，请帝再仔细酌量为幸。”帝尧道：“那么汝看怎样？”太尉道：“依臣的意见，流他出去吧。屏诸四夷，不与同中国，正是待这种凶人的办法。”帝尧道：“流到何处去呢？”太尉道：“幽州荒寒之地最宜。”帝尧问皋陶道：“士师之意何如？”皋陶道：“如此尚不害法，但是太便宜他了。”于是决定，流共工于幽州，即日起解，并其妻妾，同往监禁，不得自由。（现在北京市密云区有共城，据说就是共工流放之地。）后来结果如何，不得而知，孔壬的事情总算从此告终了。历史上称赞帝尧“其仁如天”，孔子称尧亦说：“巍巍乎唯天为大，唯尧则之。”天之下善恶并包，尧之朝亦善恶两者并列，到头来恶贯满盈，还不肯轻于杀戮，真是如天之仁了！

第十九回

导河积石得延喜玉　女床闻鸾鸟鸣　西王母赐轩辕镜除神魃　少昊帝护穷奇　鸟鼠同穴

且说文命自从遣人押送孔壬入都之后，依旧率领众人，向西南穷探水源。一日，到了一处，但见两山之间有一扇石门，水流汩汩，从石门中流出。叫了土人一问，知道这座山叫积石山（现在甘肃省临夏县北），上面万物无所不有，可惜不能上去。从前这石门的水是向西流，流到西海里去，现在不知如何改向东流了。文命又问那土人道："那西边就是西海么？"土人道："是。"文命听了，就带了众人向西而行，但见浩浩茫茫，水面愈西愈阔。斜向南行，登到一座西倾山上（现在青海省循化县南），向西一望，果然是西海，不过海中到处都有大山耸峙，仿佛将海面划作无数区域似的。据土人说，从前这些山都隐在海底，后来逐渐出水，到现在竟年年地增高了。西倾山西南，最近的一座大山，亦叫作积石山（现在青海省东南部）。文命查考了一会儿，问众人道："那边既然是海，就不必过去，转去吧。"于是一路东行，又复经过前次所过的积石山下。文命看见这山谷石门，有点逼窄，恐怕将来水大起来，终于为患，就叫工人略略开凿，使水畅行。哪知山石开处，忽然露出一块玄玉，上面刻着八个字，叫作"延喜玉受德天赐佩"。大家见了，不敢隐匿，忙送来给文命。文命见上面有"天赐佩"三字，暗想，我哪里当得起呢，且待将来成功之后，献与帝吧。当下就递给左右，叫他们好好收藏。过了两日，那积石山石门凿通了，后人说夏禹王导河从积石起，就是这座山了。《山海经》中称"禹所导积石山"。那西倾山对面的积石山，叫作大积石，闲话不提。

且说文命既探得水源之后，便从积石山导起，一直导到了孟门。两岸支流安顺，没有什么大的工作，只有中间艾山一段，稍稍动工一下。（现在宁夏回族自治区灵县西南有艾山，南北二十六里，东西四十五里，凿以通河，今名艾山渠。）自孟门而下，东岸的汾水，早经治好，再南到华阴，就是山海的遗迹。山海西北，有三条大水注进去。一条是漆沮水（现在陕西的北洛水），一条是泾水，都发源于白於山；一条是渭水，发源很远。文命打定主意，先治渭水，于是沿着太华山之北，一路向西而去。这时山海中之水已涸尽了，显出一块大大的平原。大司农教导培壅，可以种植，土色尽黄，是土的正色，将来可希望成为上上之田。众人沿路所见珍禽怪兽颇多。一日，到得一座山边，涌出无数虎豹犀兕之类，早有朱、虎、熊、罴等四人上前驱除。文命吩咐众人，须要小心。忽听得一阵笙簧之声，从树林中透出。众人抬头一看，都称赞道："好鸟儿！好美丽的鸟儿！"文命细看，原来有七八只异鸟，形如雉鸡，五彩悉备，正在那里引颈相对而鸣，其声之清圆真如笙簧一般。众人都对着它们呆孜孜看。龙降问文命道："这不是凤凰吗？"文命道："或者是个鸑鷟。"庚辰在旁说道："这是鸾鸟，从前随侍夫人到昆仑山去，常见的，那边多得很呢。"文命不知道此山叫什么名字，要想寻一个土人问问，哪知山之左右，绝无人烟，想来是惧怕虎兕之故，所以不敢来往。于是作法喝道："本山山神何在？"不一时，只见跑出一个马身人面的怪物来，向文命行礼道："山神叩见。"文命便问道："此山何名？"山神道："叫女床山。"（现在陕西省华阴市西六百里。）文命又问道："此鸟何名？"山神道："这是鸾鸟，有几十年不出现了，近来才出现，这是水土将平、天下安宁之兆，可贺可贺！"文命听说，亦是欣然，谢了山神，山神去了。朱、虎、熊、罴等督率部下，将此山所有虎豹犀兕，尽量驱逐，一面由季狸、叔豹等招集人民居住，后来此地渐渐富庶，这是后话，不提。

且说文命等又往西行，只见有三个怪物迎上来，人面、牛身，四足而一臂，手中各执一杖，三个形状都是一般。大家见了，无不大骇，狂叫有怪，不敢前进。七员天将和七员地将早飞身过去，拦住去路，喝问他们是何妖怪。那三个怪物道："某等并非妖怪，号为飞兽之神，亦就是此地几座山上之神，今有要事，想见崇伯，所以相同而来，乞诸位引进。"天将等听了，就不阻拦，忙领他们到文命面前。文命问道："诸位尊神，有什么要事见教？"那山神道："某等所司山上，有二鸟一兽，非常不祥，大为民害。崇伯此刻治水经过，它们或者避而不出。崇伯不知道，一定略过了。但是崇伯不除去它们，此后就无人能驱除，留在世间终为人患，所以某等同来请命。”文命道：“这一兽二鸟，叫什么名字？如何形状？在何处山上？如何的害人？还希明示。”一个山神道：“某所司的是鹿台之山，上面有一只怪鸟，其状如雄鸡而人面，名叫凫徯。它叫起来，声音亦是‘凫徯’二字，如果出现，民间必定遇到兵灾，是可怕的。”又一个山神道：“小神所司的是小次之山，上面有一种兽，其状如猿而赤足、白首，名叫朱厌。它如果出现，民间亦要发生兵灾，这是可怕的。”又一个山神道：“小神所司的山是莱山，上面有一种怪鸟，名叫罗罗，竟要吃人。无论你大人小人，它飞来将大爪一抓，就凌空而去。从前此地居民不少，因为惧怕它，相率迁去，所以荒凉了，因此之故，不可不除。”文命听了点首道：“既然如此，诸位请转，某立遣将擒拿就是了。”三个山神称谢，行礼而去。

这里文命便召集天地十四将商议。乌木田道：“料想区区鸟兽，何足介意。罗罗这个吃人之鸟，某请一个人去了结它，其余只好请七员地将去捉，因为它们未曾出现，藏在何处某等不能知道。”文命道是，于是就派乌木田去捉罗罗，兜氏去捉凫徯，卢氏去捉朱厌。果然，不费吹灰之力，不一会儿都捉了。众人一看，凫徯、朱厌，其状都甚怪，罗罗的吃人，不过形状特大而已，于是一齐弄死了。文命率众再向西行。

一日傍晚，在一座刚山之下寄宿，暮色朦胧之际，只见山上无数人影，幢幢往来。文命等以为是居民，不以为意。众人之中，伯益与水平年纪最轻，就是伯益端重，水平轻果，胆量又大，看见山上这些人影，一时好奇之心发动，拉了伯益，要上山去看看。伯益道：“天晚了，明天再去吧。”水平道：“不要紧，上去看看何妨。”伯益给他缠不过，遂一同上山。哪知道过了许久，不见两个回来，大家都有点诧异了，急忙饬人上山去寻。那时月色微明，众人向前一望，绝无人迹，且走且叫，亦不见声息，众人愈加惊疑。后来给文命知道了，忙叫七员地将分头去寻，约有二个时辰，只见章商氏背了伯益、乌涂氏背了水平，都回来了。大家一看，水平和伯益两个衣裳散乱，神情如醉如痴，问他们也不知答应，推他们也不动，忙问章商氏等：“怎样会得如此？”章商氏道：“某等初到山上，各处寻觅，忽见一处树林之中似乎有人影。

某等就跑过去，哪知一大群妖魅，正将水平和伯益二人揿在一块大石上，解他们的衣服，想来要剖他们的腹、吸他们的血呢？见某等到了，又一齐过来，对着某等发出一种怪声，甚是可怕，令人骨节欲瘦，神魂欲荡。幸亏某等都是修炼过的人，自己凝得住，赶快用军器打去，那些妖魅顷刻无踪无影。某等不知水平、伯益二人性命如何，不敢追寻，只得赶快背了他们回来。想来他们的这种情形，亦是为那些妖魅的怪声所迷惑的。”文命听了，一面饬随营医生前来施治，一面问鸿濛氏道：“这些妖魅是何形状？你们看清楚了么？”鸿濛氏道：“怪得很，看不清楚。但觉得它们走起路来趯趯而跳，兵器打过去忽然不见，却不是遁入地中，想来总是山精一类的东西。某等从前在山中做不正当的事业的时候，亦屡屡遇到过，不过都不是这种模样。”文命道：“山精不止一种么？”鸿濛氏道：“多得很，最著名的共有四种：一种叫作跂，就是跳跃而行的，但是和刚才看见的形状不同；一种叫作超空，是飞天夜叉之类；一种叫作猤，其形如犬，其行如风；一种叫作飞龙，能够变化隐现，上天入地。”文命道：“这四种都厉害，都能杀人么？”鸿濛氏道：“都很厉害，都能杀人，但是亦有避免之法。只要知道它是哪一种，将他的名字一呼，它就不敢为害了。”文命道：“那么，此刻遇着的这一种呢？”鸿濛氏道：“它既然趯趯跳跃而行，当然是属于第一类，不过形状不同，不知何故。”刚说到此，医生来了，文命就同了医生去看那两个病人。医生诊视过之后，说道：“六脉平和，呼吸调顺，绝对看不出有病，想来神经受了刺激，变成心疾了。现在只能进以镇肝祛痰养心之剂，明日再看吧。”文命听了，甚为忧虑。

到了次日，伯益、水平之病依然如故，神志不清，昏昏而卧。文命叫天地十四将上山到处搜寻，绝无踪影。但是一到薄暮，那山上幢幢的影子又往来不绝。天地十四将赶过去打，倏而又无影无踪。过了些时，它们又聚集来往，正是奈何它不得。文命大怒，作起法来，喝道：“刚山山神何在？”蓦地来了一个老者，衣冠济楚，向文命行礼道：“刚山之神谒见。”文命问道：“汝山上有什么妖魅为患？”山神道：“这是魑魅之类，名叫神䰠，专喜作弄人，往往致死；即使不死，听到它的声音，亦可以丧魂失魄，变成废人。”文命道：“有什么方法可以制伏它呢？”山神道：“它的资格在魑魅之上，已是灵祇之类。小神能力浅薄，实在不知道制伏它们之方法。”文命听了，非常纳闷，便道：“既如此，就请转吧。”山神去了，文命召集大众商议。大翳道：“有物质的东西，我们总有方法可以制伏它。如今它但有影子，没有物质，这真难了。”

正说间，只听得空中环佩之声，庚辰等天将忙出外一看，原来是西王母的侍女郭密香，手捧着无数宝镜，降下来了。庚辰等忙报告文命，文命立即出外迎接。行礼已毕，郭密香说道：“敝主人知道崇伯在此治水，阻于神魌，所以叫某将这宝镜送上，用这宝镜，就可以制伏它了。”说着，将宝镜放在地上。文命取了过来，连声称谢。细看那宝镜，共有十五面，每面不过如碟子大，旁边都铸了龙凤之形，盘在上面，知道真是个宝物，便问道：“这宝镜如何用法？”郭密香道：“这种魑魅之类，最怕人看见它的真形，或者知道它的名字，所以白昼绝不敢现形，必至昏夜才敢出来，暗中弄人。这个神魌，修炼多年，魔力较高，虽则叫它的名字，它也不怕，只有用这镜一照，使它无可遁形，自然制伏了。”文命又连声称谢，说道：“等到某制伏神魌之后，这宝镜当即送还贵主人。”郭密香道：“不必，敝主人说，这宝镜本来不是敝主人的。当初轩辕氏黄帝搜集各山之金，又采阴阳之精，取乾坤三五之数，铸成了这十五面宝镜，能与日月合其明，与鬼神通其意，真是个神物。后来与敝主人相会，又商量铸了十二面，随月用之。敝主人看得这十五面宝镜好，借去把玩。等到轩辕氏黄帝乘龙上仙，此物亦无所用，还留在敝主人那里，此刻就赠给崇伯吧。崇伯本来是轩辕氏黄帝的子孙，亦可算物归故主了。敝主人吩咐如此，所以用过之后，崇伯尽管放在身边，以为非常之备，不必还呢。”文命听了，慌忙拜谢。郭密香又道：“敝主人说，这宝镜不但可以防妖魅，并可以治疾病。假使有人被魑魅等山精所惑，只要将此镜一照，就能好了。”说罢，告辞，依旧环佩叮当，升空而去。这里文命等再将十五面宝镜细细展玩，又古雅，又精细，煞是可爱。遂用这镜先将水平、伯益二人一照，那心病立刻就好，一如常人。文命大喜，于是再定议，将十五面宝镜分配天地十四将，各执一面，庚辰在上，鸿濛氏在下，其余十二人，分配十二方，将刚山围住，还有一面，文命自己拿着，率领大众一齐上山。但见十五面镜光所射之处，所有神魈，一个个都现出原形，不能隐遁。真窥、之交等正要动手去打，文命止住道："且慢且慢，去叫了伯益来。"须臾，伯益到了，细看那些神魈的形状，真奇怪呢，人面、兽身、一足、一手，身子为镜光罩住，已不能转动，只有嘴里还是钦钦地叫，像个求饶的意思。伯益对着它，将它形状画出。那些神魈禁不起宝镜光耀的灼烁，渐渐如烟如雾地消灭了。文命还恐怕山上尚有隐藏不出的，叫十四将又各处搜寻，连照了两日两夜，别无所见，想来都已殄灭了。犁娄氏从刚山之尾、洛水之中，发现一种怪物，其状鼠身而鳖首，其音如犬吠，活捉了来，献与文命。大家看了，都不知其名。后来叫山神来问，才知道它名叫蛮蛮，与崇吾山的比翼鸟同名，但是无害于人，也就放掉它了。

文命次日再整队向西前进，走了一日，只觉草木丛茂，人烟渐渐稀少，愈西愈甚，到后来竟是一片荒凉。文命暗想，此处离山海已远，遭水患应该有限，何至于此？正要访问，早有从人来报道："据土人说，前面二百六十里的邽山（现在甘肃天水市）之中，有个妖怪，欢喜吃人，去不得了。"文命便问："是什么妖怪？"从人道："土人也说不清楚，有的说是狗妖，有些说是牛妖，有些说是虎妖，有的说是鸟妖，究竟不知是什么东西。"文命道："既然如此，大家戒备，去是一定要去的。"那时天地十四将便告奋勇，请先去察看。文命道："你们去三对吧，不必都去，免得后路空虚。"于是童律、兜氏、狂章、犁娄氏、乌木田、乌涂氏，三正三副，起身而去。到得邽山，四处一望，只见静悄悄人迹全无。大家都说："妖在哪里，真是见鬼呢！"正要转身，忽听见空中翼扇之声，猛抬头，只见一只异兽飞下来，嘴里还衔着一个死人。一看见乌木田等在此，那异兽立刻将所衔的死人抛下，就扑过来。乌木田等六人怎敢怠慢，举起兵器，急急抵敌。那异兽身上，早着了乌木田一锏，大嗥一声，其音如嗥狗，又举翅腾起，从上面扑下来。乌木田、童律、狂章三个，亦各腾身而起，就在空中战斗。犁娄氏等三个不能腾空，仰面观看。兜氏道："我们不济事，去叫黄魔他们来吧。"于是三人归来报告，黄魔、大翳、庚辰、繇余禀准了文命，各御风而来。哪知到了邽山，绝无踪影，到处找寻，不但兽妖不见，连童律等亦不知去向，不觉诧异。黄魔道："不要是被兽妖衔去了？”庚辰笑道：“哪有此事！大约兽妖逃逸，他们一齐追赶去了。”但是从哪一方追去，无从知道，只得怏怏而回。

过了半日，遥见远远空中有许多人，如电而来，渐渐接近，果然是乌木田、童律、狂章三人，手中却牵着一只异兽，身子像牛，浑身都是刚毛，仿佛如猬，而敛着两只大翼膀，想来就是那兽妖了。大家同见文命，文命问他们擒获情形，童律道：“我们刚才打这妖兽，妖兽甚不禁打，没命地向西方飞逃。我们紧紧后追，直追到长留山上，它就向白帝少昊氏的员神魄氏宫中躲进去。我们追进去，白帝少昊氏出来说，叫我们赦了它吧。我们对于白帝的吩咐，不能不遵，但是我们受了崇伯之命，驱除妖逆，出来半日，空手而返，究竟妖逆除也不除，必须有个凭据，方才可以取信。况且崇伯现在正将各处所遇到的奇异鸟兽、草木、神怪都要画出来，所以要求白帝准我们带回来，画出之后，再送它回去，因此牵了来。”大家一看，这怪兽的形状果然凶恶。昭明道：“这物不知道叫什么名字？”狂章说：“我们问过白帝，他说叫作穷奇，并且告诉我们说：‘穷奇有两种：一种其状似虎，而有翼能飞，浑身猬毛，音如嗥狗，出在北方一个蜪犬国之北。这种其状如牛，有翼能飞，浑身猬毛，音如嗥狗，比那一种，凶恶相似而猛悍不如，只要看它们一个像虎，一个像牛，就可以想见它们的强弱了。还有一层，北方的那种穷奇，已修炼通灵，它的脚下踏着两龙，飞行变化更为厉害。诸位假使遇到，恐怕抵敌它不住，没有如这种穷奇的容易对付呢！’”众人听了，都觉闻所未闻，独有文命听到“穷奇”二字，不胜惆怅。水平道：“穷奇是著名的恶兽，白帝倒反要保护它，不知何故。”乌木田道：“这层我亦问过，据白帝说，此兽虽则凶残，但是亦能够驱逐凶邪，为人除害，所以可赦。它在害人的时候，名叫穷奇；它在为人除害的时候，名叫神狗。譬如一个人，治世叫能臣，乱世叫奸雄，一样的。”大众听了，更是诧异。当下伯益将穷奇形状画好，童律等仍牵穷奇送交白帝。这里文命就率众人直穷渭水之源。

一日，到得一座山边，只见泉流汩汩，派分三歧，会合为一，确系渭水所自出。叫了土人来问，说这座山叫作“鸟鼠同穴山”（现在甘肃渭源县）。文命听得这山名甚奇，便问何以叫鸟鼠同穴山。土人道：“崇伯要看，极容易。”说罢，就领至一处，指着说：“这就是了。”文命等人一看，只见一群鸟和一群鼠，共在一穴口嬉戏，非常亲热。那鸟的形状，如鹨而小，黄黑色；鼠的形状，如寻常家鼠，而其尾甚短。土人道：“这鸟名字叫鵌，这鼠名字叫鼵，它们同在一穴内。穴入地约三四尺，鼠在内，鸟在外。有的说二物共为雌雄，有的说不是，有的说鸟就是鼠变的，如‘田鼠化鴽’之类，究竟如何，却不清楚。”文命道：“只有此山产生，别处无有么？”土人道：“据老辈说，从前只有此山产生，此刻西北一带亦有了，而且处处不同。听说有一处所产生的，鸟色纯白，鼠色纯黄，或在山上，或在平地，凡生黄紫花草的地方，必定有这种同穴的鸟鼠，不知道是什么缘故。有一处，有人研究过，的确知道它们是异种同类，鸟雄鼠雌，共为阴阳的。有一处，鸟如家雀而色小青，鼠如家鼠而色小黄，进穴溲溺，气味非常辛辣，使人恶逆呕吐，就是牛马闻到这股气味，亦登时大汗满身，疲卧不能起，这又是一种了。有一处，鸟形似雀而稍大，顶出毛角，鼠如家鼠，而唇缺似兔，蓬尾似鼬，这又是一种了。有一处，鼠的尾巴拖在后面，仿佛如赘疣，那边土人叫它兀儿鼠；鸟的颜色是灰白的，土人叫它本周儿鸟，这又是一种。”文命听那土人报告出许多的种类，不觉稀罕之至，叹道：“真是天地之大，无奇不有了！”横革道：“想来鸟是鼠所化的，如同鸠化为鹰、雀入大水为蛤之类。”真窥道：“某从前在西方，见过一种草，夏天是草，到得冬天，那草的根就变了虫。天的生物，真是无奇不有呢！”文命遣去土人，又考察一回，方才下山。

第二十回

青要山遇神武罗　天地将除妖蛇
洛出神龟，锡禹洪范九畴　禹辟伊阙　禹铸铁牛　鲤鱼跳龙门

且说文命疏导渭水，自鸟鼠同穴山起，一直向东，将两旁的支流逐一修治疏浚。最大的支流是沣水（现在陕西省城南）、泾水、漆沮水三条，派仲堪、叔献、季仲三个带领人夫前往。又寻出许多古迹，如同华胥氏陵墓（在陕西蓝田县西三十里）之类，都饬人修理保护。雍州东部的工程，总算告竣了。于是又往东来，到得风后陵的下流一看，只见那水势奔腾澎湃，实在来得太凶，两岸虽有大山夹束，工程亦复坚固，然而多少年之后，下流经不起这种冲激，难保不发生灾害。筹思了长久，正是无法，忽然帝都中的工师倕派人送了许多刀凿斤斧等类的器具来，都是铁做的，并且附上一信，信上说"承蒙指示产铁之地，并开采熔铸之法，但某于此种矿质，经验颇少，提炼鼓铸，屡经失败，直至近时，勉强造成许多器具，似乎较铜做的坚固犀利得多。某现在还拟再仔细研究，将来造成，或更有进步，亦未可知"等语。文命看完之后，忽想到一事，就写了一封回信给倕，叫大章专诚送去，信内说"请将炼好的铁送几百斤到此地，让我来试验"。大章领命去了，文命又向东行。

一日，看见一座高山，文命要观看形势，就登到绝顶。只见许多驾鸟横空而飞，向北一望，只见河水滔滔，由北而来，由此折向东去，隐隐约约，还看得见。文命暗想，我抱的一个理想，不料到今朝竟能够实现，我的功绩一部分总算已经成功了，颇觉自慰。忽然又想到他父亲，从前许多议论、许多理想，亦多有不错的地方，然而因为没有天神帮助，只落得身死在羽渊之中，可见天下事的成败亦是有幸有不幸呢！想到此际，又不免心伤泪落。回下山来，只见那南面山半，有个大池，名叫墠渚，渚旁都是仆累、蒲卢之类。文命一看，益发想到那羽山的羽渊了。正在呆呆出神之际，忽听得一阵铮铮之声，随风送来，仿佛有人在那里凿山似的。文命一想，此地并无应凿之工，何人在此开山呢？便叫从人去探听。过了一时，归来报告道："那座山，就是这座山的东阜，名叫䰠山，著名出瑀琈美玉的。那些百姓正在凿山取玉。"昭明在旁听了，就要趁此去掘些美玉。文命忙道："不可不可！如今治水工程正急，哪里再有闲工夫去弄这些无用的东西呢！即使得到一块径尺大的璧，恐怕亦敌不过这一寸光阴的损失，何苦来呢！"昭明听了，只得罢休。

大家一路下山，只见有几十个妇女联翩而来，且说且笑，又有几个男子，手中执着弓矢矰缴，陪伴在后面。文命觉得他们必有缘故，就和大家立着看。只见那些女子沿途采拾野草，男子则四处张望、射猎飞鸟，后来渐渐走近。他们看见文命大队人在这里，似乎亦颇诧异，但是亦不回避。有几个妇女，忽然走到文命身边，俯身下去，拔起一株草来，口中说道："这里又有一株。"文命细看那草，其状如茼而方茎，黄花赤实，其本如藁木，不知何用。就问她们道："这草叫什么名字？有什么用处？"一个妇人道："这草叫荀草，吃了之后，能够使人颜色美好，如脸上有面皯黑色，亦可以除去。"文命道："汝等要采这许多做什么？"妇女道："我们不必一定自己吃，有得多，尽可以卖给别处人。天下的妇女，没有不想颜色美好的；天下的男子，亦没有不想他的妻妾颜色美好的。采多了，还怕没有销路么？"文命听了这话，细细向那些妇女一看，果然个个白净，虽不是个国色，但亦与寻常黄脸村婆不同，暗想这草果然有功效的。正想间，那几个男子也到了，有一个手中捉着一只活鸟，嘴里说道："可惜那两只逃走了。"文命细看那鸟，其状如凫，青身而朱目，赤尾，知道他们捉去亦必有用处，就去问他。那男子道："这鸟名叫䳑鸟，女子吃了，无子的能够使她有子。"文命道："男子吃了没有好处么？"那男子道："这座青要之山（现在河南新安县西二十里）所出的东西，都是宜于女子的。降霜的霜神青女，亦住在这座山里，那边过去还有庙呢。还有本山山神，偶尔出现，我们看见，细腰而白齿，耳上戴着两个大环，想来亦是女子呢。"文命听他答非所问，也不再说。那些男女依旧采草猎鸟而去。水平在旁，听了这话，好奇之心发动，要求文命叫了那山神来看看。文命道："这个却难，现在并没有要事，轻易召请山神，未免亵渎。"水平道："有什么为难呢？现在洛水就在南面，洛水上游水患亦很大，我们将来治起来，有无妖精怪魅、猛兽鸷禽，都可以问他一问，有什么轻亵呢？”文命想了一想，便作起法来，喝道：“青要山神何在？”那青要山神果然出现了，众人一看，其状人面而豹纹，小腰而白齿，耳上果然戴着双珰，正辨不出他是男是女。只听他向文命行礼道：“青要山神武罗参见。崇伯见召，有何垂询？”这两句话，说来声如鸣玉，至柔至和，悦耳之至。文命道：“某现在打算去治伊水、洛水，不知道那一带有无妖精怪魅，乞尊神示知。”武罗道：“妖怪没有，寻常吃人之兽是有的。另外还有几种可以致水旱的动物，一种叫作夫诸，一种是化蛇，一种是鸣蛇。鸣蛇出在伊水流域的鲜山（现在河南嵩县），其状如蛇而四翼，其音如磬，见则天下大旱。化蛇出在伊水流域的阳山（现在河南嵩县田湖镇古城村），其状人面而豺身，鸟翼而蛇行，其音如呼叱，见则天下大水。夫诸出在此地东首的敖岸山上（现在河南荥阳市西北汜水镇），其状如白鹿而四角，见则天下大水。那座敖岸山上，有一位吉神，名叫泰逢，自去年起，已将夫诸收禁，不使它出来，所以崇伯过去不会遇到了。”文命道：“那吉神泰逢，是不是形状如人而虎尾，好居于黄山之阳，出入有光，能布洒云雨的么？”武罗答应道是。文命道：“多承指教，费心费心，请转吧。”武罗神去了。文命向众人道：“既然如此，现在还有两害，一害是阳山的化蛇，一害是鲜山的鸣蛇，能致水旱，必须除去。”就派繇余、陶臣氏二人去捉化蛇，狂章、犁娄氏去捉鸣蛇。四人领命，分头而去。这里文命带了众人，自去察看瀍、涧二水，不提。

且说繇余、陶臣氏二人到了阳山，只见一片童荒，绝无草木，但有豺类鸟类，寻常之蛇蠕蠕而行的却不少。陶臣氏道：“那山神所说的化蛇，并非真蛇，是人面豺身而鸟翼的。现在满山寻不见，不要是我们认错了一座山么？”繇余道：“我们一路访来，的确是此山，哪会错呢！既然名字叫蛇，或者能潜藏在地中，亦未可知，你到地中去寻吧。”陶臣氏亦以为然，潜身入地，到处寻觅，果然在岩石之下发现了好几条。陶臣氏举槊就戳，那化蛇着忙，一齐窜到地面。陶臣氏追将出来，那化蛇又不见了，便问繇余道：“你看见化蛇么？”繇余道：“没有化蛇，只有几条寻常之蛇，刚才从岩石里钻出来。”随即指着一条，说道：“这就是刚才钻出来的。”陶臣氏觉得有点古怪，举槊戳去，不料那蛇忽然失踪，但见一只豺兽，没命地向山下跑去。繇余大叫道："这个真是妖怪。"说着，如飞地赶去。陶臣氏亦跟着赶去，一路见豺就打，逢蛇就戳，哪知蛇遇剑都化为豺，豺遇槊又化为鸟，凌空而上，翱翔满天。急得繇余亦纵身天空，追赶打击，顿时打落了好几只，跌在地上，现出原形。陶臣氏一看，果然是人面鸟翼豺身的怪物，原来它具备豺、鸟、蛇三种体格，而又加之以人面，所以通灵性、能变化，名叫化蛇了。鸟在空中飞行，究不敌繇余飞行之速，不到多时，一概打落，都现了原形，而被陶臣氏打死。一时呼叱之声大作，这亦是动物鸣声中所少有的。陶臣氏和繇余商议，除恶务尽，先将在地面上的鸟类、豺类、蛇类都打死了，又到地中寻觅一遍，赶出了几条，大概尽数除灭，二人方拣了几条大的拿回来献俘，并给伯益做图画的资料。哪知狂章、犁娄氏二人已早在那里了，陶臣氏问犁娄氏道："你们除怪，何以如此之速？"犁娄氏反问道："你们除怪，何以如此之缓？"陶臣氏将以上情形述了一遍，犁娄氏道："原来你们的烦难，我们的容易。我们去捉的那个鸣蛇，不过生有四翼，善于飞翔而已，不能变化，不禁一打，而且又不知躲藏，只知道乱叫，所以一捉就着，我们就此先到了。"不提二人谈论，且说文命见化蛇、鸣蛇都已捉到，二害已除，向四人慰劳一番，瀍、涧二水考察之后，就沿洛水而上。

一日，到了一座蔓蕖之山（现在河南卢氏县），突然听得婴儿啼叫之声，但是左右并无人家。文命道："不要是百姓的弃儿么？"遂叫横革等去寻觅，以便收养。横革等答应，犹未起身，哪知婴儿之声渐啼渐近，突然由林麓中跑出一只虎身人面的怪兽，将前锋的工人衔了一个，转身就跑。大众一齐惊叫起来。童律见了，哪敢怠慢，一道光似的追过去，手起一枪，将那怪兽戳倒，便从那兽口中将工人救出，但是咬得太厉害，已经气绝身死。只得用枪挑了怪兽，一手提了工人的尸体回来。文命见工人已死，不胜伤感，就吩咐众人，从速将其埋葬。众人道："尸体还没有全冷呢，立刻就葬，不嫌太忍心么？"文命道："讲到礼，自然要等一日。但是此刻，洪水之患未平，陂塘之事正急，只能朝死而暮葬，哪可以迟延一日呢！多日之后才葬，是礼之经；朝死而暮葬，是礼之权；现在只好用权，并非我太忍心呀。"众人听了，亦以为然，于是就将那工人埋葬了。文命叫过天地十四将来，吩咐道："以后大众前进，这种危险之事必多，他们都是凡夫，抵敌不住这种怪物，只好偏劳尔等在前巡察，庶可有备无患。"十四将答应，从此遂在大队之前效力，不在文命前后左右了。这时伯益已将怪兽形象画出，但是不知其名，文命遂作法叫了蔓蕖山神来问，才知道这个怪兽名叫马腹。那蔓蕖山神的形状，却又生得古怪，是个人面而鸟身。众人看了，更是稀奇，闲话不提。

且说文命由蔓蕖山西进，到了熊耳山（现在陕西省洛南县），是洛水发源之地了。文命详细察看一回，再沿洛水而下，到得中流，忽然看见似有大物，蠕蠕而动。文命防恐又是妖怪，吩咐众人戒备。哪知仔细一看，却是一只很大的大龟，从水中直爬上岸，一径到文命面前伏着。文命诧异，向它背上一看，仿佛像个图画，又仿佛像个文字，就叫人取过笔牍来，照着它的式样细细画下，原来有两件东西：一边是个计数之图，一到九，排列整齐，纵横推算起来，无不是个成数。一边是个哲理之文，共有三十八字，现在将它录在下面：

五行，敬用五事，农用八政，协用五纪，建用皇极，乂用三德，明用稽疑，验用庶征，享用五福，威用六极。

文命看了，知道这是天地之至宝，宇宙之精义，天所宠锡的，于是向着这神龟再拜稽首而受。那神龟仍旧蠕蠕入于洛水之中。后来文命有闲暇时，常常将这个《洛书》研究，因而将它次第起来，成功了九类，就是现在《书经》所载的那篇《洪范九畴》了。文命又看那《洛书》上的文字，奇古可爱，于是常常模仿它的笔法。后来铸鼎象物，上面题的字，就用这种笔法来书写，就变了后世钟鼎文字之祖，这是后话不提。

且说文命得到《洛书》之后，就到了洛水与伊水相会之地，又溯伊水而上。看那地势，觉得千岩万岫，将伊水的上流遏住，宣泄不畅；里面群山包围，已形成一个湖泊；将来里面的水，积聚渐多，难保不倒灌而下，酿成水灾。因此取出伏羲氏所赐的玉简来，将各处地势量了一回，就择定一处，叫众人动工，把那连山凿断。（现在河南洛阳市南的龙门山，亦叫作伊阙，两山对峙如门，中间有斧凿痕。）这时所用的器具，还是铜的居多，因为工倕所制造的铁器送来不多，不敷分配，所以工程困难，与开凿孟门山相仿。一日，文命正在监工之际，忽有人来说，从前向工倕所要的铁，已如数送到了，现在砥柱山南岸。文命听了，就叫苍舒、梼戭、尨降、庭坚四人在此监督工程，自己率领将佐，径往砥柱山南岸而来，想出一个提炼铁沙的方法，叫工人依式开炉鼓铸，制成几柄斧凿，果然比工倕所制的又进步些。文命便将提炼鼓铸之法，写了一封信，并制就的斧凿，叫竖亥一并送去给工倕，叫他依照这个办法，再研究，再制造。竖亥奉命去了。文命又将余剩下来的铁，叫工人铸成一只大铁牛，立在河水南岸，头向南，尾在北，作向西回顾之形。伯益、水平等看了，都不知道是什么缘故，便问文命。文命道："天生五种原质，叫作金、木、水、火、土，是谓五行，有相生相胜之理。铁属金类，金能生水；而十二支之中，丑支肖牛，牛为土类，土能胜水。我前日在此，看见河水滔滔，厉害得很，虽有砥柱山，约束不住，深恐多少年之后仍旧要受水患，所以用五行生克之理，铸成此牛，妄想作一种镇压之用。有效无效，且看后世吧。"（现在河南陕州区城北，铁牛尚在。除此之外，还有不少，都是学禹这个镇压之法。）众人听了，方才明白。

一日，正在安放金牛的时候，忽听见在水边的工人嚷道："伙颐！好多呀！"引得大家都到水边去看。文命和伯益、水平等也都走过去，只见水中大鱼无数，衔尾相接，络绎不断地向上流游去。东西砥柱之山，水势很急，不知道它们怎样能够逆冲而上。仔细一看，都是鲤鱼，大者丈余，小者亦有八九尺，冲波跋浪，究不知它们是何用意，亦不知道它们要到哪里去。水平好奇之心发动，就怂恿文命，叫天地诸将去探它们的来源，一面又要跟着它们，以穷其究竟。文命以为这种异事于物理、气候、土地等必有关系，所以答应了，就叫大翳、卢氏二人往下流去探它们的来源，自己就带了众人，跟着鲤鱼而进。

时当三月，一路桃花盛开。（河南陕州区以西，在周朝时候叫作桃林之塞，现在仍是多桃。）滨水桃花，因风吹拂，落在水面，如红霞万点，随水流滚滚，向东而逝。那大群鲤鱼，丝毫不改常度，绝不向水面唼喋，总是努力前进。过了风后陵前，河身折而向北，那鲤群亦折而北。大众看得稀奇极了，益发紧紧跟随。一日，到了孟门山相近，水平与伯益私议道："那边孟门山，悬崖数十丈，水势冲下来又高又猛，力量又大，看它们怎样过得去，恐怕只好自崖而返了。"伯益摇摇头道："难说难说，且再看吧。"过了一会儿，已到孟门山下，只见水中一条大鲤鱼，骤然跃起，如同生翼翅的一般，凌空直上，几几乎到了孟门山缺口、河水流出的地方了。但是终觉力量不及，跌在水中，依旧被河水冲了下来。接连又是一条、二条、三条、四条大鱼，跃上去，或则落在水中，或则竟落在岸上，活泼泼地在那里跳，众人亦无暇去顾及它。眼睁睁，只看那一上一下的大鱼和穿梭相似，正不知它们是何用意。忽然看见一条大鱼，跃得很高，竟给它跃到孟门山之上。只听得一声霹雳，电火通红，烧在鱼尾上，陡然看见一条长龙，舞爪张牙，拏空而立，四面云气氤氲围绕，停了片时，飞向下面，将头向孟门山点了几点，像个行礼致谢的意思，倏尔掉转身躯，径向东方飞舞而去，其长总在十丈以上，想来到东海去了。这里水中之鱼，仍旧穿梭似的不住地跃，跃得上的，都如前式，化龙而去，但是总以跃不上的为多。须臾之间，停止不跃了，众人看那些鱼，衔尾连接，往下流而去。细看那些鱼的额上，都有焦点，仿佛为火灼伤似的。再看那跌在岸上的鱼，额上也是如此，而多一种暴鳃之苦，文命叫人仍旧投之水中。总计上跃之鱼，何止千数，然而得化龙者，不过数尾，余皆点额而还。究竟是功候有深浅的缘故，还是命运有通塞的缘故，那真不可知了。文命等看完这一出大戏，无不心满意足，个个称奇，就将这孟门山改为龙门山。

那时大翳、卢氏二人早回来向文命报告，说这些鱼一小部出在洛水下流、近河之处一个巩穴之中，一大部都从海中来的。众人听了，才知道它们的出处，依旧回到砥柱山地方。那时铁牛已装好了。再回伊水中流，那时所凿的山亦已开通，远望过去，和门阙相似，所以亦叫作伊阙。

文命再率众人溯伊水而上。一日，正在中途，忽见兜氏、鸿濛氏、狂章、乌木田四人牵了一只怪兽过来，其状如牛而苍身。文命问他们为什么捉来，乌木田道："这兽出在前面釐山（现在河南嵩县西），它的声音俨如婴儿，其状又凶恶，料想必是食人之兽，故此捉来。”文命听了，沉吟一会儿，便作法召了山神来，问这兽叫什么名字，是否吃人之兽。那山神是个人面兽身的形状，极可丑怖，他答道：“这兽名叫犀渠，确要吃人。”文命道：“那么杀掉吧，免得害人。”鸿濛氏、兜氏二人答应，立刻将犀渠杀死，山神亦告辞而去。文命将伊水上流察看一周，再回到下流。伊、洛、瀍、涧，既入于河，这一带已经平治了。一路而东，到覃怀之地（现在河南省沁阳市一带），有沁水、卫水二支流流到河中去，再上有恒水、漳水二支流流到河中去。这四水之中，只有卫水的上源丹水，尚有须疏凿之处。文命从前由碣石山到发鸠山去的时候，早已测量过，绘有图说，这时就派伯奋、仲堪率领工人前去动工。（现在山西凤台县东三十五里，浮山南，磨山北，对峙如门，亦名龙门峡，是禹所凿。）其余恒、卫、漳三水，亦派人前去察看，自己不再亲往。因为这种地方，西阻太行、王屋，与河东隔绝，孟门之洪水及太原岳阳而止，并未东溢为患，其工程不大，不过浚畎浍距川而已。而且鲧治水时，文命在此考察多年，情况尤熟，处处都有图案方法，只要依了去做，所以不必自己亲往。隔了一月，丹水上源的工程告竣，覃怀一带，东到大伾，北抵横漳，都已成功，恒、卫二水亦安流入河。从前一片汪洋、不可纪极的大陆泽，至此大半涸成平地，可以耕作了。文命自从受任以来，至此已经三年，第一段工程已完全蒇事，于是留众人在此休息，自己入帝都，白帝尧告成。

第二十一回

济水三伏三见　禹遇后夔、伯夷
泰山神圆常龙华谒禹　天地将斩朱孺

且说文命入朝，白过帝尧之后，仍来兖州作第二段工作。那兖州水流最大的一条是沇水，发源于王屋山，本不甚大，又经过洪水之泛滥，淤泥沉淀，旧时水道已化为乌有。九河既导之后，水势渐退。文命带了众人来一看，但见到处湖泽纵横，沮洳满地，有些居民已经从丘陵之上迁居到平地了，还有无数居民依然在高丘之上，不过不必巢木而已。文命先向海边寻觅沇水的古道，竟不可得。一路寻上来，亦不可得，暗想：我将沇水上流截断之后，莫非沇水就从此消灭了么？后来又一想，此州尽是平原，绝少险要，只需修理堤防畎浍等，不必我亲自督工，我去寻沇水吧。想毕，立叫苍舒、大临、龙降、季狸、叔达、仲堪、伯奋、梼戭八人，率领人夫，先到下游各处去修治，自己却领伯益、水平、之交、国哀等及天地十四将，径往上游而来，寻觅沇水故道。觉得这条水怪得很，似连非连，似断非断，一直到河水之滨，凿断之处，南岸汇成一个荥泽（现在河南郑州市西北古荥镇北）。推究这个泽的来源，仿佛像北岸沇水劲疾穿过大河，向南岸冲来，潴蓄而成的。当初取名叫济水，原是为此。但在南岸仔细考察，却又不尽然，因为龙门山开通之后，河水的流势亦非常劲疾，两个劲疾相遇，河大而沇小，当然为河水所同化，冲不到南岸了。文命再取出赤碧二珪来，向泽底一照，只见荥泽之底，泉流汩汩，竟从河底的北面潜流过来，才知道这沇水真是厉害，不能从上面联络，仍旧能从下面联络，真是世界上独一无二的。从前改沇水叫济水，表面上似乎不适用，实在非常适用，确切不移。犁娄氏在旁，有点不信，说道：“我到水底里去看看。”说罢，即入地而去。过了一会儿，出来报告道：“的的确确，我伏在水底一看，果见浑水汩汩，自西向东而去，只是河水中间有一道清流，自北而南，直到这荥泽的底里，向上溢出，真是奇事！”文命道：“沇水发源王屋山，汝等向在山上多年，于那边的地理情形必定熟悉。”七员地将给文命这一问，不禁都有点惭愧起来，说道："某等向者所做，皆系不正当之事业，于地理上实未研究。"文命听了，遂吩咐众人相率渡河，径探沇水之源。

直到一座山上（现在河南济源市共山），只见源分为二，东源之深莫测，西边一源仿佛一个小池，周围六百八十五步，深约一丈。文命用赤碧二珪一照，觉得岩石之中还有水流，从上而下，此地尚非沇水之正源。于是带了众人，直上山来，一面用赤碧二珪，且走且照，约有九十里光景，已到山顶。只见一个极大之池，陶臣氏道："原来沇水发源就在这个大池么？这个池，我们叫它太乙池。"众人正在谈论，文命却是不语，对着太乙池如有所思。隔了一会儿，叫从人将池水舀了一点来尝尝，遂向伯益道："这水的质地，恐怕是重的，因为它的味道很浓，与寻常不同。从前一路寻不着它的故道，想来因为它质重善伏的缘故。我们这次下山去，细细考察，就可以知道它有几伏几现了。"伯益亦以为然，于是一同下山。自太乙池而下算一伏，到得那东西二源，是为一现；穿入黄河，直沉到底，是为一伏，再向南岸溢出为荥泽，是为一现；从此以东，又不见了，再寻到陶邱（现在山东定陶区）之北，又出来了，又是一现。从此东北，一直到海，都是沮洳薮泽，弥望相连，与他水往往相混杂，但是总伏在下面，不用赤碧二珪照是辨不清了。

于是文命就依着沇水伏流之道，从荥泽起，一直到海，画成一根长线，督率人夫开掘，沇水故道于是才得恢复。（现在又早湮没了，只有一条小清河，从济南到海，据说就是旧时的济水。济南以上则无从寻觅，而伏流之说则凿凿有据。宋人沈括说，历下一带，凡发地皆是流水，所以山东省城一带，有名的泉水甚多，如同趵突泉之类。再上则在东阿县的阿井，尤为有名。拿了这井水来煎驴皮胶，叫作阿胶，其性趋下，清而且重，用搅浊水则清，故用以治淤浊及逆上之痰，颇有效验，就是济水伏流的功用。再上则河流混淆，已寻不出踪迹了。）济水下流，接着从大伾山分支东南来的漯河，从济水转入漯水，亦可以与河水相通。中流一带大的支流，是濉、沮二水以及汶水。濉、沮二水汇成雷夏泽，再向东流，与济水同注到菏泽中去。（现在山东省西南部，北到蜀山湖，南到微山湖，大概都是从前菏泽的范围。）济水从菏泽里再分支合泗水而入淮。自菏泽以南，已是徐州境界。文命吩咐且慢修治，先将兖州治好。因为兖州尽是平原，受灾极重，所以修堤防与掘地之工很大。兖州治好，文命就率众来察看汶水。汶水发源泰山之东，地势较高，尚不甚为害。

一日，行到一处，听见路旁篱舍之中有金石之声，渊渊入神，非常动听。文命数年治水，焦心劳思，冠挂而不顾，履坠而不拾，一寸光阴都觉得可惜，是一个不肯偷安取乐的人，所以有几处地方在那里奏乐，即使邀他去听，亦不肯去。这次听到篱舍中的金石声，不觉驻足不前，静听了一会儿，向伯益道："这个乐声，不比寻常奏乐者，必是非常之人，不可错过，倒要见他一见。"说着，便去叩门。里面金石声止了，少顷，一个中年人前来开门。文命见他器宇清整，态度庄严，就向他施礼道："没有介绍，造次拜谒，殊觉冒昧。请问先生贵姓大名？"那人向文命一看，觉得姿貌不凡，后面又跟着无数文武从人，早猜到了，便拱手致敬道："明公莫非就是崇伯么？失敬失敬。某姓姜，名噎鸣，号伯夷，家父和崇伯是同僚，请到里面坐坐吧。"文命一面答应，跟他进去，一面便问："尊大人是何人？"伯夷道："家父现在帝都，任工务之职，单名一个倕字。"文命道："原来就是姜世兄，幸遇幸遇。"说时，已到堂前，揖让而升。文命向堂中望去，只见四壁满布金石丝竹等乐器，却先有一个形容古怪的人，坐在里面的主席上，旁边又放着许多乐器。伯夷登堂之后，先向那人叫道："夔兄，崇伯来了。"那人听说，就从席上蹶起，趯趯地跳过来。伯夷就向文命介绍道："这位是敝友夔兄。"文命仔细一看，原来他下面只生一只脚，不禁诧异。行礼过了，伯夷请文命坐了首席，自己坐次席，夔仍旧坐主席。这时水平、伯益等虽都跟了文命进来，但因堂宇不广，又满悬乐器，无可容足，只好都站在阶下。文命先向伯夷问道："世兄高才硕学，何不在尊大人处辅佐一切，兼为国家出力，倒反来此隐居，是何高见？"伯夷道："某学识浅陋，还在研究时代，是以禀命家父出外游历，借访师友。前月来此，与这位夔兄相遇，彼此一谈，倾盖如故，承夔兄不弃，留宿在此。此宅乃夔兄之宅，非小子之家也。"文命道："适才雅奏，是世兄么？"伯夷道："不是某，是这位夔兄。"文命听了，有点诧异。

伯夷接着说道："这位夔兄，于音乐一道，有感鬼神、通幽明的技能，刚才崇伯在外亦听得出么？"文命道："是呀，刚才某因听得这乐声不凡，所以冒昧奉访，原来是夔先生的雅奏么，失敬失敬！"说着，重复与夔施礼，便问道："先生音乐，高明极了，是自己研究而成的呢，还是有明师传授的呢？"夔道："是某自己研究的。某生不幸，身体不全，既不能出外求师，只好一切杜撰了。荷承奖饰，惭愧之至，尚乞教诲。"文命道："先生与伯夷兄研究切磋，亦有益处。"夔道："不然，他研究的是礼，某研究的是乐。礼和乐，精神上虽有相通处，但是形式上迥乎不同。我们二人非常投契，不过交换知识，预备礼乐两种之沟通而已。"文命听说伯夷讲礼，便又和伯夷谈论了一会儿，觉得他对于治神人和上下之法，说得透彻之至，亦非常佩服，便说道："某今日得遇两位，不胜荣幸，极想侍坐，久聆教益，奈受命治水，不敢延迟。鄙意拟请两位同某偕行，一则可以常共谈论，二则于两位亦无妨害。伯夷兄本是志在游历的人，某同事中亦颇有才能之士，一路谈谈，不嫌寂寞。夔先生正苦艰于步履，不能出游，某部下车舆一切现成，便利之至。未审二位尊意如何？"伯夷与夔听了，虽都谦逊，然而并无决绝之词，经文命再三敦劝，就都答应了。文命大喜，伯夷行李本属现成，夔亦进内收拾了，加入文命队里，一同上道，径向泰山而来。

众人刚到山麓，只听见山上一片音乐之声，渐渐异香扑鼻，远远的又看见许多人从山上下来。文命等大疑，暗想，这是何人？遂一面迎上去。不一时，渐渐近了，只见当头一个人，穿青色之袍，戴苍碧七称之冠，佩着通阳太平之印，骑着一匹小小青龙，凌空而来，后面跟着气象尊严、垂绅端冕的人，不知道有多少！那骑龙的人看见了文命，即跳下龙来，趋前几步，施礼道："崇伯请了。"文命慌忙答礼，问道："上仙何人？"那人道："某姓圆，名常龙华，泰山神也。闻崇伯治水至此，所以特来迎接，如有驱策，敢效微劳。"文命道："某此行，打算从贵山经过，去治青州，不知道青州水患现在如何？有无困难之处？还请指教。"圆常龙华道："青州之地濒海，从前东北几千里之外，地体变动，余波震荡，及于此地，沿海一带居民受害者不少，现在已渐渐平静了。崇伯如欲周览形势，请从某来。"说罢，又指着左右两个骑龙的介绍道："这是某之两佐命罗浮山神（罗浮山现在广东惠州市惠阳区）和括苍山神（括苍山现在浙江丽水县）是也。"文命与他们一一为礼。那圆常龙华又向伯益说道："先生亦请过来。"伯益不解，就随了文命过去。圆常龙华走到那条小青龙边，说道："二位请跨上吧。"文命在华山是骑过龙的，这次已颇自然。伯益年幼，又兼初次，未免胆怯，跨上之后，由文命揽在怀中。圆常龙华亦跨上了，喝一声"起"，那青龙已冉冉上升，不一刻已到泰山绝顶。四面一看，真有众山皆小之势。圆常龙华指着东面一片白气茫茫的说道："这就是海。"又指着东北一带连绵不断的山岭原野说道："那边一直过去，都是青州之境。"文命和伯益望了一回，目不能穷其究竟。圆常龙华道："我们过去看吧。"那跨下的龙，似乎知道人意，立刻徐徐向东北而去。

一路上，圆常龙华指点道："这个下面，就是青州南境；那个下面，就是碣石山；再过去，就是嵎夷所居。从前碣石以西，尽是平原；碣石山东北，连着不咸山（现在关外长白山），西南连着泰山，做成陆地与海的屏障，是青州的中部。如今地势改变，碣石山四面渐渐沉下，海水与大陆日日接近，从那山缺之中灌进去，变成逆河，青州之地仿佛腰斩，不相连属。将来碣石山还要下沉，只留十几个尖峰，露出水面呢！这真是沧海桑田之变了。"圆常龙华一面说，文命和伯益一面听，一面看，觉得青州形势俯如指掌，不觉大快。过了片刻，龙头掉转，仍回到原处降下。文命向圆常龙华致谢，圆常龙华道："崇伯此去治水，工程并无困难，不过沿途妖魅，小有阻滞，但天地十四将足以了之，不足惧也。再会再会。"说着，与大众施礼，跨上青龙，与两个佐命领着九千五百个神君风驰电掣而去，瞬息不见。伯夷与夔是初次见到这种奇异之事，不觉咋舌。

过了泰山，已到青州南部，是个莱夷境界。文命先遣人到东北海边去预备船只，以便泛海。又取出一个铜做成的乌来，吩咐去备船之人将这乌插在竿上，再将竿插在船上。原来那铜乌之中，具有机括，转动极灵，可以表示风向，如刮东风则乌头就向东，刮西风则乌头就向西。大海之中，以帆为主，全须视察风向、风力，以定进止。文命在微贱之时，料到将来治水必须有行船济海之事，所以预先创造这个铜乌，名叫司风乌。此次果然泛海，所以就拿出来应用了。预备船的人去了，文命叫过天地将来，说道："泰山神说，前途有妖魅，汝等可分作两班，一前一后，各处巡逻，以防不测，但须小心。"众人答应，于是庚辰、童律、繇余三对作前队，狂章、大翳、乌木田三对作后队，黄魔、章商氏往来接应，分布已定，遂即前行。

一日，到了一座余峨之山，童律在前，发现一只怪兽死在地下，其状如兔而鸟喙、鸱目、蛇尾，不禁诧异，问大众道："这是何兽？为什么会死在此地？"大众看了，都莫名其妙。兜氏道："已死之兽，研究它做什么，且拿去与伯益作图画材料吧。"大众赞成，刚要用手去捉，不防那兽"犰狳"的一声怪叫，立起就跑。鸿濛氏拍手笑道："原来是假死，我们追上去吧。"追到山上，将那兽活捉了，齐到文命处献俘。大家都不知其名，文命只得又作法，叫了山神来。那山神是兽身人面戴角的，说道："这兽名叫'犰狳'，其鸣声就是这两字，见则蝗虫为败，是有害之兽，请杀去吧。"于是伯益画出之后，就将它杀死，山神亦去了。

大众依旧前进，到得一座耿山，远望山上，绝无草木，而大蛇甚多。文命吩咐众人小心。那时庚辰等已调为后队，狂章等作前队，慢慢上山，逢蛇就斩，杀得那些蛇东窜西奔。众人正在高兴，忽听得后面一阵大喊，回头一看，只见黄魔手执双锤，如飞地向东北赶去。狂章等莫名其妙，只得退回来打听。哪知文命见了，就大声责备他们道："叫你们小心巡山，何以还会得纵令妖物将我兵士衔去？"犁娄氏道："某等正在山上，打蛇除道，绝不见有妖物，想系别处来的。"这时庚辰等在后方，听见前方停滞骚乱，不免上前探听，才知道大队正在进行之时，忽然一道黄光从东北面闪来，将一个兵士摄去，此刻黄魔追赶去了。庚辰道："那么我们再去两个。"

说犹未了，只见一道黄光又瞥然而来，疾如飞电，一个工人又早为黄光摄起，凌空而去。庚辰眼快，哪敢怠慢，蓦地持戟纵身，直向那黄光刺去。黄光忽然一敛，不知所在，那工人坠落在十丈以外。众人忙过去看时，头已磕破，臂上爪痕甚深，血流不止。仔细一看，仿佛像虎爪所伤，正是不解。庚辰站在空中，四面望了一会儿，又俯首向狂章等道："你们切须留心，恐防再来。"大众听了，人人自危。文命忽然想到，就说道："有了。"回头吩咐横革："将我那藏在箱箧里面王母所赠的十五面宝镜拿来。横革取到了，文命依旧自己拿了一面，其余十四面分给天地十四将。那时黄魔已归来了，众人问他怎样，黄魔道："我看准了黄光追过去，哪知转过几个山峰，约行了五六百里，那黄光倏然不见。到处寻找，不见踪迹，只有那摄去的工人躺在地上，业已被咬身死。细查被咬地方约有七八处，不像是一口所伤，脏腑和血都已吸尽无余，真是个妖怪呢。"文命指着宝镜说道："这种宝镜能够照魑魅，想来对于各种妖魔亦都可照，所以我仍旧分给汝等，每人一面，汝等姑且拿去试试看，不知道有效没有。"

十四将领了宝镜，唯唯听命，拿了宝镜不住地四面照察。忽然见远远地方，黄光又是一闪。庚辰跳起空中用镜一照，仿佛像是一只狐狸，因为距离较远，那黄光飞行又速，所以不甚看得清楚，但觉其头甚大，尾部又是蓬蓬松松的，就下来告诉文命。文命大怒，遂作法，叫了耿山之神问道："这山上有什么妖怪？"那耿山山神亦是个兽身人面而戴角的，见文命问他，就说道："此山无怪，只有一种异兽，名叫朱獳，其状如狐而鱼翼。"文命道："那么是了，它现在正出来变化吃人，还说它不是妖怪么？"那山神道："朱獳那兽，虽能变化，但向不食人，不过它出现之后，其国必有大恐慌之事，是个不祥之兽罢了。至于食人之兽，在此地东北数百里之外，一座凫丽山上，有一种兽，名叫蛰侄，其状如狐而九尾、九首，其音如婴儿，它是极喜吃人的。此地过去，未到凫丽山，还有一座姑逢之山，山上也有一种异兽，名叫獙獙，其状如狐而有翼，其音如鸿雁，也是个不祥之兽。它出现后，天下必定大旱，但是亦不吃人的。再过去几百里，有一座硾山，山上有一种异鸟，一种异兽，鸟名叫絜钩，其状如凫而鼠尾，善于登木，甚为不祥，现则其国多疫。兽的名字叫峳峳，其状如马而羊目，四角牛尾，其音如獆狗，亦甚为不祥，现则其国多狡客。在这条山系之中，小神知道有害于人的，只此几种，此外不知道了。"

文命听这山神拉拉杂杂地报了许多，心想青州地方怪物何其多！想系逼近嵎夷，沾染外国风气之所致。就发放那山神去了，叫了天地将过来，吩咐道："据山神所报告的这许多怪物，大约只有九头九尾的蛰侄，是刚才来骚扰的东西。狐本通灵善变，再加以九头九尾，自然更不得了。现在我派大翳、卢氏、繇余、陶臣氏四个，先往凫丽山捣它的巢穴，如能擒获，最好，否则大队一齐进去，想来不难殄灭。其余朱獳、獙獙等兽，既为民害，亦非剿戮不可，我们就过去吧。”大翳等受命，半从空中，半从地下，先向凫丽山而行。走到一处，倏然间又见黄光，相离不远。繇余急忙用宝镜一照，果然是个九头九尾之狐，忙向大翳等道：“这次不可放过它。”一面说，一面用宝镜照着，紧紧追去。那蛮侄被宝镜之光所笼罩，不得潜踪，窜到一座山上，发出一种婴儿声音，哑哑乱叫。忽然山后又飞出两只黄狐来，向大翳、繇余等乱扑。二人专心致志对付那蛮侄，猝不及防，将身一闪，那蛮侄顿时逃脱了宝镜光的笼罩，仍化黄光而逃。大翳一面再用宝镜的光照，一面与卢氏紧紧追赶，一面向繇余说道：“刚才已经可以擒获了，为两个孽畜所误。你去剿除它吧，省得它再来帮助。这个妖物，我自问足以了之。”繇余答应，与陶臣氏自去寻觅黄狐。这里大翳追赶蛮侄，直赶到凫丽山，那蛮侄又发出婴儿声音。卢氏叫大翳要留心，只见山旁穴中，忽拥出许多狐子狐孙，都是九头九尾的。大翳对卢氏说：“你用镜照住这老狐，待我先来歼灭它的子孙。”卢氏答应，大翳提起大刀，东扫西荡，霎时间杀了五六只，余外都逃散了。蛮侄本意是叫出这批子孙来，要想淆乱大翳二人，以为逃脱之计，哪知徒然牺牲了些子孙，仍旧逃不脱，只得奋死向卢氏扑来，作困兽之斗。卢氏一手拿镜照着，一手持斧抵御，却好大翳转身，手起一刀，挥为两段，料想不能变化了。两个人又山前山后搜寻它的巢穴，那些狐子狐孙都是修炼未成，尚不能变化的，统统给二人杀戮无余。但是穴内穴外，骸骨山积，亦可以见它们吃人之多了！于是二人将蛮侄挑了，回去献俘，并备伯益图画。路上遇见繇余、陶臣氏二人，每人挑着一只狐尸，亦正要回去献俘。仔细一看，原来一只就是朱獳，一只就是獙獙，三种兽正是同恶相济的。四人会合，便一同归去。

第二十二回

天地将除妖鸟　嵎夷九族朝禹

禹等遇疫

且说大翳等献上蛮侄、獙獙、朱獳尸体之后，文命道：“现在三害已除，只有一鸟一兽，料想容易殄灭。十四面宝镜且归汝等佩带，等大功告成后再还我，如今汝等且去捉那鸟兽吧。”只见之交、国哀、真窥、横革四人上前说道：“某等向随主公经历四方，自从天地将来了，事事由他们偏劳，某等殊觉惭愧。那一鸟一兽，请主公派某等去捉拿吧。”文命道：“同是为国民效劳，何所谓偏？汝等忠勇，某所深知，奈现在所遇见的都是怪异，与寻常禽兽不同，所以朱、虎、熊、罴等专门驱除禽兽之人，某亦不令他们前去，何况汝等。我看还不如让天地将去吧。”横革等四人固请不已，文命方才允许。每人各带了二十个人，径向硜山进发。文命深恐他们有失，叫过黄魔、乌涂氏来，叫他们一上一下，远远地保护救应，二人领命去了。

且说横革等一路前进，到了硜山，只见山的东南面，临着硜水，东面有一个大湖泽，静悄悄的，不见一人一物。真窥道：“鸟必有巢，兽必有穴，我们先寻鸟巢，后寻兽穴。”国哀道：“我看还是分任吧。万一我们仰面寻鸟巢，那兽从旁跑出来，那么怎样呢？”之交道：“不错。”于是议定，国哀、之交探兽穴，真窥、横革探鸟巢。正议之间，忽然兵士喊道：“前面来了！”众人一看，果见前面坡上站着一只异兽，其状如马，四角牛尾。之交便招呼国哀，指挥四十人向前赶去。那兽看见大队人来，口中发出一种狗嗥之声，转身逃去。国哀等追不上，大叫可惜，只得转来，打算和真窥等商议，四面合围。哪知真窥等四十二人正围着一株大树，有几个弯弓搭箭，向上面连连射去。国哀不解，便问他们为什么。横革向树巅指道：“絜钩鸟在这里了，它不能飞，但善于登木。起初在地下走，我们一赶，它顷刻之间缘树而上，已到最高之巅。我们正奈何它不得，想射它下来呢。”之交一看，这树足有八九丈高，枝叶扶苏，荫庇数亩，旁边一样大的古木还有好几株。那絜钩鸟从这树到那树，又从那树到此树，善于趋避，无论如何总射它不着，不觉大家都束手无策。之交道："此鸟已在此了，它既然不能飞，料不能逃走，且叫几个人监视在此，我们先去捉莜莜吧。"真窥、横革虽不愿意，然而亦无可如何，只得同到山后来寻莜莜。走不多路，只所见一片狗嗥之声，那莜莜正从山后如飞地直奔过来，仿佛后面有人追赶似的。许多兵士还以为它要冲过来噬人，慌忙退让。毕竟横革胆壮力大，阻住去路，一剑挥去，早已杀死。大家聚拢来一看，果然其状如马而羊目、四角、牛尾，但是当头一剑虽是横革砍的，背后还有血淋淋的伤痕，甚不可解。之交叫随从兵士，且将兽尸抬着，再去捉那絜钩。大家刚到大树之下，正要取弓箭来射，哪知这絜钩已从树上骨碌碌地滚下来。众人大喜，忙上去捉来，一看，只见鸟的腹上贯着一根小木，原来已经死了。众人至此，疑惑不解，都说是山神暗中帮忙。大家扛了鸟兽之尸去见文命，并将情形说明。文命笑道："想来是山神助力呢。"那时黄魔等已早归来，绝无言语。次日，文命率众人起身，只见一路都是柘树，时当九月，那柘叶已经黄落了。那些莱夷妇女，都在那里从事机织，便是男子做这个工作的亦不少。文命暗想，这个倒是大利之所在，于民生问题大有裨益，将来应该由政府设法提倡扩充，或者竟定为贡赋之一种，那么他们自然知道注重了。

不言文命心中筹划，且说大众行行已到了海滨，那时船只都已预备好。原来预备船只的人，所走是交通大路，所以到得早，而且不会遇到妖鸟怪兽。文命等大众须随山察看水源，到处勾留，所以到得迟，而妖禽怪兽的殄灭，亦足以迟延时日。当下大众下船，东望茫茫，波涛不作。仰面看那司风鸟，已高插在船首之上，只见它的头向着西北，原来是西北风，恰恰与文命的行程相逆。舟人正在那里忧虑，说道："逆风难行。"文命便作法，叫了风神来，和他商酌，要借来三日的东南风。风神、飓母当然答应。文命等一帆风顺，过了碣石山、逆河口，驶抵北岸，已是青州北部。大家上岸，再向北行，只觉气候景物与南部顿然不同，朔风甚厉，呼号有声。这日晚间，宿在一座子桐山上，山下一条子桐水，西流到余如泽里去的。晚饭后，伯益、水平、伯夷、夔四人偶然走出帐外，观看夜色野景，只见那水中一道光芒，直向西边穿过去。过了一会儿，又是一道光穿过去，那边又有几道光穿过来，飞在空中，没于水中，正不知是什么东西。四人诧异，水平走归帐中，取了弓箭，等那光芒再飞起之时，觑准了一箭射去，光芒顿时消灭。众人归去，一宿无话。到了次日，水平约了伯益，一早去看，只见水中一条有翼的鱼，箭贯着，浮在那里，知道昨夜飞来飞去的就是它了。看得稀奇，忙取来献与文命。文命亦不认识，当即作法，叫了山神来问。山神道："这个叫鳛鱼，其音如鸳鸯，夜飞而有光，见则天下大旱，是个不祥的东西，水中多着呢。"文命道："那么我当除之。"山神去了，文命就叫七员地将，将泽中所有鳛鱼都杀死，以后就绝种了。

一日，行到一座北号之山，文命见山势险恶，深恐有怪物潜藏，便先叫了山神来问。山神道："这山中有一鸟一兽，都是害人的。鸟名叫作鬿雀，其状如鸡而白首，鼠足而虎爪，喜吃人。兽名叫猲狚，其状如狼而赤首，鼠目，其音如豚，亦喜吃人。崇伯前进时，须要小心。"文命谢了他，山神去了。文命便叫过天地将来，吩咐他们去擒捉。只见隤敳、朱、虎、熊、罴五个人上前说道："某等受命驱除鸟兽，但一路以来都是天地十四将效力，某等虽则制服些寻常的豺虎等，但是算不得什么。这次请派某等前去，以免尸位溺职之嫌。"文命道："山神叫我们小心，恐怕这一鸟一兽不比寻常，还是叫天地将去吧。"伯虎道："据山神说，不过是一种吃人的鸟兽，并非妖魅可比。前日真窥、横革等，尚且擒鸟捉兽以效劳，某等职有专司，反不如他们，可耻极了，望崇伯准某等前去为幸。"文命听他们这样说，只能答应，吩咐小心。隤敳等欣然，带了几十个人，携了军器弓矢、网罟等，上山而去。

这里文命叫过黄魔、乌涂氏来吩咐道："上次横革等捉絜钩、祓祓，全仗尔等暗中帮助。这次隤敳等前去，恐亦非尔等暗中帮忙不可，尔等再辛苦一次吧。"黄魔道："某等理应前去帮助，不过刚才山神所说，兽形如狼，狼性贪而狡；鸟名鬿雀，似含有魅意，与絜钩、祓祓迥乎不同。某等二人保护彼等数十人，深恐顾此失彼，请崇伯再多派两个吧。"文命道是，于是又添派兜氏、狂章二人同去。四人领命，自暗中去保护帮忙，不提。

且说隤敳等到了山上，只见无数乔木，连绵不断，浓阴密蔽，气象阴森，有些树木其状如杨，结实累累，甚像枣子，兵士看了，就要摘食。隤敳忙禁止道："此中阴森，恐是二畜潜藏之所，尔等切须小心，勿贪口腹。"那时仲熊已叫人在林外布起网罟来，有些人四处探望，以觅禽兽。罴倡议道："我看不如仿照伯益从前的方法，一把火烧去这个树林，使二畜不能潜藏，岂不大妙。"朱道："我看不对，一则太残酷，且亦费事、费时。"刚说到此，忽闻空中啪啪之声，一只大鸟向林外直扑而来，其力甚猛，虽有网罟，哪里拦得住！那鸟伸出大爪，早将一兵士抓住，凌空而上。大众见了着忙，一齐大呼，有的跃起挥刀，有的拈弓即射，但是那鸟非常迅速，早已扬去。众人正在惋伤惊悼，不提防后面一兽已疾驰而来，又将一人衔去。隤敳等至此，才知道这事有点棘手了，又要防上面，又要防旁边，正在无法可想，只听啪啪之声又作，众人知道鸟又来了，举起兵器，向上乱舞。鸟见无隙可乘，站在树梢上，舒展它的翼毛，向着下面，效锦鸡之舞。那些兵士和隤敳等，顿然目眩昏迷，将兵器都放下了。鬿雀就从从容容地飞下来，将伯虎和一个兵士一爪一个，抓了就飞。刚上树巅，倏然一人横空飞来，举起一枪，将鬿雀刺死；接着又是一个，凌空飞来，将伯虎和兵士都救下树来，原来就是狂章和黄魔两个。他们在远地看见，本来想暗中帮忙，不露面的；现在事势紧了，只能拼命来救。那时受着鬿雀迷惑的兵士，尚是昏沉，狂章就探怀取出宝镜将各人一照，方才清醒，众人才知道鬿雀的厉害。伯虎为雀爪所伤，其势甚重，幸携有良药，急忙敷治，不至危险。隤敳忙叫人将伯虎及受伤兵士一总送回去休养，自己再与朱、熊、狂章等来寻猲狚。寻到一处，只见尸骨狼藉，血肉模糊，原来就是刚才被猲狚衔去的人，真是伤心惨目！可是不见猲狚的踪影。后来忽听得山穴之中，似有豚猪叫喊的声音，众人跑去一看，果然见一只赤首、鼠目、狼形的怪物，那四只脚却深入地中，仿佛有物绊住似的，因此没命地叫喊。黄魔知道是兜氏等暗中帮忙，变的把戏，便叫道："我们都在此了，你们出来吧。"乌涂氏、兜氏就从地下钻出，每人一手握着兽的一脚，隤敳才知道他们是暗中来帮忙的，深深致谢。于是众人捆了活的猲狚，扛了死的鬿雀，掩埋被害兵士的尸身，回营来见文命。文命叫伯益图过形象，将猲狚杀死，与鬿雀一同掩埋，然后率众前进。

那时已到了嵎夷之地，这是从前帝尧初即位的时候，叫羲仲来寅宾出日之地。后来洪水泛滥，交通断绝，有几十年不曾隶属中国了。那考察天文的旧迹，约略还有几处可以辨认，然而大半已为嵎夷所侵占。嵎夷共有九种：一种叫畎夷，一种叫干夷，一种叫方夷，一种叫黄夷，一种叫白夷，一种叫赤夷，一种叫玄夷，一种叫风夷，一种叫阳夷。那些人民，大概是欢喜饮酒歌舞，但亦知道冠弁、衣锦、器用、俎豆，于文化上还不算野蛮。当下文命到了之后，召集九族酋长来，将中国的威德向他们宣示，叫他们将侵占的土地退还中国，再画定疆界，彼此确守。那九族酋长听了，有点不舒服，干夷、方夷两酋长同时起立，说道："我们得到此地，并非得之于天朝，是得之于洪水的。洪水之时，天朝人员一个都没有在此，我们平洪水，披榛棘，好不容易才到这个地步，现在天朝反来趁此现成，要收回去，于理上似乎说不过去。"文命正色道："普天之下，莫非王土。且前此有历史可凭，哪里可因为我们一时间不来管理，而就据为己有呢！"九夷酋长见文命态度严毅，词气强硬，又见军容甚威，天地十四将的状貌狞丑可怖，不觉畏服，情愿稽首归顺并返还侵地。文命就慰劳了他们一番，又设筵款待。

燕饮之间，问起他们的山川风土，有无害人之物。畎夷酋长道："我们那里，气候土地都好，可以种田，并无害人之物。"阳夷酋长道："我们那边，逼近海滨，太阳所出，气候是好，不过水灾受得很大，死伤不少，害人之物倒没有。"白夷酋长道："我们那边一座钦山，山上有一种怪兽，名叫当康，见则天下大穰。据老辈说，六十年前曾经见过。当时天朝大圣帝派一个姓羲的大官，到此地来考察太阳，那时候年年好年岁，天下好太平呀！后来洪水之患一起，当康就不见，到去年，当康又出现，想起来年岁又要好，天下又要太平了。"文命道："当康的形状怎样？"白夷酋长道："其状如豚而有牙，它的鸣声就是'当康'二字。"文命道："那么是个瑞兽了。"玄夷酋长道："敝处有一座山，名叫女烝之山，一条石膏水，就发源于这山上，西流到鬲水中去。其中有一种怪鱼，名叫薄鱼，其状如鳣鱼，而只有一目，其音如人呕吐之声，见则天下大旱。据老辈说，三四十年前，这鱼出现了，后来天上十日并出，果然大旱，此刻又有人看见了，将来不知如何？"说着，回头向白夷酋长道："如果大旱起来，贵国的当康要失其灵验了。"言未毕，方夷酋长儳着说道："敝处剡山上，有一个怪兽，尤为可怕，其状如彘而人面，黄身而赤尾，名字叫作合窳，其音如婴儿，它逢人就要吃，逢着虫蛇亦就要吃，吃得满山都干干净净，人民统统远徙，虫蛇类亦都逃散无踪。据老辈说，它是洪水发生的前一年出现的，出现之后，天下就要大水，到如今它还盘据在那座山里呢。"赤夷酋长道："贵处这个合窳还不算凶，敝处太山上，有一只蜚兽，其状如牛而白首，一目而蛇尾，它在水中一游，水立刻干涸；它在草上走过，所有之草就立刻枯死；人遇到它，更不得了，一闻到它的气息，立刻生病，传染起来，可以灭族。所以有人说，这个蜚兽假使向天下游行一周，天下之人可以死尽，你看可怕不可怕呀！"文命听了，诧异之极，便问道："贵处既有这种害人之兽，何以不设法去剪灭它呢？"黄夷酋长道："何尝不想剪灭它。敝国向与赤国接境，这座太山是我们两国公共的，自从蜚兽出现之后，敝国就派兵去兜剿。哪知兵士未到山上，那股毒疠之气已扑鼻而来，兵士个个寒战吐泻，生疫病而死。而且传染极速，一而十，十而百，百而千，无法可救。敝国因此元气大伤，只能远徙到几十里以外以避之，哪里还能剪灭它呢！"风夷酋长道："是呀，敝国僻处东北，终年多东北风，有一年偶然刮了两日西南风，人民染疫而死的就不少，据说就是受这蜚兽之害呢！"文命听到此处，更深骇异，说道："有这等事！某既然来此，一定设法为诸位驱除。"九夷酋长齐声道："那么好极了！"大家又饮谈一会儿，席终散去。

文命于是就召集将佐，开会商议。伯益道："吃人的兽，召灾的兽，其患尚小，倒是这个酿疫的蜚兽，实为可怕，说不得又要偏劳天地十四将了。"文命道："这个当然。"当下便叫过乌木田、章商氏、大翳、卢氏四将来，吩咐道："此地离太山不知有多少远，那蜚兽凶恶情形又不知如何。汝等且先去察看一番，归来报告，再行定夺。"四将答应，半从空中，半从地下去了。过了半日，忽见乌木田、大翳二将面色仓皇地先回来报告道："厉害厉害！某等到那山相近之处，并没有看见那兽影，只觉一股腥毒之气直冲上来，不觉打了几个寒战，顿时气力减少，头疼口苦。某等深恐有失，不敢再入重地，只好就回来了。"说罢，身上又是几个寒战。文命大惊，正觉没法，忽然章商氏、卢氏直从地下上来，刚要发言，但觉头重脚轻，支持不住，就倒在地上，神昏气促。这是因为他们在地下受到蜚兽便溺之毒，更为厉害之故。文命无可奈何，只得叫人将两将抬去，命医生医治。一面又问乌木田、大翳道："汝等觉得怎样？"二人连说："不要紧。"归到帐中，静坐起来，运用玄功，不到半日，都已全愈。只有章商氏、卢氏二人是地将，功行较浅，受毒又深，病势缠绵不已。哪知后来伺候的人，触着这股气息也病了，连望病的人也病了。

不到几日，除七员天将之外，几乎无人不病，而以章商氏、卢氏病势最笃。其余皆寒战头疼，神昏气促，个个呻吟，正是万帐沉沉，炊烟断绝。庚辰看到这个情形，觉得有点不妙，就和黄魔等商议道："我看这事，只有求夫人去。你们在此好生调护看守，我多则两日，少则一日，必定转来。"黄魔等答应，庚辰遂冲天而去。这里六员天将，各处巡视抚问，递汤递水，忙得真不得了。文命有时偶然清醒，看看只有一个乌木田在旁，便问道："大家怎样？"乌木田道："大家都是如此，没得好。"文命道："都不能起来么？"乌木田应道是。文命叹道："我勤劳数载，满望将水土治平，上报先人，下救万民，不想今日竟遭此厄运，进退两难，死生莫卜，真是命也！"乌木田道："崇伯切勿忧虑，庚辰已去求夫人了。"文命叹道："我想，亦只有这一线之希望，天不绝我，夫人必来救我。"说罢，将心放下，又昏沉过去。又隔了一日，兵士、工人等逐渐死亡。乌木田到章商氏榻前，问道："你今日如何？"章商氏绝无声息，俯身摸他肌肤，其冷如冰，原来早已死了！大翳去看卢氏，亦是如此，二人非常凄惨，深恐其余人等听了惊慌，反致病势加重，所以不敢声张。但是只有六个人，上上下下，要伺候这许多人，实在万万来不转，哪里还有工夫再为他们经营殡葬之事，只好随他们躺在床上。好在天气严寒，绝无腐烂之虞。眼巴巴所望的，只等庚辰回来，有个解决。哪知左等也不来，右等也不来，看看已是三日了，死的人日多一日。兵士、工人不计之外，伯虎、苍舒、熊、罴、叔献、横革、昭明、大章等，都一个一个陆续死去。伯夷、伯益、龙降、季狸等亦濒于危。文命亦危在旦夕。黄魔和童律等说道："庚辰说至迟两日必来，如今已四五日了，他还不来，甚为可怪。

现在情形已糟到如此，只有崇伯还剩一口气，假使崇伯再不救，我们还要在这里干什么？我想我到夫人处走一趟，讨个实信吧。”童律道：“这话极是，不过我们此刻已只剩了六人，你去了后，我们又少一个，那么怎样办呢？”黄魔连声道：“决不会，决不会，我无论如何一定就转来，决不逗留。”说罢，就飞身腾空，没命地向巫山飞去。到了瑶台之下，只见云华夫人正端坐着。他就倒身下拜，气喘喘问道：“庚辰来过么？”云华夫人道：“早来过了，我叫他到别处去求药，你问他做什么？”黄魔道：“虽有灵药，不中用了，人已死去一半了，崇伯亦就要死了，要灵药做什么呢？”云华夫人斥他道：“亏你在我这里住了多少年，连‘天命’两个字都没有明白么？如果崇伯治水不会成功，半途而死，我叫你们去帮助他做甚？你还不给我赶快转去！”黄魔听了，恍然大悟，连忙谢了夫人，又没命地飞回来。到了营中，见庚辰竟还没有来，大翳等忙问：“怎样了？”黄魔将夫人之言说了一遍，大家听了虽则放心，但是四顾一看，情景殊属难堪，如游于墟墓之中，触处皆是死尸。过了一日，死去的总有一批。过了半日，死去的又总有一批。又过了一日，死去的竟十分之九有零，只剩得文命和鸿濛氏等五员地将了。又过半日，文命亦呼吸断绝，一命归阴。后来鸿濛氏等五将亦陆续死去，从此万帐寂寂，所有生物，只留黄魔、大翳、童律、狂章、繇余、乌木田六个人和在天空盘旋的一条应龙，以及在后曳尾的一个玄龟，守着这许多死尸。

第二十三回

聚窟洲返魂香 划除蜚兽
青州水患平

且说庚辰嘱咐了黄魔之后，纵身上天，如箭一般直向巫山而来，进了殿门，与旧时同僚亦不打话，径到瑶台之下，倒身下拜。云华夫人已知道他的来意，就问道："汝为蜚兽而来么？"庚辰道："是，那蜚兽疫气甚是厉害。"云华夫人道："我已修书一封在此，汝快去聚窟洲走一趟吧。"庚辰道："聚窟洲从前曾经跟了夫人去过，觉得很远呢，往返必须时日，恐怕缓不济急，怎样呢？"夫人道："不要紧，你快去吧。"庚辰听说，不敢违拗，接了书函，拜辞夫人，飞身空中，如风如电，径向聚窟洲而去。原来那聚窟洲是八方巨海中十大洲之一，在西海中申未之地，地方三千里，北接昆仑二十六万里，去东岸二十四万里，洲上多真仙灵官，宫殿比门，不可胜计。庚辰在空中飞行一昼夜方才到达，只见洲上狮子、辟邪、凿齿、天鹿、长牙、铜头、铁额等猛兽到处皆是。庚辰按照信面上所写的地址寻至一座大山旁边。那山形颇似人鸟之像，庚辰从前来过，知道它就叫神鸟山。山上多是些参天拔地的大木，与枫树的形状差不多，花和叶都发异香，数百里之外已能闻到它的香气。到得山边，那香气自然格外浓烈。山的左麓，显出一座巍焕的宫殿，庚辰知道已经到了，便去叩门。

里面走出两个首挽双丫髻的道童来，问明来意。庚辰便将书函递给了他。那道童入内而去，过了片时，道童出来邀庚辰入见。曲曲弯弯，走到一座院落之内，只见一位须髯飘拂、神采飞扬的真仙正在那里打坐习静。庚辰见了，忙拜下去。那真仙亦起身答礼，便叫庚辰在旁坐下，说道："令主人云华夫人向我要的震灵丸，我此刻适值已经分送完了，现在你且稍待，我立刻制造来给你吧。"说着，两个道童早已取过一柄斧头来，那真仙接在手中，又吩咐道童，叫他们一切预备起来。道童齐声答应。真仙又向庚辰道："和我同去看看吧。"庚辰应诺。真仙携了斧头与庚辰出门，到得山上，在那许多大树之中拣了一株，先用斧头之背将那树干打了一下，只听得一声大响，仿佛万牛齐吼。庚辰虽则是个神将，在不留意之中也不觉心惊神骇，便问那真仙道："此是何树？"真仙道："这树名叫返魂树。"一面说，一面仍用斧头发掘树根，须臾之间，已将树根的中心掘了一大块，又放下斧头，将树上的花叶枝条采取了一大把递给庚辰，说道："你拿着吧。"庚辰答应，接在手中。真仙又携了斧头，带了那块树根之心同庚辰回到院里。那时两个道童早已将各物预备好。庚辰一看，原来丹灶上架着一个玉釜，釜内盛着清水，灶内火光熊熊。真仙便将那块树根之心放在釜内去煎。两个道童用玉盖盖上，约煎了一个时辰，真仙道："好了。"两个道童忙将玉釜扛下，安放在旁边，又减去了灶内的薪炭，只剩了些微之火，再换一只玉釜放在灶上，随又用一根玉瓢将那只玉釜里煎出的汁水，一瓢一瓢地舀到这只玉釜里来。一个道童拿着一副长约三尺的玉筷，将舀在玉釜中的汁水不住地乱搅，足足又等了一个时辰，那汁水渐渐变成黑色，其胶粘已和饴糖相似。又隔了一会儿，真仙道："好了。"两个道童便将玉釜又扛下来，提起一柄掌扇，尽力地向玉釜挥扇。又过了些时，那胶饴已冷而凝，两个道童先将丹灶等收拾了，再来将这胶粘似的物件搓起丸来。

这时庚辰在旁实在等得不耐烦了，暗想，我来的时候崇伯等的病已非常危急，走了一昼一夜，满望得到灵药就立刻转去，哪知偏偏不凑巧，神仙的灵药也有分送净尽的事情，要现成制合起来，得费去多少时辰！按照"山中方七日，世上已千年"的这个标准算起来，下界恐怕已经有几个月了。不要说人已尽死，恐怕早已腐烂完了，这个灵药拿回去还有什么用处呢！又想，当初与黄魔等约定，多则两日，少则一日，如今彼等不知道焦急到如何地步呢！一面想，一面不住地回顾日影。那真仙知道他的意思，便笑笑和庚辰说道："足下性急么？不要紧呢。"说着，就将已经搓好的十粒交给庚辰，说道："足下既然如此性急，就将此拿去吧，已尽够敷用了。可以分作两次，一次只需用五粒，不必多用，切须记牢。"庚辰问道："怎样用呢？"那真仙道："这个震灵丸又名惊精香，又叫返生香，又叫震檀香，又叫乌精香，又叫却死香，共总有六个名字。足下拿回去，假使人已死了，只要将此香烧起来，死者自能复生。”又指着刚才从树上折下来的那一大捆花叶枝条，说道：“这种分三次用，烧起来，香闻数百里。那个蜚兽的可怕，便是一股毒疠之气，如果有这香气一熏，那毒疠邪气自然消灭，即使寻常的凡夫亦可以制它的死命。足下可一并带去吧。”庚辰听了，欢喜之至，慌忙拜谢，怀了灵药，拿了一大捆树叶树枝，刚要动身，那个真仙道：“你飞来飞去，要一昼夜工夫，太吃力了，我助你一助吧。”说着，指指自己所坐的蒲团，叫庚辰立上去，喝一声“快”，只见那蒲团早凌空而起，如电地向东方而行，比庚辰自己的飞行，不知道要快多少倍！幸亏庚辰是修炼多年、极有功行的神将，所以虽则如此之迅速，仍能稳立蒲团之上，绝无危险。不到两刻，已到嵎夷之地，蒲团忽然渐渐降下。庚辰跳在地上，正想那个蒲团如何安插，哪知一瞥眼，蒲团已飞向西去，不知所在。庚辰至此，益叹那真仙道术之深，钦佩不止。

这时，繇余等六人在下面真所谓望眼欲穿，忽然见庚辰自天而下，个个踊跃，拍手道：“好！好！来了！来了！”庚辰忙问情形如何，乌木田道：“死了，死了，个个都死了，死尽死绝了，死去几十日了。可恨那些九夷的人，探得我们如此情形，近日都来欺侮，说我们无用，都是一批死尸。童律骗他们，说这个不是死，是辛苦极了，休息休息，以便驱除妖兽。他们不相信，更要想趁此来夺我们的器用、粮食等等。我们无法可施，只得腾起空中，舞弄兵器，用威力恐吓，又叫那应龙不时在空中盘舞，飞来飞去。他们才知道我们是神人，这几日不敢来胡闹了。”狂章忙止住他道：“闲话少说，大事要紧。”又问庚辰道：“你为什么去了这许多日子？究竟成绩如何？现在人已死久了，有无起死回生之方？”庚辰道：“有，有，有！”说着，就将经历的事迹说了一遍，又拿出返生香来给他们看，说：“这就是了，你们快些去弄点火来。”哪知这时炊烟久断，火种全无。黄魔没法，只得腾身而起，向远处去寻。

庚辰便走进营帐中来看文命，只见他仰面朝天，两脚挺直，怀中的赤碧二珪和玉简、宝镜等还是隐隐突起在胸前，面色却依然不改；又看那伯益、苍舒、横革、伯夷、鸿濛氏等亦个个如此；四面走了一转，七纵八横，都是尸体，实在阴惨之至。那时黄魔已将火种寻到，庚辰就取出五粒惊精香来，以文命所住营帐为中心，先烧了一粒，其余四方令童律、狂章、繇余、大翳各拿一粒去焚烧，陡然之间，异香扑鼻。隔不多时，但见文命、伯益及左右倒卧之人个个手足移动，渐渐伸手揩眼，或打呵欠，或转身侧卧，大概都已复生了。庚辰等极叹仙家灵药之灵，忽听见文命发问道：“我好睡呀！汝等在此烧什么香？好香呀！”接着东面榻上的伯益亦说道：“好香呀！”一霎时，左右前后的死人都能说话了，但是有几个人要想爬起来，却不能爬起。庚辰便跑到文命榻前，将一切经过情形细细向文命详述了一番。文命等无不诧异，都说道：“哦！我们已死去几十日么？”既而回想从前临危的情形，仿佛都有点记得，便又说道：“那么我们现在都是再生之人了，非你的大力不至于此。”于是大家齐向庚辰称谢。庚辰忙谦让道：“这都是国家的景运，天子的盛德，崇伯的洪福，夫人及聚窟洲真仙的援助，某哪里敢当呢。”

正说到此，只听得文命及众人的腹中无不辘辘雷鸣，顿时暴泻。这时众人身体怯弱无力，都不能起床，而又无人伺候，只得听其狼藉床褥之上。那所受的毒疠之气排泄殆尽，众人顿时觉得胸腹舒快，精神增长不少。隔了些时，有几个人竟能够自己挣扎下床。那排泄的毒疠之气本来臭秽难当，幸喜得那震檀香经久耐烧，气味极烈，氤氲不散，所以大家都不觉得，否则触到这股秽气，不免又要传染了。隔了一会儿，童律、狂章等走来报告，说焚香之后，所有各营已死之人无不尽活。文命听了大喜。庚辰便将五粒未用之返生香呈与文命。文命接来看了一看，依旧递与庚辰，说道：“这是上界的灵物，非凡人所可贮藏，仍旧归你收拾吧。”庚辰遂接了来，藏在身畔。这时忽闻外面似有喧哗之声，文命便问何事。繇余走出去一看，回来说道：“嵎夷的人闻到这种香气，有几个死去的人都活了过来。他们想得诧异，寻踪而来，知道香气是此地发出的，又看见此地的人个个活了，他们便倾心吐胆地欢呼拜服，所以一阵子大嚷。”文命道：“他们知道我们都死去过么？”繇余道：“他们知道。”就将他们来欺侮要夺器具之事说了一遍。文命道：“汝再出去抚慰他们一番吧。夷性狡诈，不可以威劫，只可以诚信相孚。”繇余出去，用好言抚慰一番，那嵎夷人个个欢天喜地而去。

文命等复活之后，不但病体全愈，而且精神倍长。过了几日，文命就叫庚辰、童律二将拿了返魂树的花条枝叶往太山去剪除蜚兽。那返魂树的花条枝叶虽则采折多日，但香气仍旧馥郁，不减于在树上之时，已足以敌住蜚兽之恶气。到了太山相近，童律将花条枝叶分作三份，先将一份焚烧起来，与庚辰直到山顶，果见一兽，其状如牛而白首，一目而蛇尾，伏在那里。这兽看见二人，陡然站起，不住地将身体摇荡，想来是喷发毒气。但是返魂树的香气非常浓重，一点感觉不到。庚辰手起一戟，直刺其腹，顿然倒地。童律见了，就将手中燃烧的枝叶丢下，说道："我们将这尸身抬回去吧，伯益要画它的形象呢。"庚辰道："我看不必。这兽虽死，余毒尚存，抬回去恐怕不妙，不如埋葬了吧。"童律道："且慢，我们先回去请示，如何？"庚辰道："也好。"于是提起大戟，要想起身，哪知戟上都是腥血和兽的脏腑等。四山一找，虽有溪涧，并无滴水，无可洗濯，不得已，提了一枝腌臜的戟，与童律回营复命。

这时营中与太山虽则相隔几百里，但亦微微闻到香气。但自从庚辰大戟提进之后，腥毒之气渐胜于香气，霎时众人又头晕心泛起来。文命刚说得一句："我们过去看吧。"忽觉身体不能支持，便说道："不对，我像又要生病了，不知何故？"众人齐道："是呀，我们亦都难过呢。"庚辰猛然想到，不禁叫道："啊哟！是我之过。"说着，提起腌臜大戟往外就走，要想到溪涧里去洗濯；后来一想不妙，溪水流下去，人民要饮食日用的，这种毒汁岂可洗在水里。于是纵身腾空，径到东海，洗涤净尽，然后回来，哪知众人旧病又发了。庚辰一想，还有五粒香在这里，何必等死了再烧呢，立刻禀明文命，一齐烧起来。果然是仙家灵物，不到一刻，大家都愈了。伯益道："这蜚兽如此凶毒，我们就不去看吧。"乌木田道："虽则不去看，不可以不埋，否则腐烂起来，秽气四播，其毒更凶。"大家都以为然。章商氏、卢氏道："不好，不好，我们在地下受到它便溺之气，已经如此厉害，尸体埋藏，恐怕其毒更甚，将来贻害人民，还不如烧去它吧。"叔献道："烧起来气息更甚，怎样呢？"卢氏道："不妨事，返魂树的枝叶还有呢，夹在里面烧起来，怕什么！"于是大家决议，先由庚辰拿了返魂树的枝叶到太山去烧起来，等到香气四达，众人各挑了干柴枯叶等上去，堆在地上。庚辰又用一根大木，将蜚兽尸身挑起，放在柴草上，然后又将所有柴草及返魂树枝叶统统放在上面，一齐烧起。一时烈焰冲天，蜚兽的尸体渐渐消化，足足烧了两个时辰方才竣事。这座山自从此次焚烧之后，香气经数日之久方才散尽。那时嵎夷之人得到这个风声，竟有几个冒险上山来看的，归去传说。从此嵎夷益发敬事中国，钦仰文命，不敢倔强了，闲话不提。

且说蜚兽烧毁之后，文命又吩咐黄魔、繇余、陶臣氏、犁娄氏道："现在蜚兽已除，为民害的只有剡山上的合窳和鬲水中的薄鱼了。合窳在山上，就归黄魔、繇余去捉；薄鱼在水中，归陶臣氏、犁娄氏去捉；能够活捉来，尤好，但须小心。"四人领命，各自分头而去。不到半日，陶臣、犁娄二氏已将薄鱼捉到，另外又附带一条怪鱼，其状如鲋，十个身体合着一个头，气息芳香，仿佛蘼芜。文命问道："这个是什么？"陶臣氏道："某等亦不认识。捉到薄鱼之后，归途经过一水，中有此鱼，因见它形状古怪，所以随手就捉一条来，以备伯益图画册中多一个材料。"众人看了，无不称奇。过了一会儿，只听见空中有婴儿啼声，陡见黄魔、繇余自上而下，手中捉着一只人面、彘身、黄身、赤尾的怪物，正是合窳。那婴儿啼声正是从它嘴里发出来的。水平听了，禁不住问文命道："可怪！这些吃人的凶兽，它们的鸣声总是和婴儿啼声一般，如从前所见的蛊侄、獙獙等等，这是什么缘故？"文命叹口气道："这是它们引诱人类、欺哄人类的一种好方法。婴儿是人人所怜爱的，婴儿之啼声纯是天机，绝无诈伪，亦是人人所喜的。它们以此来诱人哄人，自然人人都受它们的哄诱了。住在屋里的人听了之后，走出来看；路上走过的人听了之后，驻足而寻；然后它才能大吃特吃。假使声音咆哮猛厉，大家都远扬深匿，它哪里有得吃呢！所以世上有些枭黠狡诈的人，他要想攘夺权势，其初也，必定以最和善最动听的话来做标帜，如同取消苛捐杂税呀，维持贫苦人的生计呀，种种之类，叫得来人人入其彀中。等到他权势入手，立刻为所欲为，择肥而噬。但在他那噬人的时候，依然还要露出他的和善动听之声，仿佛虽则吃掉你们，仍旧是爱惜你们，要你们好的意思。这种方法就是从这种凶兽身上学来的呢。"苍舒、伯夷等听了亦个个叹息。

文命忽然回过头来问大章道："昨日我叫你去邀九夷酋长，他们说今日一定来么？”大章道：“他们都说一定来。”正说时，那九夷酋长果然都到了，与文命见礼已毕，文命就说道：“我请诸位来非为别事，前日诸位所说几个害人之物，我已一一擒获。蜚兽最毒，杀了之后，即行焚化，不能邀诸位来看。合窳和薄鱼都活捉在此，请诸位看过，即便杀却，以除后患，诸位以为何如？”九夷酋长齐声道：“天朝天使如此为我们除害，使我们高枕无忧，我们实在感激之至。”文命便叫人将薄鱼、合窳一并杀去。干夷酋长看见那条一首十身之鱼，忙说道：“这个不是妖鱼，它名叫茈鱼，出在敝处泚水之中，是很多的，怎样拿它来当妖鱼？”文命道：“并不是当它妖鱼，因为这鱼中华所无，形状奇特，所以捉来看看。”干夷酋长道：“那么敝国将来多取几条来进贡，何如？”文命正色道：“不必不必，中华圣天子向来不贵异物，不宝远物，只要诸位从此之后遵奉号令，不侵不叛，使人民安居，那么圣天子就欣喜之至了。”九夷酋长听了，都免冠鞠躬说道：“敢不唯命是听。”文命大喜，当下就与各酋长划定疆界，随即班师，仍登舟循碣石山而南。

到了泰山之阴，那个地方平原甚多，西北与济水相接，中间最大之水有两条，一条叫潍水，一条叫淄水，都是自南向北流到逆河中去。自从洪水泛滥之后，这两河为泥沙所淤填，久已失其故道。文命拿玉简测量了高低形势，叫龙降、庭坚、叔献、季仲四人分头去修治。过了一个多月，工程完毕，青州一州又治好了。文命率领大众逾过泰山，择地驻扎，预备接续就治徐州，自己却带了真窥、横革、之交、国哀、伯益、水平、伯夷、夔和黄魔、大翳十人径入帝都。一则，每州治毕之后，照例入朝白帝；二则，新得到伯夷和夔二人，要荐之于朝廷，所以同去。

一日晚间，行到一座山边住宿，只见一道光芒如流星、如长虹，从山上直向溪中射去，水中澒洞有声，就不见了。水平道：“莫非又是鲋鱼么？”伯夷道：“二十年前某在此经过，知道这座山叫独山，下面的溪水叫末涂之水。那时天气大旱，自夏徂冬不下雨，据此地父老说，系一种怪物名叫偹蛹的为患。那偹蛹出在末涂水中，出入是有光的，不要是偹蛹么？”正说时，忽见那道光芒又从水中窜起，直到山上。黄魔早耐不住，飞身过去，提起双锤向光芒猛击一下，那光芒忽敛，觉得有一物坠在地上。俯身一看，原来是和蛇一般的东西，忙用锤柄挑起，归来献与文命。文命等一看，是一条黄蛇，但有两翼，如鱼之鳍，确是异物。文命便命横革去叫一个土人来问。须臾来了一个老者，须发皓然，文命便问他道："近来此地年岁好么？"老者道："还好还好，但是今年恐怕难，有半个月不下雨了。"文命道："半个月不下雨，有什么要紧？"老者道："不然，独山上的怪物出现了，我们此地的旱灾少则一年，多则三年，历来如此，无可免的。"说罢咨嗟。文命听了，知道伯夷之言不谬，便又问道："这怪物叫什么名字？是何形状？"老者道："老辈相传，名叫偹蠀，形状倒没有见过，但看见飞进飞出，一条黄光，如虹霓而已。"文命道："汝等此后可以安心，这个怪物我已替你们除去了。"说着，就将偹蠀的尸体指与他看。老者骇然道："原来是这样一件东西，可怕可怕！"说罢，便向文命称谢一番而去。伯益向文命道："冀、雍、豫、兖四州，我们所经过的，虽有怪物，但是没有此番青州之多，真是可怪。"文命道："国家多事的时候，妖魔小丑本来是随处出见，虐害人类，不足稀奇的。青州地邻外国，更沾染了外国的风气，或者竟仗着外族的势力，模仿着外族的方法，那么自然穷凶极恶，不易制治了。"大众听了都以为然。

第二十四回

九尾白狐向禹提亲　禹再过桐柏山，风雷震惊　霍山、潜山两储君骑龙迎禹　巫支祁之历史且说文命入朝白帝，报告兖州、青州水患已平，帝尧竭力嘉慰，因问以后当治何地。文命对说，打算治徐州及豫州的大部。帝尧道："数十年前，朕南巡走过长淮，见那泛滥之害甚大，现今更不知道糟到如何。汝此番去治，愿汝早日成功。"文命稽首受命。朝罢趋出，帝尧看见他行步甚为蹇滞，便又叫他转来，问道："汝患足疾么？"文命道："是。"帝尧道："何以患足疾？"文命道："臣连年治水，奔走的时候多，有时勉强而行，筋络遂受损伤，所以走起来两只脚不能相过。（现在巫觋道士等作法时，其踏步之状称为禹步，就是这个典故。）亦曾请医生医治，不能求速效，臣亦不能久待，只好随它去吧。"帝尧及太尉舜等听了，都太息道："太辛苦了！"仔细一看，文命的面色亦觉憔悴，神气苍老。帝尧又问道："汝今年已到三十岁么？曾娶过亲么？"文命对道："臣今年尚未到三十岁，亦未曾娶过亲。"帝尧道："三十而娶亲，是男子极迟的限度。汝虽则未到三十岁，但亦应该娶妻了。宗祧嗣续，关系非浅，以从速娶妻为是。"文命连声答应道是。

退朝之后，文命又来见太尉舜，说起伯夷与夔两人之才德，请舜荐之于帝尧。太尉舜道："崇伯所赏识的人当然不错，我明日就保奏吧。"两人又谈了一会儿公事，文命就要动身。舜道："且慢，刚才天子劝你娶妻，这话极不错。你以年纪论，真应该娶了。"文命道："某非不想到，不过水患未平，哪有工夫顾及家事，且等几年再说。"舜道："不是如此，治水固然要紧，娶妻亦属重要。况且你孑然一身，无兄无弟，尤其应该早点娶妻生子，上慰先灵，不能以治水为推托。况且娶妻不过一月半月之事，娶妻之后，即可以去治水，于工作并无妨害，何必固执呢！"文命听了，亦无话可说，只得答应道是。凑巧羲叔跑来，看见文命，就说道："刚才天子劝崇伯娶亲，我倒有好几家才德兼备的女子认识，我和你执柯吧。"说着，历举了几家出来。文命听了，无所可否。太尉舜知道文命都不愿意，就说道："且再谈吧。"当下文命辞了太尉出都。大章、竖亥两个是鲧的旧臣，本来极盼望文命早成家室，看到文命如此辛勤劳瘁，常常心中担忧，不过文命事忙，无机可说。如今听见天子、太尉都已敦劝，又有大臣作伐，而文命不愿，不觉同来谏劝。文命叹道："我年已长，深恐时候太迟，失其制度，岂有不愿娶妻之理？不过我现在一则无暇，二则没有遇到可以和我匹配之人，所以只好延迟了。"大章道："小人听说，羲叔举了好几个，都是富贵之家才德双全的女子，何不拣选一个呢？"文命听了笑道："我娶妻不愿于寻常女子中去寻，我亦不愿寻常的人来替我做媒。以我历来所经过的事迹推测起来，我如果娶妻，必有一种奇异的征应呢。"大章等见文命如此说，不便再言。

文命出都之后，逾过王屋山，由河入济，一直到陶丘附近与大队会合，就商量去治淮水。可是过了沛泽，弥漫一片的都是水，南与江海相通，而且惊涛浊浪不住地掀簸，舟楫亦难通行。正在踌躇之际，只见远远有一个白色的动物蠕蠕地向北方而来，愈行愈近。仔细一看，原来是一只九尾的白狐，众人无不诧异。只见那白狐走到文命面前，忽然人立起来，将两只前足向文命一拱，口中发出人言道："崇伯请了！"文命看了奇怪，大喝一声道："你是什么妖怪？来此何事？"那九尾狐道："我家在南方，涂山旁边有一个涂山国，那涂山国的国君就是我的苗裔。那国君的两个女公子美丽非常，才德兼备，要想嫁给崇伯，这是天缘，不可错过。"文命大怒道："你是个畜类，涂山国君是你的一族，当然也是个畜类，难道我来和畜类为偶么？"那九尾狐听了，呵呵大笑道："崇伯！你说我不是人类，这句话未免太轻率了。崇伯！你想想看，你自从得了云华夫人传授之后，所见过的神仙有多少，是不是一定是个人身？那形状怪异如海神禺虢、风神飞廉之类，是否都是畜生、不是神仙么？西王母蓬头戴胜，豹尾虎齿，莫非也是畜生么？你再自己想想看，你的真神如果出现起来，是人形呢，还是兽形呢？"这两句话一问，众人听了都莫名其妙，只有文命自己恰恰刺在心窝里，哑口无言，作声不得。九尾狐又接着说道："这个叫半斤八两，天然的对偶，有什么亏负于你？况且现在我用这个九尾白狐的形状来见你，因为你前日有一句话，说你的娶妻必定有奇异征应，所以我来给你一个奇异征应，亦是来预先报告你一个祥瑞。你是聪明人，难道这个理由都想不到么？你要我是个人身，这又何难！”说着，将身一摇，转眼之间便化成一个白须老者，仙风道骨，气概不凡，拱拱手向文命道：“这次我是个人了，我的苗裔亦当然是个人了。这头姻事到底要不要？”文命至此，才知道他是个大仙，慌忙还礼道歉。又想想看，他的所谓祥瑞，白色就是我的衣服（原来文命痛父死于非命，故虽服满之后，仍着缟衣），九尾就是王者之证，莫非我将来有帝王的希望么？但是涂山氏的女儿究竟好不好，未曾打听过，哪里就好答应呢。正在踌躇，那九尾狐已知道文命的意思，就解释道：“这是天缘，不必迟疑了。涂山那边，近几百年来有一个歌谣，人人所唱的，叫作：

绥绥白狐，九尾庬庬。我家嘉夷，来宾为王。成家成室，我造彼昌。天人之际，于兹则行。

照这个歌词看起来，岂不是应在崇伯，岂不是明明白白地说是天缘么？好了，不必迟疑了。”文命听了，还不能就答应。苍舒在旁代文命说道：“崇伯此时因治水事忙，无暇顾到婚姻私事，且待将来行到涂山的时候再议吧。”九尾狐道：“这种地理，我亦有点知道。治他种水，应该从下流治起，治这条淮水，却必须从上流治起。我要崇伯答应这件亲事，一半固然是为天缘，一半也是为治水的便利起见呢。”文命听到这句话，不免问道：“为什么淮水不能从下流治起呢？”九尾狐道：“我们涂山氏之国本在淮水旁边。洪水未起之先，淮水早先为患，可见洪水之患是天然的、普通的，而淮水之患是人为的、特别的。天然的，普通的，可以用普通的方法去治它；人为的，特别的，非先将它为患的根本解决了不可。这淮水为患的根本在上流，所以只能从上流治起。”文命忙问道：“所谓人为，究竟是什么人呢？”九尾狐道：“不是人，是个妖物，然而亦仿佛是个人。”文命道：“是什么妖物呢？”九尾狐道：“这个我现在还不能说。”文命道：“何以不能说？”九尾狐道：“当初这妖物为患的时候，我早知道，但是因为力量不及他，只好将国都迁让到南方去，以避其害。现在我若说出来，他一定知道，必来和我们寻仇。那时无人救援，无人抵御，涂山之民无噍类矣！”文命道：“我答应了这件亲事之后，又怎样呢？”九尾狐道：“答应亲事之后，我还要要求你到那边去就亲。你既在那边，自然能够救援我们，抵御妖物，我就可以相告了。”文命踌躇了一会儿，说道：“那么我就答应，但是婚姻大事，媒妁不可不请，六礼不可不备。我虽没有父母，亦须告过祖庙，才可议卜日期。草率成礼是不可能的。”九尾狐道：“那个自然，只要你答应了，一切自可慢慢地商议。照例，男女姻事必须男家向女家提出求亲，我现在只好算一个串媒，请你告过庙之后就倩正式媒人来求亲吧。不过路途遥阻，往返不便，最好到那时你和媒妁一同前来，较为省事。”文命亦答应了。九尾狐大喜，便拱手道：“如此甚好，我在涂山恭候，再会再会。”说罢，化一道白光向南而去。叔献向文命道：“这个是否妖狐？崇伯何以就答应他？”文命道：“当初我亦疑心，后来细看他神气绝无妖意，又暗将轩辕宝镜向他一照，他亦绝无感觉。他说的话又如此至诚恳切，所以我就答应了，料来决无害我之心。”说罢，就叫大章过来，吩咐道：“你快到石纽村去，代我设祭告庙，说我要娶于涂山了。”大章领命而去。

文命仍领了众人来治淮水，要行他那掘地注海的方法。哪知愈掘水愈多，泛滥愈甚，工人颇多溺死。偶然筑起一道堤防，不到一日，又被洪涛冲去。文命大怒，作起法来，大叫：“淮水之神何在？”叫了半日，不见答应，料想九尾狐之话不错，于是改变方针，先从大野、东原、沂水、泗水等处着手，分派了工程，叫众人去做。自己决计到涂山去就姻，带了真窥、横革、之交、国哀、竖亥五个同行，其余人员一概不同去。因为此次婚礼务以简略为主，所以用不着多人。治水一切任务暂请伯益代理。天地十四将深恐路上或有危险，要求同去。文命一定不肯，说道：“这是我的私事，不是公事，不敢以私假公。你们应该在此保护伯益，保护大众，就如保护我一样。”众将听了，只得罢休。

文命率领五人匆匆就道，沿着淮水之北而西，一路水势弥漫，洪波迭起，竟没有一个可以济渡之处。一直到淮水之源，又是桐柏山了，前次所坐、遇着风雨鬼怪的亭子依然尚在，六个人不免又进去歇足。文命坐下，回想前次过此之时，父亲尚在，如今父亲去世已久了；前次过此之时，尚未能得到各种神灵的佑助，如今治水居然已有些成绩，心中兔起鹘落，思潮正浓。忽听得雷声殷殷自上而来，狂风阵阵四面而至，在沙飞石走、天昏地暗之中，无数鬼怪的黑影又直向亭中扑来。文命非常诧异，怎样又会有这样事呢？前次赤手空拳，只能以正心诚意的功夫却此邪魔，此次则不然，胸有赤碧二珪，兼有轩辕宝镜，胆量愈壮，遂向真窥等道："汝等休怕，且看他如何。"哪知道这次的妖魔亦较前次为凶恶，起初不过在亭外幢幢往来，后来竟渐渐到亭中来作扑攫之势。真窥等早已掣出武器，预备抵敌。文命亦暗将宝镜和赤碧二珪拿在手中。这时雷声愈大，风势愈狂，天色愈暗，几乎伸手不见五指，仿佛有两个身长丈余的魔鬼，伸着他如箕一般的大掌，猛向文命扑来。文命急将宝镜及赤碧二珪向外一照，三道光芒俨如烈日，直向外边射去。在那光芒之中，看出无数奇形怪状之魔，有面蓝如靛的，有发赤如朱的，有牙长二尺、露出口外如象的，有头生两角，角又生歧如鹿的，或如禽，或如兽，或如木石之形，种种怪相，不可胜纪。自从三道光芒齐射之后，那当头两个大魔吃了一惊，仿佛似受了打击，狂叫一声，声如怪鸟，尖而且厉，往后就逃。其余的亦都惊惶退窜，霎时间无影无踪，雷也止了，风也息了，天气亦清明起来了。国哀等都喜跃而起，说道："真是宝贝，有这种力量！"文命收拾了三件宝物，说道："我们赶快走吧，此地恐非乐土呢。"竖亥道："有三件宝贝在此，怕他做甚？"文命道："我两次经过此地，都遇着妖魔，这次情形又比前次凶恶。别人走过并没有听说如此，照此看来，难保不是专与我寻衅。我虽有三宝防身，但是他们能够号令风雷，本领也不小。或者这种尚不过是个小卒，还有渠魁在后亦未可知。我们深陷重地，众寡悬殊，何苦冒此险呢。"说罢，带了五人匆匆离了桐柏山，沿着山系的南麓而行。

走了几日，只见前面一座大山，突兀峥嵘，矗立天半，四面群峰攒簇，气象不凡。之交道："好山好山！不知叫什么名字。"那时山麓中有几个村落，虽在水灾之中，独见整齐完善。文命暗想，这个诸侯必有才德，能够治民，看见一个村氓，就问他道："汝等是何国人？"那村氓道："我是阴国人。"文命听了，沉吟一会儿，说道：“我觉得阴国不在此地呀。”那村氓道：“是的，从前在淮水北岸，后来因为淮水泛滥，受灾甚重，万难居住。我国君和邻国君主开会商议，大家迁居吧，北面平原水势更厉害，所以迁到此地，如今已几十年了。”文命道：“从前邻近有一个涂山国么？”那村氓道：“有的，他们在我们之南的涂山地方（现在安徽怀远县），后来听说迁到大江以南去了（现在安徽当涂县）。”文命又探问阴侯的政绩，确是甚佳，心中非常佩服，但因私事匆促，未去拜访。又问那村氓，才知道这座大山叫作霍山，于是谢了村氓，就上霍山而来。

到得山半，忽听得音乐之声飒飒入耳，旋闻异香馥郁。文命举头四望，横革忽手指山坳大叫道：“在这里呢！”众人一看，只见树林隐约之中，有无数道者纷纷向前而来。过了一会儿，跑下一只大虎，虎背上跨着一位神人，头戴启明之冠，身穿青锦之袍，腰佩道君之玉策；后面又是一位神君，头戴参灵之冠，身穿紫光绣衣，腰佩朱宫之印，乘着赤龙之车，看见文命，一齐下来，拱手行礼道：“崇伯驾临，有失远迓，罪甚罪甚！”文命慌忙还礼，问道：“二位尊神是何法号？有劳玉趾，不安之至。”跨虎的神人道：“某乃霍山储君是也。”乘赤龙的神人道：“某乃潜山储君是也。”文命听见“储君”二字，甚为稀奇，暗想，天子的儿子称为储君，何以山神亦称储君？

正在想时，霍山储君已有点觉察，就说道：“小神等这个封号是黄帝轩辕氏封赠的。当初黄帝遍游天下名山，各有封号，如同青城山叫五岳丈人、敷浅原叫庐山使者。南岳衡山路太远，就封某等作为储君。”文命听了，方才恍然，便说道：“某从前治水，经过恒、华、泰各岳，都承各岳神出来招待，那是因公，帮助指教，某已觉万分不安。现在某以私事过此，又劳二位光降，某更觉惶悚之至。”潜山储君道：“崇伯嘉礼在即，某等理应前来道贺。况且崇伯驾临徐州，来治淮水，淮水为患，匪伊朝夕。其中有妖物凭陵作祟，尤觉不易措手，某等应该追随左右，稍效微劳。所以今日此来，一则贺喜，二则将妖物历史略为报告，亦是私而兼公之意。”

文命大喜，忙问淮水妖物究竟何类。霍山储君道：“那妖物名叫巫支祁，上彻天文，下通地理，力逾九象，术妙万端。所有千里之内，木魅、水灵、山妖、石怪，莫不听他的命令，受他的节制。他还有三个儿子，亦都有非常本领，第三个儿子尤为了得。他们父子四个占据了淮水流域，扬波跋浪，几十年来，受他们毒害的百姓不知道有几千几万。所以崇伯如要平治淮水，非先除去此妖不可。”文命听了，恍然道：“淮水发源桐柏山，那么桐柏山亦在他们的势力范围中么？”潜山储君道：“岂只桐柏山，自桐柏山以南，直至云梦大泽，更通到湘水之源，都有他的党羽到处潜伏呢。近二十年来，他又竭力扩张势力，振起洪水，将淮水下流与长江下流合而为一，他却随处往来，逍遥自在。他的三个儿子则到处收罗妖魔小丑，做他的党羽，以扩大他的地盘，打算立一个不可动摇的根基。总而言之，这个水妖真是世界古今第一奇妖。”文命听了这番话，心中默默筹划制伏巫支祁的方法。霍山储君道：“崇伯此刻且慢着手，等到嘉礼告成之后再处置他吧。”文命道：“百姓倒悬已久，渴望解除，今日既然知道这种底细，理应即刻动手去擒治他，何可以一人私事而废公务呢？”说罢，就和真窥、横革等道：“我此刻不到涂山去了，仍旧回转去吧。”真窥等未及答言，潜山储君道：“回去不得了，崇伯在桐柏山上伤了他的党羽，他的党羽已经报告巫支祁，巫支祁正下令到处搜捕崇伯呢。假使崇伯转去，岂不是投到他陷阱里去么？崇伯吉人天相，虽则绝无意外，可是这几位尊从性命危险了。”文命道：“那么我即使到了涂山，完了姻事，哪里就能够飞渡过淮水去呢！还不是和现在一样。”霍山储君道：“到那时自有助手，不必着急。”文命没法，只得改变方针，吩咐真窥等仍旧到涂山去。潜山储君道：“涂山国现在已搬到江南，从此地去恐怕至少须三日以上。但是一路多是巫支祁的势力范围，危险可怕。某等打算设法送崇伯过去，既免跋涉之劳，又少妖魔之扰，崇伯以为何如？”文命听了，极道感谢。

霍山储君用手向山上一招，只见山顶上一乘科车冉冉凌空而来；又向山上高叫一声“来”，只见一条苍龙，长髯下垂，拏舞而至。霍山储君道：“这两种都是某平日所坐的，现在请崇伯委曲，暂坐一坐吧。”文命答应，就与两储君深深道谢，然后跨上苍龙。潜山储君又招呼真窥、横革等五人坐在科车里，一切行李放在后面，小小一辆车子毫不觉其拥挤，真是可怪。众人都坐好了，霍山、潜山两储君向文命等拱手道：“再见再见，恕不远送。”又向那苍龙道："送到涂山国。"那苍龙点点头，奋然升空而起，后面科车亦升起了。文命乘龙数次，颇有经验，虽则一人亦毫无恐怖。俯首看那两储君随从的灵官，满山满谷，约有三万之数，还是站立未散。文命心中颇感激两储君。那苍龙到得空中，昂首直向东行，激如飞矢。

第二十五回

禹娶于涂山　巫支祁袭禹　因鸿濛氏　辛壬癸甲，禹出治水

且说文命跨在苍龙背上俯首下视，但觉左右前后万山迎送，一一地都向下面过去。陡然忽见一条匹练横亘在前，那龙身就向那匹练处渐低下去，仔细一看，原来就是大江。过了大江之后，龙身愈低，下面的房屋庐舍历历在目，渐渐连人声亦听见了。只觉有人大呼道："乘龙快婿到了！大家快来欢迎。"那时苍龙已降于地面，文命跳下龙背，一看，原来落在一片广大原野之中，大声呼唤的就是九尾狐所化的老者，后面却站着无数衣冠济楚的人。九尾狐先上前向文命拱手道："崇伯居然光降敝国，荣幸之至。"正说着，又来招呼真窥、横革等。那时五人亦早已下车，正在搬运行李。九尾狐忙叫他自己的人来代搬。搬完之后，科车与苍龙仍复上升，向西而去。

这里早有涂山侯派来迎接的车子六七辆，列于道左。九尾狐又过来向文命道："客馆早已备好，请到客馆里去安歇吧。"于是文命等六人一齐上车，径向客馆而来。文命在车中细看，沿途景物清幽美丽，不觉叹道："江南风景真是不恶！"正在想时，忽觉车行渐缓，原来已到山坡之上，两旁修竹幽篁，越显得不是尘嚣俗境。到了馆门，车轮停止，文命等一一下车。寻觅九尾狐已不知所在，但有两个衣冠济楚之人从后面车上下来，上前招呼。文命细问他们姓名、履历，才知道一个是上大夫，一个是中大夫，是涂山侯差来招待的。他们两个又吩咐从人将行李搬进去，又邀文命等入内。文命细看那馆中的铺陈结构，朴而不俗，简而不陋，恰合自己的心意。未曾坐定，就问那上大夫道："刚才一位白须老翁哪里去了？"上大夫道："这是敝国君的远祖呢，大家都叫他老祖宗，时隐时现，神灵异常。这次忽然降谕于敝国君主，说道：'你有两女，都是非常人，我已代为物色到一个佳婿，就是现在圣天子叫他在那里治水的崇伯，你看如何？'敝国君道：'能得如此，还有何说。只恐圣朝大臣不肯俯就，怎样呢？'老祖宗道：'是天缘，我去说媒，不会不成功。’过了几日，又降谕道：‘崇伯已经允许，你们赶快预备房屋，崇伯就要到此地来就亲呢。’敝国君答应了，就在此地建设房屋，陈设一切。今日清晨，又降谕道：‘崇伯今日必到，派某人某人同去迎接招待。’某等听了，就随着他前来。到不多时，果见崇伯自天而下。此刻老祖宗想来又隐去了。”文命道：“贵国一切大政亦唯老祖宗之命是听么？”中大夫道：“小事不来管，大事他一定来降谕。从前敝国本在淮水中流，有一年老祖宗传谕，说必须搬到此地，后来果然淮水泛滥，旧地已仿佛陆沉了。”

二人正在谈时，真窥、横革等已将行李安顿妥帖，也来陪坐，与二大夫攀谈，渐渐说起这次姻事。文命主张媒妁不可无，六礼不可废，现在一礼尚未备，且先将媒妁定了。之交做了男媒，上大夫做了女妁，纳采、问名、纳吉、纳征、请期这五礼由媒妁与女宅商酌，但备礼节，勿尚繁文。对于时间一层，尤须节省，不可迟延。因为受命治水，责任基重，请求女府原谅。当下之交与上大夫领了这番意旨，就同车向涂山侯宫中而去，中大夫亦告辞去了。

这里文命与国哀等便来布置房屋，预备迎亲及成婚之用。但见这所客馆，前面是五开间，兼有耳舍，后面一个大院子，再后面是七开间，后面又是一个大院子。五开间东首并列着一所房屋，亦是五开间，后面乃是一所花园。五开间西首并列着亦是五开间，后面隔着院子，乃是湢室、炊室之类。文命相度了一转，正中五开间当然是行礼的礼堂，后面七开间当然是洞房，东首五开间就请之交、竖亥等五人住下，西首五开间可以燕乐宾客。

正在分配的时候，猛见空中落下三个人，竖亥出于不意，不禁大叫起来。文命一看，原来是庚辰、黄魔、大翳。慌忙问道：“汝等何故来此？”庚辰道：“自崇伯动身之后，夫人便饬人来召某等三人前去。那时夫人正在昆仑山，某等就到昆仑山去谒见。夫人道：‘淮水怪巫支祁父子四个神通颇大，不可轻敌，汝等须要小心。’说罢，赐我神霄宝剑一柄，叫我们协力除妖。王母又命侍女拿出一根小小铁链和一个小金铃，吩咐某道：‘你和他交战之时，只需如此如此，就可成擒了。’又说道：‘巫支祁虽然可恶，但亦是天意使然，况且他修炼几千年，才得有这种本领，亦是太可怜。汝等如果捉住他，应体上天好生之德，向崇伯陈情，不要处死他，但将此铁索锁住，镇压他在地下，使他从此不能为患就是了。’夫人和王母说到此处，某等拿了物件正要拜辞，夫人又说道：‘崇伯此刻在涂山就姻，已为巫支祁父子所注目。那边是他势力范围，深恐他暗中滋闹，汝等可前往保护。’某等遵奉夫人之命，所以寻来。”文命听了，刚要开言，黄魔、大翳二人忽从身畔取出无数珍宝，堆在席上，说道：“这是王母和夫人叫某二人拿来，送与崇伯作贺礼的。”文命听了，益发感激，就倒身向西方稽首致谢。那时天已渐黑，之交和上大夫两个媒妁回来了，报告文命道：“涂山侯之意，妇道从顺为主，崇伯如何吩咐，决定遵命，绝无异言。”于是商定，纳采与问名同在一日，纳吉与纳征同在一日，请期一日，亲迎一日。名为四日，却是接连下去，次日是戊日，再次日是己日，再次日是庚日，再次日是辛日，决定辛日成婚。竖亥是守旧的人，听到此处，颇觉怀疑，就问道：“婚姻大事，百年好合，应该选择一个吉日。现在如此草草，未免太不尊重夫妇之礼了，还是请教卜人选择为是。”文命道：“合婚择日，自是正理，但是天下事有经有权。我现在抛弃职务，偷得空闲来办此事，以愈速为愈妙，只能从权，不能守经了。况且我看天下的人夫妇合婚，哪一个不选吉日？但是结果，是否个个都能够同偕到老、相敬如宾？其间中道仳离，脱辐反目的，正不知多多少少，照此说来，合婚择日亦未见靠得住。我现在处变从权，求吾心之所安，就所以合乎天理之正。日子即使不吉，亦可化而为吉，何必选择呢！”竖亥听了，无话可说。（几千年以来，江淮间的人合婚择日，总以辛壬癸甲四日为标准，这个例就是夏禹开的。）

那时涂山侯早已叫人馈粟馈肉，并叫他的庶官不时来伺候，礼意优渥之至。到得次日上午，之交和上大夫就到涂山侯处行纳采之礼，下午又去行问名之礼，才知道涂山侯的长女名叫娇，次女名叫攸。再过一日，上午行纳吉之礼，下午行纳征之礼。文命性不爱珍宝，素无储蓄，又在客边，正苦无以为聘，忽想到西王母及云华夫人的贺礼恰恰好用以为聘。于是取出来一看，无非是火齐、明珠、白璧之类，内中有一根犀角，光泽可爱，文命留下，打算将来制成一带，以纪念佩服西王母和云华夫人的恩德，其余统统作为聘礼，送到涂山侯处。如此仙家至宝，众人目所未见，真可谓丰厚之极了。

再过一日，之交与上大夫又到涂山侯处行请期之礼，真窥、横革、国哀、竖亥等则布置预备，忙碌之至。古人婚礼是在夜间的，这日酉刻以后，文命穿了吉服，驾了彩舆，亲自执御，由媒妁领导，径到涂山侯宫殿里来亲迎。前面一个彩亭，里面安着两只白雁，用人夫抬着，一同前行。到殿下车，媒妁先入内通报，从者将两雁取出，放在正殿上面。文命入内，早有相礼者上前指引。文命上殿，又赞礼。文命向上拜手稽首，行了一个至敬的大礼。少时，涂山两女打扮得花枝招展，由侍妾陪着，都出来了。文命上前，对她们每人深深作了一个大揖，转身出门，在彩舆边立着，等两新人上了车，一个在左，一个在右，然后自己才上舆，站在当中，揽起六辔，那四马十六只脚就搭搭运动，拖着彩舆径向新馆而去。随后，两个媒妁及送亲人等并赠嫁侍妾亦另上他车，陆续地都跟上去。一时车如流水，热闹之至。涂山人民久闻文命大名，都来瞻仰丰采，以为状貌必定如天神似的，哪知看到文命黧黑憔悴，大觉失望，都道："这样一个人，有这样大的本领，真是人不可以貌相呢！"闲话不提。

且说文命亲迎二女，到得新馆，就行交拜合卺之礼。这时已是辛日的丑刻了，即时送入洞房，闭房就寝。外面真窥、横革、竖亥、国哀等吩咐肆筵设席，款待两媒妁及送亲人等，打算叫庚辰、黄魔、大翳三人亦来作陪，哪知遍寻不得。在此宾客盈庭之中，亦不能过于张皇，而心中殊觉疑讶。原来庚辰、黄魔、大翳三个，因为云华夫人有恐怕巫支祁暗中滋闹之言，一到涂山之后，就刻刻提防。今日是吉日之夜，尤恐他们窜出来惊扰，所以一到天晚，戒备加严。文命去亲迎及转身，三人都在暗中跟着。到得送入洞房之后，三人就在洞房前后，每人拿着一面轩辕宝镜，不住地照耀逡巡。

到了寅初，果然瞥见西北角上飞出一个夜叉模样的妖精，直向洞房徐徐扑去。庚辰向黄魔、大翳道："你们守在此地，不要走开，勿惊崇伯，我去拿他。"说着，手执大戟，迎上前去。那妖精看见庚辰到来，把兵器虚舞几舞，往后便退。庚辰赶过去，他退得愈快。庚辰不赶了，他又回来，向庚辰虚舞兵器。庚辰笑道："这是调虎离山之计，我不来上你的当。"说罢，提了戟退转来。只见大翳又与一个妖魔交战，妖魔败下去，大翳却待要赶，庚辰忙止住道："不可不可！这是他们调虎离山之计，要诱我们三个走开，他们好于中取事呢。"大翳恍然大悟，止住不赶。那妖魔听见庚辰说破了他的计策，也就退了回去。庚辰问大翳道："黄魔哪里去了？"大翳道："追妖精去了。"庚辰道："他已中计，现在只有我们两个，万万不可再离开。"大翳极以为然。守到卯正，黄魔转来，口中骂道："叵耐那妖魔可恶，用车轮战法来诱我，可是又都不经打，统给我杀散了。"大翳道："你已中他的计，还要夸口呢。"黄魔一想不错，便叫道："啊哟！我上当了。"庚辰道："从此我们三个不可离开为是。"黄魔道："我想他们日间或者不敢为患，等天明之后，我去叫童律他们一齐来，如何？"庚辰道："亦是一法。"三人守在洞房之上，半空之中，但听得下面车马之声，原来上大夫及送亲人等宴罢之后纷纷归去了。等到天色已明，洞房门启，文命起身，庚辰等才落下来。

那时真窥等却都睡了，庚辰等亦不去惊动他们，仍在舍馆前后巡视。庚辰向黄魔道："你说去叫童律等，此刻可去了。"黄魔道是，纵身空中，不到片刻，已到东原之地。那时伯益等正遵照文命的计划，在那里修治泗水。从陶邱地方将济水的一股决到泗水之中，再由泗水直通淮水。童律等亦正在帮助动工。看见黄魔到了，便问道："夫人叫你们去做什么？庚辰、大翳何以不来？"黄魔就将经过情形告诉一遍，并且说那边人手太少，所以来邀他们去，同心御侮。童律道："那么我们就去。"说着，就和黄魔、乌木田、狂章、繇余一齐来见伯益，说明此事。伯益听说文命有急，当然允许。那七员地将听了，亦说要同去。黄魔道："同去不妨，不过听说那妖魔是个地理精，地下的势力极大。我们从空而行，料无妨害，汝等走地下，切须小心。"

鸿濛氏等答应，于是分头向涂山而来。五员天将飞行得快，早会见庚辰、大翳，知道文命昨夜洞房花烛，对于外面妖魔的争战竟无闻知，就是黄魔离开北去，他也没有问起。因为涂山大小官员纷纷前来道贺，与真窥、横革等酬应招待，甚为忙迫之故。到了下午，又要去觐见妇翁，因此对于庚辰等的举动更无暇问起了。只有之交等因昨夜寻庚辰等不见，颇为疑讶，到了下午，文命出去后，又来寻找。只见七员天将都在外面窃窃私语，如有所议。横革忙问童律等道：“你们几个什么时候来的？”童律道：“刚才上午来的。”横革道：“好极！我们又添许多帮手了。”真窥问大翳道：“你们昨夜在何处？使我们遍寻不见。”大翳道：“我们没有走开，就在这房屋周围呢。”真窥道：“现成喜酒不来吃，在外面做什么？”黄魔笑道：“你们但知道吃喜酒忙，不知道昨夜的危险呢。”说着，就将昨夜情形说了一遍。之交听了，不禁吐舌道：“原来如此！我们真是一点不知道。”庚辰道：“你们千万不要告知崇伯，使他在燕尔新婚之中和崇伯夫人受一场惊吓，是不好的。”竖亥道：“那么妖魔今夜再来，怎么办呢？”庚辰道：“原是虑到此，所以连童律他们都叫了来，有我们七个保护，绝无妨害。”

正说着，文命回来了，众人迎上去。文命看见童律等四人，便问道：“你们几时来的？来做什么？”童律道：“伯益等记念崇伯，叫某等来探听消息，兼带贺喜。”文命道：“有劳你们了，你们回去和伯益他们说，某嘉礼已成，不日就来复职治水，叫他们努力勿懈。他们现在都好么？”乌木田应道：“都好。”文命也不言语，就进去了。这日晚上，庚辰等仍旧守夜，那妖魔竟不来。次日夜间仍旧不来，但是各天将总是彻夜地防守。到得第三日，涂山侯君臣又设席为文命作馔，文命夫妇都赴燕会去了。七员天将无事，到各处闲游，但见远山之顶有人行走。繇余定睛一看，像是乌涂氏、陶臣氏，就指点给狂章看，知道果然是他们两个，便忙招呼他们过来，问道：“你们何以此刻才来？还有五个呢？”陶臣氏气吁吁地说道：“不得了，不得了！统被妖魔捉去了。”众人大惊，忙问怎样会被捉去的。乌涂氏道：“我们来时，经过淮水之底，不料走到一所宫殿，殿门口有好许多小妖在那里把守。我们欺侮他无用，就盘问他，此地是何人所居，才知道就是水怪巫支祁第二个儿子的窟穴。我们又问他巫支祁第二子在哪里呢，小妖说，昨日已到涂山国去捉一个什么人去了。那时我们七个人商量，到涂山去捉人，一定是不利于崇伯，可恶之极！我们先将这个巢穴毁去吧。商量定了，每人一下，先将守门的小鬼统统打死，然后打进他的殿去。哪知道早有逃走的小妖去讨救兵来了。我们既然走在里面，他就将宫殿团团围住。我们知道之后，欲待退出，已无退路，向上窜既不能，向下钻又不入，只能七个人聚在一起和他们死拼。为首一个钩嘴乌面的先锋恰给我们并力杀败，哪知后来又走进一个大怪来，身躯伟大，牙长尺余，露于口外，环眼金睛，大家都叫他三太子。这个怪实在可怕，力敌我们七个，一无惧色。但是我们早已疲乏了，又在他的窝巢里面，地理既不及他熟，人手又不及他多，不知如何，卢氏就扑地倒了，给妖兵活捉过去。我们心中一慌，正要想救，哪知犁娄氏、兜氏又陆续倒了，也给他们捉去。我们这时知道进退俱死，除死命冲出之外，别无他法，四个一哄都向外面逃。怎禁得他们人多，鸿濛氏、章商氏奋勇当先，杀死的小妖虽不少，哪知下面埋有绊索，都跌倒了。众妖等忙去擒捉，我们两个乘势一挤，事有凑巧，竟被我们逃出。他们五个生死如何，不得而知，总要请崇伯及诸位赶快设法救援才是。”庚辰道：“崇伯新婚，一时还不可以去烦渎他，且过几日再说吧。我想这五个人绝无性命之忧。”一面说，又和大家商量救援之法，一时实在无从想起，只得缓缓而归。

此时文命夫妇早已宴罢归来，真窥、横革等正在纷纷收拾行李，说道：“明日就要动身了。”黄魔忙问道：“是夫妇同去呢，还是崇伯独去呢？”真窥道：“崇伯一人独去。”黄魔听了，就和庚辰等商量说：“崇伯有我们保护，可以无妨。崇伯夫人留在此间，万一妖魔来侵犯，将如之何？我看，只好将那夜的情形和崇伯说明，请他将夫人一同带去，岂不省事！”众人都说不错。庚辰道：“崇伯不将夫人带去，必有道理，我们且看今夜如何，明日再说吧。”哪知到了夜间，妖魔果然又来。这次却不诱敌了，当头两个大妖身躯都甚魁伟，面貌如何，因在黑夜看不清楚。一个提着狼牙棒，一个舞着大砍刀，领了几十个小妖，半云半雾而来。庚辰忙向童律等道：“我和黄魔前去迎敌，你们谨守着此地，无论如何不要离开。”童律等答应。

庚辰、黄魔前去迎战，哪知两个妖魔强悍非凡，斗到半个时辰，方才败阵而逃。跟来的小妖，有两个想乘机来攻文命洞房，都被狂章、乌木田等打落，坠在院落之中。那时天已将明，文命已起身，正在与二位夫人喁喁话别，忽听得屋上轰然一声，栋瓦俱震，直滚到院子里去，接着又是一声，也是如此。急忙开门出来看视，只见地下躺着两个尸身，不禁大骇。那时大翳亦下来了，看见文命，就问道：“崇伯吃惊么？”文命问起缘由，大翳便将连夜情形述了一遍。这时天色已明，妖魔都已退去，庚辰等亦都下来，就是住在前面的真窥等亦都闻声而起，出来看了。黄魔趁此劝文命与新夫人同行，免得留在此间受妖魔惊吓。文命道："承汝等如此维护关爱，感激之至。不过挈眷同行，于理不可。我奉命治水，师旅之中岂可以家室自随？且再议吧。"当下叫真窥等将妖尸抬去埋葬，自回室内盥洗。

女娇、女攸两位夫人看见妖尸如此之凶恶，又听见这番情形，非常惊恐，但并不露于颜色。文命进来，就向她们说道："我带你们同去，于理不可；不带你们同去，于心不安；这事倒很费踌躇。"女娇道："崇伯切勿以妾等为虑，妾听见古人说，'死生有命，富贵在天。'妾等如果应死于妖魔之手，虽同行亦必不得免，徒多累赘而已。倘命中不应死于妖魔之手，那么在此何妨。但愿崇伯一路平安，殄灭妖邪，早成大功而已。"文命新婚三日，即欲出门，起初亦深恐二位夫人有点难堪，哪知后来一谈，她们并不阻拦，且多通达之语，颇为心慰；这次遇到危险，仍旧是慷慨磊落，一无妇女惊怯之态，尤为钦服，就说道："二位夫人见解极是，某去之前，当往谒外舅辞行，顺便请多饬兵士前来保护，想亦可无患了。"

早餐之后，文命吩咐真窥等将行李整理好，等到涂山侯处辞行回来就要动身。哪知这时外面人声、车声喧嚷之至，原来涂山侯闻知文命昨夜遇妖，所以急急来慰问，兼且送行。文命接见之后，就以去后保护二位夫人之事相商。涂山侯道："那么请崇伯稍待，我回去请问老祖宗来，就可以解决。老祖宗道术高深，遇事能前知，如若他说应同去，自以请崇伯将二小女带去为是；倘若可留，则绝无妨害。"说罢，匆匆而去。下午又来，向文命道："老祖宗降谕，说可以无需同去。二小女在此，他能保护，妖魔绝不敢来。"文命听了大喜，谢了涂山侯，但是时候已迟，不能动身，只能再住一宵。到得次日早晨，先到涂山侯处辞行，随即率众人上道。涂山侯暨百官百姓送的人甚多。计算文命自结婚至动身，中间仅仅辛壬癸甲四日是完全的，可谓急公之至，但是女攸却已怀有身孕了。

第二十六回

牛渚燃犀 禹三过桐柏山，风雷震惊 禹召万神共战巫支祁 伯益受伤 奔云伏诛 全州兵书峡

且说文命结婚后，离去涂山，到得江边，只见波涛滚滚，势甚凶险，万万不能过去。文命大怒道："这又是妖魔在那里作怪，可恶之至！"忽然想起，犀角烧起来可以照见水怪，古人曾经有在此烧过的。我现在有西王母所赐之犀角在此，何妨一试呢。想罢，取出犀角，叫人点起来，向江中一照，直照到水底，比较赤碧二珪所照还要清楚，想来这个犀角来自瑶池，的系仙物，与寻常之犀角不同。果然见水中都是一批虾怪、鱼精、鼋魅在那里推波助浪，被犀光一照，个个现出原形，站立不住，纷纷向下流逃去，所有波涛顿时平静。文命忙叫众人一齐上船，向西对渡，又防恐妖魔再来，仍将犀角燃着。凑巧风顺，一帆高挂，顷刻已达彼岸。

正在搬运行李之时，忽然一阵狂风，波涛壁立，将几只船直涌到岸上。之交、国哀等个个倾跌，压在船底，各受重伤。文命幸立在远处，未遭波及。七员天将腾起空中，乌涂、陶臣二氏卷入水际。在这一刹那的时候，江心中已跳出无数妖魔，当头两个大妖状貌凶恶，形若猕猴，似人非人，一个手持狼牙棒，一个手持大砍刀，高声大叫"文命小子！这番与你见个输赢，你休想逃。"说着，指挥群妖团团围上来。庚辰等在空中看见，飞身下来迎敌，仔细一看，就是前夜来的那个，今朝白昼出现了。于是庚辰、黄魔保护文命，杀戮小妖，狂章、乌木田上前迎敌。斗到数十合，两妖气力不加，要想往江心逃去，哪知繇余、大翳二人已抄到后面，喝声："哪里去！"两妖措手不及，被四人生擒过来。另有几个钻入水中的小妖，亦被乌涂、陶臣二氏个个活捉，解到文命面前。

文命大喜，忙叫庚辰等将船搬开，救出之交、国哀等，用药医治，扶到远处休养，然后再审问群妖。那执狼牙棒的自称为巫支祁的大太子，持大砍刀的自称为巫支祁的二太子。原来巫支祁独霸淮水流域数十年，已自称为淮水之君了，所以他的儿子都称太子。文命问他：“为什么荼毒生灵？又为什么屡次前来害我？”两妖都推在他父亲巫支祁和他兄弟奔云身上，说是他们指使的。文命又问巫支祁和奔云此刻在哪里。大妖道：“此刻都在桐柏山。因为料崇伯归去，第一必越过长江，第二必经过桐柏山，叫我们先来截住长江，假使截不住，再截住桐柏山，所以他们此刻都到那边布置去了。”文命道：“汝等巢穴都在桐柏山么？”二妖道：“不然，我们住宅以水为宜，所以都在水中。我父亲的宫殿在淮水下流龟山脚下（现在洪泽湖中），最为近海。我兄弟奔云的宫殿在淮水中流，涂山脚下（现在安徽怀远县东）。我的宫殿在大别山（现在安徽霍邱县西）脚下。我兄大太子的宫殿在光山脚下（现在河南光山县北）。桐柏山虽是淮水发源之地，但是水量甚小，不足以容回旋。我们虽则亦有兵士派守，可是不常去住的。”文命道：“我上回两次经过桐柏山，都受妖魔欺侮，是汝等么？”大妖道：“不是，大约是我们的守兵。他们看见了相貌奇异或身怀异宝的人，要想欺凌篡夺，这是我们不知道的。”文命喝道：“那么汝等现在为什么屡次来谋害我呢？”二妖道：“霍山、潜山之神那日用龙送崇伯过江，这是大家知道的。我父亲知道崇伯听了霍山、潜山两神的话，结婚之后必来和我们为难，所以不得不先下手，这是真情。后来崇伯又私下派人闯进我兄弟奔云的宫殿，打死我们无数士兵，知道崇伯已有与我们不两立的决心，因此非弄死崇伯我们不能自安，这亦是实情，请求原谅。”文命道：“我手下有五个人被你们捉住，弄死了没有？”大妖道：“没有弄死，都囚在那里。”文命道：“我不信，你们这班妖魔，岂有捉到人不弄死之理？”大妖道：“的确没有弄死，我父亲说，须等捉到你之后，一同处死。”

黄魔听到这句，勃然大怒，拔出宝剑，就要砍去。文命连忙止住，一面向两妖道：“汝等要死要活？”两妖齐道：“要活，不要死。”文命道：“那么我放汝等回去，好么？”两妖听了，喜出望外，都道好好。文命道：“我放汝等，不是白白放的，需要将我们被捉去的五个人拿来交换，汝等肯么？”两妖连连道：“肯，肯，你如果放我们回去，我们立刻将五个人送来。”文命道：“靠不住，靠不住，我放你们回去，你们不放五个人回来，我怎么奈何了你们？现在我先放几个小妖回去，你们可吩咐他们去通知你父、你弟，叫他们赶快将五人放回来，那么我也立刻放你们回去，你看如何？”两妖道：“五个人放了转来，你不放我们去，怎样呢？”文命正色道：“我是个人，人的话就是信，你疑心我不信，你当我不是人么？”两妖无奈，只得答应，便回头和那些被捉住的小妖叽叽咕咕不知道说了多少妖话，大家都不懂得。说完之后，就向文命说：“我已叫他们回去和我父我弟说，放了五个人出来，我们才有命，想来一定放转来的。”文命听了，就吩咐将那些被捉的小妖都放了。那些小妖欢天喜地，纷纷入水而去。

过了一日，果见前日放去的那些小妖扶着鸿濛氏、章商氏、兜氏、卢氏、犁娄氏五人出水而来。众人大喜，纷纷上前向五人询问。哪知五人都垂头丧气，面目黑瘦之至，气息亦非常低微。问了长久，只听得犁娄氏说了一句：“饿坏了。”乌涂氏听了，赶快叫人去预备食物。忽听那边捆缚着的大妖、二妖齐声连连大叫道：“他们五个已送到，可以放我们了。”文命等正在围询五人，未曾回答。那两妖又大叫道：“人说的话，如此无信么？如此无信，是个人么？”文命听不过，就叫真窥、横革等将两妖绳索解去。哪知一解之后，两妖就急急向江边逃窜，接着，这垂头丧气的鸿濛氏、章商氏、兜氏、卢氏、犁娄氏五个和那些小妖亦跟着向江边逃窜。庚辰心细，繇余手快，乌木田站得近，急忙将鸿濛氏、兜氏、犁娄氏抓住，其余早入波心，浪花四溅，无影无踪。众人细看，那抓住的三个何尝是鸿濛氏、兜氏、犁娄氏三个，原来都是妖魅幻形欺骗。文命知道上了当，不禁大怒，吩咐将三妖都斩去。

于是，文命就率同大众沿淮水而上，搜寻他们的巢穴。一面吩咐天将道：“据大、二两妖说，老妖、三妖在桐柏山等我们，我们须要小心。”天将等答应。看看行抵桐柏山，忽然惊风四起，迅雷乱鸣，天气陡然昏晦。文命大怒，作起法来，大喝一声：“雷神、风神何在？”只见空中雷神丰隆和风神巽二连续而至，向文命行礼。文命责让他们道：“尊神职司风雷，应该助顺除逆，扶正黜邪，何得帮同妖魔阻我去路？”雷神、风神齐声道：“这非某等之过，那妖魔具有广大神通。”刚说到此句，后面的妖魔已漫山遍野而来。当头一个，人身虎面，牙长一尺，身长二丈，手执长枪，驾着一道乌云，如电一般飞来，大叫：“文命小儿！快快授首，吾乃三太子奔云是也。”说着，举枪直刺文命。黄魔、繇余看了，不敢怠慢，一齐赶出，双锤一剑，将他的枪挡住，就交战起来。旁边又有两个大妖从左翼攻到，一个就是巫支祁的大太子，一个浑身黄色，钩鼻圆眼，其状甚怪，名叫鸱脾，是巫支祁的左先锋。乌木田、童律慌忙上前迎住。又有两个大妖从右翼攻来，一个就是巫支祁的二太子，一个方面大目，喉结垂得很长，其状甚武，名叫桓胡，是巫支祁的右先锋。狂章、大翳慌忙上前迎住。其余大小妖魔约以千计，群向文命攻来。庚辰及乌涂氏、陶臣氏只得保护着文命及真窥、横革等，随时拦阻驱逐，不敢远离。这时风雷愈大，天色亦愈晦，风神、雷神至此亦无法可施。文命怒极了，再作起法来，凡云华夫人赠他那部宝箓上所可以召请之神，此地战场适宜的，随口乱叫。霎时间桐柏山神首先率领千名神兵前来援助，随后潜山、霍山两储君带了三万灵官亦匆匆赶到，又有中岳嵩山之神寿逸群和他的佐命少室、武当（现在湖北省均县镇）两神，带了仙官玉女三万人亦到，其余神灵到的亦不少。这时中路和左右二翼正在酣战，二太子敌不过狂章，首先后退，桓胡也只好退了。右翼既败，左翼动摇，大太子及鸱脾亦只好后退。

独有中路三太子奔云煞是骁勇，一杆枪抵住了黄魔的锤和繇余的剑，死斗不休。庚辰看了，大吼一声，叫黄魔等退保文命，自己提了大戟，直前接战。奔云见换了生力军，不能支持，亦只好后退。不料庚辰的戟逼得太紧，奔云不得已，驾起乌云向东而逃。庚辰哪肯饶他，紧紧穷追，追到淮水中流，奔云刚要入水，只见水中窜出一条长龙，生有两翼，看见奔云，便张牙舞爪，拦住他的去路。庚辰一看，原来是应龙，不禁大喜，连叫“好，好”。奔云既被应龙拦住，不得入水，后面庚辰的戟又要刺过来，不得已，只能向东北而逃。庚辰仍是紧追，倏忽之间，那奔云不见了。庚辰大疑，低头一看，但见下面都是森林，料想他躲在山泽之中。正要设法去寻找，忽见东方旗旌飘动，人声喧阗，原来此地已是孟诸相近，伯益等正带了兵士来此工作。庚辰大喜，就降下来与伯益商酌，要想派遣兵士将山泽围住，以便搜捕。伯益想了一想，说道：“他是妖，我们是人，即使包围，亦恐怕制他不住。我想请你仍旧站在空中，四面观察，防他逸去。我另有方法可以赶他出来。”庚辰依言，升到空中眺望。

这里伯益就吩咐部下，每人各取干柴一束，将森林四面放起火来。这放火本来是伯益的专门长技，所以嗟咄立办。不到一时，四面已是火光熊熊。那时奔云躲在山泽之中，休息多时，肚里忽觉饥饿，适值有一虎一豹经过，奔云就随手捉来，啮以充饥。刚要吃完，忽见周围火光四起，毕剥之声不绝，那森林已统统烧着了。奔云大惊，向东一望，只见一个幼年的童子督着无数兵士在那里纵火。奔云不禁大怒，说道："这个小小孩子，亦来欺侮我，可恶极了，吃掉他吧。"说着，绰起长枪，冒烟突火，穿出林来，径奔伯益，张开大口，要想将伯益生吞下去。伯益这时命不该绝，如有神助，忽然倒退几步，那指挥兵士的右手尚翘起在空中，恰恰伸在奔云嘴里。奔云牙齿刚要嚼时，但觉背上奇痛，急忙舍了伯益，回头一看，原来庚辰已从天而下，一戟刺来，已透奔云背部。奔云出于不意，大吃一惊，兼受重伤，不能应战，急忙驾起乌云向南而逃，庚辰又紧紧赶去。这里伯益之指已被咬伤，幸未啮断，自有苍舒、隤敳等赶快为之敷药医治，不提。

且说庚辰追逐奔云，看看又近淮水了，只见那条应龙却像知道似的，又在那里守候拦阻，不令入水。奔云无法，只得再向南逃。庚辰一想，前面已是大江了，恐怕他逃入水中，不易捕捉，急忙取出云华夫人所赐的神霄剑向空挥去，那剑光如长虹一道，夭矫飞去，恰好将奔云截为两段，尸首并落江中。庚辰见奔云已死，急忙收了神霄剑，要想回到桐柏山再来助战。哪知到淮水边又遇见应龙，庚辰忽想起一事，向应龙道："拦住妖魔不使他入水，你的功劳甚大。现在妖魔已伏诛了，还有我们的鸿濛氏、章商氏、兜氏、卢氏、犁娄氏五个被妖魔捉住，困在水中，生死未卜，你能够去探听援救么？"那应龙听说，将头一点，径自入水而去。庚辰亦就回桐柏山而来。

且说文命见庚辰追逐奔云而去，便吩咐黄魔等道："你们须努力上前杀贼，不可为我的缘故耽误时间。现在各山各神都正在鏖战，你们是我亲信之人，岂可反落在后么？"黄魔等听了，只得离开文命，俱各上前。那时潜、霍二山储君手下的三万灵官，中岳嵩山寿逸群手下的三万仙官玉女，以及桐柏山神手下的千君等包围群妖，搏战多时，妖魔渐渐不支，要想逃窜。怎奈各处神兵都已布满，正要想斩草除根，忽然数万神兵纷纷倒退，困在核心的妖魔一齐突围而出，反并力向前。文命看了正在诧异，哪知是巫支祁自己到了。

大家看那巫支祁相貌生得形若猿猴，缩鼻高额，青躯白首，金目雪牙，真是奇妖。但见他左右跳跃，搏击之处，个个受伤，腾踔所到，人人躲避，几万神兵直不禁得他一打，倏忽之间，已奔到文命面前，伸手来攫。童律等见了，急急地用兵器拦阻。忽然有人将文命向后一拖，文命回头一看，那人服黄素之袍，戴黄玉太乙之冠，佩神宗阳和之印，原来是中岳嵩山之神寿逸群。寿逸群也不言语，拖了文命向后就走，走到一条小黄龙身边，扶了文命跨上龙背，寿逸群自己也跨上了。那黄龙腾空而起，停在空中，寿逸群才向文命道："巫支祁厉害得很，下面不是乐土，还是空中稳当。"文命此时心忙极了，一面向寿逸群称谢，一面向下方观看。只见童律的枪已在巫支祁手中，童律却从地上跳起，想来已给巫支祁杀败了。这时大翳、繇余、狂章、黄魔正在四面拦杀群妖，乌木田拿着双锏正与巫支祁支持，不到几合，巫支祁撇了童律的枪，又抓住乌木田的锏。乌木田吃不住，亦只得弃锏而逃。这里黄魔、大翳等见了，四个一齐上前，拼命来敌。巫支祁看见文命已在空中，舍了四将，腾起空中，来捉文命。看看就要接近，寿逸群急将所佩的神宗阳和之印向他一挥，巫支祁不觉倒退几步，忽而又欲上前。寿逸群举起印，高声和他说道："巫支祁！你的孽子奔云已被诛夷，你尚在此做什么？"巫支祁听了，向东南凝望一会儿，忽然哭道："我的儿！你死得好苦，待我葬了你之后，再来杀尽这批人，为你复仇吧。"说着，降下地面，丢了乌木田的锏，发一声长啸，督率着大班妖魔恨恨而去，倏然不见，风雷顿止，天色也复清明。

黄魔等知道他厉害，亦不敢追赶。童律、乌木田各自寻着他的军器。这时文命和寿逸群已自空中降下，与潜、霍储君、桐柏山神、雷师、风神等聚在一处，计点灵官、仙官、玉女等，受伤的不少，幸喜都是仙体，并无性命之忧。文命叹道："巫支祁如此猖獗，如何是好？"寿逸群笑道："不妨事，等庚辰来，事就可结束。"过了一会儿，庚辰已从天而下，向文命报告诛戮奔云之事，并问刚才争战情形。文命便将巫支祁的厉害说了一遍。庚辰道：“既然如此，且待明日某去会他。”哪知等到次日，巫支祁竟不出来。大众正在诧异，忽见鸿濛氏、章商氏、兜氏、卢氏、犁娄氏五个囚服缧绁而至。庚辰防恐又是妖魔所假托，吩咐黄魔等小心提防。乌涂、陶臣两氏知道是真的，慌忙来给他们解去缧绁，脱去囚服。文命问他们被擒后情形，鸿濛氏道：“当初被擒时，小妖三太子一定要将某等杀死，倒是老妖巫支祁说且暂囚着，等擒到崇伯之后一同处死，因此就将某等囚在他宫殿的后面。起初颇受虐待，后来老妖、小妖都走完了，剩了几个人在那里看守。某等正想设法逃脱，苦于缧绁一端紧系在石栏之外，摆脱不去，恰好应龙跑来，用爪扯断了缧绁，某等才得逃出石栏之外。刚要恳应龙将我们手上的缧绁一并扯去，以复自由，不料外边宫殿里忽闻有哭泣之声甚厉，接着妖声嘈杂。某等深恐再遭他们的毒手，只得带着缧绁潜踪逃来。”文命看他们被囚日久，困顿憔悴，难得逃出妖窟，遂大大慰奖一番，叫他们自去休息，不提。

且说巫支祁率领群妖回去，便叫了大太子、二太子及鸥脾、桓胡过来，切实责备他们道：“你们不应临阵先逃，挫动锐气，以致三太子孤立无援，被他们杀害，岂不可惨么！”桓胡道：“大王不要误听了么！”巫支祁道：“刚才我在阵上听了中岳神寿逸群之言，朝东一望，果见三太子的阴魂来通知我，说道已被庚辰惨杀，抛尸江中。所以这事千真万真，你们还不给我赶快去寻他的尸首回来！”大太子等听了这话，个个惊慌，赶快分头去寻。过了一会儿，果然将奔云尸首寻回。巫支祁看了，放声大哭，叹道：“完了，完了！我三子之中，唯他最有用，如今他既被害，剩了你们这一班无用之物，靠我一个怎能支持呢！”说罢，又哭了一会儿，叫鸥脾、桓胡过来吩咐道：“你们两个快给我到前面二十里外水底里将埋着的几条阴沉木取来。”两妖受命，带了许多小妖而去。过了多时，将阴沉木抬到。原来那阴沉木乃洪荒以前之木，经过劫灰，可以历万古而不坏，极是难得的东西。巫支祁就叫小妖赶做成棺木，将奔云尸首盛殓，并打算给他立刻埋葬。左思右想，竟无完善之地，隔了许久，才说道：“有了。”叫过大太子来，吩咐道：“你给我从大江沿云梦大泽到湘水，向湘水神恳求，说我第三子的棺木要葬在湘水的上流，请他招呼，并求保护。那湘水神和我很有交情，和你兄弟奔云亦颇要好，一定答应。你快去快来。”大太子等听了，非常疑惑，便问道：“兄弟安葬就在此地好了，何必到万里之外去呢。”巫支祁拍案大骂道：“你们还在这里做梦呢！我久闻文命这个人非常了得，将来势必与我为难，所以我想趁他结婚的时候出其不意结果了他。起先我就要派奔云去，都是你们两个自告奋勇，说一定能够弄死他的，哪知终究不成功，跑了回来。现在他已立意与我为难了，他手下又有许多天将，各种神灵都帮助他，你们以为还打得他过么？我的本领虽大，但是孤掌难鸣，独木难支，性命如何，殊属难说。你们死了，能否有葬身之地还不知道呢。我要将奔云葬到那边去，就是不愿他葬在仇人的地界以内。万里之遥，仇人的势力万万不能到，奔云的阴灵可以稍稍安慰一点，这种道理你们还没有知道呢。”说罢，又叹息不已。大太子等听了，个个无言，只得如飞地往湘水而去。

过了一日，回来报告，说湘水神已经答应，而且指出一块地方，甚为合宜。巫支祁听了无语，就吩咐大太子等，作速将奔云棺木送去安葬。太子等领命，搬柩而去。那奔云棺木就葬在现在广西全州县一个峡上，这个峡名叫兵书峡，相传诸葛亮藏兵书之处，远望过去，绝壁上有一个大匣，似木非木，其上无盖。据《涌幢小品》所载，说明朝嘉靖皇帝听说这匣中所藏的是诸葛亮的兵书，所以叫南昌姜御史去取。姜御史募了健卒，架起云梯，爬上去取，才知道并不是匣，是一口棺木，厚约一尺余，其色黄黑，上面有盖。打开一看，原来并不是兵书，是一副骸骨，那头颅大如车轮，有两个牙齿，长到一尺余，锋利如刃。就拿了它下来，将这情形奏明嘉靖皇帝。嘉靖皇帝遍问在朝之臣，都考不出是何朝何代何人的棺木尸骸，就吩咐将那尸骸埋于山侧，从此了事。哪知这日夜间姜御史做其一梦，梦见一个虎头的人，长约丈余，撞门而入，瞪着两眼，气冲冲地向着姜御史，自称是水神巫支祁的第三子奔云，并将当日如何与夏禹王打仗战败，葬在此地的情形说了一遍，并且说将来劫满之后，还想下世报仇等语。于是这个兵书峡的真相方才大白。现在广西全县那个棺木依然尚在，不过中间已空，棺盖亦没有了。

第二十七回

庚辰锁巫支祁　禹过门不入　淮水治平　禹凿轘辕化为熊　女攸化石，石破而生启且说巫支祁退去之后，文命与众天神地祇等商议，料他必来。哪知等了三日，竟不见来。文命心疑，寿逸群笑道："他正在那里办丧事呢，丧事办好，一定来决战。"地将等听了，就想趁此去攻他的水府。文命道："这个不可，礼不伐丧，且等他吧。"又过了两日，巫支祁果然带了他的大太子、二太子、先锋鸱脾、桓胡以及数千木魅、水灵、山妖、石怪之类，尽锐而来。文命这边亦早已商量妥帖，整队以待。先由雷师、风神竭力设法，消灭他的风雷，所以这次雷也不作，风也不飘。巫支祁部下因此已经心慌胆怯。再叫庚辰抵敌巫支祁，童律抵敌大太子，狂章抵敌鸱脾，繇余抵敌二太子，乌木田抵敌桓胡，黄魔、大翳、乌涂氏、陶臣氏往来援助接应。鸿濛氏等五人体力虽未复原，亦勉强出来掠阵。其余山神、储君带了灵官、仙官之类，则尽量地斩除妖魅。这场大战可谓空前而绝后，战了多时，繇余大喊一声，一剑起处，已将二太子斩讫，飞身转来帮助乌木田夹攻桓胡。桓胡心慌，被乌木田一锏，亦斩倒在地，一命呜呼。那边大太子敌不过童律，转身想逃，童律一枪刺中背心，亦结果了性命。只有鸱脾煞是耐战，黄魔从刺斜里一锤飞去，鸱脾出于不意，急忙招架，不觉心乱手疏，亦被狂章砍死。

巫支祁看见二子尽亡，先锋都死，手下小卒又被灵官、仙官等杀得尸横遍野，东窜西逃，不禁悲愤极了，狂吼一声，跳浪奋掷，左冲右突，庚辰那支大戟几乎有点拦架不住。恰好黄魔等六将一齐上前围攻，庚辰便趁此机会跳起空中，将西王母所赐的铁索取出，自己拿了一端，将另一端向下抛去，只见那铁索愈引愈长，环成一个圈子，已将巫支祁的头颈套住。巫支祁出于不意，伸手来除，哪知愈除愈紧，几乎将头颈都要切断，只好不除了；又用手扯那铁索，亦哪里扯得断；猛见庚辰持索站在上面，才知道是庚辰做的把戏，奋身跃起，想和庚辰来拼命。庚辰早将西王母所赐的金铃拿在手中，看他将近，将金铃向他脸上一掷，早将他的鼻子穿住，摇动起来，铃声不绝。巫支祁愤极了，用手来除，无论如何也除不了。庚辰是天将，能直上天空，巫支祁是水神，虽亦能腾云驾雾，然而高度有限。庚辰知道巫支祁野心不易驯服，牵着铁索故意将身不住地上耸。起初巫支祁还不在意，跟着上升，后来却吃不住了，仿佛悬空挂着，困苦万分，只得高叫“饶命”。庚辰便问：“从此以后降伏了么？再敢为患么？”巫支祁连声道：“降伏了，降伏了，不敢为患了。”庚辰降下，向他一看，只见他的头颈已伸长至百尺左右，然而不死亦不断，才知道他真是奇妖。那时山上小妖已荡尽了，庚辰就牵了巫支祁来见文命。文命问他说话，他极其明白，应对亦极灵敏；问他江水、淮水之深浅，以及原隰之远近，他都说得详详细细。文命吩咐庚辰，且将铁索牵住，看守着他，一面先向各神致谢。各神都告辞，纷纷而去。然后再牵过巫支祁来问道：“我照你的方法平治淮水，淮水能够平治么？”巫支祁道：“必能治平。”文命道：“如能治平，赦你一死；倘使不能，你休想活。”说罢，就带了众人，牵了巫支祁，由桐柏山顺着淮水而下，一面叫狂章到东原去通报伯益等，叫他们坐了船在淮水下流会齐。狂章去了。

这里文命等亦一路下去，到得大别山，向东一望，极目全是洪水。文命向巫支祁说道：“这个全是你作的孽，你的巢穴在哪里呢？”巫支祁道：“在海口相近处一座龟山脚下。此处山下是我二小儿的住宅，过去涂山脚下是我三小儿的住宅。这条淮水就是这三处最为扼要，假使将这三处治好，淮水已经平治了。”文命道：“这三处怎样的扼要呢？”巫支祁道：“此地以南，夹于大别山和霍山两个山脉之中，地势南高北下，水潦的时候容易泛滥，而此地地下的土质又非常之松疏（现在安徽省霍邱县东西两湖即是陷落所成），容易陷落，再向东去，则山脉横亘，水流不畅，所以是个扼要之处。再过去到涂山脚下，则高山巍巍，挡住淮水的正路，使它绕道向南或向北，盘旋曲折，容易激起水的怒性，就是水患之原，所以亦是个扼要之处。至于龟山那方面更厉害了，东临大海，潮汐日夕震荡，地质尤疏松异常，北面从泰山山脉上滚下来的沂水、泗水等迅急异常，西北一带更是平原莽莽，嵩山以南、熊耳、外方以东的水统统都倾注过来，如不修治，恐怕不久亦要陷成泽国（后来果然陷成洪泽湖），所以亦是个扼要之地。”文命道：“那么依你的意见，怎样治法呢？”巫支祁道：“我是水神，当然利用水势的盛大。如为你们人类计，自然以‘疏凿’二字为最要，崇伯早已做惯的，何必再问呢。”文命听了巫支祁的话，又往各处细细将地势考察一回，觉得他所说一点不错。适值伯益等大众人夫亦来会集了，那时伯益指伤早已痊愈，与文命各诉说别后之事。

一日，到了龟山，文命看这地势，上倚绝壁，下有重渊，遂问巫支祁道：“这下面是你的巢穴么？”巫支祁答应道是。文命道：“你作恶多年，害人不少，本应该明正典刑。姑念你陈说水利尚无欺骗，西王母又代你说情，我就饶恕你吧，仍旧放你在旧时的巢穴里居住。你以后务须革面洗心，潜修静养，勿再荼毒生灵，你知道么？”巫支祁道：“极感盛德，我以后决不敢再为恶了。但是我颈上系着一根长大铁索，鼻上又穿着一个金铃，殊属累赘难看，请你法外施仁，给我除去了吧。”文命道：“这个不能，你野心未死，解除之后难保不再为祸患，反要送了性命，不如任它系着，倒可以保全你。你如果真能改过，住在水府，几千年之后自有放你的人，此刻却万万做不到。”说罢，就叫鸿濛氏、章商氏、兜氏、卢氏四个拿了铁索，牵了巫支祁，到他的水府里将他监禁。铁索的上端，在龟山脚下凿一个大穴，用铁锁锁住，又用符箓镇压了，使他不能逃逸。但是铁索甚长，巫支祁在水底附近仍可以自由来往。后来几千年之后，到唐朝时候，楚州有个渔人在淮水中钓鱼，忽然钓得一条铁索，其长无穷，不觉诧异，就去告诉当地的刺史。那刺史姓李，名阳，听说此事，即忙召集人夫来挽这铁索，到得铁索挽尽，忽然跳出一只青色猕猴。大家正在惊骇，那青猕猴带着铁索仍复跳入水中。后来到得明末清初的时候，那只猕猴和铁索还在，往往有人看见。到得后来洪泽湖沦陷，大家亦看见这猕猴出来。乡人不知道巫支祁的故事，纷纷传说，以为是齐天大圣，未免太好笑了。闲话不提。

且说文命既将巫支祁锁住之后，随即决定导淮大方针。第一步，是疏浚淮水下流，深广丈尺定了标准，就叫众人合力动工。治好之后，再作第二步，就是开凿涂山与北面的荆山。两山本来相连，现在凿它开来，将淮水从两山之间流过。这个工程最为艰巨，龙门、伊阙之外，要算第三大工程了。第三步，就是开凿硖石山（现在安徽寿县西北二十五里），使淮水亦从两山之间流过，这段工程亦不小。第四步，治理支流。支流中工程最大的亦有三处：一处在霍山西北，那边山势嶙峋，水流奔湍，非加疏凿不可。（现在安徽霍山县西三十里，有乌龟峡，其水自县西八十里万人愁山东流经此，又东十里入黑石渡，相传是禹所凿。）一处是泗水、沂水等，从泰山上注下来，杂以济水的分支和菏泽、孟诸等的浸灌，其工亦费事。一处是从阳城、太室、熊耳、方城等山来的水，虽少开凿之工，但是地方广大，疏浚亦殊费事。文命这番计划是因听了巫支祁的话，再去考察过，然后定的。结果治法与巫支祁的话大致相同，可见巫支祁于淮水利害非常熟悉，真可算淮水之神了，闲话不提。

且说文命决定了计划之后，分派苍舒、隤敳等到各处工作，自己则到处往来，监督巡视，足足有七个多月方才竣事。他在巡视泗水、沂水的时候，乘便又考察濒海一带。但见沂水东面有一条沭水，亦非常泛滥，于是等泗、沂两水治好之后，又来治沭水。凿开一座山（这座山后世叫马陵山，现在山东郯城县境），将沭水直放到海里去。又用赤碧二珪一照，只见水底有一个大穴，玲珑深阻，容易为妖物所盘据，深恐将来再有巫支祁之类来做巢穴，就在上面择地筑了一座台，以为镇压之用，后人就叫它禹王台（现在山东郯城县东北十里）。到了明朝正德年间，这台忽然倾圮，有一县令欲趁此毁去它而取其石头，毁到一半，见有一块大石板，下面有巨大荷叶一片，尚鲜好，有古剑长尺余，压在荷叶上面，它的下面就是一泓池水，池中有两条鱼，鼓鬣游泳，非常活泼。这个县令就叫人将这两条鱼放之于河，拿这剑置之于库，将禹王台完全毁去。从此以后，沭水大为灾患，郯城县因此迁徙，这亦可见从前夏禹王镇压的功用了，闲话不提。且说文命在沭水筑台，正在羽山西北角，去羽山甚近。大章、竖亥屡劝文命到山上去祭拜鲧的坟墓。文命哭道："我岂不思省墓，不过看了实在伤心，且待我将来治水成功之后再说吧。"哪知自此以后，却永永不到羽山，这亦是很可怪的。

且说文命治毕沭水之后，就由蒙山（现在山东蒙阴县西）而到陪尾山（现在山东泗水县），看察汶水、泗水之间一带东原地方，都已经平靖了，再由菏泽、孟诸向西行。一路用玉简量去，直到荥泽地方，觉得这条河水终是非常湍急，虽则下流分为九条，然而地势北高南下，将来终不免于向南溃决。于是又想出一法，使荥泽之水尽入于济，不使它向西边漫溢。在荥泽西面将河水开一个口，引它一股向南走，直通到淮水、泗水里。（这条水后世叫蒗荡渠，后来的汴水、鸿沟都是它的遗迹。）这条水开好之后，文命又循淮水而上，察看各地工程。

一日，行到涂山与荆山开凿之处，那时涂山国已由江南迁回原地了。原来涂山国自从逃避淮水之患，迁到江南以后，它的百姓因为水土和天气的关系，非常不舒服，时常思念故土。这次知道淮水已平，举国上下就急急地搬回来，差不多已经一月。文命的两位夫人当然由涂山侯特造第宅，令其居住。忽然闻得文命到来，全国欢迎。文命应酬了一番，仍旧到工次巡阅。阅毕之后，即向淮水上流而去。大章、竖亥看了很是不解，问道："崇伯新婚仅仅四日，就出来治水，差不多有七八个月了。现在已到家门，何妨进去看视二位夫人，稍住几日呢！"文命道："我岂不想，不过现在水患未平，大多数的人多抛弃了家室在这里吃苦，我一个人敢偷安逸么？"大章等听了，不好再说。文命再向西行，到得一处，有一条大水从西北来，注入淮水，原来就是颍水，水势非常浩瀚。文命就沿了颍水细细考察，知道此水发源于嵩山。另有一水从西面来，注入于颍，名叫汝水。文命觉得这条汝水的水势有点不妥，于是相度形势，在它发源的那座山上（现在叫紫逻山，在河南汝阳县东十里）开凿一口，使汝水从东面流出，从此以后，汝水就无患了。文命沿汝水而下，再到淮水，又溯流而上，直到桐柏山麓。凑巧见有两块大石屹立如柱，文命就吩咐用铁环将船系住（现在河南唐县东南八十里，土名石柱山），然后登岸上山，四面一望，觉得淮水既平，徐豫二州大致已妥，遂打算入朝白帝。

文命向北行去，离中岳嵩山路已不远，忽见大司农从东北方率领多人而来。文命大喜，便问此来有无特别要事。大司农道："天子览汝章奏，知汝破获妖邪，奠定淮水，厥功甚伟，所以命某来加封汝一块土地。土地在何处，天子尚无成见，但命某一路追踪而来，如在何处遇见，就将那一块土地加封。如今在此处遇到，就以此处方百里之地加封便了。"文命听了，慌忙固辞。大司农道："天子之意已定，命某宣传，汝何必固辞呢？"文命方才稽首受命。（现在河南禹州市，就是禹初封之地。）后来与大司农谈谈帝都情形，大司农道："太尉舜以巡狩大典因洪水之患久久不行，殊非临民之道。现在南岳衡山虽则尚未平治，而淮水一平，则潜山、霍山道路已无阻碍，打算暂以潜、霍两山代替南岳，从明年起，五年举行一次巡狩。每次巡狩，周遍五岳。"文命听了，将从帝都到五岳的路径细细打算一番，遂对大司农道："既然如此，某尚有一个工程即须兴作。"大司农问："是何工程？"文命道："此地北面，太室山与少室山之间，有一个隘道，名叫轘辕（现在河南登封市北），从前虽有人走而艰难险阻，洪水以后更隔塞了。从帝都上嵩高，以此路为便，省得绕道，让某来开凿它吧。"大司农颇以为然。

文命遂率众前进，过了阳城（现在河南登封市东南四十里），就到轘辕。文命指点工人如何开凿的方法，哪知轘辕山的石质非常坚硬，工程困难。有一天，凿到一处，工人都叫苦，说道："万不能凿了。"文命大怒，说道："龙门、砥柱、伊阙、碣石，这几处都凿了，到此地反不能凿么？你们都走下来，让我亲自来动手。"众人无法，只得纷纷都退到山下。文命揎衣攘臂，手拿斤斧，又吩咐取一面鼓来。众人不知鼓作何用，只道他要击鼓请神将了，就将鼓取来递给他。文命一手提鼓，一手执斤斧，吩咐众人不许上山来看。众人不知何故，只得答应。

文命正要上山，忽报涂山二位夫人到了。原来涂山侯因前次文命过门不入，料想是急公的缘故，亦不敢说。这次听见文命要入朝白帝，那入朝的时候，在路上是空闲的，四日的夫妻趁此或者可以聚聚，所以将二女都送了来。那时女攸身孕将届十月，大腹便便，原不便于行走。后来得到老祖宗的降谕，说道可以动身，因此一同送来。假使路上生男生女，亦可以使文命见个分晓。哪知文命正要亲自动手凿轘辕，看见二位夫人到来，连连摇手说道："没得空，没得空，你们在此等待吧，我完了工就来。"二位夫人道："何时可完工呢？"文命指着手中的鼓道："听我鼓声一响，就完工了。"说罢，提鼓操斤，匆匆上山而去。二位夫人在下面静候，过了一会儿，只听得山上鼓声咚咚发响，二位夫人道："工程完了，我们上去吧。"哪知走到山上，并不见文命，只见一只黄色的熊，一爪操着斤，一爪执着斧，跳浪进退，专心一志地在那里开山。后面放着一面鼓，他的尾巴不时触着鼓，所以嘭嘭作声。女娇看了，还并没有什么介意，女攸看了却觉得非常惭愧，拖了女娇往下面就跑，一路说道："久闻鼎鼎大名的崇伯，不想竟是个黄熊之精，我们嫁了他岂不可耻！"女娇正要想拿话来和她解释，那时文命已知道真形被她们窥破了，复了原形，连忙跑下山来，要想向二位夫人叮嘱，叫她们不要声张。哪知女攸见了文命，将刚才的情形一想，愈觉惭愧，展转之间，便倒在路旁，化了一块大石。这时女娇真吓煞了，连连遭遇怪事，既诧其夫，复诧其妹；明明是人，会得变熊；明明是人，会得化石；一时惊魂不定，气力全无，不要说哭，连话也不能说了。文命忙抚慰了她好一番。女娇神定，方才哭了出来，说道："好好一个人，何以会化石？"文命道："以人化石，自古有的。帝喾时的宫女，就是一个例呢。"

这时山下众人一齐都来了，聚在一起，都道怪事，诧异不止。女娇哭道："人变为石，已属可惨，况且她腹中有孕，就要生产，现在连婴儿都化去，岂不尤其可惜！"文命听了这话，便回头向那化石说道："你化为石头，不愿见我，我无可如何；但是我的儿子是要还我的。"说声未毕，忽听得毕剥一声，那化石陡然破裂，从裂缝之中滚出一个胞胎来。早有宫女上去取了，去胞一看，原来是一个婴儿，又是男孩，迎着风，呱呱地啼个不止。文命叫女娇抱了回去，好生觅乳抚养，并说："化者不可复活，活的须要保全，这亦是你姊妹之情。我事甚忙，你去吧。"女娇答应，抱了男婴径归涂山而去。后来她常抱了这个男婴，到此化石之旁来展拜吊祭，以尽瞻恋之忱，这是后话，不提。文命因为这个男孩是石启而生的，所以给他取一个名字，就叫启。（现在嵩山之下有启母庙，一名少姨庙，所供的就是女攸之像。女攸所化之石就在庙旁边，大家叫它启母石。汉朝时避景帝的讳，都改作开母，有碑文，至今尚存三十五字，为嵩岳三碑之一。）闲话不提。且说女娇去后，文命领了众人到了山上一看，只见那块大家所凿不开的石块居然已凿开了。众人不知道文命究用何术，但以为神助而已。轘辕之路既通。从河洛到嵩山的路程省去不少，以后遂成南北大路。文命叫众人暂在此地休息，自己则偕了大司农从轘辕而北，入朝白帝。

第二十八回

铍耳、贯胸之民来献珠鳖　产珠之动物　两虬龙夹禹舟　禹牵筦号山　禹二次过门不入

且说文命入朝白帝，那时适值海外有两个国家遣使前来进贡。一个是钕耳国，国人两耳上都穿有大环。一个是贯胸国，国人胸前有洞，直穿背心。钕耳国人所贡的是两对珠虾。贯胸国人所贡的是两只珠鳖。原来他们是邻国，这次仰慕帝尧和太尉舜的仁德，相约同来进贡，并且观光，所以他们的贡物亦是相类的。帝尧和太尉舜虽则都是沉珠捐璧、不宝异物的人，但是远方小国万里归诚，这种盛意亦岂能辜负，只好一概收受，一面仍照旧章优加待遇，赐饮赐食。

那时文命恰好入都，帝尧便叫他和太尉舜及一班大臣共同陪客。伯夷虽是新进之人，但因为他熟于典礼，这次招待两国使者的仪节大半是他所参订，所以亦在陪客之列。酒过三巡，大家随意谈谈，文命是想将中国水患治平后再周历海外之人，所以对于海外情形非常注意，便向两个使者细问路径、气候、物产等等。两个使者亦各就他们所知道的一一回答。后来渐渐谈到他们进贡的物件，大司徒先向钕耳国使者道："贵国那边竟有这样大虾，真是异物。"钕耳国使者道："这虾并不算大，敝国那边大虾极多，最大的长到二十多丈。航海的人见到远处海波之中有桅樯双矗，高可十余丈，往往以为是个海船，哪知是海虾在那里晒它的须。须的出水有十几丈，那么它的全身可想而知了。此外十几丈、八九丈、四五丈长的虾更不计其数。所以它们的须可以拿来做帘，名叫虾须帘；亦可以做簪，叫虾须簪；亦可以做杖，叫虾须杖。至于它们的脑壳和脚节壳，拿来用金类镶起来，亦可以做缸、做杯、做碗，不过这种还是小的虾，至于大虾的须壳则无所用之。这次敝国来献的虾，不是为它须壳之可用，是为它身中所产之珠非常可宝，所以来献的。"羲仲道："虾珠生在什么地方？"钕耳国使者道："生在它脑中，将它脑壳破开，珠就在中间。"大司徒又向贯胸国使者道："贵国的鳖，色朱而其状如肺，而且四眼六足，与中华所产大不相同，这种真是怪物。”贯胸国使者道：“中华所有的鳖大概都是供肴馔用的，小国的鳖专是供生珠之用。珠鳖有两种：一种是寻常之鳖，它的珠生在足上，必须剖其足方可得珠。这次小国所献的珠鳖是口能吐珠之鳖，每隔多少时吐一粒，再隔多少时吐一粒，永远不穷。所以比较起来，这种鳖尤其可贵。这次敝国君得到了两只，不敢自私，因此敬谨来献。”大司农道：“寻常但知道老蚌生珠，现在鳖有珠，连虾都有珠，真是天地之大，无所不有了。”钹耳国使者道：“小子生长海邦，于海物较为熟悉。以小子所知，珠的出产还不只虾、鳖、蚌三种，大凡动物形体较大，或者形体本小而有一部大过本位的，都能孕珠。所以龙有珠，鲛有珠，鱼亦有珠。”

伯夷听到此，忙问龙珠怎样。钹耳国使者道：“骊龙之珠生在它颔下。颔的旁边有好多逆鳞，假使人误碰到它的逆鳞，它就要怒而杀人，所以骊龙之珠甚不易得。要取它的珠，必须等它熟睡之时方可，这就是龙珠了。”伯夷道：“鲛珠如何？”钹耳国使者道：“鲛珠生在皮里，它的两眼就是皮肤裂缝之处，一碰，珠就能出来。所以古来有‘鲛人泣珠’之说，不过这种珠不甚值钱。”羲仲插口问道：“那么这种鲛人究竟是鱼呢，还是人呢？”贯胸国使者接着说道：“实在是鱼，而形状一切都像人。它住在水中，能知道组织之法，有时亦能上陆而行。假使有人留它住宿一宵，它就会将眼睛启闭，挤出许多珠来作为酬谢。照这样看来，不但动作如人，便是它的意志亦和人相近，即使说它是人亦可以呢。”伯夷又问道：“那么鱼珠生在什么地方？”贯胸国使者道：“鱼珠生在目中，最大的明月珠就是鲸鱼的眼睛，其大如盂，光照一室，非常可宝。所以鲸鱼死了不见其有目精，就是这个缘故。”籛铿在旁听两个使者滔滔而谈，禁不住便说道：“以某所知，岂但虾、鳖、蚌有珠，岂但龙、鲛、鱼有珠，有珠的动物多着呢。蛇亦有珠，龟亦有珠，蜈蚣亦有珠，鸟亦有珠，羊亦有珠，便是至小之蜘蛛亦有珠。蛇的珠生在喉间。从前有一个国君，看见一条大蛇受伤，他以为可怜，给它设法救治，后来那条大蛇就吐珠为报，那颗珠长径约一寸，色纯白而有光，夜间可以代烛，这是蛇有珠的证据了。龟的珠生在甲中。从前有一个人落魄无聊，跟了朋友到海外去游历，偶然在一座荒岛之上发现一个龟壳，其大如屋，他就叫人扛了回去，以作卧床。后来遇到一个识宝之人，以重值向他购取，才知道甲的中脊，脊脊都藏有明珠一颗，其大如杯，其值无价，这是龟有珠的证据了。蜈蚣的珠生在节间。从前少华山上常常发现两道红光，起灭不定，往往春夏之间则出现，到秋末就消灭，山下的居民都看得稀奇。后来有一个人知道这是大小两条蜈蚣，它们骨节间所蕴蓄的珠发出来的光彩。他就买了两只奇异的雄鸡上去与蜈蚣斗，结果两蜈蚣斗死，骨节里所藏的明珠不少，在头部的一颗尤大，据说叫'辟尘珠'，有此珠放在室中，可以使一点灰尘都没有。有人说，亦可以叫'定风珠'，当大风飘荡的时候，将这颗珠取出，大风能够立时停止，行船涉水，最资利用。这是蜈蚣有珠的证据了。鸟的珠生在胸口，或生在口中。东海瀛洲地方有一种鸟，名叫藏珠，形状如凤，身作绀色，翼作丹色，每鸣了飞翔一次，就吐出杂珠累斛，这是鸟胸中之珠了。南方又有一种木难金翅鸟，它的口沫能够结成碧色之珠，当地土人甚以为宝贵，这是鸟口中之珠了。羊的珠生在须上。从前有一个男子，他的妻子瞧他不起，将他推入一个大穴之中，虽则不死，但是腹中饥饿不过。后来遇到三个长人，引他到一株树下跪了。那树下本站着许多羊，三个长人就叫他捋羊的须，每捋一把，就得到几颗珠，就叫他吃了充饥，这是羊亦有珠的证据了。不过这个珠可以吃，当另是一种。至于蜘蛛之珠，生在腹部。从前徐州海滨有一个蜘蛛，大如车轮，海中之龙要想夺它的珠子，就和它相斗。蜘蛛吐出丝来把龙缚住，它的丝粗如小杯，而且非常之韧，龙竭力腾跃，总逃不出它的丝网，看看要死了。后来忽然天上飞下两条火龙，口中吐火，将丝烧断，那龙方才逃脱，可见蜘蛛亦有珠了。"

两国使者听篯铿举出这许多珠，非常叹服，说道："究竟是中华大国，珍奇有如此之多！小国万万不及了。"篯铿道："实在珠这项东西并不是宝贝，就最多的蚌珠而言，其初不过一粒细沙，粘着在蚌的肉上，蚌感到不适，无法除去，只能用黏质常常自去摩擦，这种黏质就叫作真珠质。久而久之，细沙的圭角渐平，形成圆样，而那珍珠质亦愈积愈厚，便成为珠。年代愈久，真珠质积得愈多，那珠形自然愈大。世人因为它光洁可爱，所以看得宝贵，其实何尝是宝物呢。至于其他动物能够有物结在体中，大都是病，如牛黄、狗宝之类，不过因为它没有真珠质，不能光洁，所以只可以做药物，而没有人拿来做玩物了。至于有些吐的、泣的、捋的、涎结成的等等，象煞是奇异，但必定有一个原因在里面，可惜我们现在还研究不出就是了。”众人听了，都佩服篯铿的博学卓识。席散之后，两国使者兴辞而出。帝尧又重加赏赐，盘桓多日，方才归国而去。

于是帝尧与太尉舜等又筹划巡狩之事。帝尧年老，不胜登涉，由舜代行。议决以明年二月到东岳泰山，五月到南岳衡山，八月到西岳华山，十一月到北岳恒山，周流一转。文命以治水匆促，不暇久留，住了两日，就打算陛辞出都。先与太尉舜商议道：“某此番出去，先治扬州，再治荆州。驩兜、三苗盘据蛮荆一带，历年甚久。他那种政治灭弃礼法，暴虐百姓，兼蓄不臣之心。万一某到那边去，他竟公然反抗起来，可否即行讨伐？”太尉舜道：“当然讨伐。汝如果平定三苗之后，以治水甚忙，无暇审讯叛人，我就奏帝请派皋陶和汝同去。三苗之民渐染邪说已久，澄治肃清颇非易易，然亦不可不使他们有个警戒，你以为何如？”文命极以为然。于是太尉舜果然奏知帝尧，就派皋陶和文命同去，即日陛辞出都，渡过大河，到了轘辕，会齐了大队，一路向扬州而来。伯益和皋陶父子两个阔别已久，忽得同在一起，晨夕畅聚，其乐可知！

一日，走到涂山，文命依旧过门不入，仅仅叫大章带信给女娇，说道：“我历年在外，久荒祭祀。现在既已有子，希望夫人带了启回石纽村一行，粪除祖庙，竭诚祭祀，以弥我之过。”并叫大章陪着同行，因为他是向来熟悉的。大章奉命，遂与女娇抱了启同往石纽村，不提。

且说文命离了涂山，不日已到扬州境界，就是大江入海之口。那北江与东江相去足足有几百里，两江之间就是中江，四面洲渚涌现，已将中间抱成一个大泽（就是现在江浙两省间的太湖），那中江就由这个大泽中直穿到海里去。因为口门甚广，海水澎湃，江潮汹涌，两者互相进退，那大泽中之水就震荡而不定，因此洲渚上的居民苦于水患，就将这个大泽取名叫“震泽”。文命察看一转，心中早定下一个计划。原来震泽之中有一座山，名叫柯山。它的东面有一个小阜，名叫鹤阜。鹤阜低小，不能拦住海潮，海潮就从鹤阜上打进泽中去，所以泽中之水尤其震荡了。

文命暗想，倘能把这柯山移到鹤阜之上，做一个屏障拦住海潮，不使它打进去，那么水势就可以镇定了。想罢，便将这计划与皋陶、伯益等商量。皋陶听了，不胜诧异，说道："移山之事，恐怕做不到吧。从前书上载着一段故事，说有一个九十岁的老翁，因为他家宅对面有太行、王屋两山挡住他的去路，来往不便，叫了他的妻子儿孙来商量，要想将这两座山凿通来。他的妻笑道：'你这样大年纪了，能再有几日好活？不要说太行、王屋这样的大山你不能移，恐怕一个小土山你亦凿不了呢。况且凿将起来，这许多的土石放在哪里去？'老翁道：'你不要愁，这许多土石我会堆它到渤海之尾、隐土之北去，怕什么？'于是就率领了他的子孙凿山垦土，装在担里，一担一担地运往渤海。那时他的邻舍有一个寡妇的儿子，年方七岁，听了很赞成他的计划，就去帮忙凿石。太行、王屋二山离渤海很远，满担挑去，空担挑回，差不多要费一年或半年的光阴。旁边有一个聪明的老翁看他们如此呆笨，就劝阻那九十老翁道：'你的年纪已经这样大了，照这样凿下去，即使凿到一百岁，亦不能够损山的一毛，真何苦呢！'那九十老翁听了，长太息道：'你这个心可谓顽固之极，远不及我邻居的寡妇和孩子。我年纪虽大，凿不了这两座山，但是我死了，有我的儿子会凿；我儿子死了，有我的孙子会凿；儿子有孙子，孙子又有儿子；子子孙孙，无穷无尽；而两山的石头凿去一块就少了一块，决不会有所生长，何愁凿它不了呢！'聪明的老翁给他这一番解释，倒亦无话可说。哪知九十老翁如此之一念，诚感上天，有一个操蛇之神听见了，恐怕他真个如此去做，就连夜上奏天庭。上帝嘉许他如此至诚，就叫夸娥氏的两个儿子代为帮忙，背了两座山，一座移到朔方之东去，一座移到雍州之南去，这就是书上所载移山的故事了。但这个不过是著书的人之寓言，并非实有其事。崇伯真要移山，莫非又要请教那巨灵大人秦供海么？"文命笑道："我不去请教他，我打算自己来试试。"当下文命就吩咐工人，预备一百万丈长、两手合抱这样粗的筏索四十根，八万斤重的绞盘四个，听候应用。工人等听了，都莫名其妙，只能遵命，竭力去预备。

文命在此预备时间，无所事事，就同了皋陶、伯益、水平等坐船到震泽中各处去考察。一日，到了泽中一个岛上（现在太湖中西洞庭山），大众上去游览，登到山顶，四面一望，只见水天一色，极目无际，仿佛一面大镜一般，风景非常壮阔。所欠缺的，就是波涛太大，远近几百里间，一点一点的小岛屿不计其数，都被波涛所冲打，浪花触处，崩腾而上，仿佛无数素鸥、白鹭。水平看到此处，就说道："好好许多洲岛，给水打得不能住人，真是可惜！我想总要设法使水不会淹没土地才好。"文命道："等我移山之后，波涛就可以定了。但是善后的一切堤防工作，你能治么？"水平道："我愿去治。"文命道："那么我就委任你，你须谨敬将事。"水平大喜，稽首受命。

大家下得山来，经过一处，发现一个大山洞，极其深邃。文命道："某从前听见说，此地有一个山穴，潜通荆州的云梦大泽，不知确否。亦不知是否就是这洞。"鸿濛氏等七人听了，就向文命道："某等愿进去一探。"文命许诺。七员地将入洞而去。天色不早，大众亦下船，刚到中央一个游湖地方，忽然狂风大作，波浪壁立，船身上下簸荡，樯摧舵折。众人正在惊诧，只听得舟子在后面大叫道："不好了！有两条花的虬龙背住我们的船呢！船就要翻了！"说时，那船腾空而起，竟像要翻的模样。那时众人个个失色，只有文命安然不动。七员天将挺着武器，正要想入水去屠龙，忽听得一阵啪啪之声，陡然浪花飞舞，原来那应龙已飞入水中与二虬龙去决斗。这时风涛愈大，天色将晚，愈加昏晦。文命等的船颠来倒去，左倾右侧，危险之至，然而终不覆没，若有神助。过了一会儿，只见二虬龙向东疾窜，像是战败了，后面应龙张着两翼紧紧追去，不知所往。霎时波浪较平，船身较稳，大家方才放心。渡到岸上，已是夜分。次日，水平就向文命要了许多船只、工人并器械等，自去平治震泽的各处，不提。

过了两日，七员地将回来报告，说那个洞穴不但西通云梦，而且各处都有相通之路，仿佛地中的脉络一般，甚为可怪。文命听了，谨记在心。（后来这山名叫洞庭山，就是因为它通洞庭湖得名。）又过了几日，工人报告，说一切都预备好了。文命就向天地十四将道："这次之事非汝等不可。七员地将，你们可在地下将柯山的脚根察看，移动的时候，不可使它稍歪，须依我指定的方向而移。我是要移它到那座鹤阜上去的。七员天将，你们在空中招呼，指示一直线的方向，不可错误，一切我都已测量准了。”众人都答应，但不知他如何移法。文命又吩咐众人：“将所有筏索抖开、接牢了，向那座柯山上打一个圈套，一端引到西南面一座小山上，一端引到东南面一座小山上，那两座小山之尖顶都凿得圆而且滑，就将那绞盘放在旁边，一面用两个。余多的筏索分派兵士拿了，每边用兵士八百人，分作两班，轮流牵动，但须听我鼓声的节度。我鼓声如果敲起，你们就动手牵；鼓声如果敲得急，你们用力用得大；假使鼓声敲得缓，你们用力亦可用得小；假使鼓声止了，你们就立刻歇手，不可违误。”众人听了，虽则答应，但是无人不满腹狐疑，暗想：这一座山起码有好多里，我们这几百个人牵得动么？况且山石是连地壳生成的，并不是悬空摆在那里的，哪有可以移动之理？而且东山、西山相隔甚远，鼓声哪里听得见？但是文命既如此说，料想必有神术，大家只好再看吧。

且说文命吩咐众人之后，就沐浴更衣，向天祝告，再取出云华夫人所赐的宝箓来，连夜用黄帛写成一千六百道符，分给那些兵士，叫他们佩在胸前，定于明日午正三刻动工。那时苍舒、伯奋等因文命未派他们职司，无事可做，又因为这是从古未有之奇事，大家都高兴着，要细细观看以广眼界。从前巨灵擘太华，虽则看见，但是事前并没有接洽，而且路隔得太远，糊糊涂涂过去，未曾看得明白。所以这次要求文命允许他们到前日所登泽中岛内的高山上去看。文命许诺，大家遂兴高采烈，先到山上等候。这日恰值风平浪静，天无片云，但见远远两条筏索，自西而东，横亘空际，俨如长虹。那东西两座小山上人密如蚁，蠕蠕而动。那东北角筏索的尽处，就是柯山。再东北几里外，有一个标帜，就是目的地。南方天气本来炎热，又当长夏，火伞当空，异常蒸暑。众人立久之后，都不免汗流浃背，然而好奇心切，希望见所未见，所以亦不觉其苦。

过了一会儿，看看已到午正三刻，只听得远远的鼓声渊渊而起，知道是文命在那里发号施令了。霎时间，两座小山上人众大忙，“邪许”之声随风送来，闹热得很。远看那座柯山，竟似在那里移动的样子。忽而七员天将飞起空中，有几个飞到柯山去，有几个飞到文命那边去，忽而之间又飞转来，如穿梭一般。那鼓声顿然止住，小山上的人亦止住了，齐来整理筏索。苍舒等知道是牵线之路斜了。过了一会儿，鼓声又起，小山上“邪许”之声又作。那柯山渐渐移向东边，约有数十丈之远，鼓声愈紧，移动的亦愈快，已将到目的地了。忽而天将又在那里飞行，鼓声顿止，山上人夫亦即休息。苍舒等以为是移好了，哪知不然，七员天将仍旧在那里飞行。又过了一会儿，鼓声又起，山上兵士又复用力。这次似乎还要起劲些，远看那柯山似乎有点侧势，众人才悟到，文命的主张是要将那柯山移到鹤阜上去的，如今已到鹤阜，牵动起来，不是平路，是要升高了。大山平移已是不容易，使它斜上升高，那种吃力当然不言可知。足足费了一个时辰，作辍了好几次，方才安置妥帖。众人看了，无不欢呼喜跃。这一件大事业总算告成功。后来文命就给这座柯山改名叫笮崿山（现在江苏苏州市吴中区西南。但是浙江昌化亦有此山，亦说是夏禹所移，究竟孰是孰非，不得而知了）。两座牵挽的小山至今还在，上面有石如卷笮，大家都记得它是禹所用的纤山。又太湖中间有一块浅地，就是柯山留下的山脚，从此东去，水底较深，据说就是牵过的沟。这种神话，看去似乎万无此理，然而古书上说得确确凿凿，真是奇谈了，闲话不提。且说文命自从牵过了笮崿山之后，因为这些兵士非常辛苦，重加赏赐，叫他们休息几日。皋陶等亦都为文命酌酒庆功。自此之后，果然海潮、海风都有一个遮拦，泽中之水渐渐平定了。

第二十九回

水平王震泽为神　禹遇善卷　禹入三苗国　繇余、黄魔奉使三苗

且说水平带了工人在震泽内工作，辛苦异常。一个月后，水土虽平，但患病的人却不少，水平自己亦病了。那病势初起，先发冷，虽在炎夏之时，重棉不温，浑身寒战。过了一会儿，又骤热转来，浑身如炙，口渴烦躁，神昏谵语，难过异常。而且每日有一定的时间，何时则寒，何时则热，非常之准。医生看了，都莫能措手。文命不免心焦。皋陶道："某虽不习医，但为有喑病的缘故，所以对于各种方书亦常常浏览。大约这种病就是疟病呢。"众人问他何以知之，皋陶道："从前颛顼氏有三个儿子，都感疫病而死，怨气不散，都变作疫鬼。一个年纪最小，所以他常住人家宫室里，喜惊吓小儿，叫作小鬼。一个因为住在若水旁边（现在四川西南打冲河），奔走山林，感受山岚瘴气而死，所以仍住在若水，为网两鬼。一个跑到江南，感受这种疟病而死，所以住在江水，为疟鬼。这疟病的情形我虽不得而知，但是既称为疟，一定是凶险的。现在我看水平连日情形，寒时极寒，热时又极热，一日两次，仿佛如受重刑，困苦之极，岂不是疟么！"文命道："疟之病必有来源，必有治法，书上有得载着么？"皋陶道："据书上所说，疟病之来，必由于鬼。一寒一热，就是鬼在那里作弄人。但是别的鬼作弄人都在暗里，疟鬼则暗中有，明中亦有。"

众人听了，益发诧异，忙问道："青天白日之下，疟鬼敢出现么？"皋陶道："不是，我看见一部书上说，疟鬼死的时候，他的尸体沉于江中，鱼鳖不食。尸体渐渐腐烂，点点屑屑，化为一种虫类，它的形状很像蚊，所以大家叫它疟蚊。它的触角粗短，翅有褐色斑纹，头及胸部淡灰色，腹部淡绿，栖息的时候必斜置其体而举后脚，这就是疟蚊了。但是又有人说，疟蚊并非就是能够生疟之蚊，另有一种极小之小寄生虫寄居在这疟蚊如针之嘴中。疟蚊啮起人来，这小寄生虫乘势钻入人的血液中，就使人生疟病了。这种小寄生虫，大家都说它是疟鬼所化，岂不是明中亦有么？大约水平这次在炎夏之时奔走勤劳，为疟蚊所啮，或是有的。至于治法，因为北方从来没有这个病，所以古人尚没有发明。但是江南的人不知如何，何妨去寻几个土人问问呢！”文命听了，极以为然，就叫了土人来问。土人果然说这是疟疾。问他怎样治呢，土人道：“我们亦没有治法，大约总是鬼寻着吧，只要能够将鬼赶走，就好了。”文命问：“你们怎样赶呢？”土人道：“我们有好几种赶法：一种是用猪油贴在病人两太阳上，因为疟鬼喜居于人之头部，猪油可以驱除它。一种是用女人的裤子倒盖在病人身上，裤裆向着脸，秽气一冲，疟鬼亦可以赶走。又有一种，是用一柄锁，开着，放在病人枕旁。五更黎明时，不要给别人知道，自己将锁轻轻地锁上，那疟鬼就此锁住，亦可以不为患了。还有一种吓鬼之法，从前有人病疟，他的朋友是个诗人，说道：‘读我的诗，可以痊愈。’那诗有两句，叫什么‘髑髅血模糊，手提掷还某大夫’，等等，病人读到这里，果然一吓，病就好了。此外方法各地不同，大概总是驱鬼而已。”文命听了他这些话，知道他们文化未开，全是迷信之谈，也不深究，便又问道：“你们患疟之后，难道只知道驱鬼，不吃什么药么？”土人道：“药是有几味，如同柴胡之类，但是亦不甚灵。”文命听了，遣去土人，便和医生商量，用柴胡等药试试，哪知毫不见效，并日见沉重，看看已无希望。伯益主张，请庚辰再到巫山求返魂香。文命虽知道恐怕为难，但亦只好尽尽人事，于是就遣庚辰前去。

哪知庚辰才动身，水平已一命呜呼了。天气炎热，尸体不久即坏。众人无法，只得将他暂时殡殓，掩棺而不封闭，以待庚辰之至。次日，庚辰转来，众人忙问怎样，庚辰摇头道：“不成不成，夫人说：人的生死是有命的，命已该绝，岂能再使返魂？假使无论何人死了之后，只要将返魂香一点，使之返魂，那么从此以后，世间只有生人，没有死人，试问千年以后，这个世界如何住得起？有死有生，新陈代谢，然而死者已不及生者之多。计算起来，每年平均一万人之中，生死相抵，生的总要多到六十六人，那么十万人就要多六百六十人，百万人就要多六千六百人，千万人就要多六万六千人了。再加以今年所增加的人口，明年计算起来，就要并进在内，发生利息。照此的算法，土地虽广，过了几百年之后，必定有不能容之势。所以刀兵、水旱、疾疫等种种的劫运，并非天地的不仁，正要借此减少人口，免得大地之上人满为患，所谓‘物过盛而当杀’，就是这个道理。现在好好病死的人还要去救他活来，专为救他一个，未免不公。一个可救，人人应救，世界有这个理么？神仙的灵药亦未免太滥了。”众人听了，一齐失望，只得举哀发丧。文命具疏奏知帝尧，历叙水平生平功绩，此次又积劳病故，恳请从优赐恤。一面又饬竖亥、国哀二人督饬人夫，将他的灵柩择地安葬，一面又发函慰唁大司农，水平之事总算就此完了。后来震泽附近的居民感念水平的功绩，给他立一座庙，就叫作水平王庙（现在太湖洞庭山消夏湾之众安洲上），神像和几案都是用石做成的。这个立庙的地方本来是泽中的一洲，但是泽水常与洲平，虽有时水大，巨浸满起，亦不能淹没，可见水平虽死，数千年犹有灵爽了，闲话不提。

且说文命自牵过笮罗山，复治毕震泽之后，就向各处考察。那时震泽左右，千派万歧，都是港汊。一日，文命和皋陶、伯益等向西行到一座山边，只见有三四个村舍，居民颇循循有礼，与岛夷的犷悍不同。时当中秋，天气尚热，他们亦绝不裸体。文命等看了非常奇异，信步上山，只见路旁岩崖下有一石洞，洞门广约三丈，洞内宽深之至。洞外有一个鬓毛斑白、五绺长髯的老者，坐在桂林芳馥、浓阴密蔽之下，拿着一册书在那里观看。文命料定必是异人，就过去向他施礼，请教他姓名。那老者放下书册，站起来向文命等一看，就说道："崇伯降临，失迓失迓！"文命诧异道："先生何以认识鄙人？"那老者道："崇伯来此治水，已有数月，民间传说移山之神奇非一日矣，某岂有不知之理！"说着，就让文命等在石上列坐，并说道："洞中黑暗，光线不足，就在此谈谈吧。"又遍问皋陶、伯益等姓名，大家一一说了。那老者拱手道："久仰久仰。"文命再问他姓名，那老者道："某姓善，名卷。"文命听说，想了一想，又问道："某闻当今圣天子从前巡狩荆州，受业于一位高士，想来是偶然与先生同姓名的。"善卷道："不敢相欺，那就是某了。某家本在荆州，从前圣天子南巡时，荷承枉顾，盘桓数月，师礼却不敢当。"文命等听了益发钦敬，说道："原来就是善老先生，失敬之至。敢问先生何时迁居于此？为什么缘故要迁到此荒凉险阻的岛里来呢？”善卷叹道：“当时三苗无道，拿一种不合民心、有背道德的方法来治理百姓，由他的国内渐渐传到国外，一时远近无知愚民和浅识青年受他的熏染而被蛊惑的，不知道有多少！某当时不揣固陋，力振圣贤之道，要想挽救人心，维持中国固有的文化，亦颇有效验，就是在圣天子南巡相遇的时候。后来圣天子北归，接着就是十日之灾，洪水之患，驩兜、三苗等扶伤救死，自顾不遑，倒亦暂止他的野心。有一年，苗民逆命，圣天子御驾亲征。苗民被杀败了，内部人民几乎瓦解。他的谋臣狐功看见事势危急，就定下一个计划，乃是表面归顺，以救目前之急；积极地从旁侵略，以扩张他的地盘；又积极地压制人民，统一思想，以固定他的邦基。凡人民言论举动有不合他的政纲者，都以叛逆目之，轻则杀，重则族诛；又拿了他的主张制就书册，强人民日日诵读，尤其注意的是幼童。因为成人的脑筋中已有旧道德之精蕴深深印入，一时不易变更，而且成人理解较清，能辨是非，虽则灌输，终恐无效；幼童的脑筋中是空空洞洞，一无所有，染苍则苍，染黄则黄，而且并无辨别之能力，随人支配，所以他统一思想的方法就是从此做起。那时洪水之害逐年加深，南北道路不通，所以他这种方法朝廷未必尽知，即使知道亦无力讨伐。近年以来，他的版图逐渐扩大，东方已逾彭蠡而东，直到黟山；西方亦逾云梦而西，直至鬼方（现在贵州省）；南方亦破灭玄都氏，越苍梧（现在湖南骑田岭一带）而南，直逼南海；只有北方尚不敢荐食。一则因为与中土接近，恐被朝廷讨伐；二则亦因为水患太厉害，无法可施。某从前所住的地方，不知不觉已入于他势力范围之中。他的那种方法当然要推行过来的，大厦之倾，一木如何支撑得住？眼看那班守死善道之人，因不肯服从他的方法，死的死了，跑的跑了；不能死、不能跑的，或者因为祖宗邱陇之所系，或者为妻子生计之所关，不得不降志辱身，合污同流；还有一班不义无耻之徒，则趁此机会，挖空心思，想出种种献媚求悦之道，以求取幸而得宠，甚至于甘心认驩兜、三苗为父的人都有。某年老矣，既不求名，又不求利，自问何苦再与此豺狼相争斗，还不如避地为是。所以前几年就带了家眷邻人，沿江而东，接连迁了三次，禁不住三苗势力之侵迫，只好逃到这海岛里来了。（现在江苏宜兴市西南五十里有善卷洞，就是善卷避地之所。）这就是某近来的历史了。”文命道：“三苗势力已到黟山么？”善卷道：“是呀，从此地再过去几百里就是了。”文命道：“某此番治水，打算由扬州而荆州。三苗如此无道，当然加以讨伐，先生看起来可以打胜么？”善卷摇摇头道：“难说难说。”文命问道：“何以呢？”善卷道：“他那个政策太凶恶了。他自从颁行这个政策以来，已有数十年，从前的耆旧已无所存，而现在的丁壮都是他从幼童时制造训练出来的人。这种人的心目中只知道一个驩兜、一个三苗，只知道有驩兜、三苗所著的书，而不知道有圣贤相传之道德与中国固有之文化。即使能够灭他的国，诛他的君，但是他的民心是决不会服的，恐怕难呢。”

文命听他说得确凿有理，非常佩服，又问道：“那么照先生说起来，三苗之国不要去征讨了？”善卷道：“那亦不然，他做他的，你做你的。他所以要如此做，并非有别项的心思，无非为保存他的名位起见。你来治水，当然为你的成功起见。要治水成功，治过扬州必治荆州，但是治到荆州，侵入他势力范围之内，即使你不和他打，他也要和你打。到这利害冲突、不能并立的时候，一切无可计较，只有各做各的，所谓‘顺理行将去，凭天吩咐来’。崇伯！你何必迟疑呢！”文命听了，连道是是。两人又谈了一会儿，文命邀他出来辅佐。善卷道：“山野之性，无志功名久矣。况百岁衰龄，行将就木，哪里还能出而驰驱？但愿三苗早日授首，荆州早日治平，某得归返故乡，死正丘首，那就是受崇伯之赐了。”文命知其意坚决，无可再强，只得兴辞下山。

文命归到舟中，与众人计议道：“三苗势力既然近在咫尺，我们溯江而上，难保不受阻格，须有防备才好。”说着，就叫苍舒带五千人由北江前进，梼戭、大临为副，叔达作先锋，尨降、庭坚各率千人左右策应；又叫伯奋带五千人由中江前进，仲堪、叔献为副，季狸作先锋，季仲、叔豹各率千人左右策应。文命自己统率万人，带了皋陶、伯益、隤敳、朱、虎、熊、罴等由南江前进，仲容作先锋，横革、真窥各率二千人左右策应。约在彭蠡大泽东岸取齐。只有天地十四将并不派他们出战，大家不解，都来问文命，说道：“料想三苗国民并非铜头铁臂，又非妖魔鬼怪，何必劳师动众，只消某等十四人足以了之，或者径将驩兜、三苗之头取来，亦易如反掌，崇伯何以反不派某等呢？”文命道：“汝等去攻三苗，原是易如反掌，但是三苗之民受了三苗之毒，日日作宗教祈祷诅咒之事，我不愿意再以神道设教，助长他们的迷信。况且三苗之民受毒已深，一时难以变化，断非诛戮几个巨魁便可了事，如其尽行杀去，亦万万无此理，杀得多了，不特大伤天地之和，而且激起他们的反感，倒觉不妙。不如堂堂之阵，正正之旗，与他们决一个胜负，显得天朝上国纯尚实在，不贵神通，或者亦是一个感格他们的方法，所以暂时不劳汝等。如沿途有奇妖异怪拦阻去路，仍须汝等相助了。”天地将听了，也就无言而退。

于是文命领了大众，取道震泽之南，到了一座浮玉之山。只见山上赤光蓬蓬勃勃而起，如火如荼，如霞如绮，大家都觉奇异。天色将晚，正在安营造饭，忽然前面一片喊叫之声。仲容忙饬人讯问，少顷回来报告道：“前面有虎伤人，大众兜捕，虎已逃去了。”叔达吩咐诸营，以后切须严防，不可大意，众人答应。晚餐之后，仲容领了几个兵士亲自巡行，到得一处，听见前面狗吠声甚急，仲容料想是村民所畜，不以为意。哪知树林之中猛然有庞然大物突来袭击。仲容眼快，举起佩刀尽力砍去，旁边卫兵亦合力攻击。那大物受伤，声如狗吠，连叫几声，狂奔而去。仲容等亦不追赶，恐其复来，严防一夜。次日，兵士要想搜山，诛灭此大物，为民除害。仲容道：“不可，这次我们奉命远征，行有期限，岂能延搁。我们通知后队，叫他们留意就是了。”正说间，只见有许多百姓结队而过，各持棍棒。仲容便问他们，为什么要携棍棒。百姓道：“此山有一种彘兽，其状如虎而牛尾，其音如犬吠，能食人，所以我们走过此山必定结队持械。”仲容听了，就让他们过去。

翻过浮玉山，已到东江，仲容饬人多备船只，供文命等大队之用。后来由东江转入浙水，一日行至一处，鼻中闻到腥秽及腐烂之气，大众四处寻觅，不得其物。后来遇到土人一问，才知道前数年洪水大盛时，有一条大鳙鱼乘潮而来，到了前面，忽然潮退搁浅，不能游泳，颠顿跳掷，渐渐身死，皮肉腐烂，鳞骨堆积，成为一山（现在安徽婺源县东一百里大鳙山，高三百仞，便是）。它的血肉深渗地中，虽则日久，仍有余臭，每当秋季，西风一紧，此地还闻到这股气息，想来还没有烂完呢。大众听了，无不骇然。遥望那鳙骨堆成之山，远在数十里外，但是还能望见，想见其高了。世界有如此大鳙鱼，真是可怪，大家因为讨贼心急，也无暇绕道去看。

又过了一日，行到一处，只见前面斥堠森严，旌旗招展，原来已到三苗国境了。仲容传令，暂且安营，停止前进，一面飞速向文命请示。文命道："三苗如无抵抗之迹，暂且不要动手，先派人前去宣谕吧。"说着，就派了国哀为正使、之交为副使前往宣慰，并带有公文，大约是说朝廷因为洪水为患，特派大臣治理，现在将到贵国，请予招待，兼予帮助，并请贵国人民不必惊疑等语。国哀等领命，带了几个从人将要起身，皋陶上前说道："三苗狡诈，狠毒无比。从前圣天子南巡，他尚敢阴置蛊毒，谋为大逆，司衡等几乎丧了性命。如今派国哀等前去，万一他依旧怙恶，岂不是白送了两条性命！人才可惜，还请慎重。"文命听了，不觉沉吟道："那么怎样呢？"黄魔在阶下大叫道："派我们去，看他敢奈何！"文命大喜，就改派繇余为正使、黄魔为副使，充作一文一武，又派章商氏、兜氏、卢氏、乌涂氏四个做了随员，一同前往，按下不提。

且说驩兜、三苗父子用了狐功的计划，乘着洪水为患、朝廷无暇南顾的时候，专一向东西南三方面略地，侵灭的国家不少，居然地方数千里，南面称雄。驩兜上次发表一篇文章数说帝尧罪恶之后，更与朝廷脱离关系，但是亦深恐帝尧来讨，就积极地训练他的百姓。后来听说帝尧叫文命治水，颇著功绩，雍州的共工国已破灭了，驩兜父子更是惊心，忙与狐功商议。狐功道："今日之事已成骑虎，除出积极准备奋斗之外，别无他法。"于是一面强迫人民练习战事，一面再想以货利要结他们。三苗素来极贪婪，几十年来搜刮的金宝不少，此刻听了狐功的话，为保全生命及国位起见，亦不能不大破悭囊，拿出少许来奖励人民，以为鼓舞。一面又捏造许多帝尧贪酷无道的情形和文命治水到处残暴骚扰的事实，向人民宣讲，或者画成图像，到处张贴，以激起人民的自卫心与敌忾心，这也仍旧离不脱他愚民政策的一种。后来听说文命要下江南了，驩兜父子益发恐慌，再来和狐功商量。哪知天不长恶，狐功忽然疽发于脰，渐渐延及前颈。那时巫先等早已亡故，其弟子虽有多人，但是技术很低，医治不能全效，狐功之病遂日见沉重，一月之后，竟头落而死。这个病就叫落头疽，凶人不终，亦可谓天网恢恢了。驩兜、三苗的一切行政，本来专以狐功为灵魂，狐功既死，顿觉失了倚赖。

一日，忽有彭蠡东岸的守将来报，说大唐崇伯派遣两个使者，携有公文前来，应否接待，请令定夺。驩兜、三苗忙聚集一班党羽商议，有的说应该招待，有的说不应该招待，有的说应该招待他的使者而不许他的大队兵入境，有的说先杀死他的使者，再和他打仗，因为他这次来是决不怀好意的。议论纷纷不一。三苗道："我有一策，你们以为如何？放他的使臣进来，加以囚禁，来一个，囚一个，来十个，囚十个，一面严守各处关隘，不许他大队前进。他要和我打，就算他是戎首，其曲在他，岂不好么？"众人听了，都拍手称善。驩兜道："他若是为治水而来，那个题目甚正大，硬拦阻他，这个话恐怕说不出呢。"三苗道："有什么说不出，只要说我们这里并没有洪水，或者说我们已经治好了，不烦他费心，那就好了。"驩兜道："幽囚他的使者，于理不合。两国相争，使在其间，幽囚起来，恐怕曲在我呢。"三苗笑道："何必一定要幽囚，暗中杀去，只说他自己病死，拿尸首送还他就是了。或者连尸首都不还他，只说他的使者并没有来，或者说他的使者来了之后，私自逃去了，我们没有看见。横竖死无对证，怕他做甚？"驩兜听了，便不言语。于是三苗就吩咐来人说："放他们进来，随从人等共有几个须点查明白，一个不许漏去。"来人答应退出。

第三十回

禹破灭三苗　驩兜远窜南海　苗民反侧难驯　禹修彭蠡之防　禹勒石纪功　彭蠡古地理之理想　三苗之民远窜三危

过了两日，三苗国守将带领繇余、黄魔等六人入见。驩兜、三苗父子正坐在便殿之中，繇余、黄魔等一直走到阶下，他们父子两个端坐不动。三苗先喝道："你们这几个是文命派来的人么？"繇余正色道："某等奉崇伯之命而来。崇伯陛辞的时候，天子面许，准其便宜行事，临时承制，所以某等奉崇伯之命，就是奉天子之命。贵国君名列朝籍，分茅胙土，久膺爵禄，应该起身行礼，北面敬受，奈何如此倨傲，未免太无礼了！"驩兜大喝道："什么天子不天子！唐尧无道，轻轻拿了天下送给匹夫女婿，忘公徇私，不德已极，我早已声明与他脱离关系，还有什么天子不天子！文命小子是我老友鲧的儿子，我是他的父执，他对于我应该尽子弟之礼，现在倒反狐假虎威，拿唐尧之命来压制我，真可恶极了！本来文命小子并不是人，他亲生老父给唐尧殛死了，不想报仇，反受唐尧的爵禄，供他的使唤，为他出力奔走，忘恩负义，全无心肝，不孝之罪，已上通于天。不想我老友鲧竟生出这种不肖之子，可叹可叹！"

三苗不等驩兜说完，已夹杂骂道："你们这班狗养的囚徒！既然到了此地来，还不知道恭敬低头服气，还敢出言无礼，恶语伤人！问你们有几个头颅，不怕死么？还不给我跪下去！"繇余等六人站在阶前，听他父子破口大骂，直骂得一佛出世，二佛升天，只是不响。后来听说要他们跪了，知道此事就要蛮做，仍是不动，各各预备。三苗见他们不肯跪，益发大怒，早有如狼似虎的人前来，拉拉撳撳，但是哪里拉撳得动，六个人仿佛六条生铁铸成的一般。三苗怒极，喝叫取过模范人来，众人哄然答应。

过了些时，只见拖出无数肢体不全的人来，有的眼睛凿去，有的鼻耳割去，有的两足刖去，有的两手斩去，有的一手一足砍去，有的两手两足俱斩去，宛转之状，惨不忍睹，呼号之声，尤不忍闻。原来三苗每次断狱，以已意为曲直，如果人民不服，就取出这种人来给他看，叫作模范人。人民一见胆落，自然不敢倔强了，这是三苗最得意的方法。这次取到模范人之后，三苗以为这六个人一定下跪了，哪知他们依旧不动。三苗吩咐："且慢用刑，先取大杖来，打折他们的脚骨，然后再将两足刖去，使他们禁受两番痛苦。"哪知木杖一打，六个人毫不在意，竟似一无知觉的一般。后来连打的人的手叉也震开了，木杖也断了，六个人依然如故。三苗喝令取铜杖来打，六个人仍无知觉。三苗愤极，亲自取过一柄大刀，照着繇余头上用尽平生之力劈下去，只听得"砰訇"一响，"啊哟"一声，一个人跌倒在地下。仔细一看，原来刀折了，三苗手臂震伤，倒在地下，繇余仍未觉得。众人慌忙来扶三苗。这时繇余却开口了，向着驩兜、三苗说道："我们奉命而来，以礼为先，贵国君却如此相待，是何道理？照这样情形，我们就立刻动手杀死贵国君父子，亦易如反掌。可是崇伯以仁义道德为重，不肯做的。现在贵国君既不受王命，又虐待天使，我们在此受贵君凌辱亦属无谓，我们就回去复命了。贵国君倘能从此幡然改过，力改前非，请于七日之内亲自诣崇伯大营，肉袒请罪，我们当不念旧恶，代为陈请。否则天兵一到，恐于贵国不甚便利。最后忠告，请三思之。"说毕，向驩兜、三苗拱拱手道："再会再会。"又回头向黄魔道："我们去吧。"倏忽之间，两个升天，四个入地，杳无踪迹，把驩兜、三苗及其他臣民吓得目瞪神呆，如痴如梦，半日说不出话，按下不提。

且说繇余等回到大营，将一切情形报告文命，文命叹道："三苗果然如此凶恶，幸喜不叫国哀等去，否则死矣。"说罢，便与皋陶等商议，七日之中三苗等如果不来降服，便即进兵。哪知到了十日，三苗杳无音信。这时苍舒、伯奋两大队均已到彭蠡东岸了，文命遂传令进攻。苍舒一支由水路向敷浅原（现在江西庐山）进攻，伯奋一支沿彭蠡南岸进攻，文命亲率大军浮彭蠡大泽进攻。当时彭蠡水患却未大甚，最困难的有两点：第一点，因为泽的面积既大，而又有东陵山（现在鄂、湘、皖三省交界之幕阜山）矗立于西岸，大风时作，从山上横削而下，刮到泽中，船只易于倾覆。第二点，当时长江下流面积非常广阔，彭蠡当大江中流，离江口甚近，海潮可以经过此地而打到云梦以上，所以彭蠡受涛头之患甚深。三苗因为有云梦、彭蠡两个险阻，所以敢于倔强，不肯臣服。他以为文命人数虽多，断难飞渡此等天险。但是文命早已想到了，船只等一切备好之后，到了誓师的那一日，首先作起法来，喝道：“风神何在？”风神巽二飒然自空而至，稽首请命。文命道：“我现在要渡过彭蠡，征讨三苗，在我师行未竣之日，须与我禁止刮风，以利军事，尊神可能允许么？”巽二忙道：“是是，当然禁止。”说罢，掣出五色小旗一面，向空中一扬，霎时间大风全息，但有微微的东风，待送行舶。文命又作起法来，喝道：“涛神何在？”只见彭蠡之中一个波浪，涌出一个银甲白胄、手执金锏的武将，气象威武，疾趋上前，向文命行礼道：“涛神江胥谒见，介胄在身，恕不稽首，崇伯见召，有何吩咐？”文命道：“彭蠡之中涛浪甚恶，舟行危险，我现在征讨苗民，军事甚急，在我师行未竣之前，须与我约束涛头，不使它到泽中来，尊神可以允许么？”江胥连声道：“可以可以，当然约束。”说罢，就拿金锏向泽中一指，霎时涛头平静，微波不扬。文命大喜，就向二神致谢，风神、涛神俱各退去。当下大众登舟，齐向西岸进发，但见波平如镜，真是秋水共长天一色。这晚泊在一个岛下（现在鄱阳湖中之大孤山），次日扬舲直进，渐达西岸。那些三苗的守兵，所恃者就是彭蠡风涛之险，哪知风平浪静，文命的大兵竟到了，不禁个个惊诧，以为神助，已无斗志，虽仍是发矢投石，摇旗擂鼓，但其气已馁，全出勉强，禁不起文命大军压迫，遂立时大乱，向后而退。那时伯奋一支军已由南方抄到，苍舒一支军亦进驻敷浅原山下，作掎角之势。三苗见唐兵势大，不敢应战，阵阵倒退。驩兜与三苗自从繇余等去后，心中疑惧万分，深恐他们或来行刺，不敢住在宫殿之中，日间则变易服式，与兵士百姓杂处，夜间则屡次变更寝处，即使亲信人亦不能确知其所在。那些臣子百姓看他父子如此张皇，自然更纷乱得不得了。驩兜年老，三苗庸骙，到了此刻，竟一筹莫展，唯一的希望，就是彭蠡之中风涛大作，将文命全军淹死；再不然，阻住他不使过来，亦是好的。每日叫了无数巫觋，聚居祈祷，诅咒厌胜，无所不至，倒反将一切调兵遣将、应攻应守的计划置之不顾，因此人心惶乱，守备全无。

文命兵到，势如破竹，三苗兵阵阵倒退。驩兜、三苗听了，益发无主，打算逃走。但是逃到哪里去呢？三苗主张北走，驩兜主张南走。三苗的心理，以为北方还有几个平日所勾结的曹、魏、屈、骜等国可以躲避，或者还可以借兵乞救，因此主张北走。驩兜的心思，以为北方尽是唐尧势力，虽有曹、魏、屈、骜等国，亦决不能持久，还不如南走，免得落在唐兵网罗之中。父子两个争论了许久，仍不能决定。后来驩兜说道："我们各行其是吧，你走北，我走南，分道扬镳，有何不可，何必同在一起呢！"

正说时，只听得外面一片呐喊之声，有人来通报，说大唐兵已到郊外百里之地，顷刻就要进攻。驩兜一听，魂不附体，急忙搜罗些资财，带了一个幼子和数个从人向西南就跑，逾过苍梧岭，直到交趾国的一个地方住下（现在越南国有驩城，就是驩兜的遗迹）。总算得保首领，老死牖下。后来帝尧知道了，觉得驩兜这个人亦很可怜，就叫他的幼子住在南海，奉事驩兜的祭祀。几世之后，他的幼子和几十个从人的子孙非常蕃衍，不过形状亦变得极古怪，人面鸟喙，腋下生出两翼，但是却不能飞，只能用以代杖，常在海中捕鱼而食，又在陆上种些芑苣、穋杨之类以为粮食，就叫驩头之国，这是后话，不提。

且说驩兜既逃之后，三苗还在宫中，因为他几十年克剥聚敛的货财多如山积，此刻不能全数带了逃，拿了这项，又舍不得那项。正在踌躇无计，忽然又听得一片呐喊，说大唐兵已到了。三苗此刻性命为重，顾不得货财了，胡乱拿了几项，也带了几百个人，匆匆出门，径向西北逃去。这里叔达、季狸、仲容三个先锋已经会师齐到，先派兵将各处守住，然后将驩兜、三苗的巢穴细细搜检，抄出来的奇珍异宝米粟布帛实在不少。仲容等叫且封好，等崇伯到了再行发落，一面严搜驩兜父子两个。后来知道均已在逃，暂且不追，专等文命。过了一日，苍舒、伯奋各率大队到了。又过了一日，文命率全队到了，仲容等进见，报告一切情形。文命先出第一道文告，将三苗所有一切苛捐杂税统统革去；又出第二道文告，将三苗所用一切酷刑非法统统除去；又出第三道文告，禁止男女无别之事，并将理由详细说明；又出第四道文告，禁止巫蛊厌胜之事。又吩咐将三苗资财拿出来分作三等用度：第一种是抚恤兵灾。这次师行所至，虽说秋毫无犯，但当此秋收之际，人民惊恐迁徙，难保不受损失，着横革、真窥两人会同当地公正耆民，仔细确实调查，分别抚恤。第二种是赡养穷苦。这次师行所至，看见三苗人民穷苦的实在不少，还有那种遭受非刑，断足缺臂、无耳少目的，到处都有。这种人已不能自行谋生，困苦可悯，着国哀、之交两人会同当地人民仔细确实调查，分别赡养。第三种是治理水患。三苗国中水患虽比较他处略轻，但有云梦、彭蠡两处的修浚工程，所以应将余下的货财统作修治之费，以免再取之于民。

自从这几种文告办法颁出之后，感激称颂的人固是不少，而反对不服的人亦甚多。第一种是少年男女，以为剥夺他们婚姻的自由、恋爱的自由，因此甚不舒服。第二种是顽固老旧，他们对于鬼神的迷信已深入心中，现在不许他信奉鬼神，仿佛断绝了他们的依靠，因此亦啧有烦言。还有一种，是三苗的走狗，一班贪官酷吏，平日倚势作威，靠此肥其身家，一旦冰山倾倒，根据全失，衣食饭碗无着，那个怨毒自不消说。还有一种，是三苗、狐功的信徒，对于三苗、狐功的遗教是极端赞成的，现在给文命全部推翻，他们以为从此天下就要大乱了，所以诽谤诅咒，亦非常之激烈。文命本意取宽大主义，与三苗之民更始，以前的一切不问。哪知住了多日，苗民反抗的情形渐渐显著，始则各处揭示，任意诋毁；继而竟是据险图叛。皋陶看到这种情形，就和文命说道："古人说得好：'刑乱国用重典'。我看三苗之民陷溺已久，受毒甚深，绝非'仁惠教导'四个字所可转移，不如严加惩处，歼其巨魁，使他们有所畏惧，然后再以仁德怀之，或者可以从风而服。若照此过去，我们去治水了，兵备一弛，难保不变生肘腋。即使不变，永永用兵镇压亦万无此理，恐怕总有溃决之一日。'小不忍，则乱大谋'，不如早点严治吧。"文命颇以为然，于是下令严捕反抗之人。哪知这样一来，倒反激变了，一时之间，揭竿而起者不下十几处，都啸聚在湘水一带的山林之中。文命见事已如此，知道非大张挞伐不可，于是叫苍舒、伯奋两军前往攻剿，自己却同了皋陶、伯益等来治彭蠡。先从东岸泛舟向南，沿途考察，再转西岸。

一日，到了一处，只见一山矗立水中，上面栖息的人民不少。文命问他们这山叫什么名字，那些百姓道："我们都是从各处避水来的，不知道它本来叫什么名字，现在我们给它取一个新名字，叫作免水山，亦叫作圣天子山。"（现在江西临川区西北六十里，有尧山，即此。）文命道："怎样又叫圣天子山呢？”那些百姓道：“洪水为灾数十年，我们还能够逃得性命，在此山中过活，全是仰赖圣天子的仁德，所以取这个名字以做纪念。”文命听了，奖赏他们一番，随即起身。细看那彭蠡的为害，原不过受了风涛，遂致泛滥，并没有如北方各地为灾之甚。于是就叫众人在四围吃紧的地方筑起堤防来，使它与大江渐渐隔绝，减少海潮的冲突，水患自然可以平靖。

一日，文命督工之暇，带了皋陶、伯益一干人乘坐船舶，来到敷浅原游历。原来那时的彭蠡大泽虽则就是现在的鄱阳湖，但是它的面积要比此刻大十几倍。那敷浅原山就是现在的庐山，还没有全部出水，不过几个山峰自西方连绵而来，矗立于彭蠡之中而已。但是它的山势甚为广博，其中原田连亘，人民奠居，所以有敷浅原之名。

文命船到山边，系舟登岸。（现在庐山上一个紫霄峰，去平地七千仞，上有古迹，云是夏禹治水时泊船之所，凿石为窍以系缆，其迹犹存。）忽见前面山上停着一辆彩车，有一道者服朱绯之袍，戴平华之冠，佩三天真形之印，飘然而来，向文命拱手道：“崇伯请了。”文命慌忙答礼，便问道：“足下何人？”那道者道：“某乃庐山使者是也。当初黄帝轩辕氏游历到此，说此山虽小，然将来必能拔地矗天，成为中国一座风景极胜之山，因此封某一个使者，秩比御史，主总仙官之位，盖五岳之监司也。现闻崇伯治水到此，所以特来迎接。”文命谦谢几句，就问道：“此山明明叫敷浅原，何以又叫庐山？此山甚小，何以能变成高大？”使者笑道：“‘高岸为谷，深谷为陵’，这两句古诗难道崇伯没有读过么？沧海桑田之说，难道崇伯没有听见过么？”文命道：“这座山须过多少年才能高大？”使者道：“亦不甚远，大概不过一二千年而已。现在它已无日不在这里继长增高，不过每日所增长的极微，而世人的寿命太短，不能觉察就是了。据黄帝轩辕氏的推算，这座山名叫敷浅原不过千余年，千余年之后，有著名的七兄弟，爱此山风景，来此结庐隐居，大家敬重其人，因而敬重其庐，必须改叫庐山。因此不封某为敷浅原使者而封某为庐山使者，就是这个缘故。”文命道：“某受命治水，现在对于彭蠡用四个防障，尊神看妥当么？能够经久无弊么？”使者道：“此法甚妥当，天下虽无历久不敝之法，但是彭蠡之水经崇伯施治后，可以历四千年永无水患。

四千年之后却难说了。”文命道：“某意能得千年平安足矣。况且堤防虽固，年久必坏，哪里能到四千年呢。”使者道：“这个不必是崇伯之功，亦是地理使然。某刚才不是说，这座山日日在那里继长增高么，此山升高，则附近之地随之而高，到那时彭蠡面积渐渐缩小，已包围在陆地之内，仅留一口与大江相通，即使崇伯所筑的堤防尽坏，哪里还愁有水患呢！四千年后，那却难说了，彭蠡面积愈缩愈小，四面群山冲下之水已经不能容，再加以大江之水在夏秋之间倒灌而入，哪里容得住！所以某说水患在四千年后呢。依某的意见，最好请崇伯将彭蠡周围的丈尺里数，一一刻明在这山的石壁上，使后世之人知道现在的情形，作为地理历史的考证，未知崇伯以为如何？”文命道：“极是极是。”庐山使者告辞而去。

文命就和皋陶、伯益商议，做了一篇文字，叙述修治彭蠡的经过情形，又将四周丈尺里数分记清晰。次日，再登山，叫工人摩崖勒石，刻在上面。（现在江西庐山市庐山紫霄峰上，摩崖为碑，记其丈尺里数，字皆作蝌蚪形，犹隐隐可见。）刻好之后，伯益向文命道：“我看还不对，撰文刻石是要使它垂诸久远，现在刻在石壁之上，经过风、雨、霜、雪、烈日、空气的剥蚀，恐怕不到千年已漫漶不可辨识，岂不是和不刻一样么？那边过去有一石室，某看再刻一份在石室中，庶几较为耐久，不知尊意如何？”文命道：“亦好。”于是叫工人又刻了一份。（现在此份还在，但在石室中，极幽险。从前有好事者，缒而下，摹得百余字，皆不可辨，仅有“鸿荒漾余乃撵”六字可识，亦可见古今文字之不同了。）那时彭蠡已治好，北面直至霍山之阳，凡现在安徽省龙宫湖、泊湖、武昌湖等在当时都是彭蠡的北部，西部几乎与云梦相连，中间仅隔东陵一阜，东面直到黟山脚下。各处山中之水统统都汇进去，大江之水由云梦吐出来，径入彭蠡，再由彭蠡吐出去，以渐分为北、中、东三江，这是当时的地形，并不是同现在那样江是江、湖是湖，湖与江之间另有通路的。所以《禹贡》上说，“东汇泽为彭蠡”。汇者，就是众水汇集之义。所以下面又说道：“东迤北会于汇”，简直拿汇字来作彭蠡之代名词了。假使当时彭蠡与现在鄱阳湖一样，仅在大江之南，江是江，湖是湖，那么夏禹导汉水应该导到大江为止，何必要说汇为彭蠡，又说东为北江入于海？难道汉水合江水进了彭蠡之后，再流出来，改称北江，还识得出这股水是汉水么？唯其彭蠡大，北面直到霍山，江汉两水并流进去，再分流出来，辨不出哪一条是汉水的尾闾，哪一条是长江的尾闾，所以只好以江、汉二水的位置为区别，在北的北江就是汉水的尾闾，在南的中江就算是长江。实则二水既汇之后，是江是汉已辨不清了，所以下文又有“江汉朝宗于海”之说。如果如现在地形，则汉水不过大江之一个支流，何得与江并称而入海？这个理由，一想就明。后世经学家不知道有高岸深谷、桑田沧海的变异，往往喜拿后世之地理去蛮解上古的地理，所以往往说不圆，恐怕还不及我的“想当然耳”不错呢，闲话不提。

且说文命治好彭蠡之后，那时正值江南木落，天下皆秋，长空一阵一阵的鸿雁，排着人字式，咿哑嘹唳，千百为群地飞来，看见彭蠡两岸芦荻瑟瑟，风涛不惊，都扑落来在芦荻中渡它的夜宿。文命看到鸟类亦受治平之惠，不觉欣然。于是带了大众溯彭蠡而西，就是云梦大泽了。那云梦大泽在荆州中部，面积大于彭蠡，因为离海较远，所以受海潮的影响不如彭蠡之大，而漫溢的情形则比彭蠡为甚。因为四面大山围绕，千支万派之水奔注而下，夹带之泥沙甚多，因此大泽受其淤填，有无数洲渚潜伏水底，无形之中已将云梦分而为二，水势格外觉得弥漫了。文命先向各处考察一转，知道这个水患的原因是在梁、荆二州之间，遂率众西行。路上向庚辰道：“前面渐到夫人所住的地方了，我治水至此，已有十分之六七成功，现在只有荆、梁二州未治，不知道有无困难。我想趁此见见夫人，拜谢拜谢，并且再求帮助。你可替我去说一声。”庚辰答应去了。

只见苍舒、伯奋两处各有人来报告，说奉命攻剿苗民，越过云梦大泽之西，他们分作两股分窜，一股向西往梁州而去，一股向南逃出荆州界外，直向南海窜去。应否再行穷追，请令定夺。文命道：“不必了！南窜之寇，已入蛮荒，听他去吧。西窜之寇，且待将来治水梁州时再看，此时毋庸穷追，可即班师。”来使领命而去。伯奋、苍舒两军遂即振旅而归，与文命合在一处。次日，庚辰回来报命，说夫人近日已往瑶池，约有多日勾留，请崇伯努力工作，大功告成就在指日，将来再相见。至于困难之事，当然有的，如果有需效力之处，定来帮忙，可以放心。文命听了，不胜怅然。

第三十一回

矗围、计蒙误会冲突　云林宫右英夫人解围

且说文命率领大众沿云梦北岸而西，要想到梁、荆二州交界之处去考察。一日，行到一座山，名叫骄山，就在那里住宿。那山的南面就是云梦，山的东面是漳水，西面是沮水，一名睢水，两水交流，同流到云梦大泽中去（现在湖北省远安县）。山上桃枝松柏等树很多，因为天气晴明，文命等晚餐后踱出帐外来望望，但见星月皎洁，秋高气爽，满山中但闻黄叶之声。忽见远远西南角上仿佛一片火光，文命指着问众人道："那边不知是什么？"众人有猜是居民夜炊的，有猜是妖物的。天地将听了，都说道："怕什么，有我等在此，妖怪敢出现，包管他们个个都死。"文命道："汝等虽有神力，但切不可太骄。古人说骄者必败，还须小心。"黄魔听了，就要去考察，文命未答应，忽然一阵飘风，接着一阵暴雨，吹得众人几乎立足不住，衣裳个个尽湿。正要急急奔回，陡然之间风也止了，雨也止了，依旧是星月皎洁，碧空无滓。大家都不免诧异，四处张望，忽然伯益指着山下道："那是什么？"众人随着他所指一看，只见山南脚下有一道白光缓缓向水边移去，白光之中，仿佛有一个动物蠕蠕而动。文命道："这个一定是怪物，刚才的飘风暴雨，或者就是他作的怪，亦未可知。"说着，就叫天地将去看，黄魔、繇余应声而去。不料那道白光已潜入水中，二人无处寻觅，只得归来。兜氏、卢氏道："水中之事某等能干，请让某等去看来。"

文命答应，二人遂入地而去。过了许久，不见回来，大众诧异。鸿濛氏、犁娄氏禀知文命，要去寻觅。文命亦答应，但吩咐小心，不可大意，如有危难，速归通报。二人领命，亦入地而去。过了片时，气吁吁地从地下上来道："不得了，不得了！兜氏、卢氏都被妖怪生擒，此刻高挂在那里呢。"文命忙问道："是何妖怪？"鸿濛氏道："其状如人而羊角、虎爪，正不知是何妖怪。"文命道："住在水中么？"犁娄氏道："住在水中，有宫有殿，甚华严呢，大约是巫支祁之类。”庚辰问道：“你们和他打过么？”鸿濛氏道：“我们未曾去打他，但是他那两根有无数钩刺的军械已是盖顶而来，我们深恐被他钩住，无人报信，所以只好赶即跑来。”文命道：“想来必是一种水怪，让我叫山泽之神来问。”说着，作起法来，喝道：“骄山之神何在？”只见帐外飞进一只人面的鸟儿，向文命点首道：“骄山神进见。”文命道：“汝是骄山之神么？”骄山神应道是。文命道：“前面水中有何妖怪，汝可知道？”骄山之神道：“前面是睢漳之渊，并无妖怪，只有本山神祇名䰠围的，常到那边去游玩，并在水中筑有宫殿，仿佛别墅，并不是妖怪。”文命诧异道：“汝已是本山之神了，怎样还有一个本山之神？难道一座山上有两个神祇么？”骄山神道：“不是如此。某等神祇是受上帝之命而来的，一山只有一个。彼等则系修炼而成，爱居哪一座山，就称为那座山之神。这个䰠围住在本山，已有久远的历史，所以亦叫骄山之神。”文命道：“他的状貌如何？”骄山神道：“状貌人面、羊角、虎爪、出入有光，极有本领。”文命道：“上帝既命汝管领此山，有这种恶魔前来居住，汝为什么不加以驱逐或奏知上帝呢？”骄山神道：“小神技术低微，远非他的敌手，讲到驱逐，实无此能力。况且他平日并不作恶，故亦无奏知上帝之必要。”文命道：“他不作恶，为什么拘捕我的部将？”骄山神道：“这个理由小神不知道，但他平日确不作恶，小神可以担保。”文命听了，沉吟一会儿，就说道：“既然如此，有劳尊驾，请转吧。”骄山神点头为礼，翻身飞去。

当下文命就向鸿濛氏等说道：“汝等再往睢漳之渊去走一遭，看看兜氏、卢氏现状如何。如看见那个䰠围，须细细和他讲理，问他为什么这样无理，拿捉我们的人，看他答词如何，我自有道理，切不可和他战斗。”鸿濛氏、章商氏、犁娄氏三人领命，入地而去。过了一会儿，一齐出来，愤愤地向文命说道：“可恶可恶！”文命一看，只见章商氏满面流血，便问怎样了。鸿濛氏道：“我们到了那里，看见了妖魔，正要和他讲理，哪知他不由分说，劈面就是一械打来，章商氏猝不及防，所以受伤。我们因为崇伯吩咐不许战斗，所以只好退回。但是这妖魔可恶已极，非和他拼命不可。兜、卢二氏现在还高挂着，在那里叫喊呢。”文命听了，也不觉动怒，便说道：“既如此，汝等去战吧，但须小心。最好诱他出水，以便天将协助。”鸿濛氏等五人一齐答应，入地而去。庚辰等亦腾起空中，用眼注定漳渊，专等蠹围出来，可以邀击。哪知歇不多时，漳渊之上水波沸腾，仿佛有人要冲出来似的。黄魔举起双锤道：“来了来了。”疾忙向下击。庚辰止住道：“且慢且慢，一则恐伤了自己人，二则恐怕惊了他，再缩进水中，倒不妙了。我看不如等他们诱到离水远一点的地方，我们截住他后路，那么可以擒捉了。”众天将都以为然。

正在说时，只见漳渊里面水势更加汹涌，许多人蹿出水面，原来是陶臣氏等四个。最后一道光芒，跳出一个人面、羊角、虎爪的妖物，爪中执着两根有钩刺的军器，奋勇追赶。鸿濛氏等则且战且走，内中却不见乌涂氏，众天将颇为诧异。过了一会儿，庚辰道：“可以了，我们下去吧，我与繇余、大翳、狂章四人分向漳渊去绝他的后路，黄魔、乌木田、童律从上面打下去。”众天将答应，纷纷从天而下，黄魔两柄大锤早向蠹围头上打去，接着童律的枪、乌木田的双锏也都到了。哪知蠹围浑身上下都有光芒护着，三般军器到了光芒之上，但见万点火星向外迸射，竟不能伤他分毫。童律等诧异之至，但是蠹围亦大吃一惊，疾忙将身跳开，举起钩刺的军械想来迎敌，瞥见漳渊之上已有四员神将分布站着，料想这个情形与彼不利，便施出一种极神速的手法，出其不意，忽如电光一道，已钻入漳渊之中而去。等到庚辰等四将赶到，已是无影无踪，不免个个愤怒，大骂：“可恶！狡狯！”

这时童律等三天将与鸿濛氏等四地将亦都赶到，个个面面相觑，懊丧之至。黄魔便问鸿濛氏道：“乌涂氏何以不见？”鸿濛氏顿足道：“又被他擒捉去了。我们五个人的本领并非打他不过，但因为我们打他，他总有火光迸出，始终不会受伤。我们给他军器钩住，无论如何总逃不脱，真是奇事了。”黄魔道：“我想这事只有求夫人去。”狂章道：“我亦如此想。”正说到此，忽觉空中一阵飞扬之声，陡见一条长龙，张牙舞爪，直向漳渊中钻进去。众人一看，原来是应龙，不禁大喜，料想它必定是去捉蠹围的。果然隔不多时，只见漳渊中波浪连天，水势壁立，隔了一会儿，应龙已窜出水来，两爪中拿着两根有钩刺的军器，向地上一丢，依旧拏空入云，逍遥而去。众人看那军器，的确是蠹围所用的。军器既被应龙夺来，那蠹围哪里去了？或已给应龙咬死了？大家正在猜疑，只见水中突然又钻出几个人来。大家只道是蠹围，忙掣武器，预备抵敌，哪知却是兜氏、卢氏、乌涂氏三个。众人大喜，忙问他们何以得脱，又问蠹围消息。兜氏、卢氏被吊日久，颇觉狼狈。乌涂氏道："蠹围被应龙杀败，躲到水底去，不知何往。应龙便将我们捆绑的绳索扯断，所以我们才得出来。"黄魔道："蠹围没有死么？"乌涂氏道："没有死。"黄魔道："既然未死，仍必为患，此事未了，如何是好？"童律道："此时天已向晚，我们且归去，明日再说吧。"于是大众拿了蠹围的军械一齐上山，将大略告知文命。文命道："明日拿我的赤碧二珪去照，看他躲在何处。"众人答应。横革、真窥等拿了蠹围的军械细细一看，说道："这军械形状与山上树木一样，想来是取这树枝炼成的。"大家一想不错。

吃过晚饭，大家正在谈论，忽然帐外又是一阵飘风，接着又是一阵暴雨。庚辰等七将不待文命号令，一齐出帐，向那风雨所过的地方追去。追到漳渊，绝无踪迹，那风雨也停止了，大家又猜疑起来，说："这种现象看来还是蠹围那妖作怪呢。我们问崇伯借了赤碧二珪来照，不必等明朝了，想来二珪是宝物，即使深夜亦总可照的。"说罢，大翳就上山去，借了二珪来，展开向渊中一照。哪知此二珪真是宝物，两道光芒直从水面穿到水底，又从水底再照到几十丈以下，所有形形色色无不轩豁呈露，仿佛水中点了几百支明灯一般，又仿佛水底泥土都变成水晶一般，清楚极了。

众人细看那水底，果然有几所极华丽的宫殿，无数小妖水怪在那里奔走跳跃，一触到神珪的宝光，顿觉惊惶无措，东逃西躲，要想避过这个光，却终究无可躲处，其形状甚为可笑。另外一座宫殿里，果然有两个大妖坐着，一个羊角虎爪，就是蠹围；一个人身龙首，那两根龙须翘得非常之高。他们受到了神珪宝光，亦似有极不安宁的样子。忽而之间，只见无数小妖都拿了物件，纷纷向南方而跑。大家看得稀奇，将二珪偏向南方，跟着这许多小妖照去，要想看他一个究竟，哪知小妖等走到一个地方，好像受不住光芒的样子，一齐都向地面倒了。再将二珪移转来，回照原处，那两个大妖已不知所在。众人大惊，将二珪向各处周遍寻找，总找不出踪迹。忽而之间，狂风大起，暴雨如注，众天将只道又是妖怪来了，藏起二珪，绰起兵器，四面探望，觉得这风雨非比寻常。忽而童律叫道："山上大营中火齐灭了。不知有否受损伤，我们去看吧。"众人被他提醒了，急忙飞上山来，但觉风势更猛，雨势更狂，瞥见一个人身龙首、四面有光的怪物，正在空中作怪。庚辰大怒，提起大戟直向妖物刺去。那妖物亦非常灵敏，觉得有人赶来，便向东北而逃。庚辰哪里肯舍，紧紧追随，到得一座山边，妖物将身落下，倏已不知去向。这时风雨已息，然而夜色冥濛，正不知妖物藏在何处。庚辰暗想，且待天明了再来寻吧，于是回到骄山。那暴雨狂风早已止了，细看那篷帐器具等一概被大风刮去，文命以下至兵士等个个都与落汤鸡相似，可谓淋漓尽致。时当初冬，夜深寒重，大家都瑟缩不堪。好容易挨到天明，寻得火种，又苦于没有干草，原来都被大雨淋湿或被大风吹去了。文命一见庚辰，便问妖魔怎样。庚辰将情形说了一遍。文命道："此刻天已大亮，料想妖魔不敢再来。我等一时吃些苦，尚无大碍，妖物不除，终为人患，汝等且作速擒妖去吧。"庚辰领命，邀黄魔、大翳两个同去。

到了那山上，三人各处搜寻，杳无踪迹。黄魔向庚辰道："莫不是你错认了一座山么？"庚辰道："哪里会错认，我明明记得是此地。"正说间，忽见大翳向东指道："那边有人来了，我们且去问问，此山究竟有无妖物。"庚辰、黄魔举首看时，果见前面一个方面的人，彳亍独行。三人就一同迎上去，仔细一看，原来有三只脚，所以那个走相非常奇异。黄魔禁不住喝问道："你是人，还是妖？"那人向黄魔等个个看了一眼，才答道："你且不要问我，我先问你，你到底是人、还是妖？"黄魔听了，不禁喝道："你这怪物，竟当我是妖么？"那人冷笑说道："你既然是人，应该有人的礼性，何以开口就大声呼喝，仿佛待奴隶似的，请问有没有这种人格？况且做人之道，'恕'字为先，我回问你一声是人是妖，你就气到如此，那么你问我是人是妖，我应不应该生气呢？"这几句话，将黄魔驳得哑口无言。大翳忙上前解释道"不是不是，我们见足下有三只脚，所以起了疑心，并非有意侮辱。"那人又冷笑道："天生人类，万有不齐。你们以为凡是人类总得两只脚么？你们朝廷上的夔止有一只脚，并没有人叫他妖，我生了三只脚，就以为妖，宁可少，不能多，真是井蛙之见了。"庚辰忙接着说道："足下不要生气，我们连日因为受了妖魔之累，寻觅到此，见足下生有异相，所以就起了疑心，以为是妖，实在出于误会，请足下原谅。”那人道：“你们所遇着的，是怎样一种妖魔？”庚辰便将前两日情形细细说了一遍。那人说：“据此说来，这两个人我都认识，而且都很有交情，但是他们并不是妖怪。”

刚说至此，黄魔就插口骂道：“你这个泼妖，原来就是妖魔的党羽，刚才还要混赖，破口骂人，现在竟自己招认了。我只要问你，那两个妖魔在哪里，快快说！”庚辰听了，忙来拦阻，哪知黄魔因受了井蛙非人的抢白，郁怒勃勃，得隙而发，哪里拦阻得住。只见那人又冷笑道：“既然如此，我不管了，看你们闹去。”说罢，将身一摇，渺渺茫茫，顿失所在。庚辰便埋怨黄魔，说他不应该如此鲁莽。黄魔嚷道：“这个明明是妖魔，而且自己承认是那两个妖魔的党羽。你受了他的骂，还要赔他的礼，我实在气不过。”庚辰道：“不是这样说，我看他神气很纯正，不像妖魔模样，而且词气冷峭，恐怕有别种原因在内。即使他确是妖党，亦应该等他说完了再定主意，不应该将他骂走。”

二人正在争论，只见西南角上一片祥云，许多侍卫簇拥着一轮香车，冉冉地向东南而去。大翳忙道：“这是云林宫的右英夫人呀！你们不要争了，现在去求右英夫人，请她给我们帮忙吧。”黄魔等均以为然，于是急急地赶上去，到了香车面前，三人齐向夫人躬身行礼。这时夫人香车已停，夫人便问道：“闻说汝等已到下界去帮助大禹治水，此刻在这里做什么？”庚辰便将前事说了一遍，并恳求夫人援助。夫人道：“这都是汝等骄傲鲁莽惹出来的事。既然如此，我就给你们处置吧。”庚辰等大喜，慌忙叩谢。夫人吩咐，就到骄山去，又叫庚辰先回去通报。黄魔、大翳随着夫人香车，缓缓下降。

且说庚辰到了大营，将此事原委细细禀知文命。文命便问这位夫人是何处真仙。庚辰道：“她是我们夫人的胞姊，排行第十三，名叫媚兰，号叫申林，受封为云林宫右英夫人。她的治所在沧海山。”正说时，黄魔、大翳二人进来说道：“夫人请见。”文命慌忙迎出去，说道：“承夫人光降，感激之至。”让进里面，行礼坐下。乌木田等天将都来谒见。文命细看那夫人，年纪亦不过十几岁样子，心中暗暗称奇，便问夫人捉妖之法。夫人道：“这三个都不是妖，是地祇。”说罢，叫过庚辰来，在他手掌上画了一道符，吩咐道：“你到离此地东北二百六十里一座岐山上，将手一招，叫声‘涉䖒’，那涉䖒自会跟着你到此来。”庚辰受命去了。夫人又叫过狂章来，亦在他掌中画一符，吩咐道：“你到离此东北一百三十里一座光山上，将手一招，叫声‘计蒙’，那计蒙自会跟你来的。”狂章去了。夫人又叫过童律来，在他掌中亦画一符，命他到睢漳之渊边，叫䖒围同来。童律去了。夫人就向文命道：“这三个地祇向来安分，不为人害。䖒围就是此山之地祇，和计蒙两个常在睢漳之渊游玩。此次崇伯大营扎在此山，䖒围不能归来。计蒙出入，必有飘风暴雨，因为他本身是龙的缘故。那天计蒙从漳渊归去，因风雨而惊及崇伯的部下。因䖒围的出入有光，遂疑心他是妖，两员地将不问情由，率尔就打，以致遭擒。天将等亦太鲁莽，以致计蒙生出毒计，用风雨荼毒众人，累及崇伯。今日涉䖒出来，想做调人，又被黄魔骂走，这更是鲁莽了。”正说到此，童律已领了䖒围进来。隔了一会儿，狂章又领一个龙首人身的计蒙进来。庚辰又领了一个方面三脚的涉䖒进来。三个地祇见了右英夫人，一齐稽首。夫人道：“这回之事，涉䖒最无罪，但刚才调停不肯终局，亦是负气之故。䖒围捆缚地将兜、卢二氏，虽说出于被逼，情有可原，但第二次鸿濛氏来问，何以亦不问情由举械就打，致使章商氏受伤，岂不是尤而效之么？至于计蒙，不问情由，不计利害，以一时朋友之私情，兼怀宝光罩射之愤，辄尔施逞毒计，害及众人，且惊崇伯，其罪甚大。虽说事后知悔，挽请涉䖒出来调停，但已迟了。现在我判决，计蒙、䖒围二人先向崇伯道歉，计蒙兼向崇伯部下诸人道歉，然后计蒙监禁光山五年，䖒围监禁漳渊二年，均不许出来。涉䖒无罪，省释。如此判法，汝等服么？”三个地祇皆稽首称服。夫人道：“既然如此，就去吧。”涉䖒先出，计蒙一阵风雨亦去了，䖒围向夫人道：“我们闯祸，应该监禁，那第一个肇祸的人如何办法？”夫人喝道：“汝吊了他们几日夜，还不够么？”䖒围听了无语，亦退去。夫人亦向文命告辞。文命再三称谢，夫人香车冉冉升空而去。文命亦将天地各将诰戒一番。次日，从骄山乘舟西进，但见无数难民都避在山顶上，前日因晚炊，不戒于火，茅屋荡然，露宿可悯。大众才悟到前夜火光，原来是此地失火。文命吩咐，尽力救济之。

（现在湖北夷陵区，江之左岸，绝岸壁立数百仞，飞鸟所不能栖，有一火炉插在崖间，望见可长数尺。父老传言，昔洪水之时，人泊舟崖侧，以余烬插之岩侧，至今犹存，故先后相承，谓之插灶。又有一山，形如筐篚，洪水时漂在水中，独不沉溺，避难者多居其上，即夷陵区西之高筐山也。）

第三十二回

四川地势之理想　黄魔凿黄牛峡
古今中外葬法之不同　禹凿巴山峡　巫山之猿

且说文命治水荆、梁二州之间，一日，行至一处，但见四山洪水喷薄而下，其形势正与孟门山未开凿时一样。云梦大泽仿佛就是山海，此处就是孟门山，不过山海是无出口的，所以水患甚大，云梦大泽是有出口的，所以水患比较小。文命考察那山水的源，都是从梁州而来。后来又发现一个山口，想来是从前流水的缺口。不过从前梁州地势尚未发生变化，这条水源短而量小；现在不然了，梁州地势升高，愈西愈高，西部的水都向梁州东南部泛滥，以至由山顶冒到荆州来，水量增加到几万倍，而那个流水的缺口还只有这一点点，哪里排泄得及，所以不能不从四山喷薄而下了。

文命将形势相度一回，觉得旧时的流水故道口门既狭，且太迂曲，于山势的高低亦不对，因此拿玉简细细量过，然后指定一处山脉，叫工人开凿。那山脉连亘足有二十里，天地十四将带了工人日夜动手，足足开了两个月方才开通，水势滔滔，直滚而下。但是下面还有两山阻隔，文命又叫工人将下面的山再凿开一点，水势方得直流，直放云梦大泽而去。四山的洪水顿时并到此处，一总下泻，不由各处喷薄而下了。这下面的两座山，就是现在湖北宜都市两岸夹江而立的荆门、虎牙两山。那凿了两月方才开通的山，就是现在湖北夷陵区西的西陵峡，是由湖北到四川最险的三峡中的第一峡。那旧时口小的水道在西陵峡之东，自从西陵峡开通之后，水势都向西陵峡而流，那条江渐渐干涸断绝，所以现在大家就叫他禹断江，闲话不提。

且说文命自从开通了西陵峡之后，远望西边，连峰际天，愈西愈高，但是那一股水势还是从梁州山上冒下来。因为梁州地势从前濒于西海，水都向西而流，后来地壳剧变，南西都耸起无数大山脉，西海之地愈升愈高，因此所有海水分作三方面而倾注。向东北流的就是大河，酿成北方洪水之灾；向东流的就是大江，酿成南部洪水之灾；向南流的，直向南方流去，倒也不成问题。梁州境界，东北从华山之南起（现在陕西汉中一带），西南至黑水止（现在西藏喀喇乌苏河，就是云南怒江之上源），四面群山环绕，中间又有一个大盆地（现在四川省城一带）。那里本来是一个大湖，西海之水既然向东倾注，所以现在四川地方就受了极大的水灾。水既积满，当然从巴山、巫山溢出去，这种情势与龙门、吕梁未辟凿以前的冀、雍二州真差不多。所以夏禹治水，在北方是凿龙门、擘太华、辟砥柱，在南方就是凿三峡。但是龙门山高，下面临着山海，施功难而日期较短；三峡之中，绵亘七百里，山山相连，峰峰不断，施功易而日期反长。

这次最告奋勇的是七员天将，一因地方平静，并无妖怪，闲空之至；二因此地巫山是云华夫人所住，他们仿佛家乡之地，一切形势颇为熟悉，所以特别出力，而七将之中尤以黄魔为最。一日，开凿到一处，只见一座大山迎面而立，黄魔兴之所到，就将它凿了几下，顿然成了一个老者之形；又将旁边一座较小之山凿了几下，成了一只黄牛之形。（现在叫黄牛峡，水势很急，有“朝上黄牛，暮宿黄牛，三朝三暮，黄牛如故”之谚。）凿好黄牛峡之后，一路又凿上去，又开了好几重山峡，那水势奔腾而下，更是迅疾。一日，正在开凿之际，一块大石陡然崩落，山洪就从缺口中冲来。七员天将赶快升天，七员地将赶快入地，独有那苍舒等及工人们无从逃避，被石头打伤而死以及被水冲去受伤而死的人，不计其数。幸而文命、皋陶、伯益等此时适在他处，未遭此险。后来仔细调查，知道苍舒、叔献二人正在旁边监工，大石崩落之时，急急奔避，足绊而仆，头颅触着岩石，受有重伤，叔献并伤及左臂。龙降、仲容、仲堪、季狸四个被山洪所冲，随流而下，幸喜前有大木攀住，得以不死，其余都尚无恙。唯工人之受伤者、为巨石所压而成齑粉者以及为洪水冲去而失踪者，不下百余人。后来由天地十四将急往下流寻觅，因而救生者，约十余人。

文命睹此情形，非常痛悼，一面先将受伤者叫医生从速妥善医治，一面暂停工作，叫工人将附近山上大木砍伐制造棺木，将死者盛殓。那死于伤、死于水的还不算惨，最可惨的是被巨石压死之人。众人将巨石移去之后，但见一大块人饼，血肉模糊，究竟总共死了几个人，一时亦查不出；究竟这颗头腹是哪一个的，那两只手脚是哪一个的，亦莫名其妙，要想棺殓，竟无从着手。有人主张，将这许多辨不清的尸骸索性用火化了。文命连连摇头道：“不可，不可！太忍心，太忍心。”横革在旁说道：“人已死了，知觉全无，何谓忍心？”文命太息道：“你知道这棺葬之礼何以通行起来的呢？上古之时，人死原是不葬的。父母死了，兄弟妻子死了，总是扛出去，向旷野一丢，以为他已无知觉了。后来走过一看，只见他父母兄弟妻子的尸骸竟在那里给狐狸吃、给豺狼咬，你想心中过意得去么？过意不去，所以要葬，葬就是藏的意思，就是保护的意思。于万万无可保护之中，想出一个葬法来保护，又恐怕赤体埋在土中虽则免了狐狸豺狼的咬嚼，仍逃不了虫蚁蚯蚓等的攒噬，所以从前葬法总是厚衣之以薪。为什么要厚衣之以薪？就是为保护。为什么对于已经灭了知觉的尸体还要保护？这就叫事死如事生。活在这里的时候，有狐狸豺狼来咬他，有火来烧他，你看了忍么？活在这里的时候，既然看了不忍，到得一死，相隔不到几时，就拿火来烧去他，试问良心到哪里去了？在我们中国西面几万里之外，有一个国家，比我们中国开化还要早，他们人死之后，就用药周身涂擦，保护尸体，可以历几千年而不坏。他们以为几千年之后这尸体会得复生，所以须如此保护他。并且，他们的君主还特别造起一个极大的大坟，专为储藏尸体之用，以至于尸体堆积得很多。这种叫迷信，叫作太过，原是不可为训。还有一个国家，在我们中国南方几千里之外。它的开化比中国稍为迟一点，在现在亦算文明之国了。但是他们于人死之后就用火葬，而且以烧得净尽为主。烧剩的灰和烧不尽的骨殖则拿来丢在水里。这个依我看起来，似乎太忍，似乎太觉不及。但是细细考察他们所以必定要火葬的缘故，亦有他们不得已之苦衷。原来他们那边天气甚热，本来容易得疫疠。人死之后，尸首更容易腐烂，一不小心，尸气传染，就是疫疠的根源。所以他们急急举行火葬。还有一层，他们那边土地尽是平原，而且极为膏腴，如果都用来埋葬尸体，很是可惜，这亦是他们实行火葬的一个原因。此外还有许多岛国，面积甚小，而人口日多，如其不将尸体火葬或丢在海里，都要和中国一样的葬起来，多少年之后，简直会连种植居住的地方都没有了。所以有些地方，我们当加以原谅，不能概以夷狄目之，说他是无仁心的，说他是残忍的。至于我们中国，现在地大人稀，未经开辟、没有人迹的地方不知道有多多少少！正可以在两个古国一过一不及之中，立出一个中道来，哪里可以开一个火葬的恶例，给后人做口实呢？”真窥道：“将来几千年之后，人数增多，那葬法必定要改良，或者通行火葬亦不可知。”文命道：“这个自然。但是我看，亦不至于一定如此。因为一个民族能够立国到几千年之久，必有一种特殊之才能，既然有特殊之才能，那么几千年之后，人口增多，版图亦必定跟着加大，何至于就有人满之患呢！况且无论如何文明的国家，一治一乱之理总是逃不脱的。经过一次大乱，人口就要减去不少，同时那些无主的坟墓亦要削平不少，盈虚消息，冥冥中自有主宰，我们此刻正不必代后世抱杞人之忧。如果几千年下去，但有治，没有乱，那么人口之增殖一定非常之多，人口既多，则生活困难，竞争必烈，但求可以谋生，一切现在的仁义道德都可以置之不顾。不要说父母死了火葬视为天经地义，就是拿父母的尸体来熬油、来喂牲畜，或拿他烧剩的灰屑来肥田，亦自以为能废物利用呢！即使活的父母，杀了他拿来吃亦可以算孝道呢！”

皋陶在旁听到此处，哈哈大笑道：“崇伯！你这话太愤激了。”文命正色道：“我不是愤激话，的确有这种人呢。在我们中国南方几千里以外的一个岛上（现在印度尼西亚苏门答腊岛），有一种民族，他们的父母假使活到五十岁以上，他的子孙就要请他举行爬树大典了。父母爬在树上，紧抱着树枝，他的子孙在下面将那树干尽力地摇，不知道要摇多少时候，假使他父母抱得牢，不跌下来，那么说他这个人还有用，放他下来，过几年再举行这个典礼；假使抱不牢，跌了下来，那么他的子孙老实不客气，就得将他父母杀来吃，还要将肉分赠亲友呢！”

梼戭听到此，不禁怒发冲冠，拍案大叫道：“岂有此理！真真岂有此理！兽之中有獍，食其父；禽之中有枭，食其母。枭、獍是禽兽，圣王尚且要教百姓搜寻而戮之，殄灭其种类，以儆不孝，现在他明明是人，竟敢如此。这个岛在哪里？我们奏知天子，等治水成功之后，去剿灭他吧。”文命太息道：“就我们的眼光看起来，自然他们是残忍不孝，但是他们亦自有不得已之苦衷。这个苦衷，就是土地狭小，人满为患，所有的食物不够分配，没有他法可想，只有将年老无用之人杀去，以节食物。他们的心理，以为年老无用之人生在世间，徒然消耗世间的食料，一无利益，所以杀死了他，不但无罪，而且有功。那被杀的人，他的心理亦以为应该。一则习惯使然，二则，以无用之人还能够拿了他的血肉供子孙及亲友的一饱，岂非大快！所以就他们说起来，亦是持之有故、言之成理呢。我们中国几千年之后，人满为患，会不会行这个方法却不可知，而那水葬、火葬的风气却难以实现。因为杀去无用的老人以救有用的少壮，尚且有词可借，消灭死人的尸体以广地利，那更振振有词。一班好新喜奇、自命有远见的人，哪一个不提倡主张呢？到那时候，一切道德的标准必须种种变过，或许现在我们以为残忍不道德的事情，到那时反以为仁慈博爱，亦未可知呢。不过就现在而论，这个火葬万万不可用，况且这次死的工人，都是为国宣劳的人，不幸惨遭压死，虽则尸骨莫辨，岂忍再加以一重的惨毒呢！我看不如大大地做几口棺木，将他们一总殓进去，虽非夫妻，朋友同穴亦是好的。”

众人听了，都以为然，于是做了几口大棺，将被压的尸体辨不清楚的，一总都盛进去，其余则各自棺殓。大家又商量安葬之地。文命道：“就葬在这座岩石之上吧，我看那岩石上有许多空穴，尽可容棺，岂不省事！”于是众人依言，将大小棺木百数十具都安葬在岩穴之中，用砖泥封固。后来地势又渐升高，砖泥脱落，棺木大半露出。过路的人看见了，就给此地取名叫棺材峡。（现在湖北秭归县西北二十里，石壁千仞，飞鸟不可及之处，有洞穴累累，棺木或大或小，历历如新，棺木皆完好，当地人民谓之仙人棺云。）

棺材峡既凿好之后，又接连凿了好几个峡，都是黄魔当先，他有时热汗淋漓，竟是裸体操作，实在奋勇之至，文命非常奖勉。一日，他忽觉有点倦了，庚辰劝他道：“不要怕辛苦，困难的工程还有呢。你如果始终不懈，这里的大功总推你第一，后人纪念你的功劳，也许立庙来祭祀你，可以俎豆千秋呢，不可懈怠！不可懈怠！”黄魔听了，果然重打精神，再奋力踊跃工作。（后来世人果然替他立一个庙，叫黄陵庙，就在黄牛峡相近，黄魔亦时常出没于附近之地。宋朝真宗皇帝时，寇准谪居巴东，舟到黄牛滩，闻水中人语。出去一看，见一裸体大汉为之挽舟。准问之，对曰：“我黄魔神也，公异日当大用，故为公挽舟耳，但裸体不敢相见。”照这事看来，可见黄魔之神仍旧在三峡之中也。）

一日，开凿到一处，文命来巡视工程，黄魔向文命道：“前面就是夫人所住的巫山了。”文命仰面四望，不见踪迹，便问道：“宫殿在哪里？”黄魔道：“前面山上就是。”众人听了，再细细观看，仍旧不见，再问道：“我们如何不见？”黄魔道：“神仙之事，有缘则见，无缘则不见。老实说起来，神仙所居，有时实在离人不远，但人不能看见。有时人与神仙遇着，有时或与人谈话，而世人始终不知道他是神仙，当面错过的，亦非常之多，这个就叫无缘。即如那边山上，明明是我们夫人的宫殿，崔巍盘郁，金碧辉煌，我们看过去清清楚楚，而诸位竟说未见，岂不是无缘么！”众人听了，不胜怅然。但是文命还是仰着脸观看，忽然指道：“那山上不是有人来往么？”众人依着文命所指的方向看去，果然像有三四个人在那里走来走去。黄魔笑道：“这个不是人，是夫人所养的几只猿。”说罢，噘起嘴唇，又用两指搁着嘴尖，发出一声长啸来，那声音悠悠扬扬，连续不断。过了些时，只见那岩石之顶有许多毛头攒簇，众人一看，果然是猿。但是那些猿看见这里有大队的人，颇自惊疑，探头探脑，不敢下来。黄魔嘴里又发出一种啸声，那群猿才敢从那巉岩削壁之上攀缘而下。原来猿臂甚长，善于攀缘树木，虽在那绝壁数仞之上，亦能百臂相连，倒挂下来饮水。所以古人制字，叫它蝯，就是为它善于攀缘、援引的缘故，现在写作猿字，是后人改的，闲话不提。

且说群猿下来之后，黄魔又发啸声，它们就聚到黄魔和众天将面前。众人一看，共有十二只，内中有两只俨如老人，毛色纯白，其余有四只色黄，六只色黑，眼光闪闪，向着众人不住地乱看，颇有疑惧的意思。文命便问黄魔道：“你刚才长啸，是叫它们下来的意思么？”黄魔道：“是，第一声是叫它们下来，第二声是叫它们不要惧怕，第三声是叫它们走近来。”国哀听了，诧异道：“它们亦有言语么？”黄魔未及答言，隤敳在旁说道：“这个某知道，凡是禽兽的鸣声，就是它们的言语，都在那里发表它们的意思，不过能明解它们言语的人很少就是了。从前有一个贤人，能通禽言。一日邻人失去一只羊，原来是被虎衔去的，他听见鸟鸣声，知道羊的所在，跑过去寻，果然还有虎吃剩的羊肉、羊骨在那里。他拿回来告诉邻人，邻人不信，反冤枉他，说是他偷杀的，就去报告了官。官将他捉了去，关在监牢里，要治他的罪。他辩说是听了鸟言知道的。官哪里肯相信，以为天下必无此事。一日，正在审讯时，忽听得树上鸟儿又不住地乱叫。他就向官说：‘现在鸟儿又报告我，说道：有某国之兵暗暗来攻打我国，现在已到某处了。如不相信，可以去探听。’那官叫人去探听，果然是真，才知道他真能通鸟语，立刻将他放出。这是通禽言的人了。又有一个诸侯，到邻国去走走，邻国诸侯请他宴会，忽听见墙外牛鸣，他就说道：‘这只牛生过三只小牛，都给人拿去吃掉了，它正在那里悲痛呢。’邻国诸侯不相信，叫人去一问，果然不错，才知道他能通兽语。所以照这样看来，禽兽的鸣声就是它们的言语，一定无疑了。不过黄魔君怎样能通猿语，某很喜欢研究这种学问，尚请指示。”黄魔道：“我们在山上，无事时，常和它们玩玩，学着它们的声音，留心它们的动作，久而久之，便能明白，其他并无诀窍，就是声音最难学。”

说完之后，伯益指着白色的两只道：“这两只好像人。”黄魔道：“这是它们队里的祖宗呢，黄色的是它的子女，黑色的是它的曾孙。猿初生的时候，色黑，而且都是雄的。年纪渐老，则变黄色，下体烂去，转而为雌，再与黑者交而成孕。又过数百年，黄色又变而为白，形状亦如老人，寿亦至千岁矣。”众人听了这种传种之法，都诧为异事。忽然庚辰噘着嘴又发出一种啸声，只见那些猿类都走过来，向庚辰伏着，随即走到庚辰后面站住。众人不解，便问庚辰说什么话。庚辰道：“我叫群猿替我们工作，搬运石块，传递器具，问它们肯不肯，它们都表示肯的，所以站在我后面。”文命道：“它们如果肯效劳，我就允许它们子子孙孙永远蕃殖在这山里。”庚辰又将这话翻译给群猿听，群猿得意之至，从此跟着七员天将竭力地工作，性既灵敏，身体又矫捷。巫山之长，一百六十里，足足开了两月方才竣工，而群猿出力不少。后来功成之后，它们散居在巫山四周，数千年来，猿子猿孙非常蕃衍。每当月白风清之夜，引吭而啸，其声至清，诸山谷传其音响，泠泠不绝，过路的人听了，都能够引起悲伤。所以后人有两句歌词叫“巴东三峡巫峡长，猿鸣三声泪沾裳”，到现在还是如此。

第三十三回

禹治云梦　衡山神丹灵峙泰迎禹　掘昆仑之息土以治洪水　禹三次过门不入　涂山氏望夫　禹伐曹、魏、屈、骜四国

且说文命将巫峡开通之后，梁州大部之水就滔滔向东而下。文命深恐下流又受水患，遂再向云梦大泽而来。哪知果然水势非常漫溢，从前所看见隐在水面下的沙洲至此都已不能看见了。测量水势，较从前增加到一丈多高。文命觉得不对，越过汉水，径向云梦与彭蠡两大泽连接之处察看一回，觉得两山夹束，水路虽不甚宽阔，而流势尚畅。（现在湖北省蕲春县田家镇与隔岸之半壁山对峙，江流至此，宽不过五分之一里。）要想再凿广些，深恐反引起海潮之激荡。踌躇许久，不得主意。于是又折而西南，径上东陵（现在湖南省平江县东北，幕阜山支峰之天岳山上，有巨石高约数丈，围径二尺，中段光滑，名叫系舟峰，相传是禹系舟之柱。山上又有石壁，刻篆文铭，上言夏禹治水登此），四面一望，但觉东西两面都是茫茫巨浸，极目无际。心想此地虽不是海，但看此情形，称它为南海有什么不可呢。（后来到周朝春秋时候，齐桓公去伐楚，楚子道："君处北海，寡人处南海"，竟称此地为南海了。）

下了东陵，从泽畔下船，向云梦大泽中流摇去，经过象骨山和巴陵两处，大家想起老将的英风，齐声叹息。有的说："巴蛇之大，不知比相柳究竟如何？"有的说："可惜老将这个人的死竟不得其所！"有的说："到底老将是否死于逢蒙之手？逢蒙这个人始终并未获到，真是疑案。"有的说："逢蒙所著的射法两篇，实在精极，的确是个善射之人，可惜他的心术不正。"大家说说谈谈，不觉日暮，那只船已停泊在一个岛下歇宿。

次日天晓，文命看那座岛还有点高，遂与皋陶、伯益等直登其巅，眺览了一回（现在湖南华容县南三十里有禹山，相传禹尝登此），再下山上船，向西岸进发。又考察了一回，但见西岸都是崇山峻岭，从那山岭间流出的水千派万歧，正不知道有多少，都向云梦大泽中流进去。西岸考察完毕，仍想不出一个办法，便来南岸，打算上衡山一看。到得衡山脚边，只见小山纵横，将南面来的水势阻住，里面形成一个湖泊。步行既不能过，坐船又无可坐，文命便叫从人将船拖过山去（现在湖南湘江西岸岳麓山左，有大禹拖船坳，一名禹迹溪，即此），再坐船前往。

到得衡山相近，舍舟登山，只听得山头笙簧阵阵，香气飘飘，抬头一看，但见翠幢羽葆、仙人灵官之属，满山满谷。当头一个，服朱光之袍，戴丸丹日精之冠，佩夜光天真之印，骑着赤龙，迎面而来。文命料到是衡山之神了，刚想迎上去，那山神赤龙已到面前，随即下龙，与文命施礼，口中说道："衡山神丹灵峙泰谒见。"文命慌忙答礼，说道："某治水失效，惶窘之至，特来贵山一眺形势，承蒙相迓，益觉惭愧。"丹灵峙泰道："崇伯治水功成大半，何谓失败？未免太客气了。"文命道："不然，现在巫山已经开通，梁州之水统统向云梦大泽而来。某细细考察，觉得水患反比从前厉害。从前大泽已有沙洲涌起，现在倒反陷下去，测量地势，觉得比从前又低了许多，正不知是何缘故。无法可想，岂非失败么！"丹灵峙泰道："原来为此，小神略有一点知道，这是有缘故的，但说起之后，崇伯切不可伤心。原来荆、梁二州洪水未泛滥之先，天帝早知道此二州将有水患，所以预先叫各神祇将昆仑山的息土分配在荆、梁二州境内。在荆州的，一处在衡山之南，一处在云梦大泽之西。在梁州的只有一处，在它中部。天帝的意思，原是要使洪水来时有所抵御，不料令尊大人老崇伯神机独运，识透天帝之心，知道这息土之功用甚大，并且知道三处藏息土的地方，遂于他受任治水的那一年，叫人将三处息土统统偷去，以致梁、荆二州的百姓受洪水之灾不小。所以天帝震怒，老崇伯的功绩遂因此失败。现在此处既无息土，被各处之大水一浸，自然渐渐下沉了。此刻崇伯可立刻遣天将到昆仑山请求西王母，转奏天帝，赐以息土，拿来一填，大功就可以告成，何必踌躇呢！"文命听他说出父亲偷窃息壤的一段臭历史，不觉心中万分难过，眼泪纷纷而下，真是又伤心，又惭愧，又诧异。心想，天帝秘藏的息壤不知我父亲如何能知道，又如何能知道它的藏处，岂不可怪！可惜弄巧成拙了。

丹灵峙泰说完，看见文命垂泪不语，知道他心中伤感极了，忙接着安慰道："崇伯切勿伤心，要知道令尊大人老崇伯功绩虽然失败，但亦可算得千古以来第一个人。因为天帝所秘藏的物件，他是凡人竟能知道，这个本领哪个及得来呢！况且他偷窃息壤，并非为己，实系为百姓，与寻常的偷窃大大不同，崇伯可不必介意，快快遣天将等去请求吧。"文命听了，非常感激，收泪致谢，说道："既承尊神如此指示，某当即刻去遵办，且俟异日再到贵山稽首。"说罢，与众人下山登船，仍回原处。那丹灵峙泰带了七万零七百个群仙亦顿时不见。

且说文命回到原处，就叫过七员天将来，说道："刚才衡山神君既如此说，只能叫汝等前往昆仑山向西王母敬求赏赐息土。我不能亲往，汝等就代表我吧。"说着就叫从人焚起香来，自己具了衣冠，先向西方昆仑山拜了八拜，然后又向七员天将拜了八拜，仿佛亲往之意，弄得各天将惶窘之至，受既不可，答又不能，避又不能，只得半受半避半答地敷衍了过去。文命立起身来，说道："汝等早去早回。"七员天将答应，一齐升空而去。过了一日，就回来了，每人挑了一副大担，每担之中满满盛着泥土，到了文命面前放下，上前复命道："某等到昆仑山时，我主人云华夫人亦在那里，已经知道崇伯的意思，不等某等开口，先说道：'崇伯叫你们来取息壤，我早已预备好了，你们挑去吧。'某等因此就挑了来。"文命大喜，又向着昆仑山八拜致谢，然后吩咐庚辰等道："汝等先取三担填在云梦大泽之中，又取一担填在湘水上流与潇水合流之处。"庚辰、狂章、童律、繇余四将答应，每人一担，分别前去填塞。说也奇怪，挑息土之担并不甚大，但是倾出来续续不绝，非常之多，顷刻之间，一担的土已成为丘陵，三担的土更顿时布满各处。隔了两日，那汪洋无际的云梦大泽中间已渐渐涨起陆地来，将大泽中分为二，漫溢的水患就自此平息。还有三担息土，文命吩咐且留着，预备到了梁州再用。

文命于是带了大众，径从巫峡之中向梁州而来。那时水流喷薄虽较减低，但是那凿不尽的山石处处横塞峡中，岝崿锐利，船只万不能行，只能爬山越岭而上。一日，到了一处，文命正用玉简在那里测量地势，忽见一人飞奔而来，上前行礼。文命一看，乃是大章，不禁问道："汝在此做什么？我妻我子好么？"大章道："夫人和公子都安好，现在在前面等候呢。"文命道："他们为什么跑到此地来？”大章道：“小人随夫人、公子到石纽村去祭扫，那边房屋坟墓一切俱完全，甚可放心。事毕之后，随着夫人、公子东还，哪知到了梁州东境，忽然遇着形似寇盗的一大队兵士，夫人、公子几乎被掠。幸得一个名叫奚仲的，号召了许多人，死命地将夫人、公子救出，依旧退回原路。”文命忙问：“这形似寇盗的兵士究竟是哪一国的兵呢？汝后来知道么？”大章道：“小人探听过，说是鷔国的兵士，内中听说还杂有三苗国的兵在内，不知是真是假。但那些兵逐渐西侵，小人一想，石纽村恐不可去，只怕愈走愈远，道途梗塞，无法东旋，所以和夫人商量，想从梁州径下荆州，再到扬州，回到涂山。哪知洪水甚大，路中非常险阻，因此就在此处留住了。现在四面洪水忽然低减，仔细打听，才知道崇伯治水已到此间，所以小人特来迎候。夫人、公子都在前面，崇伯此去可以相见了。”文命道：“离此地还有多少路？”大章道：“大队前去，约有十日路程。”文命听了，心中颇慰，便向大章道：“那么汝先归去报知，待我经过时再相见吧。”大章领命而去。

这里文命依旧到处测量地势，督率众人前进，所过之处，但见汪汪洋洋，都是大水，山上树木尽被漂去，有的为百姓取作燃料，大半成为童山。一日，行到一山，只见山上所有木枥依然不动，可算不常见之事。文命大喜，就在此山下住了一夜，从此这座木枥山就有名于后世了。（现在四川省万县西一百里。）次日，大章又跑来说道：“夫人听见崇伯治水要经过家门，可以相见，非常欢喜，正抱了公子站在门外一块大石上盼望呢。”（现在四川重庆城朝天门外，此石尚存，叫夫归石，俗语讹传作乌龟石，就是涂山氏望夫的遗迹。因为涂山氏曾经住过，所以那座山亦叫涂山，山上还有涂山氏的庙，旁边另有一个穿外夷装束的塑像，须发鬑鬑，便是禹的妇翁涂山国侯。）文命听到他夫人如此地盼念，心中非常感动，便再问大章道：“离此地还有多少路？”大章道：“快到了，大约不过二三百里。”文命听了，亦是欢喜，暗想，我成亲之后，在家中居住不过四日，别离忽已数年，女攸不幸已化去，只剩女娇一个，这种夫妻真是苦的。现在水患大致将平，不比从前的急迫，地方既然相近，可以归去聚聚，虽不能住宿一宵，但是在家中盘桓一晌，左顾右弄，共牢一餐，亦是好的。一面想，一面打发大章回去，一面仍旧和众人前进，做他的工作。看看近涂山了，遥见前面一座小山浮在水中，想来亦是高峻之处，人民可以避难的地方了。（现在四川重庆东四十里，有浮山，一名方山，就是因洪水不没而得名。）

正在看时，忽见北方水面无数浮尸蔽江而下，文命太息道："这又是洪水中的牺牲者了！"转念一想，我受命治水多年，到今朝还不能使人民免于陷溺，这与我去陷溺他们何异！想到此际，忧心如焚，把刚才急于见妻子、叙契阔的心思都打消了，两只眼尽管向那水面望。忽然感到诧异，回转头来向皋陶等道："遭水溺死的应该全尸，何以这浮尸之中竟有许多断头折足之人？是什么缘故？"大家看了亦是不解。后来上流又是一群浮尸氽来，仍有头断足折之人。伯益道："据此看来，绝非溺水死的，或者是剧盗窃发，恣意屠戮，亦未可知。"文命颇以为然，急叫狂章、童律两将过来，吩咐道："你们赶快溯流而上，去察看情形，究竟是怎样一回事。"二人领命，蹑空而去。过不多时，早已飞回，手中都用绳索捆绑着数人，放在地下。文命忙问他们缘由，童律道："这班人并不是剧盗，某等去到离此地约三百里之地，果见无数强人正在那里杀人放火，所杀之人，尸首都抛在江中。某等不禁大怒，下去打死了他们几个。他们见某等从天而下，以为是天神，都慌着俯伏稽首，口称神人饶命。某等问他们是什么人，他们有的说是曹国人，有的说是鹜国人。某等深恐崇伯悬念，不敢多问，就随手活捉了几个来，请崇伯细问他们吧。"

文命听了，先叫人将他们捆绑的绳索松去，然后叫他们上来审问。仔细一看，共有六个人，有老有少。文命先问那老者道："你是什么人？敢如此杀人放火，不怕王法么？"那老者战战兢兢地答道："小人是曹侯部下的兵士，奉曹侯之命来攻城略地。君主号令不敢不从，并非小人本心，敬乞原谅饶命。"文命道："你们曹侯何以不守法度，要来攻城略地？这个原因你知道么？"那老者道："小人不知道。"顺手向一壮年的俘虏指道："他是将官，一定知道的。"文命就问那将官，那将官道："我们曹侯素来是服从天子的，后来与北面的共工、南面的三苗国交结了，就有不臣之志。这次三苗国为天朝大兵所灭，三苗国君带了他的许多兵逃到敝国，竭力劝敝国君出兵反叛。他又去联合了魏、屈、鷘三国共同商量，先并吞西土，然后东向而争天下，所以叫某等率兵来的。所供是实，乞饶命。”文命道：“现在屈、鷘、魏三国的兵呢？”那将官道：“屈、魏两国的兵是攻西北方去了。鷘国的兵与敝国合攻西南，所以在此。”说着，就指俘虏中一个少年道：“这就是鷘国的兵士。”文命听了，便不再问，吩咐将这些俘虏暂且监下，一面命苍舒、伯奋等仍旧率了两支大军向北方进发，一面叫过大章、竖亥来吩咐道：“我本想归家一行，与夫人、公子相见，现在遇到这种急事，立刻就要督师去征剿，不能回家了。你们可传言与夫人，说我有天子封我的封土，在大河之南，但是我因为治水未成，没有工夫去经营城邑，如今夫人和公子在此寄居，终非善策，石纽村旧居既不可去，我看还不如回到涂山去吧，或者径到我的封土内暂住亦未始不可，一切请夫人自己斟酌，我不遥定。总之费汝等的心力，代为照料。我就要北行了。竖亥在此无事，亦同了去。”大章道：“此刻离夫人所居不过里余，崇伯何妨即去一转再来督师，不过破费半日工夫，料想没什么紧要呢。”皋陶、伯益等在旁亦都相劝。文命决定不肯，大章等无法，只得同到夫人处传命。可怜涂山氏记念多年，如今得到这个机会，满望可以得片刻之聚首，少叙离情；启子已稍稍解事，能牙牙学语了，亦可以使他认识父亲；一切酒肴之类因大章说文命已答应必来，所以统统都备好；谁知日日立在石上抱子望夫，竟望了一个空，不禁惆怅之至！另有一个侍妾，涂山氏刚才叫她去门外等候，哪知亦接了一个空，那侍妾禁不起相思愁绪，就做了一首《彼候人猗》之歌。据音乐家说起来，这首歌词是南音之祖，足与简狄、建疵做的那北音之祖的歌词相匹敌，可惜全首失传，古书上只有“此彼候人猗”一句，编书者不敢乱造，只好随它去了。

且说文命自遣发大章、竖亥二人去后，即刻登舟，向北进发，沿途逆水，不免耽搁。（现在四川南部县东三十里有禹迹山，即当日经过之地。）一日，又见北方一山，特起于巨浸之中，上面有人民无数，大约都是避难者。（现在四川剑阁县西北有浮沧山，即是此地。）文命看了，总是恻然。过了数日，到了那曹、鷘两国屠戮人民之地，但见颓垣败壁，兵燹之迹犹存，人民早已一空，地上却尚留有尸骸数具，那曹、鷘两国之兵却不知所在。文命叫天地将前去探听，后来回营报告道：“两国之兵都在北面二百里外高山上，据险以守，曹国在东，鳌国在西。”文命听了，就命苍舒去攻打曹国，伯奋去攻打鳌国。二人领命，率师而去。天地十四将亦请同行，文命不许，说道：“我不能以德服人而以力服人，已觉惭愧了，假使再参以神道，即使大胜，亦属可耻。倘有妖异，再烦劳汝等吧。”天地十四将亦不复言。且说苍舒、伯奋领了大军径向北走，打听得两国兵在一座高梁山附近（现在四川剑阁县北），曹国兵靠东，接着东四百里之蛇山；鳌国兵在西，接着西一百五十里之岷山，军容甚盛。但是他们亦仿佛知道大兵到了，专务守险，不出来攻击。苍舒、伯奋探知这座高梁之山是一夫当关、万夫莫进的险地，就商量先攻它的旁翼，以分它的兵力。计议定了，苍舒就叫梼戭、大临各带一千兵向东去攻蛇山，伯奋亦叫仲堪、叔献各带一千人去攻岷山，东西齐举，使它兵力不能不分，四人各领命而去。

且说仲堪、叔献到了岷山之后，只见满山森林甚茂，山下横着一条大溪，从那森林之中隐隐见有许多旌旗营帐，想来就是鳌国之兵了。叔献遂传令军士在大溪上先搭起浮桥数座，以便进攻。哪知军士等到了溪边，刚要兴筑，忽然水中伸出两条像绳索似的物件来，将兵士一钩，早有几个军士给它钩入水中。众人大吃一惊，纷纷向后面退走。有几个胆大的，停了一会儿，见溪中绝无动静，再到溪边去窥探，哪知又被绳索出来钩去。如此几日，接连好几次，刀剑不能御，矢石无可施。仲堪、叔献无法，想寻个土人问问，又遍寻不得，原来已被鳌国兵杀完了。只得退兵，来与伯奋商议。哪知到得营中，东路攻蛇山之兵亦早退回了。问起原因，因为梼戭、大临之兵还未到蛇山路上，就遇到一道白光。那白光闪过之处，军士的心思顿然迷乱，不知道路，不守纪律，有时竟自相残杀起来，结果计算兵士之失踪者不下数十人，不知究竟什么缘故，所以只好急急退回。苍舒、伯奋闻知这个消息，亦无法可施，慌忙用公文报知文命，请派天地十四将前来助战，以擒妖怪。

第三十四回

天将驱除狏狼　禹责梓神
禹二次遇疫

且说文命接到苍舒、伯奋之报告，忙叫童律、兜氏、乌木田、乌涂氏、繇余、陶臣氏、大翳、卢氏四正四副前往助战。苍舒、伯奋商议道："如今既然遇到妖魔，我们两军并在一起吧，不必分兵了，先叫天地将跟了仲堪、叔献去攻崌山，如何？"乌木田道："我们看不必，据说崌山之妖在水中，地将足以了之，蛇山之害在空中，某等足以了之，尽可仍旧分头并进，何必并在一起呢？"苍舒、伯奋见他如此说，于是仍旧两路并进。四员地将跟着叔献等来到崌山，叔献就将上次遇险的情形与地点告诉了。陶臣氏道："那么让我们去看来。"说罢，与兜氏、卢氏、乌涂氏一齐入地而去。过了些时，只见溪中水溅浪激，非常不安。又过了一会儿，乌涂氏从水中拖了一条大蛇出来。众人细看，足足有八九丈长，其尾细而分歧，仿佛两条绳索，原来就是屡次钩人的妖物。接着，陶臣氏又从水中拖出一条来，其长相等。接着兜氏、卢氏亦各拖了几条较小的出来，但是其长亦有六七丈或七八丈，巉牙锐齿，虽则都已打死，而其状尚觉可畏。众人忙问兜氏道："只有这几条么？"兜氏道："蛇子蛇孙多着呢。"说着，又与乌涂氏等入水而去，接连又拖出几条来，总共打死了几十条。卢氏道："好了，虽则不能绝它的种，但是几十年之中不会再害人了。"仲堪忙叫兵士将蛇类剁碎掩埋，一面将预备的浮桥再向溪上搭起，果然顷刻造成，一无危险。叔献向四员地将深深致谢。四地将见事已毕，辞了仲堪、叔献，径到伯奋处报命，不提。

且说四员天将随着梼戭等向蛇山进发，走到半途，果然见前面一道白光闪耀，兵士们大叫一声"不好"，多有向后退的。童律等四天将早各执兵器向白光发现处冲去。众人遥见那白光逐渐微薄，众天将亦愈追愈远，看不见了。过了多时，忽见四将从空而下，童律枪上挑着一只死兽，仔细一看，其状如狐而白尾，长耳，不知道是什么东西。梼戭问道："刚才那白光就是这兽为患么？”繇余道：“怎么不是，它的名字叫狏狼，其性很贪，其心思尤狡，善于狐媚，将它的白尾连摇几摇，变成白光，便是它迷人的方法。人遇到它，就中其圈套，任它为所欲为，实则功行浅薄，还谈不到妖怪二字呢。”大临道：“这种情形尊兄何以知之？见于古书么？”繇余笑道：“我们是从来不知道看书的。我们随夫人住在巫山，离此地甚近，差不多四面的怪物统统都知道。我还记得夫人曾经说过，这只狏狼如果出现，则国内主有兵灾，现在果然鳌、曹二国来打仗了。”梼戭听了，忙深深致谢。

四员天将见已无事，亦回苍舒处来报命，刚与四地将会着，苍舒、伯奋慰劳一番，又说道：“八位已经烦劳了，还要诸位再烦劳一次呢。据仲堪等来报说，妖蛇虽除，但是兵事上仍不能顺手，因为敌人依险坚守，不肯出战。仲堪等之意，要想趁着森林茂密，用火攻之法以破之。哪知接连两次火都不能着，如今只好顿兵在那里，另图他法。但是如此高山，如此险隘，非诸位何以破之，所以某说还要诸位烦劳一次呢。”乌木田想了一想，忽然笑道：“是了，是了，那边山上好像有一种鸟类，名叫窃脂，能够御火。两次火攻不着，不要是这个缘故么？”大翳道：“是是，我们去看来。”说罢，即各腾空而去。过了片时归来，每人手中都捉到两只异鸟，众人细看，其状如鸮，赤身而白首，身体亦不甚大。大家似乎有点不信，说道：“这小小鸟儿，能御火么？”童律道：“这是我们常捉来作玩意儿的，如不信，请取火来玩玩吧。”

伯奋果叫人取了许多干柴来放在空地之上，堆高约丈许，燃起火来，烈焰上腾，那许多窃脂鸟看见了火，已是不住地乱鸣，及至火起时，各天将将手一放，所有窃脂鸟都飞到火边，鼓起翼膀，连扇几扇，烈焰顿然熄灭。众人到此，方才相信。苍舒道：“崌山的窃脂鸟只有这几只么？”乌木田道：“这种异鸟本来不多，统统被我们捉来了。”苍舒道：“那么再用火攻吧。”于是急发命令，叫仲堪等再用火攻，果然烈焰一焚，敌人不能坚守。仲堪等乘势一拥而上，遂夺得崌山。恰好那边梼戭之兵亦夺了蛇山，两边兵向中路会合拢来，苍舒、伯奋率大军直攻高梁山，敌人不能支持，尽向北面窜去。

捷报到了大营，文命吩咐且慢穷追，因为近日得到探报，屈、魏二国之兵已深入西方与和夷勾结，有转南而东之势。深恐向北追去，屈、魏二国来援，后方倒反不妙。因此定计，北方一面暂令伯奋等反攻为守，苍舒之兵则移而西讨，文命自率中军作后盾。一路向西南行去，水势愈深，波浪愈大，兵士多而苦于船只不敷。本来师行所至，系随时随地向民间借用，节节归还的。现在沿路人民船只大概多为屈、魏二国之兵掳去，或为人民乘以避乱，因此竟寻不到几只船舶，而前路所借来的又应该定期归还，文命又万万不肯失信，于是愈形竭蹶。不得已，只能叫匠人砍伐材木，造以应用。但是造胶漆之船则旷废时日，缓不济急；造独木之舟又苦无大材，正费踌躇。

一日，行到一处，忽见对面山上有一株大木，扶苏茂密，荫蔽甚广。文命大喜，就叫季狸督率匠人前去砍伐。季狸领命，和匠人到得对山，只见那大木是株梓树，径约一丈八尺，确系美材，取以作独木舟，足有多人可容，就叫匠人先将上下周围量度一番，然后动手砍伐，免致尺寸错误。哪知匠人刚刚走近树身要想量度，忽然倒在地上，口吐白沫，不省人事。众人慌忙将他扶起，正想施一种外治之法，不料那匠人眼睛一翻，两足一蹬，顿时呜呼了。众人看他死得这样快，都觉诧异。季狸道："这是中染邪气，偶然之事耳，你们不必疑畏。死者不可复生，过一会儿抬回去从优棺殓，厚加抚恤就是了。崇伯命令不可违误，你们再动手量度吧。"匠人听了，再来量度，哪知刚近树边，又立刻跌倒，依然是口吐白沫，不省人事，过一刻又呜呼了。众人大骇，都说"有鬼，有鬼"。季狸道："绝无此事，想来此地树林阴翳，日光不照，人迹尤少，沴气潜滋，中了山岚恶毒了。我们且回去，取了辟恶驱秽的药，先来熏它一熏吧。"

于是众人抬了两个尸首回到大营。文命知道此事，不胜悼惜，便命优殓厚恤，一面依季狸之言，取了些雄黄、苍术、白芷之类，亲自率领匠人到对山来。先将各药用火燃起，烧了一会儿，匠人取出绳尺再来量度。哪知刚近树身，又猝然跌倒，口吐白沫，不省人事而死。文命及众人皆大惊异，隤敳道："某闻年久大树，多有神灵，不要是树的神灵在那里为祟么？"文命听了道："那么不必量度了，竟用斧斤来砍伐，看它如何？果有神灵，应该现形出来与我理论或求恳，不应该擅杀无辜的匠人。"言未毕，忽见梓树之上飞下一个童子，年纪不过十二三岁，指着文命说道："我好好地在此深山独自修炼，已及几千年，与人无患，与世无争，你为什么要叫匠人来砍伐我、绝我的命？我和你并没有仇呀！"文命出其不意，颇为惊讶，便是众人亦都看得呆了。只听见交命问道："汝就是此木的神么？"那童子应道是。文命道："天生万物皆为人用，树木亦是万物中之一种，所以筑宫室、造器械、制舟车以及烹烧炊爨等等，无不取用树木，这是历古以来都是如此的。我现在师行所至，缺少船只，要造独木舟，取汝之木来应用，亦是理之正当，何必一定要有仇呢！"那童子道："天生万物，一切平等，你们人类亦不过万物中之一种，何尝有'万物皆为人用'的这句话？都是你们这班倚强凌弱的人类捏造出来的。几千万年以来，我们草木之质因为没有抵抗能力，给你们这班人类戕贼而死并吃去的，不知道有多少亿兆京垓，这是多么可惨可愤之事！你们人类习矣而不察，还以为天生万物本为人用，这句话岂不是丧心病狂的话么！天道好生，是不喜欢杀的。你们人类贪生，我们草木之类亦何尝不贪生。生意勃勃的草木，你们一定要杀死它，供你们的用，快你们的意，这是什么心思呀！毒蛇猛兽要害你们人类，你们人类为自卫起见，拿来杀死它，倒亦有理可说。我们草木，何所害于你们人类？我住在这深山之中几千年，更何所害于你们人类？一定要弄死我，这个理由你且说说看。"文命道："不然，天生万物，有贵有贱，贱的应该供贵的使用，这是一定之理。譬如我们人类之中，亦分贵贱；贵者劳心，贱者劳力；劳力者食人，劳心者食于人。我们人类对人类尚且如此，何况对汝等不同类之草木呢？"

那童子听了，冷笑道："'贵贱'两个字就是你们人类制造出来、最残忍、最惨酷、最不通的名词。以天理看起来，绝没有这两个字的。现在我且问你，怎样叫作贵？怎样叫作贱？拿什么来做标准？你说，拿大小来做标准么？拿历年的多少来做标准么？还是拿生的先后来做标准么？还是拿道德品格的高低来做标准么？还是以蕃衍的多寡为标准么？这五项，你都说说看。如果以大小为标准，大的是贵，小的是贱，那么我们树木的躯干比你们人类不知道要大到多少倍以上，请问你，哪一个贵？如说以蕃衍多少为标准，蕃衍多的贵，蕃衍少的贱，那么普天之下，人类总共有多少？能够和我们草木比较么？恐怕亿兆分之一还不到呢。如以历年的多少为标准，历年多的贵，历年少的贱，那么我们木类的寿数平均计算起来，起码总比你们人类要长到几十倍以上。即如我这株梓树，生的时候，不要说你没有出世，就是你的高高高祖恐怕亦未必出世呢！是你贵还是我贵？请你说说看。如若以产生的先后为标准，产生先的贵，产生后的贱，你知道么，洪荒之初，天地始辟，只有草木，并没有各种动物，更没有你们这种人类。所以拿了产生先后来比较，你们人类给我们草木类来做礽孙、云孙都着实不够，你还可以来和我讲贵贱么？假使以道德品格来做标准，道德品格高尚的贵，道德品格低下的贱，你们人类能够和我们相比么？我看起来，天地间的生物，只有我们草木为第一了。道德最高尚的是仁，品格最低下的是贪。你们人类，可说没有一个不以杀生肥身为事业的。禽兽鱼鳖供你们的膳馐是不必说了，即如那自命为大慈大悲的人，吃蔬菜莱菔，自以为戒杀，其实蔬菜莱菔种在地上，生意葱茏，活活地去割来饱我肠腹，何尝不是杀生呢！杀生就是不仁，道德在哪里？杀生肥身就是贪，品格在哪里？至于我们草木则不然，餐风饮露，呼吸炭气，根生地中，吸食水土之精华，除出少数不良分子外，可算没有杀生肥身的事情；而且所结的果实还可以供其他动物之食，所落的败叶还可以供人类的炊燃，你看这种品格何等高尚！这种道德何等仁厚！你们人类及得来么？你说哪一个贵、哪一个贱？”

文命给他这一番利口驳诘，颇有对答不来之势，忽而想到一句话，就说道：“你既然自称仁厚，不伤人，不害人，为什么连杀我三个匠人？”那童子道：“这是我正当的防卫，并非出于故意，因为他们要来害我。”文命道：“来害你的是他们，叫他们来害你的是我，你既然有知觉，能变化，通神灵，应该知道他们来害你，不是他们的主意，是我的主意，为什么不径来害我而害他们？况且你既能变化，通神灵，竟会得现形来见我，和我辩驳，那么当匠人要来害你之时，何以不现形出来和他们商恳？或者竟现形到我面前来和我商恳，亦未始不可；为什么不分皂白，不讲理由，阴谋狠毒，杀害多人？这个罪岂可逭么？看你这个妖精绝不是善良之辈，凭你强词夺理，我今日决不能饶恕你。”文命说到此，声色俱厉。那童子却哑口无言，作声不得。文命吩咐天地将："先与我擒此妖，再伐其树。"天地将应声过来，那童子料知不敌，恨恨地隐入树中。天地将遂各执军器，齐向树根砍伐，顷刻间树倒在地上。仔细看那根上，血流成汪，原来那树的确成妖了。文命就吩咐匠人造成一只独木舟，放在水中，可容数十人，颇为平稳。后来这个地方取名梓童（现在四川梓潼县尼陈山），就是因为梓神化童子的缘故。据《梓潼县志》上说，县因背梓林而带潼水，故名梓潼，恐系望文生义，靠不住吧，闲话不提。

且说独木舟造成之后，又造了无数小独木舟，于是文命就统率大军向西南进发。到处平原高阜尽为洪波浸没，只有一山，巍然矗立在洪波上面，栖息不少难民，想来地势最高峻了。（现在四川金堂县有万安山，就是此地，因避水安全而得名。）

一日，到了西岸，只见庐舍房屋到处皆有，而人烟甚少。仔细探听，原来从此地一直到西南，自去年以来，疫气大盛，死亡者不可胜计。屈、魏两国之兵亦曾到此，因染疫而退回西北去了。文命士众有些是受过疫病之苦的，听到疫字，不免惊心，然而又不能立刻就退回去，只能将几种芳香辟疫的药分令军士个个佩带服食，以防传染。这日傍晚，叔豹带了三五个巡逻兵士行到一处，只见喧阗繁盛、骈肩叠背、熙来攘往的都是人民。叔豹大为诧异，暗想，此地表面虽则萧条，内地尚有如此热闹之所在，他们何以不会染疫，必定有一种预防的方法，何妨去问问呢。于是就在众人之中拣了一个老者，拱手去问他。那老者听了，笑笑说道："我们这里从来无疫气的，我们亦不知是什么缘故。足下如不相信，何妨搬到此地来住住。"叔豹听了这话，莫名其妙。那时环而围观的人愈来愈多，个个朝着叔豹等抿嘴而笑，叔豹等更是不解。正要转身，忽听得背后鼓角钲鼓之声自远而近，原来是大营里传晚饭、招部曲了。经这鼓角之声一震，那些观看的人和那谈话的老者忽然一齐不见，但见一片茫茫，白杨衰草而已。

叔豹等至此才知道是遇鬼了，陡觉一惊，寒毛直竖，急忙和巡逻兵士回到营中，哪知晚饭之后，这几个人个个都发热了。到了次日，渐觉神昏，而那连营接帐的人员兵士亦逐渐传染。文命知道不妙，大家聚议救治方法。有的主张暂时班师东归的，有的主张请庚辰再到云华夫人处去求救的。文命道：

“百姓倒悬，望解甚急，东归万无此理。且此刻已经染疫之人，还是舍之而去，还是舁以同归？舍之而去，无此忍人；舁以同归，难保不再传染他人。所以东归之说可不必谈。至于求云华夫人，时候似乎尚早，现在不过一部分人患病，而且尚无死亡，就去惊动夫人，未免太烦渎了，未免太怕死了。”横革道：“崇伯是否要和上次一样，等大家死完了才去求救么？那未免太迟了。此地炎热，尸体易腐，恐怕虽有返魂香、不死木，亦救不转呢。”文命道：“不然，我另有道理。”说罢，即起身沐浴更衣，朝天摆了香案，至诚地拜了下去，默默祈祷。

忽然一阵香风，只见东南方一朵彩云，拥护着一辆凤辇，凌空而下。七员天将看见，忙报告文命道：“崇伯请起来，紫微夫人来了。”文命慌忙起立，那夫人凤辇已经停下。文命看那辇中又是一位绝色美人，由侍女扶着慢慢下车。文命连忙过去，躬身行礼迎接，说道：“有劳夫人了，请帐中小坐吧。”夫人连声道：“不必不必，妾刚才从空中经过，知道崇伯治水阻于疫鬼，所以特地下来为崇伯略效微劳，事毕即去，无需入内。”文命听说，便问治疫之法。夫人道：“这个纯是疫鬼为患，宜分作两种办法：一种是治标，就是驱疫鬼，妾此刻即来效力。一种是治本，回头叫庚辰等去做吧。”说着，将手向空中一招，顷刻之间，从天空飞下一个似人似兽的怪物来，面作黄金之色，眼睛却有四只，穿的玄衣，系的朱裳，一手执着长戈，一手执着大盾，那手上、足上、头上、颈上黑毛毵毵，极像个熊。那怪物走到紫微夫人面前，行了一个军礼。只听夫人吩咐道：“此间疫鬼为患，限你就去与我祛除净尽，不得有违。”那怪物嗷然答应，执戈扬盾，舞蹈而去。

夫人问文命道：“崇伯认得这位神君么？”文命道：“不认识。”夫人道：“是崇伯的亲属长辈呢。她就是令高祖黄帝轩辕氏的次妃，如今北海神禺疆的母亲，名叫嫫母的便是。当初令高祖母嫘祖跟了令高祖到处巡守，后来死在半路上，令高祖就祭祀她，封她做一个祖神；又叫这位嫫母监护她的灵柩，一路祭祀。所以后来令高祖就封这位嫫母做一个方相之神，专驱疫鬼。明日此刻，疫气必然净尽。未染疫的决不会再染，已染疫的人只需服药调理，绝无性命之患，崇伯放心吧。”大家听了，都暗想，嫫母的丑久已闻名，不想竟丑到如此模样！当初黄帝娶她做次妃，和她同床共枕，生男育女，真是亏他的！不言众人乱想，且说紫微夫人又回头叫七员天将过来，吩咐道："此去西面有一座山，名叫复州之山，山上有一只异鸟，其状如鸮而一足、彘尾，其名曰跂踵，是个致疫之根本。它一出现，四近必发生疫疠。自去年它出现之后，以致此地发生大疫，死者千计，但是它今年还不隐藏，因此疫气愈甚，而去年死的一大批疫鬼又跋扈弄人。你等须从速前往，将此鸟打死，则疫气的根本自绝了。"庚辰等唯唯听命。夫人又回头向文命告辞。文命极道感谢。夫人道："家母、家姊因崇伯治水之故，曾吩咐妾姊妹弟兄等，倘遇见崇伯治水困难，不拘何时何地，皆须尽力帮助。妾此番之来，亦家母、家姊之意也，崇伯何必谢呢。"夫人一面说，一面上辇，及至文命再要问时，那凤辇已腾空而上，不知去向，唯留有香风阵阵而已。

文命感激不已，便问庚辰等道："这位亦是夫人的姊妹么？"庚辰道："是，她姓王，名清娥，号愈音，封紫微夫人，是我们夫人的胞妹，王母的第二十四位女公子。"大翳在旁插嘴道："不是，是第二十六位。"乌木田道："不是，是第二十四位呢。"繇余道："我亦记得是第二十六位。"庚辰道："夫人姊妹真太多，我们只记得她们的封号名字，她们的排行实在弄不清楚。总而言之，这位夫人是我们夫人的妹子就是了。"

第三十五回

方相氏驱疫　蔡蒙旅平，和夷底绩　禹导沱江上岷山　云梦泽禹遇神女当下文命就向各天将道:“那么汝等就去捉拿妖鸟吧。”各天将答应,飞身而去。那时大众的视线都注射在方相氏嫫母身上,有几个胆大的,禀过文命,竟跟着她去看。只见那方相氏先走到染疫军士营帐之中,将戈盾舞了一会儿,随即出来,向街上或荒地各处乱走,忽而将戈一挥,忽而将盾一扬,那戈盾所挥之处,仿佛闻有吱吱之声。有时方相氏将戈与盾并在一只手中,腾出一只手来,向屋隅墙角、街头巷尾、荒草孤坟等处乱抓,抓了之后,就向她穿的朱裳里面乱塞,仿佛有物件给她捉住塞在袋中似的。如此跑来跑去,不到两个时辰,已跑遍了各村,又跳起在空中,将戈盾大舞了一阵,戈与盾屡屡相触,“砰訇”有声,忽然降下来,一径向西南而去,其行如电,顷刻不知所在。

大家方才回来,都说道:“看了这副形容,实在可怕,哪里知道她是个女身呢!”文命等了一会儿,不见方相氏转来,料想是已经去了,遂忙叫人到各处患疫的那里去探听,果然都说神志清楚,好得多了,大家皆感激方相神不止。后来历代因此就兴出一种傩法来,周朝夏官之中更特设一个方相氏之官,专掌此事。一年四季之季月举行此事,用寻常人扮出一个方相神来,穿了玄衣朱裳,蒙以熊皮,头上蒙以黄金色的布,画出四只眼睛,叫他执戈扬盾,在街前街后各处乱走乱舞,说可以祛逐疫鬼的,就是这个出典。直到现在,各处的迎神赛会亦就是这个意思,不过没有方相氏这种形状,用神的偶像来替代就是了,闲话不提。

且说七员天将到了复州之山,但觉阴气惨惨,妖雾昏昏,果然不是个好地方。那山上檀树最多,连枝接叶,下面白昼如晦。七员天将在林中乱寻,果然见一只彘尾、独足的异鸟栖息在树上。黄魔性急,举起大锤就打,哪知被斜出的横枝挡住,树枝打折,而异鸟忽然不见,四处寻觅,终无着落。狂章道："不要是飞到别处去了？"大翳道："不会，我刚才看见它在这里，如其飞去，必有声音，必有形迹，难道我们七个人都没有看见听见么？"庚辰忽然想到，说："是了，你们且在这里守着，我去去就来。"说罢，已如电而去。隔了一会儿，即已转来，原来向文命去借了七面轩辕宝镜，一人一面，分配齐了，庚辰道："我想这妖既能致疫，必是阴类，或许有潜形之术，我们照它一照吧。"大家都以为然，将宝镜拿在手中一齐晃动，哪知妖鸟并未移过地方，依旧在原处栖着，现在给宝镜之光一照，它无可逃避，且亦受不住宝光之灼烁，才向树林深处逃去。七员天将哪敢放松，一面照，一面追，叵耐树林太密，长枪大戟无所施其技，刚刚要刺着，又给它躲过了。后来议定，庚辰等六人用六镜团团照着，繇余觑准了，一剑飞去，那妖鸟才狂叫一声，从林中坠下。众人一看，已经死了。繇余忙捉了与各天将飞回大营献俘。文命等一看，果然其状如鹗，一足而彘尾。大家都道真是天地间戾气所钟，索性烧化了它，以绝后患吧。于是就在帐外烧化了，一场疫病的恐慌，总算告了个结束。

过了两日，染疫的士卒已经全愈，文命遂发令再向西进。那时屈、魏二国之兵早已退去，文命治水心急，也不穷追。但是细考梁州地势，原是西海向东支出之一部，北面有嶓冢山之脉（现在陕、甘二省南部之山，古时通称嶓冢），西北有岷山之脉，西面有蔡山、蒙山之脉（蔡山在现在四川雅安市东五里，蒙山在名山区，其顶上以产茶著名），南面亦有大山横亘。四面环抱，当中一片汪洋，仿佛釜形，人民所居的就是几个高山之顶，当时都是水中一岛。沿嶓冢山西至岷山、南至蔡山、蒙山、更南到南部横亘的大山，当时出水较早，一片相连，可以往来，仿佛是座桥梁，亦仿佛像个防水的梁堰，因此当时取名叫梁州。文命本来是岷山脚下的居民，于梁州地势研究最熟，此番已到蔡、蒙两山之麓，便用玉简来量一量，觉得水势已比从前大减，有些地方已现出平地，可以耕种了，想来是巫山开通，水有宣泄之故。于是带了众人径登蒙山之巅，四面一望，但见东面仍是大潮，波浪汹涌，西、南、北三面俱有山岭遮蔽，不能望远。文命便叫天将分头去察看，西面是何地，南面是何地，北面是何地。

各天将领命而去。过了一会儿，陆续归来，报道："西面山岭之外就是西海，南面亦是西海之南部，北面坂道千折，直接岷山，都有路可通。"文命听了，便说道："西面南面既是西海，此处东部之水应该向西流入西海，何以反向东流？想来地势又起变化了，和雍州之水向东流一样。"说着，就取出玉简来递与庚辰道："汝等再与我去量一量，究竟西部地势高还是东部地势高。"庚辰领命，与各天将飞空而去。这里文命等在蒙山顶上休息，皋陶忽然口渴思饮，叫从人去觅水。鸿濛氏指道："那边有井呢。"从人果去取了水来，皋陶饮了几杯，觉得很甘，后人就将这口井取名甘露井。过了一会儿，庚辰等回来，缴上玉简，说道："某等各处去量过，北部岷山最高，西南部亦高，东面最低，岷山以南之水都向东南流，即西南部海中之水亦向东北流，仿佛西海之地正在上升呢。"文命听了，恍然大悟，遂率众下山，又问各天将道："上次从昆仑取来的息土尚有三分之一，藏在何处？"童律道："都在大营辎重之中。"文命道："汝等量过地势，知道浅深了，可将此息土填在东部低浅之地。"天将领命，将息土去填，果然是仙家至宝，过了几日，那波浪汹涌的大湖中间渐渐有泥土涌现。那时居住蒙山西南和水左右的夷人名叫和夷（和水一作涐水，即今之大渡河），受了屈、魏二国的勾结，本来想和文命对抗，因为疫气的缘故，死亡不少，暂时不动。后来看见文命部下的将官都能飞来飞去，在空中行走，因此心中畏惧，不敢反侧。到得后来，看见东部的水患竟为文命平定，不觉倾心吐胆，前来降服。文命抚慰了他们一番，又率领众人备了牲醴，向蔡山、蒙山行了旅祭之礼，然后再向北行。

一日，到了一处，但见有一条大水从上面山间喷薄而下，极为猛烈。文命看了周围地势，又用玉简量了一量，就决定了主意，叫天地各将督率众人，在水势冲击的下面因山势凿成一个大堆，北西尖而南东渐阔，尖口紧对冲击的水源。伯益看了不解，忙问文命。文命道："水的为患，就是'冲击震荡'四个字；因为它的震荡，所以四面的泥沙土石都给它剥蚀而流到下流去，以致下流有淤填泛滥之患；因为它冲击，所以虽有坚固的堤防亦不能持久。我现在打算将这条大水分而为二，水分则力薄，比较的可以经久了。我前次在河水下流开了九条支道，就是这个意思。不过河水从龙门下来，经过华山底柱，地方千里，两岸到处都有山脉为之拦阻，直到大伾山以东才是一望平原，所以九条河从大伾山以东掘起。此地北面西面山势均高，到此地陡落为平原，这个势力是不可当的。从前东南是个大湖（即四川成都盆地），灌到大湖之中不过水满而泛滥，尚不为大患。如今巫峡既开，水势尽泄，息土一填，大湖变成陆地，然而形势甚低，将来难免为灾。所以我打算分它做两条，一条是原有的江之上源，一条引它向东南行，曲折而仍入于江，可以减少水患，好在工程是有限的。”伯益听了，方才恍然。

过了多日，这条支江曲曲折折，趁着湖水新涸、沮洳尚多的时候联络贯穿，极其容易，一千八百九十里的工程已经完毕，而那尖堆的工程亦早完工。果见江水滚滚，到此触着尖堆的尖端，竟别分一支，循着新开的支流滔滔向东南而去。伯益看了，非常有趣，又向文命道："看此地下流，大湖所涸，平原甚广，将来灌溉田亩，交通舟楫，水流不嫌其多，何妨照此式样多开几条呢！”文命道："你这话亦甚是，不过此刻我尚无此闲暇，即以此地情形而论，一时亦似乎尚可不需，将来恐怕自会有人依照我的式样去推广的。”伯益听了不语。后来这条新开的支流文命给它取名叫沱江。沱者他也，江之他出者也。(现在分离的这一段叫郫江，不叫沱江了。)那个尖堆则给它取名叫离堆，取分离的意思。（现在四川都江堰市。）考这个离堆，后世书上颇有人以为是秦守李冰所凿的，但查《水经注》云：沫水自蒙山至南安溷厓，水脉漂疾，破害舟船，历代为患。李冰发卒，凿平溷厓，通正水路。据此则李冰所凿当在南安界之沫水中，汉南安今为乐山县（现四川省乐山市），其离堆盖即郦道元所谓溷厓者是也。如谓灌县之离堆为李冰所凿，则当夏禹之时岷江流到此地，何以忽然会东别为沱？这种水流的方法别处并未见过，可见是夏禹所凿的了。但是后世误传为李冰所凿，亦有原因，因为在李冰那个时候，郫江已渐淤浅，李冰又开浚之，又在它旁边再新开一条江，就是现在的流江，对于夏禹所凿当然必须另作一番整理，所以大家误会，都说是李冰所凿了，闲话不提。

且说文命自从分疏岷、沱之后，再向北行，来探岷江之源，忽接前面探报说道，屈、魏二国之兵还在前面呢。文命听了，就叫苍舒率兵往讨。原来那屈、魏二国之兵所骑的都是犀、象、夔牛等兽，犀、象之皮极厚，寻常刀剑急切不能伤它，那夔牛尤生得伟大，重者至数千斤。二国之兵仗着这种大兽，所以敢于背叛中国，侵凌人民。但是苍舒所带的是节制之师，兼且部下有隤敳、朱、虎、熊、罴等善于制伏猛兽之人，二国之兵哪里抵挡得住，两仗之后即大败而逃，纷纷逾过岷山，归本国而去。文命叫苍舒乘势追赶，底定其地，一面又叫童律到嶓冢山去知照伯奋，叫他亦同时进兵，攻伐曹、骜之戎。苍舒、童律均领命而去。

这里文命带了中军，径往岷山，探岷江之源。其初水势很急，后来翻过一个山顶，那水势分为两支，一支是北源，一支是南源，渐渐舒缓了。文命溯北源而上，到得一座岭边（后人取名叫作羊膊岭），但见湖泊点点，远望如星，汇合拢来成一小水，可以滥觞，这才是岷江之源了。文命带了众人，不顾崎岖险阻，想登它的绝顶，一望形势。哪知愈走愈高，而且满山云气如搓绵堆絮，氤氲迷离，到处晦冥，数丈之外即无所见。大家说："不要上去了，即使登到绝顶，一无所见，何苦呢！"文命道："不妨。"说着，作起法来，喝道："云师何在？"忽然之间，云师到了，口称："屏翳进谒，崇伯见召何事？"文命道："我欲登山一看形势，奈为云气所阻，可否请尊神暂时将云气收敛，俾我得扩眼界？"屏翳连声道："可以可以。"说罢，即将袍袖向上一扬，霎时间云雾遂渐散去，文命即向云师称谢。屏翳告辞，腾空而去。

文命与众人再向上行，到得山顶，一轮红日斜挂天空，万里之外，纤屑的云影都不见，众人皆大欢喜。文命先向北一望，但见仿佛是一个大湖，其中岛屿错列；向西一望，纯是崇冈叠巘，无可看处；向东一望，觉得那边隐隐似亦有一条河；向南一望，就是来时之路了。文命吩咐乌木田、繇余、狂章三天将分头去察看，自与众人在山顶小憩，因为走了半日，亦觉得吃力了。须臾，乌木田归来报告道："西面之山直接昆仑，从前都是西海里面的小岛，如今都出水变成高山了。"狂章回来报告道："北面就是西海之东部，弱水就在那里，如今渐成陆地，将弱水隔绝在一部。（现在之青海据说其水甚弱，不胜舟楫，只有轻气皮船可渡。）真是沧海变成桑田了。"独有繇余，隔了良久良久，方才归来报告道："东面过去的那个山下，有一条大水直向东方流去，折而向南，从上次我们捉妖的那座高梁山下流出，想来亦流到大江中去了。”文命听了，想了一会儿，又问道：“汝何以去了如此之久？”繇余笑道：“某一路过去，正遇见苍舒之兵与敌人隔水相拒，不得渡过。某下去略略帮了一会儿忙，所以来迟。”文命道：“胜败如何？”繇余笑道：“当然打胜了。”文命亦不言语，就与众人下山。走到一半。再回首望那山顶，依旧是云封雾锁，一片模糊，于是文命就给这座山取一个名字，叫“𩩃山”，因为昏沉的缘故，后来篆字省写作“峮”，隶书又变写作“岅”、作“崏”，现在的“岷”字是省写俗写，但是千载以来俗字已当作正字，闲话不提。

且说文命等下了岷山，回归旧路，走了几日，忽接苍舒、伯奋的军报，说道：“曹、魏、屈、骜四国均已平定，只有那戎首三苗又向雍州逃去，应否跟踪追捕以除后患，请令定夺。”文命道：“不必了，谅三苗釜底游鱼，何能为患，且待将来我将梁、荆、扬三州治好之后，再去处置他吧，汝等可以班师回来。”来使领命而去。文命因大江水源已考察清楚，下流荆、扬二州还未治妥，于是急急仍向东行。到得巫山之西，看那水势依旧是非常之迅激。昭明指着两块未凿去的山石问文命道：“这两块大石兀立江中，不凿去它，是否和那大河的砥柱三门一样意思么？”文命道：“是呀，此处水势一泻而下，太奔放了，将它塞住门口，使水势稍作回旋，不致直冲而下，虽则交通船只不免危险，但是下流水患大约可以减少。”（这两块大石就是现在瞿塘峡中之大小二滟滪堆。）昭明听了，方才明白。

文命过了巫山，再细细考察，终觉水势还是奔放得厉害，于是取了玉简，同昭明越山逾岭，到处一量，顿时决定主意，再过巫山而西。到了那两块大石兀立的东南面，叫众人将山石开凿，使江水从此地别分一支，向东南流去，约四百里，仍旧合于大江。这条别出的支流亦取名叫作沱江。（现在湖北恩施市境之清江，古名夷水，就是夏禹时之沱江，所以夏禹时荆、梁二州各有一个沱江。但此刻这条沱江的上源早已淤塞，是否地体又有改变之故，不得而知。）江水既然分作两派，于是从巫峡流出去的水势较为稳静。文命从这条沱江与大江会合之处再向东南行，但觉一望茫茫，早到云梦大泽。但是这时的云梦大泽和以前大不相同，泽中处处沙洲涌现，而以东北方面为最多，在南西部亦不少，已看见百姓在那里耕种了。（后来云梦大泽竟分为二，在江北的叫云，在江南的叫梦，大江横贯其中。）文命看到这种云与梦作乂的景象，不禁心中大慰，就沿大泽的南岸而行。但见西南丛山之中流出来的水，千派万歧，不可胜数，而最大的、最在西的叫澧水，其次有武、辰、酉、湘、资、沅等八条，共为九条，所以就将此地取名九江。

一日晚间，文命等正在休息，忽然横革匆匆跑进来，说道："怪物又来了。"文命忙问是何怪物，横革道："某刚才出去小遗，看见江岸边一道光芒，光芒之中隐隐似有一人向江中行去，不要是驩兜又来了么？"文命道："绝不是，绝不是，驩兜在大泽之北，此地在大泽之南，相隔甚远，况且他监禁的期限亦未满，未必敢出来。"话犹未了，但听得一阵飘风，接着又是一阵暴雨。横革道："上次亦是如此，先看见光芒，后就是飘风暴雨，这不是计蒙神么？"文命听了，也有点疑心，便叫七员天将去探听，但是切戒他们不可如前次之鲁莽肇祸。天将等唯唯而去。过了些时，回来报告道："某等前去，但见风雨前面有两个绝色女子，相貌颇像姊妹，在沅水、澧水之间游玩，旁边有无数护从的人，形状奇怪，左右两手都操着蛇，头上而且戴着蛇，仿佛一群乞丐，正不知是什么精灵。"文命道："那道光芒呢？"天将道："某等不见有光芒。"七员地将在旁应道："我们亦去看过，光芒在水中，光芒之中的那个人亦是身操两蛇的，殊为可怪。"文命道："那么的确不是驩兜、计蒙了。"伯益道："崇伯何妨召神祇来问问呢。"文命点头，就作起法来，喝道："江神何在？"转瞬之间，一个戎装怪状的神人上前向文命行礼，口称："江神奇相谒见，崇伯有何吩咐？"文命就将刚才光芒及飘风暴雨之事述了一遍，问他可知道是什么神祇，还是妖怪。奇相道："那出入有光的是西面大夫山上的灵神，名叫于儿，其状人身而身操两蛇，常游于江渊。那出入有飘风暴雨的，是天帝的二女，住在东洞庭之山，亦常到江渊及沅、澧二水之交来游玩，有许多怪神，其状如人而戴蛇，左右手各操一蛇，都是她们的扈从之人。"文命道："他们为人害么？"奇相道："他们都是正直的神祇，不为人害。"文命点头道："那么辛苦你了。"奇相行礼而退，入于江中。

第三十六回

禹作岣嵝碑　禹得玉版金简

刻石大孤山　禹上会稽山作歌

禹植柏于大别山　禹三次遇疫

神农氏传授避疫方

且说文命导江，到了云梦大泽的南岸，南望衡山，挺奇拔秀，郁郁葱葱，想到这次指点我向昆仑山去乞息土，纯是衡山神丹灵峙泰之力，如今既到了这里，应该上去谢谢他，于是带了众人径上衡山而来。这次经行情形与从前大不相同，从前水势弥漫，或则沮洳难行，现在陆地已经毕露，不用拖船过坳了。可是到了那日遇见丹灵峙泰的地方，那丹灵峙泰竟不出来迎接。文命登到最高峰，备了牲醴，谨敬祭过，倦而休息。暗想，我治水侥幸有十分之七八成功，此山甚高，我何妨作文刻石，立在上面，做个纪念呢。想罢，就和皋陶、伯益等商量，斟酌做了一篇文字，又商量刻在什么地方。后来选了一座山峰，就将这篇文字刻在上面，文曰：

承帝曰嗟！翼辅佐卿，洲渚与登，鸟兽之门，忝身宏流，而明发尔兴，久旅忘家，宿岳麓庭，智营形析，心罔弗辰，往来平定，华岳太衡，疏事裒劳，馀伸禋，郁塞昏徙，南渎衍亨，衣制食备，万国其宁，窜舞永奔。

共总七十六个字，文既奇古，若可解，若不可解，字亦成蝌蚪形，不可辨认。上文所述，是经过多少名人辨认出来的，究竟错与不错，亦不可知。因为它刻在一座岣嵝山上，所以历代就叫它岣嵝碑，要算我们中国最古的古碑了。

且说文命因为要刻这个碑，所以在衡山上多住几日，一日，正在那里看石工刻石，忽报朝中有使臣到来。文命慌忙迎接，原来是篯铿，满身素服。文命非常诧异，仔细一问，原来帝尧知道南方水患已平，三苗国已灭，不忘记那老祝融的遗言，叫他孙子扶着他的灵柩前来择地安葬。文命一想，他正是要杀我父的仇人，虽则为公不为私，不敢计较，但是心上不免非常痛苦，过了一会儿，才勉强敷衍了一番。篯铿看岣嵝峰前地形甚好，就择了一块地，将他祖父葬好，匆匆归去。后来过了千年，在春秋楚灵王时，岣嵝峰一部分忽然崩溃，那老祝融的坟亦从此毁坏，在他坟内得到一张营邱九头图，想系当时殉葬之物，然而不知道有什么用处，闲话不提。

且说文命自从看见老祝融安葬以后，悲悼老父之心愈切。皋陶、伯益等见他如此，时常邀他玩赏散闷。一日晚间，月色甚佳，万里如洗，皋陶等又邀了文命到山顶上闲步玩月，但见山前山后布满营帐，刁斗不鸣，满山寥寂。文命叹道："士卒多年在外，辛苦极了！不知何时大功才可告成。"皋陶道："想来总不远了，现在梁、荆、扬已大半平治，雍州亦平治大半，仅余外国之地未曾治过，而崇伯原定期限还有两年余，着实来得及呢。"

正说间，忽见西方山谷中一道金光直冲霄汉，接着又是一道白光直冲霄汉，后来金光白光继续不绝地上冲。昭明道："不要又是妖怪么？"伯益道："不是，凡名山之中，往往蕴有金宝玉石，它的精华年久了能向外散发，恐怕是金石之气呢。"文命就叫童律、狂章过去一望，归来报告道："某等走到那边，并无怪异，亦不见有光芒，然而远看过去光芒依旧腾跃。"章商氏、陶臣氏道："让我们过去看吧。"文命许诺，章商氏等入地而去。过了些时，回来报道："那边地下并无金玉，只有一个石匣。某等细细估量，正是光芒腾出之处，想来这石匣之中必藏有异宝呢。"童律道："那么你们何不就将石匣拿了来！"章商氏道："我们何尝不如是想，但无论如何两个人总拿它不动，不知是什么缘故。"伯益道："那石匣有多少大？"陶臣氏道："不过一尺多长，二尺多阔，三尺多高。"伯益道："石匣在石中，有物件锢着么？"陶臣氏道："并无物件锢着。我们推它，会得动摇，想来是个神物。现在且认明地方，明日再说吧。"于是大家归帐就寝。

到了次日，文命斋戒沐浴，备了牲醴，率众人径到昨夜发光的地方，先叫章商氏等再去探视，那石匣果然还在里面。文命于是诚诚敬敬地祭祀，又祝告一番，大致谓"天果赐我，一发即得，否则无效"等语。祭毕之后，就叫匠人发凿。凿至一丈之下，那石匣早已发现，文命过去取来一看，只见石匣外面已有两句文字刻在上面，词曰：

祝融司方发其英
沐日浴月百宝生

众人看了，不解它的意思。文命再将石匣打开，只见里面亦藏着一部金简玉字之书，与上次在宛委山所得的一个式样，但是其内容到底是说些什么，当时文命既未宣布，在下亦不好瞎造，以理想起来，或者就是什么灵宝长生方了，闲话不提。且说文命得到金简玉字书之后，回到帐中自去研究。又过了一日，岣嵝碑刻好，文命又照例用玉简量一量山的高低，另外刻一行文字道："衡山高四千一十丈"。刻好之后，率众人下衡山，再溯湘水而上。遥望那座衡山如阵云一般，沿着湘水，何止千里。七十二个峰头若隐若现，真是大观。

一日，在一座山下停泊，文命偶然用赤碧二珪考察地质，只见山内蕴藏的金质甚多，心想道，黄金虽是无用，然而民间颇贵重它。现在水患之后，民生困敝已极，我何妨掘它出来，加以鼓铸，救济百姓呢。想罢，与皋陶、伯益等商量，大家都甚赞成。于是就叫工人开掘，留叔豹、季狸两个在此监督鼓铸。后来舜南巡的时候，来此考察金矿的遗迹，曾经一度游历此山，所以后人又给此山取名叫历山（现在湖南湘潭市东南百里），闲话不提。

且说文命发历山之金以救民之后，又率众人溯湘而上。到了潇湘合流之地，文命便问天将，上次所填的息土在何处。天将指出了，文命一看，何尝有息土，早已与寻常的泥土无异了。再上，到了苍梧山，山外蛮荒之地，已不是荆州地界。文命就此回转，顺流而下，出了云梦大泽，过了东陵，再到彭蠡。但见敷浅原山横亘在大泽之中，其余孤岛点点，错若列星，那水势却稳定了。文命扬帆直进，到得一个岛下停泊，原来就是上次来时停泊过的。文命想起前情，不觉已历多月，差喜大功已渐告成，然而这番辛苦不可不有以昭告后世，于是和皋陶、伯益等商量，又在这岛上摩崖刻石，纪述一切。（现在鄱阳湖大孤山上，有夏禹刻石纪功处，但其文字早已磨灭。）刻好之后，再沿彭蠡东岸转入东江，一路水势平顺，直到东江口涂山脚下。文命又想起数年前，蒙郁老师指示，到此宛委之山，求得金简玉字之书并赤碧二珪，后来治水得力不少。如今重到此间，理应竭诚祭祀，以表感谢。想罢，便斋戒沐浴，洁备牲醴，率了众人上山来祭祀。祭过之后，便与众人在山上望望，东望大海，北望浮玉之山，隐隐看见那赤云，中间一条东江，水势浩浩，吞吸海潮，西面一望，群山送迎，风景甚佳。不知何故，忽而感怀身世起来，既伤下民之久苦昏垫，又伤其父之功绩不成，又伤自己不克享家庭之乐，万种愁肠一时堆积，几乎掉下泪来。继而一想，哭得无谓，不如作一个歌，以抒泄我的忧郁吧，于是乎信口就作了一首《襄陵操》的歌词，其词曰：

呜呼！洪水滔天，下民愁悲，上帝愈咨，三过吾门不入，父子道衰。嗟嗟！不欲烦下民。

歌罢之后，皋陶等看见文命伤感，都来劝慰，方才下山。

文命见扬、荆二州水势大概平定，就打算再治梁州。因为梁州有一条汉水流到荆州入江，仍与荆、扬二州有关系。这条水不治好，荆、扬二州仍旧不能算完全平定，所以急于要去治。一日，翻过浮玉山，文命忽想起善卷先生住在这里，跑去一问，原来他听见三苗驱逐之后，早已搬回荆州原籍去了。文命不胜怅怅，乃由中江转入北江，一路考察。但见北面山内有一处，水势还有点不对，就停留几日，叫龙降、庭坚监工，将那座山加以开凿（现在安徽巢湖市东），水势方才顺利。于是再从彭蠡之北转到云梦之北的大别山来考察。查大别山有两个：一个在湖北汉阳县（现在湖北省武汉市蔡甸区），就是此刻文命所到的地方；一个在安徽霍邱县西，乃是个大山脉。大别者，分水岭之意也。山北之水多入淮，山南之水多入江汉，确系大分水岭，所以从霍邱以西的山都叫作大别山，亦犹四川省北部之山通称嶓、西北部之山通称岷也。古时简略，大都如此。这次文命所到之大别，不过大别山脉之余支，错出于云梦之北者而已，闲话不提。

且说文命到了大别山上，只见云梦之中洲渚参差，人民在那里耕作树艺的实在不少，文命看了，心中非常快乐。适值路旁有一株小柏，不知何故倒在地上，文命一时高兴，就拿了器械，选了一块地方，将这小柏亲自种植起来。哪知这株小柏真是交运，因为是文命手植的缘故，大家都非常爱惜，不肯去伤它，千百年之后，轮囷盘郁，大得参天拔地，它的根直伸到多少里以外。后来年代过久，柏树已死，而其根犹存，真所谓物以人灵了。（现在湖北省武汉市蔡甸区西柏泉寺有古井，相传夏禹植柏于大别山，其根盘屈直至井底，今柏根犹存。）

且说文命种了柏树之后，在山上望了一会儿，仍复西行。过了内方山（现在湖北荆门市东），到了荆山（现在湖北襄阳市襄州区西），此处正是荆、梁二州分界之地，但见一条沧浪之水从西北冲击震荡而来，经过荆山东北麓直向东行，那水势实在厉害，两岸人民无可以栖止之地。后来碰到大别山麓阻住，然后折向南流，滔滔地向云梦大泽流去，合于长江。文命看了一会儿，定了主意，就叫众人在那水的两岸筑起堤防来。大临看了不解，便问文命道："向来崇伯治水总是顺水之性，使它畅流的。彭蠡大泽，因为它是湖泊，所以筑堤防以止其泛滥，此外从来没有用堤防过。如今用起堤防来，不怕它将来溃决么？"文命道："我计算过，此水与河水不同。河水上流经过黄土，挟带甚多，而下流又无大湖为之宣泄，用了堤防之后，泥沙淤积，年深月久，必定溃决。现在此水清可见底，它的害处就在夏秋两季，上游水势盛涨，地势又陡，流势因而剽疾。堤防一拦，使它就范，直向云梦大泽而去，下流又通长江，怕它做甚？"大临一想不错，也就无语。于是文命叫工人在沧浪水南北筑了三条大堤防，那个地方就取名叫三澨。筑好之后，文命看那水派有两支，一支从北面来，一支从西面来，从西面来的是沧浪之水，就是汉水的本流；从北面来的是汉水的支流（现在一支叫白水，一支叫丹水），水势亦甚大。文命就叫苍舒带了隤敳等去考察支流，自己溯沧浪水而上，分工而作，可以节省时日。苍舒等领命而去。

且说文命率众西行，一日，到了房地境界，就是从前与帝喾争天下的那个房国，那时早已灭了，遗民却不少。文命正与皋陶等凭吊故墟，倏见对山一只大狐飞驰而过。伯益道："这只狐真大！"乌木田在旁笑道："这不是狐，是一匹马。”伯益道：“它形状很像狐。”乌木田道：“是的，但是它背上还有一只角呢。”黄魔道：“它是仙种神马，名叫乘黄，凡人能够骑着它，寿可以活到二千岁。”国哀道：“真的么？”黄魔道：“何必来骗你。我们跟着夫人到瑶池赴蟠桃大会之时，群仙之中就有骑这种乘黄马的。听说海外有一个白民之国，那边就出产这种马，所以那边的百姓寿都很长。我何必来骗你呢。”国哀道：“既然如此，你们何不去捉它来，给崇伯坐骑呢！”黄魔、大翳都连声说道：“不错。”文命刚要阻拦，二人早已凌空而去。过了片时，果然将那匹乘黄牵来。众人一看，其状如狐，背生一角，果是个异物。大家都劝文命坐骑，文命道：“我向不喜欢这种异物，况且如今治水之际，处处须拿了畚锸去做，大家辛苦，我一个人敢贪安乐么？我骑了这匹乘黄到哪里去？如说骑了这乘黄马可以长寿，我们应该献上天子，岂可以自私自利？”众人听了，也都以为然，于是文命修了一道表文，先将荆、扬二州治水完竣以及现在治理梁州情形申陈明白，然后再附献神马一匹，并说明它的功用，就差仲容、叔达二人赍押而去。哪知后来帝尧对于这匹乘黄马亦没有坐骑。帝尧崩后，此马亦不知所在，这是后话不提。

且说文命贡献乘黄之后，仍旧西行。一日，到得一处，见那山势紧迫，水流不利，就指挥工人疏凿。恰好山旁有一个岩穴，高约八尺，深约九尺，文命倦了，就在此休息。（现在陕西旬阳县东一百三十里，穴旁后人刻有“禹穴”二字，穴右有泉，味甚清冽，就是此地。）忽报苍舒处有消息传来，说师行不远，又遇疫了，传染甚速，服药不效，请令定夺。文命听了，暗想我治水数载，疫气何其多！连这次已三次了，莫非又是疫鬼在那里为患么！如今怎么样呢？云华夫人所赠的宝箓上并没有敕召方相氏的这一条。正在踌躇，庚辰上前道：“还是去求夫人吧，横竖到了紧要关头，夫人总要来救的，与其等夫人来救，受尽痛苦，还不如早点。”文命听了，很以为然，便道：“那么汝去吧。”

庚辰冲天而去。过了半日，回来复命道：“夫人说，不必夫人亲来，只要请崇伯到那边去，自有人会来救。”文命听了，将心放下，随即率众东还。一路听到警报，都说北方疫气甚盛，死者不少，而且渐渐有向南蔓延之势。

一日，行到三澨地方，刚要转向北行，只见一个从苍舒那边来的使者，刚到文命面前，未及开言，忽然倒地而死，原来亦是中疫了。大家看了，心中不免惶惶。

忽然东方山麓之中来了两个童子，髫挽双丫，面貌伶俐，走到旁边问那士卒道："哪一位是崇伯？我们要见见。"兵士见他们年纪很小，便问他们是何人，要见崇伯何事。两童子道："这个汝都不必问我，我见了崇伯，崇伯自会问我的，此刻只要你领我们去见崇伯就是了。"兵士见他言辞强硬，不敢怠慢，忙领了去见文命。两童子见了文命，略略举手为礼，便说道："你是崇伯么？我家主人要见你，有话说，你就跟我们去。"文命见他们如此之兀突，便问道："汝家主人是谁？"两童子道："主人不许我说，我也不能说，你也不必问，快跟我们去。"文命明知道这就是云华夫人所说的救星，但是那主人究竟是什么人呢？一面想，一面"哦哦"地连声答应，就跟了他们走。真窥、横革、之交、国哀以及天地十四将照例是随着文命走的，哪知两童子看见，就拦阻道："我主人有命，只请崇伯一个，其余诸人概不接见，请你们止步吧。"黄魔听了，大不答应，大声说道："我们有保护崇伯之职，何以不许我们同去？难道你主人有什么坏心肠么？"那两童子听了，笑道："你这个黄面大汉，太不懂恕道，从前你的贵主人云华夫人要见崇伯的时候，不是亦不许崇伯的从人跟进去么？请问你们贵主人那时有没有坏心肠？你主人可以如此，我的主人却不能如此，请问是什么理由？"黄魔等见他如此说，不觉无言可对。

文命便止住众人道："汝等且都在此等着，不必跟随我，我自去吧。"于是独自一人，跟了两童子，曲折向东，翻过一个山头，但见气象忽然不同，满地都是红紫的草花，仿佛是个药草。又走到一处，只见长松之下站着一个衣冠古制的人，长约八尺七寸，弘身而牛额，龙颜而大唇。那人看见了文命，就说道："好好，这里来坐，这里来坐。"说着，转身就走。文命不及行礼，只能跟着他走。走过了几口井的旁边，又到了一个石室之中，那石室颇广大，高约三十丈，长约二百尺，中间有石椅排列。那人指着石椅，叫文命坐下，便说道："我是一个遁世已久的人，本来不愿意再与闻世事，现在为汝治水遇到疫疠的障碍，而且又在我的桑梓之乡，所以我不能不帮助你，你不必疑心诧异。”文命听了唯唯连声，极道感谢。那人又说道：“这个疫疠的起源有好几种：一种是因于天时，湿热蒸郁，山岚恶浊之气孕育种种极小的病虫，从人的口鼻吸入肺部，或掺入食物之内，吞入胃部，那病虫蕃衍滋生，从血管遍达全身，因而不可救药的。一种是由于邪祟，是有邪鬼在那里为患。一种是由于劫数，到了一个时期，不期然而然的自会发生。现在北部之疫，三种皆有，所以比较厉害。要除第一种病，应该用芳香宣窍、逐秽杀虫的药味。我现在已拟好一个方剂在此，你拿去吧。”说着，从身畔取出，递与文命。又说道：“这方上的药味，我这里山中都有，都是我亲手种的，你回去叫那认识药味的人来采吧；还有煎药的水亦可到刚才走过的那几口井里来汲，更为灵效，汝须记着。”文命收了药方，连声唯唯。

那人又道：“前年你杀戮相柳、捕获共工的时候，共工的儿子向南而逃，怕你搜捕，昼伏夜行，辛苦异常，不得休息，死在山里，无人埋葬，尸体腐烂，化为病虫，四散飞行，这就是此次发生疫疠的大原因。共工的这个儿子本是个不才子，生前既不安分，死后何肯改过，所以他的游魂就到处为疠，变成疫鬼。制伏他的方法，有一种药叫赤小豆，是疫鬼所最怕的，所以吃赤小豆也是一个方法。他是冬至日死的，倘能每岁冬至日用赤小豆作食物，那就是防患于未然，永不会怕疫鬼了，这是治第二种的方法。或者在每年腊日，敲击细腰之鼓，戴胡人之帽，装作金刚力士之状，亦可以驱逐他。至于第三种劫数，因此地北面一座乐马之山上有一只野兽，其状如彙，赤如丹火，其名曰猔，现则其国大疫。去年以来，它渐渐出现，不是劫数不会出现。制之之法，如派遣天地将去打死它是不中用的，因为打死了它，血肉狼藉，为患更甚。前年蜚兽的覆辙可为鉴戒。好在天地之间一物一制。离乐马山几百里外有一座堇理之山，山上有一只异鸟，其状如鹊，青身白喙，白目，白尾，名叫青耕，其鸣自呼。这鸟儿捉到，就可以制伏怪兽了，这是第三种原因的治法。”说罢，站起身来，说道：“言尽于此，你只要牢记去做就是了。”文命再拜称谢，叩求姓名。那人道：“此刻不必说，将来你来采药取水时自会知道。”说罢，那两童子仍送文命归去，送到半途，倏然不见。文命大为诧异，只能独自乱行。

第三十七回

禹诛疫兽　嶓冢导漾　禹治黑水
以铁桩镇海眼　弱水中窫窳为患

且说天地将见两童子引文命去后，非常不放心，因为文命吩咐，不敢追随，只能在近处探望。忽见文命独自归来，不禁大喜，都迎上去，簇拥着文命归营。皋陶、伯益等忙来探问情形，文命将大略说了一遍，大家猜不出那人究竟是人、是鬼、是仙。天将等在旁听了，大笑道："原来就是他变的把戏，怪不得抵死不许我们同去，怕揭穿了他的假面具。他就是炎帝神农氏呢！"文命道："汝等何以知之？"天将道："某等跟着夫人到他那边不知去过多少次。他的石室就叫神农窟，窟前百药丛生，莫不毕备。还有一种异物藤花，形状像菱菜，朝时紫色，午时变作绿色，下午又变作黄色，黄昏时候又变作青色，夜间又变作赤色，一日一夜之中五色迭耀，真正是异物呢！他那九口井亦很是灵异。我听见夫人说，这位炎帝神农氏就生在这个石室之中。他生的时候，地忽自穿，成为九井，一井汲水则各井皆动。我们从前都当玩意儿弄过，的的确确是他了。"文命道："我听说神农氏生于烈山，怎样会在此地呢？"天将道："烈山离此地并不远，即使远，亦可以使它不远。我们夫人从前用缩地法迎崇伯，崇伯忘记了么？"

文命听了，恍然大悟，赶快带了十几个医生，与皋陶等径往烈山而来（现在湖北随县西北），按照方剂采药，并吸取九井之水煎熬，那九口井果然是汲一井而余井皆动。文命看那长松、石室等依然如前，但是两童子和神农氏已不见了。文命和皋陶等向着石室再拜稽首，以志敬谢。站起来问天将等道："炎帝的坟墓并不在此，他常在此做什么？"天将道："他是个得道尸解之人，坟墓是假的，无依恋之必要。此地是他生长之处，所以常来，所谓神仙不忘其本也。"隔了两日，药已制好，文命叫分散于各处。那患病的人服了无不立刻就愈，真是仙方。文命又叫人服食赤小豆，并且于每年冬至日服之。后来荆楚一带遂传为风俗，并且那腊日击鼓、装力士之法亦有行之者。

从此共工氏疫鬼遂不能为患了，闲话不提。

且说文命散药治疫之后，又叫过天地将来，命他们到堇理山中去捉青耕鸟，要活捉，不许丝毫伤损。天地将领命而去。这里文命率众北行，到得苍舒驻扎之地。苍舒等出迎，备述这次疫疠士卒丧亡之多，如今服药后病者虽愈，而未尽复原。文命听了，不胜悼惜，遂亲至各营，抚慰了他们一番。后来与苍舒谈起神农氏所传治疫三方，苍舒愕然道："原来如此，的确不错，那日我们到了乐马山相近，看见一只野兽，赤如丹火，飞奔而过。兵士因为它奇怪，射了两箭，哪知立刻就发热，生疫病了。后来这一队的兵士差不多统统死亡，大家以为是得罪神兽的缘故。某当时还力斥其妄，哪知竟是这兽为害呢！"文命道："据神农氏言，此兽主疫，即不射它，疫亦不能免，适逢其会耳。"正说间，乌木田等回来了，手中停着一只异鸟，其状如鹊，青身，白喙，白尾，见了人也不惊惶，嘴里不住地"青耕，青耕"乱叫。大家看了，甚为奇异，都说："这鸟儿能降疫兽么？看它怎样降伏。"文命问苍舒道："此地就是乐马山么？"苍舒道："不是，此地叫支离之山，离乐马山有几百里。某等本来已到乐马山了，因为疫气太重，逐渐退到此地。"文命道："那么我们再到乐马山吧。"于是传令起身。

正走之间，忽见林中有鸟飞翔，其状亦如鹊，赤目、赤喙、白身，而其尾如勺，料想亦是一种怪鸟，但不知有害于人否。文命就作法，叫了支离山神来问。那支离山神是个彘身、人首的怪状，见文命行礼后，文命便问他，此鸟叫什么名字，有无害处。山神道："此鸟之尾如勺，所以叫婴勺鸟，并不害人。"文命又问，此地离乐马山有几里。山神道："约有三百里，但是去不得，那边近日出有疫兽，恐怕染疫。"文命道："我亦知道，但有无方法可解，还乞尊神示知。"山神道："有，离此地西北一百里外堇理山上，有一只青耕鸟，可以制它；还有离此地东南三百十里，一条从水之中，有一种三足之鳖，吃了之后，亦可免疫。"文命听到三足鳖三字，想到羽山沉渊故事，顿然变色。伯益在旁觉察了，忙说道："现在青耕鸟已得到，可以过去么？"狂章在后面，拿了青耕鸟来给山神看，山神便道："好好，可以过去。"山神去了，大众依旧前进。过了两日，大众正在前进，忽见那青耕鸟腾空而起，向前山飞去。仔细一看，原来前山上正有一只赤如丹火的怪兽在那里乱跑。大家知道一禽一兽相遇，就要决胜负，忙拥着文命到一座高峰上遥望。只见那兽望见青耕鸟似有畏缩之意，向后便逃。青耕鸟亦不敢怠慢，展动双翅，一直追去。大众在峰上望不见了，文命便叫天地将前去察看情形，归来报告。天地将答应，跟着那一禽一兽而去。但见它们一个在下面逃，一个在上面追，几乎环山三周。忽而那兽似乎力乏了，躲在一株大树下喘息，那青耕鸟亦飞集树上，向着它“青耕，青耕”地连叫几声，那兽就仰面朝天。青耕鸟倏飞下去，用嘴啄它的肚皮，顷刻之间，将脏腑食尽，那狭兽已死，只剩了一个躯壳。青耕鸟飞上高枝，振刷它的毛羽，再叫了几声，竟向西北飞去。天地将看得稀奇，将此情形归来报告。大众听了，都说物性相制，有些地方真是不可解的。文命恐怕狭兽尸体腐烂为患，再叫天地将过去，先用火焚，再用土埋，一场疫气又总算结束。

文命将各处水源考察一过，再从沧浪之水直穷汉水之源。到了嶓冢山上，但见山势高大，周围数百里，两边都有大水，而两源相去很近。用赤碧二珪一照，觉得在地中二水是相通的，所以给它取一个名字，在东边的就是汉水，在西边的叫作潜水。潜者，地中私出之意。（就是现在的西汉水，下流会合白龙江而成嘉陵江。）文命逾过嶓冢山，从桓水（现在甘肃南部的白龙江）直到西倾山，考察一番，无需工作。梁州北部大致已清楚了，便向西南行，见有两条大河（现在雅砻江及大金沙江）滚滚向南而行，下流汇入一个大湖，就是上次所见和夷南部的大湖了。水势虽急，然无大害，亦无需工作。再越过一山，便是黑水，那条水却是汹涌泛滥得厉害。文命沿流细细察看，只见那傍山依水而居的都是三苗国人。他们自在云梦大泽之西为苍舒、伯奋两支大军所驱迫，一径逃到此地，已经辛苦不堪，又遇到黑水的泛滥，欲进不能，欲退不可，正在为难。所以文命大军到了，他们亦无力抵抗，都帖然不动。文命见他们如此，当然不为已甚，反而加以抚循，许他们住在此地，并且允许帮他们平治水患。沿路一看，三苗人民逃来的确实不是少数，自北至南，沿江何止千里，到处都有他们散布的踪迹。（自现在西藏自治区察雅县南至云南省云龙县止。云龙县西北有三危山，察雅县即乍了，亦古之三危地。）文命颇觉心惊，暗想，三苗人民的团结力真强，宁可在这里如此吃苦，竟不肯降服，将来恐有后患呢。

文命一路忖度，一路但见那黑水的流势与河、江、淮、济不同。河、江、淮、济等水不过泛滥横流，而这条黑水却是摇荡汹涌，有上冲之势，愈到南方，其势愈猛，甚不可解。更奇怪的，有时水势滔滔，亦颇安稳，不过很急罢了。文命用赤碧二珪去照，但见水中大动物很多，而蛟龙等类尤到处皆有，方才悟到水势汹涌上冲竟是这些动物在那里为害。于是忙叫过七员地将来，问道："水中蛟龙尔等能驱逐否？"七员地将齐答道："能。"文命道："那么汝等去驱逐吧。"七员地将各执兵器，纷纷入水而去。霎时波心水涌如山，狂风陡作，大众几乎立足不住。忽而之间，约有十几条长龙翻波而出，尾巴一卷，风势更大，阵雨盆倾，文命等无不倾跌受伤，有几个竟被龙风卷去。七员天将只能保护文命与伯益等，未敢轻离。正在危急，但听得空中啪啪之声，原来是应龙来了，闯入群龙之中东西奋击。那应龙是神龙，寻常之龙如何抵敌得住，不到片时，个个受伤，鳞甲飘堕，仍向水中逃去，应龙亦钻入水中。顿时风止雨息，而水中的波浪却又汹涌起来。又过片时，波涛滚滚，直向下流而去。这时大众衣履尽湿，扶伤问死，亦无暇再去查问。直到傍晚，七员地将回来，向文命报告情形。方知他们初入水时，即向群龙攻伐，群龙在水中因身躯过大，运掉不灵，以致不能抵御，纷纷向外窜出。七员地将以龙飞在天，非彼等能力所及，只能听之，但在水中斩杀蛟螭鼋鼍之属。后来群龙复入水来，应龙接踵追至，乃合力攻击，群龙皆向下流逃去。追至一处，群龙忽然不见，地将等仔细考察，原来水底有一大穴，直通南海，群龙及各种大动物均由此进出，便是潮汐涨落亦与黑水相通，所以黑水的水患更甚了。

文命听了这番话，心中早有计划，便问地将道："那穴口有多少大？"地将道："约有十数丈周围。"文命道："离此地有多少路？"地将道："不甚远了。"文命遂率领众人前去考察，一路龙鳞遍地，大者几如车轮，小者亦如盘盂，众人皆拾而藏之。一日，到得一处，只见应龙在空中张牙舞爪，飞来飞去，而它的两眼仿佛专注意于水中。地将道："是了，是了，就在这底下呢。"文命听说，取出赤碧二珪向水中一照，果见有一个大穴，波流汩汩，正在向上直涌，想来此刻正是潮涨之时，其他大动物却一个未见。文命再向下流考察过去，果见地中有一条极长的隧道直向南去，比上次在碣石山所见的隧道大得多，想来是直通南海之路了。文命便吩咐天将等道："汝等速与我到帝都去走一遭。我前次有数处铁矿发现，请工倕去尽力开采，近来想必开出不少，此刻我要用，汝等与我去要百万斤来，限汝等数日往来，汝等能做到么？"童律笑道："区区之事，有什么做不到，某去就来。"说罢，纵身而去。

过了两日，童律如飞而来，果然已将百万斤铁取到。文命大喜，择定地方，叫众人开炉鼓铸，又选定了一处两水交会之中流，叫七员地将潜入水中，掘地发石，一面即将所治之铁铸成一根大柱，叫天将等动手竖起来，立在那发掘之处，再用军械在上面将铁柱打入地中，仿佛如打桩一般。自冶铁以至铁桩打好，足足忙了多日，方才完毕。（现在云南凤庆县城东二百里外，西密瓦屋山下，澜沧江与黑惠江合流之处，有铁桩，圆径尺，常与江水同高下，或高出江水一二尺，里人往往见之。）苍舒等问文命立此铁桩之故，文命道："此水中既多蛟龙，某初意想驱逐它们到南海去，后来知道地中有穴，可以直通南海，那么今日驱去，明日可以复来，是无益的。某闻蛟龙之性最怕的是铁，所以选定一个厄塞之处，立起这根铁柱来，阻住它们来往之路，水患或者可以减少些。"众人听说，方始恍然。且说铁桩立好之后，那黑水果然顺轨，直向南海而去。文命又至各处考察一周，但见其地已入蛮荒，天气炎热，瘴疠颇盛，而水患却甚少，梁州的工程至此已可算十二分的平定了。于是率领众人班师向北方而回。一路对于苗民曲意抚慰，但是细看他们的意思，表面虽然顺从，而信仰三苗的成见却牢不可破。有些苗民看见黑水治好了，就趁势浮着黑水，跑到南海中，与上次南奔的苗民合在一起，后来建立一国，就叫苗民国，这是后话不提。文命看他们如此倔强坚决，倒亦无可如何。地在边荒，治水之功又未毕，其势不能淹留在此设法化导，只好舍之而去。一路走，一路与皋陶等细细商量，觉得三苗这个人不除，将来死灰必至复燃。好在他此刻逃在雍州西部，为治水必到之地，且俟将来剪除他吧。计议已定，逾过嶓冢山，渡过渭水，经过相柳所盘据蹂躏之地，觉得人民已较前蕃庶，然而终不能复原，想见几十年中受害之深。

一日，又逾过一座山，向北一望，但见黄沙白草，弥望无际，走了许多路，寂寂无人民，大家诧异之至。又行了一程，只见一条向北流的大河横亘前面，文命便吩咐工人伐木做舟，以便顺流下去。哪知众人正在工作之间，忽然水中一阵狂风，窜出一个怪物，其状如龙而人面，张开大口，伸出长舌，向工人一卷，早已有几个送在它嘴里。众人出于不意，一声大喊，正要想逃，天地十四将见了哪敢怠慢，各挺兵器猛向妖物砍去，那妖物却早已缩转身躯，潜入水中，无影无踪了。七员地将潜水是他们的长技，紧紧跟着跃入水中。那空中的应龙亦相继跃入，于是那水中波浪顿时沸腾起来。足足斗了半日，忽见应龙冲天而上，在空中不住地盘舞，两翼拍拍，似含怒意。众人正是不解，转眼七员地将亦出水而来。黄魔便问怎样了，鸿濛氏道："好厉害呢！某等与应龙杀入水中，哪知下面竟有一个怪物的巢穴，穴外白骨堆积得甚高，怪物死命抵住穴口，某等竟无可如何。后来章商氏、犁娄氏从地底攻进去，哪知穴内小怪甚多，团团围绕，刀斩剑砍，都不能伤害它，所以只好退回。"文命大怒，要想叫山泽的神祇来问，但是此水何名，四无居人，无从探听，颇觉踌躇。伯益道："何妨先用赤碧二珪一照呢。"文命一想不错，忙取了赤碧二硅到水边来照，只见水底数丈深处果然蜷伏着许多怪物，一时尚未及看清，那许多怪物触着神珪的光芒，顿觉不安于水，一个个从水底穴中直蹿起来，径向文命便扑。七员天将忙以兵器相抵，细看其状，龙身人面的约有十几条。那时空中的应龙亦飞下来拿攫，怪物知不能敌，仍窜入水中而去。

众人无法，正在踌躇，忽然西北方空中一座香车冉冉而至。黄魔看见大叫道："好了！好了！救星来了！"那时香车已渐渐落下，众天将认得是王母小女太真夫人，名叫婉罗的，忙上前参谒，并且介绍与文命。文命亦上前行礼，说道："蒙夫人尊驾辱临，感激之至。"夫人道："妾刚才在家母处，知道崇伯治水阻于窫窳，所以奉家母之命，特来为崇伯稍效微劳。"文命连连道谢，并问道："这怪物名叫窫窳么？"夫人道："是。"文命道："某闻帝挚之世，少咸山出一种妖兽，名叫窫窳，能食人，后来给老将羿射死，想来与此物同名。”夫人道：“两妖名字偶同，实则绝不相干。那少咸山上的窫窳，一名叫猰貐，早绝种了。这个窫窳说起来来历很大，历史亦很长。原来从前有两条老窫窳，一牝一牡，是天帝所豢养的，性质却是柔和，并不害人，随意在上界下界各处游玩，倒也逍遥自在。一日，游到海内西方一个国中，那国王名叫贰负，不知何故很厌恶它们，或许因它们状貌奇异之故，一定要弄死它们。后来毕竟和一个臣子名叫危的设法将窫窳牝牡都弄死了。天帝知道之后，非常震怒，遂将贰负和危君臣两个一并处死，并将他们的尸首反缚了，两手和头发上再加之以梏，系于疏属山的山木上，又桎其右足。又可怜窫窳的死非其罪，便准它们的子孙在上下两界任便居住。这些窫窳子孙就住到这条弱水中来。它们依仗了天帝的势力，以为无人敢来奈何它们，假使来侵犯它们，天帝一定会保护的。它们存着这种念头，所以住在此地数十年之久，真所谓杀人如麻，白骨如山，但从此地四周一看，一个居民都没有，可以想见它们的强暴了。”皋陶在旁说道：“既然如此，难道天帝果然有心纵容它们么？况且依某的意见看来，天帝处置贰负和危杀害窫窳之事亦未免太过。窫窳并无伤人民之罪，贰负和危无端地同谋弄死它们，固然不合，但贰负和危究竟是人，窫窳究竟是畜生，弄死两个畜生，就要人来抵命，似无此理。即使说窫窳是天帝所豢养的，亦无抵命之理，难道天帝亦如人世间专制的君主，有‘杀其麋鹿者，如杀人之罪’的一种苛条么？况且既经抵命，亦已够了，还要将他们的尸体桎梏起来，反缚起来，系起来，仿佛虽死还不足以蔽其辜的样子，究竟是什么意思？还请夫人示知。”大家听了皋陶这番话，都很以为然。

第三十八回

天上革命　刑天氏与帝争神
太真夫人除窫窳

且说太真夫人听了皋陶的一番议论，不禁太息道："是呀！因此之故，竟引起天上之革命呢！"众人听了，尤为诧异，大家一齐问道："天上亦有'革命'之事么？那起来革命的又是什么神道呢？"太真夫人道："天帝下面的群仙本来有两派，一派是阳神，亦称善派，一派是阴神，亦称恶派。两派之中，善派的神祇最多，势力较大，但是恶派的势力亦不弱。两派互相用事，互相轧轹。天帝以天大的度量，包含他们在内，虽则意思之间倾向善派，然而对于恶派亦竟奈何他们不得，所以争闹是常有之事，不过这次闹得颇大罢了。"

皋陶听到此，不等她说完，忙问道："恶派的主张究竟是如何的呢？"太真夫人道："他们的主张亦不尽同，大约可分为四类。第一类最激烈，便是主张销毁地球。为什么要销毁这个地球呢？他们说：地球是一切恶浊的根源。地球上所有生物，因为要维持它自己生命的缘故，因为要繁殖它自己种类的缘故，竟是无恶不作。不要说人类的残虐凶狠，不要说禽兽昆虫的搏击吞噬，就是植物亦是如此的。松柏之下，小草必不能生；荆棘纵横，兰蕙因而灭迹。以大欺小，以强凌弱，拿天眼看起来，没有一处不是惨酷的现象，没有一处不见到痛苦的情形。总而言之，都因为有了这个地球的缘故。假使将地球销毁，那么所有生物无从托足，一切的惨酷愁苦统统灭绝，这才是根本的彻底的解决。他们认为，照善神一派的主张，讲什么福善祸淫，讲什么报应因果，都是劳而无功的。这一种主张，在盘古氏开天辟地以前正是它的实行时期。第二类的主张，是扶植禽兽专门和人类为难。他们说：凡是生物，要维持它的生命，繁殖它的种类，都是应该的。但是只能凭仗一己的体力来解决一切，不能凭仗一己之智力来解决一切。世间各种生物都是用体力的，只有人类，不单用体力，尤喜欢用智力。始而造作种种机械来残害一切禽兽，继而又用种种机械来残害自己的同胞，后来竟想和我们天神相争了，还说什么‘人定可以胜天’，这还了得么！而且照人类残酷的手段行为看起来，比禽兽的搏击吞噬要厉害到几万万倍！因为禽兽的搏击吞噬其数有限，而人类的残虐惨杀其数无穷。一日之中，弄死几千万人，真不算一回事。故比较起来，还不如扶助禽兽锄灭人类的好。这一种的主张，在盘古氏开天辟地以后是它的实行时期。第三类的主张，是力求新异。他们说：天神有创造万物之能力，但是绝非仅仅创造一种，必须时时变易，刻刻更换，才显得出天神能力之无穷。现在世上万物创造已经长久了，单就人类而言，总不过是喉舌眼鼻以维持他的生命，总不过是男女匹配以繁殖他的种类，譬如一出戏，今朝演，明朝演，大家早已经看厌了，有什么趣味呢！所以他们的主张，总须将历史相传的状态统统打破它，现今相安的形势统统改去它，另外再换一个新局面。即使改换的时候万物牺牲，遭难遭殃，他们亦悍然不顾。他们说这在过渡时期是不能免的，是应该的。这种主张，现在有几处地方已经实行，他们并且自己先以身作则，将来崇伯治水或许能遇到的。第四类的主义纯以强暴为主张。他们说：凡是生物生在世界之上，总以能自立为要。弱肉强食是不磨的道理，兼弱攻昧是必要的方法。一种生物，倘使没有自立的能力，就是个无用之物，应该死，应该亡，没有什么可惜的理由。譬如拿人来说，肢体不全的，五官不备的，或是老耄的，或是昏愚的，或是失业无依的，从善派一面看起来，都是可怜可悯，应该救济；但是从恶派他们看起来，这种人既无自立之能力，即是天地间之蠹物，徒然消耗他人之食物而一无所用，不但无益于世，而且有害于世，所以绝对不应救济，并且应该杀却。还有一层，他们的主张，以世界须进化为主。这种劣种假使再去救济他，使他传种，将来世界一定退化，人类必至灭绝。所以杀去这种的人，择种留良，使人类得以进化，不但无罪，而且有功。这种主张现在虽则没有实行，但是将来人类竞争剧烈起来，恐怕他们要来实行呢。”

文命问道：“那么现在在天上革命的是四类恶神中之哪一类呢？”太真夫人道：“各类俱有，但是首先发难的是第三类的首领。他的性情非常激烈，时时和天帝争论。这次正值天帝因窫窳之事将贰负和危杀死，又将他们的尸首械系起来，这位神君见了就大不答应，直斥天帝之过失，与天帝在灵霄宝殿上大起争论，声色俱厉。天帝的度量本来是无所不包的，置之不理。但是这位神君联合了他的党羽，实在吵闹得太厉害了，口口声声说天帝不配做三千大千世界的元首，应该让他来做。后来竟动起武来，赶到天帝宝座之旁，硬生生要拖天帝下宝座。你想，这岂不是古今未有之大变么！那时，天帝手下护卫之神以及善派一类的神祇个个不平，起而保护干涉，当下就在灵霄宝殿上打起仗来。可是这边的神祇是无预备的，那边恶神一派是早有联合计划的，结果，这位三千大千世界的元首天帝只能弃了灵霄宝殿，由众神祇拥护着向外而逃。所以皋陶君刚才问，窫窳子孙如此吞噬人民，是否天帝纵容它们，其实何尝如此，天帝此时正蒙尘在外，自顾不遑，哪有闲暇来管这种事呢？推原这次革命的原因，实在由贰负和危的被杀而起，这是个导火线，这个关系岂不甚大么！”

文命忙问道：“后来怎样呢？”太真夫人道：“天帝逃避出去之后，一切政权当然统统掌握在恶神一派的手里，各各想实施他们的主张。第二类恶神先起来教导禽兽等类，纷纷吃人。少咸山的猰貐，洞庭之野的巴蛇，桑林的封豕，寿华之野的凿齿，孔壬的臣子相柳，淮水中间的巫支祁父子，以及天吴、罔象和其他种种能害人的奇兽异禽，都是他们教导出来的。就是窫窳的子孙，起初何尝吃人，此刻吃了这许多人，亦是那班恶神教导利用的。此外还有大风、九婴等亦都是他们的党羽。总而言之，第二类恶神在那几十年之中可说已经畅所欲为的了。至于第一类恶神，亦起来厉行他们的主张。起初指挥十日并出，要想将地球上的生物统统烧死，哪知给老将羿射下了。他们就设法造成洪水之灾，要想将地球上的生物统统溺死。前几十年，圣天子派遣大司农到昆仑山求家母，设法消弭这个洪水。家母回答说：‘天意难回。’怎样叫天意难回？就因为天上革命之事还未了结，恶神一派依旧掌权，天帝还没有复位的缘故呀！”

文命又忙问道：“后来怎样呢？”太真夫人道：“后来天帝在外面纠集了四方神祇，共同勤王，结果将那首先发难的恶神擒获，并将他的头砍去，其余党羽杀的杀、囚的囚、贬的贬，天帝复了大位，这件天上革命之事才算平静。”文命道：“那么从此之后，天帝手下没有阴派的恶神，都是阳派的善神，世界可以永安而无祸乱了。”太真夫人道：“这个决不能。天地之大，不过‘阴阳’二字。有阴不能无阳，有阳亦决不能无阴，这是一定的。现在恶神一派的势力虽然较衰，在人类可说是个泰极复极的时候，但是那些恶神派依旧在那里潜滋暗长，一有机会，仍旧要出来搅乱的。不过就此刻而言，在这百年之中，要算是空前绝后的黄金时代了。”文命道：“这些阴派恶神，竟不能使他们划除净尽么？”太真夫人道：“岂但其他阴派恶神不能划除净尽，就是最著名的恶神浑沌氏，从前曾经毁灭过地球的，经盘古氏出来将他节节支解为江河、为山海，照表面上看起来，他早经死了，其实何尝真个是死，不过暂时屈服罢了。这次空前的大洪水，还不是他在那里作的怪么！即如刚才所说首先发难的那位恶神，天帝已经将他的头砍去，其余党羽有的亦杀去，崇伯以为他们都死了么？他们都没有死呢！”

大家听到这句话，无不诧异，齐声问道：“已经将头砍去，怎样还没有死呢？”太真夫人道：“这个才叫神通广大！所以他们才敢与天帝为难，起而革命。那位恶神的头给天帝砍去之后，天帝亦知道他神通广大，恐怕他复活，立刻将他的头葬在一座常羊山上，并且用符箓镇住，一面又派神守护，以防他的死党暗中来偷盗他的头，以为如此他绝不能复活了。哪知这位恶神逞势变一个把戏，实行他新奇的主张，并不再要这个头，就用他的两乳当作两眼，用他的肚脐当作大口，一手执干，一手执戚，到处舞来舞去，依旧活着。其余杀去的党羽，有些和他一样，也依旧活着；有些尸首虽伏而不动，然而也不是真死，都在那里待时而动。你想，这种情形，哪里能够划除净尽呢！”大家听了，都舌挢而不能下。太真夫人又说道：“这个恶神自从没有了头之后，他就自己取一个别号，叫‘刑天氏’。这个别号有两个解释：一个解释，天者，巅也；刑者，戮也；就是杀去头的意思。还有一个解释，刑者，戮也；天就是天帝，表示将刑戮天帝以复仇的意思。所以他现在正与他的党羽设法勾结，力图扰乱世界，以覆天帝之位。各处魔神颇有为他所鼓动的。崇伯九州水土治平之后，将来如果到海外，或许与他相遇亦未可知。”大家听了，又是恐慌，又是欢喜，又是骇异。

太真夫人道："现在说了半日，时已不早，我们言归正传，赶快驱除那个窫窳吧。"大家如梦方觉，暗想，刚才抛却正事，大谈闲天，仿佛无事的人一般，不免个个暗自好笑。文命忙请教太真夫人，用什么方法去驱除窫窳。只见太真夫人从袖中取出一个小小方包袱，放在地上，徐徐地抖开来，但见五色斑斓，光怪陆离。众人仔细一看，原来所包的是两个小网。太真夫人取起一个，吩咐庚辰等七员天将道："汝等拿这个去空中布住。"又指着网四面的一根总结说道："假使看见那窫窳投到网中，汝等但将这总结一抽，就可以擒住它们了。"说完，又取起一个，吩咐鸿濛氏七员地将道："汝等拿这个去地下布好。"又指着网四面的一根总结说道："假使看见那窫窳投入网中，汝等但将这总结一抽，就可以擒住了。"天地十四将领命，分向上下而去。

太真夫人又向空中叫道："应龙何在？"那应龙就鼓动大翼，从空而至。太真夫人又取出两根金杵，放在应龙两前爪之中，吩咐道："汝与我入水去驱除窫窳。"应龙领命，拿了两杵入水而去。过了些时，但见弱水之中波浪沸涌，掀天播地，蓦然窜出许多龙身人面的窫窳来，大的数百丈、数十丈，小的亦有数丈，不等，群向天空飞逃。应龙爪执两杵，紧紧追赶。众人仰望天空，那个小网恢之弥广，竟看不出它的端倪。忽然之间，有几条窫窳翻身转来，与应龙舍死忘生地苦斗，想来因为上面布有天网，逃不出去的缘故。窫窳虽则皮骨强硬，刀枪不能伤，但是这两个金杵是仙家至宝，被击一下，筋骨俱断，如何支持得住，结果又纷纷入水而去，应龙又跟着下去。再看天空，只见已有许多窫窳团结在一处，原来都触入网中了。七员天将正把网渐渐收起，那窫窳虽则强梁，还在网中不住地癫狂腾奋，然而总冲不破、逃不出。那网愈收愈小，那些窫窳个个贴紧着，动弹不得。七员天将提了网，下来安放在近旁一座山上，却挤满不少地方。转瞬之间，应龙又出水来，随后七员地将亦一齐出水，个个手中执着大网之索，将一群窫窳拖出水来。七员天将见了，赶即过去帮忙。那网中动弹不得的窫窳亦有十几条，堆满了许多地方。

太真夫人向七员地将道："这水中的窫窳还有剩下潜藏的么？汝等与我细细去看来。"七员地将应命，入水而去。过了多时，复命道："某等已到处搜过，一个没有了。”太真夫人向七员天将道：“那么仍旧要烦劳诸位，这些窫窳我一时不便处死它们，烦你们替我送到昆仑山家母处，由家母奏知天帝，再行发落。”天将等应命，就由大翳、黄魔两个升到空中，将两网提起，觉得还不甚重，就说道：“只由我们送去吧，其余可不必都去。”太真夫人道：“也使得。”随即起身与文命作别。文命千谢万谢。太真夫人转身，瞥见岸旁堆着无数造船的器具材料，就问文命道：“崇伯打算在此造船么？”文命应道是。太真夫人道：“快不必费力了，此水是弱水，丝毫无力，即使放一粒芥子在上面也是要沉的，何况船只呢，岂不是徒劳么！”文命道：“某闻弱水三千里，在昆仑山周围，怎样此地亦有弱水呢？”太真夫人道：“此地当初原是西海之一部，通连昆仑。后来地体变动，将这部划出在西海之外，所以变成河流了。河水滔滔，久则流竭，因为窫窳是一种神物，它能护住，不使河水流尽，所以至今仍是弱水。窫窳去后，再过多少年，恐怕与寻常之水无异，徒有弱水之名而已。”文命听了，拜谢指教。太真夫人就率领黄魔、大翳，提了两网的窫窳，升车向昆仑而去。

这里文命和众人听了太真夫人之言，走到水边，取了些极轻极微之物，如木叶、细草、皮毛、枲细之类丢向水中，实地试验，果然一到水面，立刻向下沉去，与质重的金石一般。众人都觉诧异，方信太真夫人之言不谬。于是只好不作乘舟之想，顺着弱水一路行去。（现在甘肃省山丹县城外有碑，曰禹导弱水处。）好在此水并无大患，工作绝少。一日，到了一座山，名叫合黎山（现在甘肃山丹县），弱水绕山脚而过，直向北流。众人一看，但见黄沙无垠，千里极目，那水从沙中直穿过去，若隐若现，不知此地究属何所。文命忙作法叫了合黎山神来。那山神道：“此地本来是泑泽的一部，自从前数十年地体变动以来，陡然渐渐高起，水流涸竭，遍地露出沙石，所以成为这种荒凉之象。”文命道：“其中有居民么？”山神道：“一片沙石，绝无居民。”文命道：“那么我不必再过去了。”山神退出，文命吩咐班师。

忽见伯奋起身说道：“某自从崇伯入雍州以来，即叫人去探听三苗消息，后来得到探报，知道三苗现在匿居在西方三危山下。那边居处崇宏，珍宝充斥，据说还是共工孔壬勾结三苗时特地为他营造的。现在三苗虽则匿居在此，可是野心不死，仍旧与各处党徒潜谋密议，伺隙思动。此刻如果大军移师西上，他的耳目众多，死党密布，难保他不见机远窜。万一使他漏网，不特难伸国法，并且后患无穷，请速定夺为要。”文命沉思了良久，说道：“那么，只有先遣天地将去监住他，万一他要逃走，或逃到何处，即来通报，如何？”苍舒道：“何不就叫天地将擒了他来，岂不省事！”文命摇头不肯。这时黄魔、大翳已回了，文命遂派童律、狂章、兜氏、卢氏四将前去，暗暗监视三苗，并设法使他不能远扬。四将领命，自去侦查，商议布置。

第三十九回

杀三苗于三危　河精献河图　舜颁五瑞于群后　同律度量衡　五载一巡守　尧与舜至首山观河

且说三苗自从在国中逃出之后，直向西北而行，那些死党也陆续前往投奔他。后来他费了无数唇舌，用了无数心机，费了无数财贿，居然说动了屈、魏、骜、曹四国，起兵背叛，要想占据梁州之地，收集他逃在西南的遗民，东向而争天下。哪知计划不成，屈、魏、骜、曹四国都失败了。三苗无法，要想到西南去，但是文命正在西南，深恐自投罗网，只得逃到他的三危山别墅躲匿，苟延残喘。后来探听文命大军追踪而来，已到弱水，离三危山不过几百里，料想凶多吉少，不觉忧惶之至，和他妻子及几个嬖佞之臣商量，收拾细软，匆匆沿西海之滨向南逃去，离三危山约有七百里之遥。

一日，正在一处住宿，黄昏人静，大家筹划进行路程，忽然三苗扪着脚大叫起来。众人忙取火一照，原来有一根绳索从地下出来，将三苗两脚缚住，紧紧地向下面拖去，仿佛地中有人似的。众人大惊，急得手足无措。有的说是触犯山神了，有的说是冲犯地煞了。那祷祀迷信本来是三苗人的长技，于是大家纷纷跪在地上，不住地磕头许愿，有的说从丰祭祀的，有的说庄严立庙的，闹了半夜，毫无效验。那根绳索愈拖愈紧，既不能将三苗拖进地中去，几乎把三苗两只脚切断。那三苗痛不可忍，杀猪一般大喊，然而终究以为是鬼神作用，竟不敢用刀来割，这亦可见苗民迷信之深，作法自弊了。后来忽有一人说道："不要是前途危险，神明显灵默示，叫我们不要前进么？"大家一想有理，于是重复祷告道："假使神明指示，叫我们不要前进，那么我们回到三危山去，神明可以饶恕了。"哪知此话一说，绳索果然放松，渐渐收去。

众人大喜，忙扶三苗起来，说道："神明保护，前途有危险，叫主公不要前进，真是小主公的盛德洪福呢！"三苗那时虽然免了绳索之厄，但是狼狈不堪，一语不发。到了天明，才听众人之议，决计回转，然而心中究竟放不下，再差几个人前去探听，一面缓缓而行。哪知道过了两日，探听的人已转身迎上来，报道："不好，不好！崇伯大队已到三危山相近，正在各处搜索呢。"三苗一听，魂不附体，也顾不得鬼神的作祟，疾忙吩咐众人再向西南逃去。这次他们知道事机危急，奔走的速度极快，半日工夫已跑了五十里之遥。到得一座山坡旁边，正要想略略休息，忽然一阵狂风，沙飞石走，齐向三苗等扑过来。三苗等大惊，刚要起身再走，陡然前面一声大震，仿佛天崩地裂，大家几乎立足不稳。仔细一看，原来三丈之遥的地方从空中坠下一块大石，阻住去路，险些不曾被它压死。三苗等至此，面面相觑，都觉进退两难。

忽然之间，大石后面又奔出无数豺狼虎豹，咆哮狰狞，齐向三苗等乱扑。三苗等看了，魂飞魄散，只得转身，仍回原路四散奔逃。过了些时，觉得后面猛兽之声已寂，回头一看，猛兽都不见了，方才放心。慢慢地会合拢来，计点人数，幸喜不少一个，然而跑来跑去，个个疲乏，天色又渐晚，大家商量在何处暂度一宵。后来在左近发现一个石洞，非常广大，尽可容纳多人，不禁大喜，就一齐进去，也顾不得龌龊污秽，倒地就歇，渐渐地都深入睡乡。忽听得呐喊一声，三苗等从梦中惊醒，只见洞外灯火明如白昼，许多披甲执锐的兵士已将洞口守住。随即有几个人拿了绳索进来，见一个，捉一个，见两个，捆两个。哪时三苗等已如瓮中之鳖，无可躲避，俯首就缚。牵出洞外，已有数辆大车停轮相待，一个军官装束的人指挥兵士将三苗等驱策上车，展轮便走。约略走了五六里，天色渐明，三苗等细细一看，原来就是他的旧居三危山下了。再看各处旌旗飘扬，分明是崇伯的标帜。三苗等至此，才知道已被擒获，料想无可幸免，只得安心听死，倒也无甚恐怖。

少顷，文命升帐，将三苗等提上来讯问。左有皋陶，右有伯益，其余八元、八恺、真窥、横革等分侍左右。文命见了三苗，就大声责他贼民、愚民、虐民及背叛大逆之罪。三苗俯首无语。皋陶道："三苗罪大恶极，情事确实，某看亦无需取他的亲供，就此正法吧。"文命道："此刻九州已平，我们就要班师，不如槛送京师，请天子处分。"皋陶道："天子仁慈，万一同孔壬一样，又赦其死罪，岂不是失刑么？"文命沉吟一会儿，说道："天子曾许我便宜行事，就此正法，来始不可，但是究竟太专擅，于心不安。我看不如奏请天子为是。三苗之罪甚于共工，我想天子不会再宽恕他的。”大家都同声赞成。苍舒道：“京师离此甚远，专使往返必须经月，难道我们在此静等么？”文命道：“不妨，我叫天将去。”当下先将三苗等囚禁，一面修缮表文，将三苗种种罪状及以后苗民种种可虑之处详细述明，请准将三苗在此正法等情，缮好之后，就叫繇余赍去。这里就在三苗别墅中搜查，将他积聚的货物分配贫民，或为收养穷独之用。

过了一日，繇余转来，奉帝尧旨批准，将三苗就地正法。于是文命就令兵士将三苗牵到他别墅之前，一刀结果了残生。可怜三苗听从狐功之策，占据南方，用了许多贼民、愚民、虐民的方法，多少年来尊荣富贵，志快意满，然而结局不免如此，这亦可为后世不以仁义道德治民而专以残酷剥削，狂妄悖谬治民的人做一个炯戒了，闲话不提。

且说文命既杀三苗之后，又将其死党分别处以刑罚，遂率众班师。一日，行到不周山之北，访共工氏触死之地，又寻访有娀氏之国，都不知去向。盖不但山川陵谷已经过几次的变迁，就是人民经过相柳、窫窳、三苗历次的盘据蹂躏，死亡迁徙，耆老亦无一存在者，所以竟无从探询了。文命等大队经过了不周山，一日，到了一座崆峒山，是从前帝尧所到过的，嵯峨高大，上面一块石头非常光滑。凑巧连日闲谈，正在称颂帝尧的功德，季狸看见此石，忽然倡议道：“如今水土平治，华夏安宁，都是帝德之所致，我们何妨在此石上刻几句颂词以作纪念呢。”文命听了，颇以为然，于是就撰了一篇颂词，刻在石中。（现在崆峒山中有尧碑禹碣，字皆籀文，伏滔述帝功德铭曰，历古不昧，可惜那个字迹文义已没有人能辨得出了。）正在刻石时，忽见一只皂鹤横空而过，顶红如丹，毛羽纯黑，但是射着斜阳之处又复金光灿然。大家都叹异道：“这真是仙鹤了！”繇余道：“此地是广成子修道之地，此鹤也是广成子所养。我们跟着夫人常看见他骑了这鹤而来，所以我们都认识的。”隤敳道：“鹤色纯白，现在它是皂鹤，颇觉少见。”伯益道：“某闻鹤的颜色，只有黑白二种，而无青黄二色。因为鹤这种禽类是因金气、依火精以自养，木土之气不表于外的缘故。金之数九，火之数七，所以它七年一小变，十六年大变，一百六十年而变止，一千六百年而形体定，饮而不食，与凤凰同群。这只仙鹤恐怕总在千年以上了。”文命道：“广成子是仙人，他所养的鹤可以供坐骑，恐怕不止一千年呢。”

众人谈谈说说，石已刻好，大众看了一遍，随即下山，向东南而行。到了大河沿岸，文命颇关心于这条河的利害，就向众人道：“我们就循着此河回去吧。”于是沿河而走。到了白於山，大家回想从前在此几乎被相柳所吞噬，不禁感慨系之。又向北面望那阳纡大泽，觉得大部已干涸见底，只有当中一道长流，蜿蜒向东北流去。文命等正在那里追想从前河伯在此设宴赠物的故事，忽见前面水波动漾，仿佛有人走来。大家猜，不要又是河伯么？哪知仔细一看，并不是河伯，却是另一个人，其面甚白，两手捧着一物，半身露出水面，仿佛甚长，冲波踏浪而来，渐渐近岸。那人看见文命，忙躬身行礼叫道：“崇伯到此，某有一物奉献，请赏收吧。”说着，两手捧物，高高擎起，却不登岸。文命答礼之后，欲待去接，无奈岸上水中相离过远，早有鸿濛氏飞身入水，到那人身边接了物件，翻身上岸，递与文命。文命不便就看，忙向那人道谢，并问其姓名及神爵。那人道：“某是此河之精，并无姓名。崇伯治水，功侔天地，凡百神灵，俱应效顺。某自惭微末，无可申献，特奉上河图一个，凡寰瀛之内的一切大略都已载在上面，或许于崇伯稍稍有点裨益，亦聊表某区区微忱而已。”文命听了，又再三称谢。那河精入水而隐。伯益道：“他是神灵，既来谒见，何不登岸？甚为可怪。”鸿濛氏道：“某刚才到他身畔，看见他下截身子还是鱼，哪里能登岸呢？”众人听了，方始恍然。文命将河图展开一看，但见九州之中，山川形势，脉络分明，纤悉毕载，与上次河伯所赠的大同小异，不过这个尽是绿字罢了。文命知是异宝，就和河伯所赠的图放在一起，谨敬收藏，一面率众沿河回都，按下不表。

且说太尉舜自从摄政之后，举文命治理洪水，兖、冀、青、徐、豫等州逐渐平定，他就想趁此筹划一个统一天下之法。因为那时万国林立，大率各自为政，又加以洪水数十年，天子诸侯各各自救不暇，又且交通隔绝，更无联络统一之可能。现在既用中央政府之力将各州逐渐平定，那么中央政府之功德已被于各州，而各州跋扈强梁之诸侯如共工、三苗之类亦逐渐剪除。这时各州各国对于中央既感戴钦佩而又怕不顺之诛，所以趁此筹划一个统一之法，真是千载一时之机会。太尉舜与各臣僚就筹划了六条方法：

第一条是分别等级 就现时所有之国考察它的实力，分为五等。第一等是公，第二等是侯，第三等是伯，第四等是子是男，第五等是附庸。实力的标准大概以土地之大小为断，最大百里，次七十里，再次五十里或以下。

第二条是颁发符信 这一条的意思，就是将所有各国的君主统统从新由中央政府加以任命。因为当时各国的君主或由传袭而来，或由人民拥戴而起，或由豪雄黠桀的人自立而得，本来与中央政府并不发生什么关系，所以忽而归附，忽而脱离，非常靠不住。现在由中央政府颁发符信，那么有符信的才可以算正式之国，没有符信的当然不能算正式之国。这么一来，各国为名誉关系，为体面关系，自然争先以得到中央政府所颁发之符信为荣。既然受了符信，那么对于中央政府就仿佛订定了契约，无形之中已发生一种统率的关系，虽然要脱离背叛，其势亦有所为难。这就是太尉舜想出这条来的意思。至于符信呢，亦分为五种，因为都是玉做的，所以亦叫作瑞。瑞者，信也。其中三种是长形，总名叫圭。第一种是桓圭。桓就是房屋中桓楹之桓，四面竖起来叫桓。桓圭长九寸，四面有棱，像宫室之形，所以安其上也。这种是颁给大国公爵的。第二种叫信圭。信者，伸也，身也。像人身伸直之形，四面没有棱，是望他慎行保身之意，其长七寸，是颁给次国侯爵的。第三种叫躬圭，其长亦是七寸，上面削斜如半弓，命名之意与信圭同，是颁给又次国伯爵的。还有两种是圆形，其名叫璧，中有圆孔，皆径五寸，上面刻有谷与蒲两种花纹。刻谷的就叫谷璧，是颁发给小国子爵的。刻蒲的就叫蒲璧，是颁发给小国男爵的。用谷用蒲的意思，谷所以养人，用蒲做席可以安人，都是取其有益于人的意思。子男等国，地方不过五十里，尚不能成国，所以不颁给他圭，而仅仅颁给一种璧。至于附庸，地方更小，尤其不能颁给了。

第三条是划一器具　九州之大，虽分万国，而人民交通往来，处处都有接触关系。假使各自为政起来，种种都发生不便，那么就不算统一了。所以太尉舜所注意的，就是度、量、衡三种一定要使它齐一。怎样使它齐一呢？中国是农业国，万事离不了农业，同一度量衡的方法就是以五谷中之黍为标准。因为黍的颗粒最为均匀，并无长短大小轻重。拿一颗黍竖起来定长短，一黍之长就是一分，十分为寸，十寸为尺，十尺为丈，十丈为引，这就是度的标准了。再拿黍来定多少，一千二百黍为一龠，两龠为合，就是二千四百黍，十合为升，十升为斗，十斗为斛。再拿黍来定轻重，十黍为累，百累为铢，二十四铢为两，十六两为斤，三十斤为钧，四钧为石，这就是量与衡的标准了。但是还有乐器的律亦是要齐一的，因为古人认为乐器与民风之正变、国俗之盛衰有非常的关系，所以太尉舜于度量衡三项未齐一之先，先要使各国同一乐律。乐分为六阳六阴：黄钟、太簇、姑洗、蕤宾、夷则、无射六个是阳，大吕、林钟、南吕、应钟、仲吕、夹钟六个是阴，都是用竹做成，共总十二根。每根都是径三分有奇，其中空，围九分，以黄钟为最长，凡九寸，大吕八寸三分七厘六毫，太簇八寸，夹钟七寸八分三厘七毫三丝，姑洗七寸一分，仲吕六寸五分八厘三毫四丝六忽，蕤宾六寸二分八厘，林钟六寸，夷则五寸五分五厘一毫，南吕五寸三分，无射四寸八分八厘四毫八丝，应钟四寸六分六厘。这种长短的度数，与声音的高下清浊极有关系，稍稍差一丝一忽都是不可。黄钟最长，它的管中恰恰容受一千二百粒黍，以量而言，刚刚一龠，以衡而言，刚刚十二铢，九寸之长，以九十去分，刚刚一分，所以黄钟之宫齐一了，就可以做齐一度量衡的标准。这是划一器具的方法。

第四条是划一时令　天文之学到了帝尧的创置闰月，其法已渐精。太尉舜考察璇玑玉衡，就是继续尧的方法。但是九州万国大半还是不知道，所以于月令时日往往弄错，不但于人民之期约等等发生不便，而且于农事亦大有妨害，所以太尉舜设法随时考察而纠正之，不仅是使他们遵奉中央政府之正朔而已。

第五条是整齐风俗 风俗最显著的不外乎吉、凶、军、宾、嘉五礼。吉是祭祀之礼，凶是丧葬之礼，军是师众之礼，宾是宾客之礼，嘉是冠婚之礼。这五种各有各的仪式，各有各的用品。太尉舜特别制定了，使各国遵行，这亦是齐一百姓思想的一法。

第六条是巡守朝觐 帝尧定制，本来是十二年一巡守。太尉舜以为太远，改为五年，并且在巡守这一年之中，东西南北都要跑到。二月到东岳，五月到南岳，八月到西岳，十一月到北岳。每到一岳，凡是这一方的诸侯统统都要来朝觐。在这朝觐之时，有两项事情：一项是诸侯向天子报告本国的情形，天子亦借此考察各国的政治；一项是天子在此祭祀本地的山川神祇，诸侯亦跟了助祭。但是，天子巡守的时候，不但觐见各国诸侯，就是卿大夫士等也许要传见，所以又定出几种挚仪，叫他们拿了来相见，这亦是宾礼中之一种。哪几种挚仪呢？公用桓圭，侯用信圭，伯用躬圭，子用谷璧，男用蒲璧，就是天子所颁给他们的五种玉。但是这五种玉在朝觐之后，检验过了，天子依旧还给他们。诸侯的世子来见，挚仪是用纁；公的孤来见，挚仪用玄色；附庸之君来见，挚仪用黄色；这三种都是帛类，总名叫作三帛。卿来见，挚仪用羔羊；大夫来见，挚仪用雁；这两种都用活的。士来见，挚仪用雉，是死的。总之巡守的意思不外乎两层，一层是考察民隐，一层是联络感情，如此而已。至于平时呢，各方诸侯到京师来朝见，第一年东方，第二年南方，第三年西方，第四年北方，到得第五年，天子又要巡守了。诸侯和天子常常见面，情意相孚，不生隔阂，那么统一之事可望长久。

以上六条是太尉舜的政策，定好之后，来奏知帝尧。那时帝尧虽已倦勤，但听得洪水平治，不觉心喜；又听说那条大河纯是人力凿成的，尤其动兴，想去一扩眼界。于是带了太尉舜、大司农、大司徒等径向龙门山而来。未到十余里，已听见冲激震荡之声，愈近则其声愈大，对面谈话竟听不清楚。走到山脚下一看，但见悬崖百仞，一片银河倒坠而下，两岸飞珠溅玉，走雪奔涛，滔滔直泻而去，真是大观！再看两面崖石上斧凿之痕，历历都在。帝尧等都啧啧称叹，佩服这种工程之难。

于是又一路沿河而下，走到一处，忽听见前面林中透出一阵音乐之声，仔细一看，原来有几只美丽的大鸟在那里飞鸣，其声颇与律吕相合。帝尧便问道：“这鸟不知何名？声音甚为悦耳。”众人都不认识。大司农细认了一会儿，说道：“这鸟虽五色俱备，而青色独多，形状又和雉翟相似，不要就是青鹨吧。臣从前在昆仑山见过，据西王母说，此鸟到世间一鸣则天下太平，所集的地方必有圣人出焉。如今洪水既平，天下从此乂安，所以青鹨翔鸣川济、栖息山岳，亦未可知。”帝尧听了，点头不语。又行了一程，这时山海之水早已干涸，除出到处尚有洼下之处潴为湖泊外，其余但见一条大河蜿蜒曲折而已。到了华山对面，转过风后墓前，就是首山的南麓了。首山之北就是太尉舜的故乡。

太尉舜是大孝之人，自从那年辞别父母到了帝都之后，公务甚忙，后来又摄行天子之事，益发刻无暇晷，然而每过数月，必告假归去省亲一次，其余时候不是二女轮流而往，就是遣人献衣、献食、献用器，差不多竟没有间断之时。他亦曾在帝都之中预备房屋，屡次请求迎养，但是瞽叟始终不愿意。有时瞽叟愿意了，他的后母和弟象亦不愿意，竭力阻止。为什么呢？一则还以小人之腹度君子之心，深恐舜记夙恨、报前仇；二则，舜如此煊赫，而象则一无所成，反去奔靠他，做一个寄食之人，相形之下未免难堪。假使瞽叟夫妇去而象不去，象一人在家既未免太寂寞，且恐怕舜从此捧住父母，夺他的怜爱，反而不如仍居家乡，一切器用衣食舜是馈献不绝的，何等舒服，落得受用，何必叫父母到帝都去住呢？这是象的一片私心。然而舜的待象亲爱之至，情谊优隆，赠遗稠叠。象与其母亲到此刻亦渐渐良心发现，回想前事，自己惭愧懊悔了，所以在瞽叟面前不再加以谗毁之言。那瞽叟对于舜本来并非绝对厌恶，不过以耳为目，如今耳中既然不听到谗言，又知道舜摄天子位，如此显荣，平日一切的奉养礼貌又如此孝敬，他的心中早没有从前待舜的那种心思了。所以这两年来舜的家庭环境融泄得多，与前大不相同。这日，舜随帝尧到了首山，想到家乡不远，白云亲舍，不觉动了思亲之念，就向帝尧告一个假，要归去省亲。帝尧听了，笑道：“汝要去省亲，极是。但是朕和汝父亦在婚媾之列，自从汝等结褵以后，朕和汝父竟尚未会过亲，亦是憾事。现在相去既然不远，朕和汝同去吧。”舜听了大惊，连忙挡驾道：“这个万万不敢当，一则臣父目瞽，举动不便，朝见之际，恐多失仪；二则臣父是个庶民，应当前来朝见，岂有天子去就见之礼？”帝尧笑道：“朕和汝父是亲戚，与其他不同；在官言官，在亲言亲，汝何必拘泥呢，朕就和汝同去吧。”舜无法，只得与帝尧同行而归。

第四十回

舜舐瞽叟目复明　五老游河，告河图将来　龙马献图　凤凰献图　尧作『握河记』　命质作乐

过了两日，已到舜的家乡，舜辞了帝尧，赶快先回去通报。那瞽叟听说天子先来拜访他，觉得亦是人间无上之光荣，但口中却尽管向舜说道：“这怎样办呢？这怎样办呢？你应该替我辞谢呀。”舜道：“儿亦苦苦辞谢，不过天子一定要来，儿阻挡不住。现在天子已就要到了，儿扶着父亲迎出去吧。”瞽叟道：“也使得。”于是舜扶着瞽叟慢慢下堂而来。这时邻近之人知道天子要来探亲，大家都来观望、迎接、看热闹，独有象反有点害怕，与他母亲躲在室后偷看，不敢出来。这里舜扶了瞽叟刚出大门，帝尧车子已到。舜嘱咐父亲站稳，自己忙上前向帝尧报告，说道：“臣父虞榎谨在此迎接帝驾。”帝尧已下车，连声说道：“汝父目疾，何必拘此礼节呢？”当下舜扶了瞽叟，让帝尧进了大门，到了中堂。舜一面请帝尧上坐，一面嘱咐父亲行朝见礼。瞽叟拜了下去，舜亦随后拜了下去，口中说道：“小民虞榎叩见。”帝尧慌忙还礼。拜罢，舜先起身，扶起瞽叟，等帝尧在上坐了，再请瞽叟坐在一旁，自己却立在父亲后面。

帝尧先开口问瞽叟道：“老亲家！尊目失明几年了？”瞽叟道：“三十年了。”帝尧道：“现在还请医生医治么？”瞽叟道：“从前种种方药都治过，即如小子舜弄来医治的方子亦不少，有一种空青，据说治目疾极灵验的，但亦医不好，年数又太久了，此生要想再见天日，恐怕没有这一日了。”帝尧道：“放心放心，朕看老亲家身体丰腴，精神强健，将来依旧能够双目复明，亦未可知呢。”瞽叟听了这话，不觉站起来，要拜下去。舜忙走近前跪下，搀扶瞽叟一面拜，一面说道：“小民虞榎谨谢圣天子的金言。虞榎倘得如圣天子的金言，双目重明，死且不朽。”舜在旁亦一同拜谢。帝尧答礼，逊让一番，又说道：“重华大孝，这都是老亲翁平日义方之训所致。”瞽叟听到这句话，不觉面孔发赤，嗫嚅地说道：“榎哪里敢当‘义方之训’四个字，小子舜幼小的时候，瞍双目已瞽，肝火太旺，不但没有好好地教训他，反有虐待他的地方，可是他从来没有丝毫的怨恨，总是尽孝尽敬，痛自刻责。这种情形，瞍近年方才知道，悔恨无极。现在圣天子反称瞍有义方之训，瞍真要惭愧死了。”帝尧道：“天不能有雨露而无霜雪，做父母的亦岂能但有慈爱而无督责。老亲家目疾缠绵，对于外事不能清晰，即使待重华有过当之处，亦出于不得已，重华哪里可怨恨呢！老亲家反有抱歉之词，益发可见有慈父才有孝子了。”当下又说些闲话，帝尧便起身告辞，一面向舜道：“汝此番且在家多住几天，以尽天伦之乐，朕在首山或河洛之滨待汝吧。”舜一面答应，一面扶了瞽叟直送出大门，见帝尧升车而去，方才扶了瞽叟进内。

那时舜的后母和象及敤首都出来了。敤首先说道：“我们今朝得见圣天子，果然好一个品貌，两位嫂嫂的两颊和下腮都有一点相像呢。”象道：“他的眉毛呈八彩形，亦是异相。”后母道：“鼻梁甚高，器局不凡，年纪有八九十岁了，精神还是这样强健，声音还是这样响亮，真是个不凡之人。”大家七言八语，议论风生，独有瞽叟坐在那里没精打采，一言不发。舜觉得古怪，就柔声问道：“父亲！刚才行礼、拜跪、谈话，吃力了么？”瞽叟摇头道：“不是，不是，我想我的做人真是没趣。”舜听了慌忙问道：“父亲有什么不称心的地方，请同儿说，儿替父亲设法。”瞽叟叹道：“你虽有治国平天下的本领，但是这个恐怕没有办法吧。你们今朝看见天子，看得清清楚楚，我和他对面谈了半日天，究竟天子怎样的相貌，我都没有看见，你想苦不苦呀！我听见说，你现在是代理天子，将来或许就做天子，你果然做了天子之后，究竟尊容若何，威仪若何，我亦一点都不能看见，那么和凭空虚构有什么分别呢？和死去了又有什么分别呢？一个人到临死的时候，对于子孙总说不能再见的了，现在你们明明都聚在一起，但是我都不能看见，试问与死去的人有什么分别？你们虽说孝顺我，拿好的东西给我吃、给我穿，拿好的房屋给我住，但是我不能看见，吃了好的，和那不好的有什么分别？穿了锦绣，和穿那布褐有什么分别？住了华屋，和住了茅檐有什么分别？我这个人虽则活着，大半已如死去；虽说醒着，终日如在梦中；你看有什么趣味呢？我想还不如早点死去吧，免得在这里活受罪。”说到这里，竟呜呜地悲伤起来，那瞽目之中流出眼泪。舜听了这番话，心中难过之至，暗想，老天何以如此不仁，使我父亲得到这个恶疾呢？我前数年、近几年，想尽方法为父亲施治，然而总无效验，照这样下去，父亲之受苦固不必说，恐怕因此郁郁伤身，将如之何？想到这里，自己的眼泪亦不觉直流下来，但恐怕增添瞽叟烦恼，不敢声张，然而急切亦没有话好劝慰。

正在踌躇，忽见瞽叟竟用手自己挝起自己来，口里骂道："该死的孽报！自作自受！该吃苦！该吃苦！"在瞽叟的心里，是否如刚才向帝尧所言，追悔从前虐待舜兄弟的错处，不得而知，但是舜看了这个情况，真难过极了，慌忙跑过去，跪在地下，两手抱着瞽叟的身子，口中劝道："父亲快不要如此，父亲快不要如此。"一面说，一面细看瞽叟的两眼泪珠直流，不知如何一想，竟伸出舌头去舐瞽叟的眼泪和他的双目。哪知瞽叟受到舜的舌舐，觉得非常爽快，以为舜又取了什么药来医治，便问道："舜儿！这是什么药？搽上去很爽快。"舜止住了舐，说道："不是搽药，是儿用舌头舐呢。"瞽叟道："这个是古方么？"舜道："不是，是儿刚才意想出来的。"瞽叟道："没有这种事，舌头舐舐，哪里能治目瞽呢？"舜道："父亲且不去管他，既然觉得爽快，就容儿再舐舐如何，横竖总没有妨害的。"瞽叟听了，点点头，舜于是抱了瞽叟的头又狂舐起来。瞽叟又连声叫道："爽快！"舜因父亲觉得爽快，又秉着至诚，聚精会神，左右不住地乱舐。约有半个时辰之久，瞽叟忽然大叫道："对，对，对！我的眼睛似乎有点亮了。"舜忙细细一看，果见瞽叟久经翳塞的眸子之中微微露出一点青瞳来，不禁狂喜，便说道："父亲！既然如此，儿想不要间断，趁此治它一个痊愈吧。"说着，又抱了瞽叟的头，打起一百二十分的精神，秉起一百二十分虔心，不住地左右乱舐。当舜初舐的时候，象及后母都以舜为愚妄，在后面呆看、暗笑，到得此时，听说有了效验，大家都走近了。舜足足又舐了半个时辰，几乎舌敝口干。瞽叟连次止住他，叫他少歇，舜亦不顾。后来瞽叟叫道："好了好了！我完全能见物了，你歇歇吧，让我试试看。"舜听了，方才走开。

那时瞽叟的双目虽然屏障尚未尽消，然而看物已能了了。三十年在黑暗之中过日，妻子儿女觌面不相见，一旦重睹光明，这种欢喜真是非言语所能形容。最奇怪的，平日在一处极熟之人，此时看见，都不相识。敤首是生出来时已没有见过。舜和象看见时都尚幼稚，此刻成人长大，体态状貌当然换过，所以亦不能认识。他的后妻仿佛还有点影子，然而亦老瘦得多。这时瞽叟举目四面一看，人虽不认识，却猜得出，便向舜叫道："舜儿！刚才天子称赞你大孝，你真是个大孝之人，我双目复明，纯是你的大孝所感，哈哈！我真有福气呀！生此大孝之子。"舜听了这话，虽则是谦谢，然而心中亦说不尽的愉快。过了几日，舜又舐了不少次，瞽叟目中翳障尽去，完全好了。舜恐帝尧久待，便辞了父母，向首山而来。这时瞽叟舐目复明之事早已传遍各地，莫不称颂舜的大孝。

这日，舜到了首山，恰好帝尧等亦刚从南面上首山而来。原来帝尧自舜家里出来，逾过首山，就向河洛之滨而去。后来从人得到瞽叟舐目复明之消息，奏明了帝尧，帝尧不禁大喜，暗想，我前日向瞽叟说双目重明之话，不过宽慰之词，不想立刻就应验，但是总是重华大孝所感，所以有此效果，此刻重华不知欢悦到怎样情形，我再去看看他吧。想罢，便命驾回首山而来，哪知在山上遇着了。帝尧等即向舜贺喜，又问他当时情形。舜一一说明。帝尧等听了都非常诧异，又不胜佩服。当下仍旧下了首山，再向河洛之滨行去。

一日，到得一处，只见河渚之际有五个老翁在那里游玩，庞眉皓首，衣冠伟异，看那神气举止，绝不是寻常民间的人物。大家颇是疑心，正要想去询问，忽听得一老高声唱道："河图将来，我特来告帝以期。"接着第二老又高声唱道："河图将来，我特来告帝以谋。"接着第三老又高声唱道："河图将来，我特来告帝以图。"接着第四老又高声唱道："河图将来，我特来告帝以符。"接着第五老又高声唱道："河图来了！推的是龙，衔的是玉绳。"五老唱毕，大家听了个个不解。太尉舜忽然醒悟，正要开言，忽听得五老又齐声高唱道："哈哈哈！大家都不知道我们，知道我们的只有这个重瞳子的黄姚。"唱完之后，霍地化为五颗流星，其光熠熠，飞上天际，细看它的方位，却是昴宿的宫度。（现在山西运城市安邑镇西南有五老山，便是其地。）大家诧异至极，都来问舜道："他们说太尉知道，究竟他们是什么神怪？"舜道："某昨夜仰观天象，看见金木水火土五星忽然不见，正觉奇怪，不想竟在此地游玩，他们就是五星之精呢。”帝尧道：“他们唱的什么河图，想来就是此河之中要出一种异宝，叫朕预备迎接，汝想是不是？”舜道：“极是极是，五星之精游戏人间，绝非偶然。况且他们明明说河图将来，告帝期，告帝谋，正是请帝预备的意思。”帝尧道：“大河渺渺，到底河图从何处来，朕等在何处预备呢？”舜道：“依臣愚见，五星之精既然在此现形，想河图之来亦必在此地，就在此地预备吧。”帝尧道：“怎样预备呢？”舜道：“臣的意思，天地之至宝将来，迎接之礼必须郑重。最好请帝沐浴斋戒，择一个良日，筑一个坛场，对大河而祭祀，方足以表示诚敬，不知帝意如何？”帝尧点首称是。

于是大众就在河滨止宿，帝尧率领群臣斋戒沐浴，又叫太史择日筑坛场，并择了行礼之期。但是河的北岸山势逼仄，诸多不便，只能迁到河的南岸，恰好在河、洛两水的中间，将坛场筑好。那行礼之期是二月辛丑日昧旦，到了这日半夜，帝尧率领群臣到坛下预备一切。一至昧爽，就举行祭礼，个个竭诚尽敬，自不消说。帝尧又将一块白玉沉在河中，以为贽礼。祭毕之后，大家休憩一会儿，再到坛上，向着河水观看，不知这河图从何而来。渐渐日影正中，但觉长空一碧，万里无云，各处村舍，炊烟四起，细看那河中，长流浩浩，一泻千里，气象壮阔而幽静。大家望了一会儿，日影已昃，正要下坛，忽见河中发出一道五色的荣光，灿烂夺目，不可逼视。大家看得稀奇，又立住了。隔不多时，又觉河中透出一股淑气，氤氤氲氲，如绵如絮，如烟如霭，若近若远，与这荣光相掩映，转瞬之间，充塞于天地，帝尧君臣仿佛坠在五里雾中。又过了些时，远望四山之上，蓊蓊翳翳，腾起无数白云，直上天空，将青天遮住，接着就是风声大作，万木萧萧，作回旋飘摇之势。

帝尧君臣正有点诧异，忽见河水中流汹涌异常，有一个极大的动物昂首出水而来。仔细一看，乃是一条长龙，又定睛一看，龙腹下尚有四只大脚，又似马形，不知它究竟是什么东西。但见它口中衔着一块赤绿的物件，上岸之后，直向坛场，缘坛而上。那时左右侍卫之人看见那形状，都吓得倒退。帝尧君臣虽则不惧，但是闻到腥涎之气，亦觉恶心。那龙马的头伸到坛上，即将口中所衔的物件吐下，立刻转身入河而去，霎时间风也止了，云也敛了，依旧是长空一碧，万里皎皎，只有荣光休气，依稀仿佛犹未散尽。帝尧君臣知道这就是河图来了，细看那物件颇如龟背之甲，广约九寸，以白玉为检，以赤土为口，泥以黄金，约以青绳。打开来一看，果然是一个图，上面详载列星之分，斗政之度，地理及山川之脉络以及帝王纪录兴亡之数，并且有两句文字：

阊色授帝舜，虞当受天命。

帝尧看了，递给众人传观，就向太尉舜说道："朕要传位于汝，岂有私意，汝看有凭据在此，真是天命呢！"舜惶恐之至，稽颡辞谢。帝尧道："天意如此，汝尚有何说？"当下收了河图，下坛，即便整装下船，要从南岸渡到北岸。刚到中流，只听见船头上从人叫道："凤凰来了！凤凰来了！"帝尧君臣探首篷窗一看，果然一只凤凰自南方翱翔而至，口中仿佛亦衔一项物件，转瞬间直扑船头，将口中所衔的物件放在船上，随即转身飞去。从人忙将那物件送呈帝尧，帝尧与群臣取来一看，原来亦是一个图，图上所载亦是各种天地人的事理。帝尧大喜，向群臣道："今朝一日之中，连得两种天瑞，龙凤效灵，天地献秘，朕看起来，都是舜得天命之征兆呢！"舜听了，更觉惶窘，再三谦谢。帝尧亦不再言。达到北岸，回头一望，只见南岸河洛之滨，那股荣光又氤氤氲氲地喷个不止。大家看了不解，大司徒道："不要是还有至宝要出现么？何妨再渡过去看看呢。"帝尧亦以为然，于是再渡到南岸，只见那荣光发起之地，仿佛露出一块白玉。众人掘起一看，原来是一块玉板，方约一尺，上面刻着许多图书，细细审察，才知道图是画的天地之形，书是记的天地造化之始，但是文气并没有完全，不知何故。后来大司农倡议，再向下掘，果然又得到一块玉，大小厚薄与前玉无二，拼将拢来，竟成一对，读起来文气亦方才完全。众人皆大欢喜，于是收藏起来，再乘船回到北岸，随即一径归去。沿途并无耽搁，到京之后，帝尧就叫人将河图上的文字抄下来，藏在东序之中，以备他日检查。又因为河图是天瑞至宝，不易得到，于是殚思竭虑，做了一篇文章，叫《握河记》。这篇文字早已不传，所以它的内容无从考见。从古相传，但知它是说明受历数的意思罢了。

过了几日，文命等班师入京，即日与皋陶等入朝觐见。帝尧念其勤苦，特别慰劳，又奖赞文命治河功绩之伟大。文命谦谢一番，又奏明九州已平，尚有九州之外未曾施治，意欲即往考察。帝尧允诺，便问道："汝此次预计几年可以完工？"文命道："臣预计三年已足。"帝尧道："九州之外，广大之至，三年来得及么？"文命道："九州之外，水患究竟如何，不得而知。假使水患不多，臣不过巡阅一周。假使水患亦大，臣拟指导他们一种方法，叫他们自己去施治。虽说王者天下一家，不分畛域，但亦不必烦劳中国的百姓去代他们做，应该叫他们自己负责任。所以臣此番出去，拟不多带人去，就带了天地十四将及伯益、之交、横革、真窥、国哀五人，又带几个兵士整理行李粮食，也就够了。"帝尧道："海外路险，而且一切情形与中国不同，难保不有危险，汝不怕么？"文命道："臣仰赖天子洪福，且有云华夫人所赐敕召鬼神之法，又有天地十四将，谅不妨事，请帝放心。"帝尧听了，点点头，良久又说道："汝在外劳苦多年，且去休息。好在九州已平，九州之外略略从缓也不妨。"文命谢了，就和诸人稽首退出，来见太尉舜。

那时舜适值与乐正质在那里演奏乐器。原来古时王者功成之后，一定要作一种乐章以飨上帝。帝尧在位已八十载，无日不在忧危之中，所以于作乐一事无暇提及，仅仅叫质做了一种山林之舞来点缀点缀而已。为什么要学山林之舞呢？一则帝尧心在民生，想到洪水泛滥，人民蛰居在山林之中，非常困苦，学山林之舞，就是寓一种不忘民困之意。二则帝尧在君位颇以为苦，常想择贤而传位，那么他自己可以高蹈林泉，以乐其志。现在既然还做不到，只好暂学山林之舞以寓他的寄托，这是他第二个意思了。后来九州洪水渐渐平定，大司徒等以为郊祀宗庙，乐章不可不备，因此力请帝尧作乐飨上帝，以告成功。帝尧不得已，就叫乐正质去预备，到这时已具有规模。因为太尉舜于音乐素有研究，所以请舜商酌指点。舜又邀了夔来共同研究。众人正在讨论，钟磬笙簧，八音齐作。文命和皋陶等进门之后，文命一听此声，遂向皋陶等道："太尉正在研究音乐呢，请诸位先进去与太尉相见，某尚有事需去做，过一会儿再来吧。"皋陶等知道文命是爱惜寸阴、闻乐不听的人，亦不去留他，让他自去，大家就先进去。舜见皋陶等进来，就知道文命是及门而返了，一面与皋陶等相见，一面就说道："崇伯太拘，我们不过在此试演试演，随时可以止住，何必不进来呢！"说罢，就和皋陶等细谈一切治水的情形。直到薄暮，文命才来，便向舜道："某适才因迟日即需出发，这次地点是东西南北的外国都预备走到。北方苦寒，所以赶快叫他们制备寒衣，因此来迟了。"舜亦不和他多说，便问他此去几时可以回来。文命就将刚才和帝尧说的话说了一遍。舜道："亦甚好，如今九州之内，水土已平，一切建设，刻不容缓。皋陶、元、恺诸位留在京都，大可以帮忙。"大家又商谈了良久，方才各散。

图书在版编目（CIP）数据

上古神话演义. 第三卷，封山观海 / 钟毓龙著. —北京：中国国际广播出版社，2019.7（2021.5重印）
ISBN 978-7-5078-4506-8

Ⅰ. ① 上…　Ⅱ. ① 钟…　Ⅲ. ① 神话—作品集—中国　Ⅳ. ①I277.5

中国版本图书馆CIP数据核字（2019）第131774号

上古神话演义（第三卷）　封山观海

著　　者	钟毓龙
责任编辑	高　婧　张娟平
版式设计	国广设计室
责任校对	张　娜
出版发行	中国国际广播出版社［010-83139469　010-83139489（传真）］
社　　址	北京市西城区天宁寺前街2号北院A座一层 邮编：100055
网　　址	www.chirp.com.cn
经　　销	新华书店
印　　刷	天津市新科印刷有限公司
开　　本	710×1000　1/16
字　　数	260千字
印　　张	22.75
版　　次	2019 年 8 月　北京第一版
印　　次	2021 年 5 月　第二次印刷
定　　价	49.00 元

CRI 中国国际广播出版社　欢迎关注本社新浪官方微博　官方网站 www.chirp.cn